Leopold Hnidek

Das Alcaveiros-Dokument

Leopold Hnidek

Das Alcaveiros-Dokument

RUNDBLICK-VERLAG

1. Auflage 1992

Umschlagentwurf: Atelier Vogel, Korneuburg
Umschlagfoto: Leopold Hnidek
Satz: Atelier Vogel, Korneuburg
Druck: Theiss-Druck, Wolfsberg
Printed in Austria
ISBN 3-900809-08-9

I

„Hier entlang, Senhor!“ Der drahtige kleine Portugiese stieg eine steile Treppe in das Kellergeschoß hinab. Unten drehte er an einem großen Schalter, eine Reihe von Neonröhren flackerte auf und erleuchtete einen weißgetünchten Gang. Der Boden bestand aus grauen, lose aneinandergefügten, ebenen Steinplatten. In der linken Seite des Ganges öffneten sich drei Türnischen. Vor der mittleren blieb der Portugiese stehen und suchte in seinem Schlüsselbund.

Es war eine dieser niedrigen Türen aus dem achtzehnten Jahrhundert, die merkwürdig breit wirken. An den Türangeln waren breitflächige, massive Beschläge angebracht, das Schloß mußte riesige Dimensionen aufweisen, denn der Bart des altertümlichen Schlüssels, den der Archivar nun einführte, maß sicherlich zwei Zoll. Ein scharfes Klicken ertönte, der Portugiese schob die Tür auf. Krächzend schrammte sie über die Bodenplatten. Rechts neben der Tür befand sich abermals ein Schalter, das harte Licht der Neonröhren enthüllte kurze, massive Säulen, die ein gemauertes, weißgetünchtes Backsteingewölbe trugen. Zwischen den Säulen und an den Wänden befanden sich aus Latten und Brettern roh gezimmerte Regale.

Howard Lofting sog die Luft scharf ein. Das merkwürdige Gemisch verschiedener Gerüche empfing ihn hier wie in allen Archiven der Welt. Trockener Papierstaub, ein leichter Schimmelgeruch, der Duft gesprungenen und gespaltenen Leders lag in der Luft. Ein, zwei Schritte ging er in den Raum hinein, eine beinahe jungenhafte Erwartung nach zu entdeckenden Schätzen ergriff ihn.

Aus den Fächern quollen Bücher, Mappen, Rollen, Stapel loser Blätter, Folianten, Listen, Atlanten und vieles mehr, das schriftliche Vermächtnis aus Jahrhunderten von Entdeckungs- und Kriegsfahrten lag vor ihm. Im Regal an der linken Stirnwand waren einige Bretter gebrochen, der Inhalt herausgefallen und im Gang verstreut. Der Portugiese wandte sich nach rechts und wies in zwei Gänge.

„Was Sie suchen, sollte hier oder hier sein. Dort hinten ist ein Tisch, den Sie benützen können. Sie dürfen aus diesem Raum nichts entfernen, Sie dürfen keine Fotografien anfertigen. Für Abschriften müssen Sie eigenes Material mitbringen und diese dem Presidio zur Genehmigung vorlegen. Entnommene Dokumente müssen in der ursprünglichen Reihenfolge wieder abgelegt werden, Sie dürfen nichts beschriften oder verändern. Mahlzeiten oder Getränke dürfen hier nicht eingenommen werden, Rauchen ist verboten." Der kleine Archivar hüstelte verlegen und starrte den großen Engländer erwartungsvoll an. Als keine Reaktion kam, nahm er den Schlüssel vom Bund und überreichte ihn.

Nochmals kam das Hüsteln und ein auffordernder Blick. „Wenn Sie den Raum verlassen, muß die Tür abgeschlossen werden. Sie klemmt ein bißchen."

„Ja, das habe ich bemerkt." Lofting wunderte sich über den Angestellten, dann kam ihm die Erleuchtung – der Bursche erwartete ein Trinkgeld. Mit einem sanften Schmunzeln übergab er ihm eine kleine Escudo-Note.

„Um fünfzehn Uhr schließen wir. Sollten Sie die Zeit nicht beachten, werde ich Sie abholen!" Mit einem breiten Grinsen verabschiedete sich der Archivar. Und wenn du von mir nichts bekommen hättest, dachte Lofting, wäre ich wahrscheinlich bis morgen früh eingekerkert gewesen, du Halunke!

Lofting sah sich in dem Raum um. Die beiden Gänge,

die ihm der Archivar gezeigt hatte, umfaßten rund hundert Meter Archivmaterial, das nirgends höher als ungefähr ein Meter achtzig gestapelt war, so daß er die Deckblätter gerade noch sehen konnte. Die Portugiesen waren eben meist kleingewachsene Leute. Bei dem Arbeitstisch an der Stirnwand des Raumes stand ein ramponierter Holzsessel, dem sich Lofting nicht ohne Mißtrauen anvertraute. Aus der Innentasche seiner Jacke nahm er orangefarbige Kartonstreifen, einen Block glattes Papier, verschiedene Schreibutensilien und eine Lupe. Dazu legte er noch sein portugiesisches Wörterbuch aus dem achtzehnten Jahrhundert, ein früher datiertes Exemplar hatte er weder in London noch in Lissabon auftreiben können.

Ein Blick auf seine Armbanduhr verriet ihm, daß er die nächsten fünf Stunden arbeiten konnte. Nun denn, frisch ans Werk. Er packte den ersten Stapel links oben, blies den Staub vom Deckblatt und begann, das Bündel aufzuschnüren. Das Abenteuer, für das er während der letzten drei Jahre alles in seinem Leben vernachlässigt hatte, begann.

2

Langsam schob sich der Regionalzug aus dem Bahnhof Paddington, holperte über einige Weichen auf das durch Ealing nach Osten führende Gleis. London war auch an diesem angenehm warmen Dienstagmorgen von seiner beinahe immerwährenden Hülle aus Dunst und Hochnebel bedeckt, die Sonne markierte einen grellen weißen Fleck in die Nebeldecke. Während der Zug durch Ealing ratterte, betrachtete Howard Lofting mit leichtem Ekel die trostlosen, verkommenen Häuserzeilen. In einer dieser von ranzigen Gerüchen und lärmenden Kindern erfüllten Mietskasernen fristete auch er sein Dasein. Das von ihm bewohnte Untermietzimmer verfügte im Gegensatz zu vielen anderen Studentenbehausungen wenigstens über eigenes Wasser, die meisten Kommilitonen wie auch sein Freund Francis Shepherd konnten sich diesen vergleichsweise luxuriösen Zustand nicht leisten. Und jetzt bekam er die Chance, aus dem Mief der Großstadt herauszukommen.

Es war nicht mehr als eine Chance, dessen war er sich bewußt. Im April hatte er seinen zweiten Bachelorhut erhalten, nach Geschichte nun für Spanisch. Das weitere Studium in archäologischen Fächern wurde durch einen Brief des Vaters jäh unterbrochen. Der alte Herr hatte ihm in nicht unfreundlichen Worten mitgeteilt, daß der Herr Sohn nicht mehr lange mit dem Eingang des monatlichen Schecks über 150 Pfund rechnen könne. Schließlich sei der Herr Sohn bereits alt genug, sich um einen eigenen Broterwerb umzusehen. Sechs Jahre Studium und zwei akademische Grade müßten ja wohl reichen. Einen ewigen Studenten wolle der Herr Vater nicht finanzieren, und so weiter, und so weiter. Kurzum, drei Monate gibt es noch Geld, doch dann wird entweder die Heimkehr in die elterliche Werkstatt in Norwich oder das Ergreifen eines Berufes vom Herrn Sohn erwartet.

Beide Möglichkeiten erschienen Howard nicht verlockend, obwohl zu Hause keinerlei Schwierigkeiten auf ihn warteten. Sein Vater war auf ihn stolz, da er seinen vier Brüdern immer wieder unter die Nase rieb, daß von allen Sprößlingen der Familie nur sein Howard wirklich genug Grips im Kopf habe, eine Universität zu besuchen. Da sich der Vater für die kaufmännische Seite der Werkstatt nie begeistern konnte, waren für den Sohn Platz und Verdienstmöglichkeit genug vorhanden. Während seiner ersten Studien in den Geschichtswissenschaften wurde Howard Lofting jedoch vom Wissensdurst und der Faszination, welche das Studium der mannigfaltigen menschlichen Kulturen auszeichnete, gepackt. Staunend entdeckte er in der unendlichen Fülle des Materials Merkwürdiges, Rätselhaftes und Geheimnisvolles. Das Unerklärte und Unentdeckte der Menschheitsgeschichte nahm ihn gefangen, ließ ihn so manche Mahlzeit vergessen und Nächte durchwachen. Wenn er ein Gebiet besonders konzentriert studierte, konnte es vorkommen, daß er eine Sekunde der Orientierung benötigte, wenn eine Unterbrechung ihn aus seiner Gedankenwelt riß.

Die intensive Beschäftigung mit dem Stoff zeitigte erwartungsgemäß ausgezeichnete Lernerfolge, er war bei seinen Professoren beliebt. Insbesondere Sir Charles Knotts beschäftigte sich mit dem vielversprechenden jungen Mann. Er erkannte, daß dieser Howard Lofting das Zeug zum Wissenschafter in sich barg wie nur wenige Studenten. Ganz besonders interessiert schien der junge Mann an der vorspanischen Geschichte Südamerikas, und so entschloß sich Howard auf Anraten seines Mentors zum

Spanischstudium und belegte dazu auch noch Archäologie. Sir Charles förderte ihn, wo er nur konnte, setzte ihn jedoch auch durch das sehr anspruchsvolle Niveau der jeweiligen Prüfungsaufgaben unter wissenschaftlichen Leistungsdruck. Daraus entwickelte sich die Mitarbeit im Institut für lateinamerikanische Vorgeschichte.

Vaters Brief holte ihn in eine Welt zurück, die er beiseite geschoben, gar nicht mehr richtig wahrgenommen hatte. Anfangs empfand Howard den Brief als persönlichen Affront, mußte jedoch zugeben, daß lediglich Vaters praktisches Denken dem Schreiben zugrunde lag. Vater war der Meinung, daß man mit fast fünfundzwanzig Jahren auf eigenen Beinen zu stehen hatte. Aus der Warte des Handwerkers betrachtet, hatte er sogar recht.

Howard telefonierte mit seinem Vater und wollte eine Verlängerung der Frist erwirken, schließlich fuhr er nach Hause. Auch das brachte nichts. Der Vater freute sich über die Leistungen des ältesten Sohnes, wollte jedoch von seiner Entscheidung nicht abgehen. Dabei gab es keine lautstarken Debatten, wie Howard befürchtete. Der Vater blieb freundlich, aber bestimmt bei seinem Standpunkt. Er wollte jedoch Howard nicht daran hindern, weiter wissenschaftlich zu arbeiten, wenn er dies mit einer beruflichen Tätigkeit in Einklang bringen könne. Gemeinsam mit Sir Charles Knotts prüfte Howard dann die Möglichkeiten, als Assistent an der Universität unterzukommen, aber gegen eine Unmenge von Protektionskindern war auch der Einfluß seines alten Lehrers machtlos. Auch ein Stipendium war nicht zu erhalten, da Howard nicht zu den bedürftigen Studenten zählte. Es blieb also nichts anderes übrig, als die Stellenangebote in Times und Evening Standard genau unter die Lupe zu nehmen. Auf Anraten von Sir Charles schrieb er wegen einer Stelle als Geschichtelehrer an das Queens College in Oxford.

Fast zwei Wochen später erhielt er ein Antwortschreiben, das unterschiedliche Gefühle in Howard weckte. Einerseits entsprachen Lebenslauf und bisherige Studienleistung den Vorstellungen des Rektors, andererseits wurde leise angedeutet, daß er keinerlei Erfahrung als Lehrer für die gewählte Stelle mitbrächte. Dennoch erwartete man ihn an einem angegebenen Termin, dem Schreiben beigefügt fand sich ermutigenderweise eine Fahrkarte nach Oxford. Entmutigenderweise war auch die Rückfahrkarte dabei.

Das Tempo des Zuges erhöhte sich etwas, die Lokomotive pfiff öfter als bisher, die grauen und öden Industrieanlagen von Slough glitten vorüber. Am Bahnhof von Slough leerte sich der Zug größtenteils. Scharen von Arbeitern, beinahe uniform mit schweren Schuhen, billigen Jacken, Schiebermützen und Provianttaschen, strebten rasch dem Ausgang zu. Ein Schwarm Touristen verließ einige Waggons, bestimmt zum Umsteigen nach Windsor. Und da waren auch einige Herren in Nadelstreif mit Aktenkoffer, Schirm und Bowler, die am Bahnsteig plaudernd stehenblieben. Das waren sicher Lehrer in Eton, die nicht am Schulgelände untergebracht waren.

Beim Anblick dieser Herren lächelte Howard. Auf ihre Art waren diese distinguierten Gestalten genauso uniform wie die Arbeiter, jede Gruppe für sich Bestandteil einer Tretmühle immer wiederkehrender Routine ohne Ausweg. Die Idee, demnächst vielleicht genauso uniform zu wirken wie die Lehrer am Bahnsteig, trieb Howard ein breites Grinsen ins Gesicht. Dann begann er glucksend zu kichern, schließlich lachte er hemmungslos. Als der Zug bereits wieder fuhr, wischte er sich keuchend die Tränen vom Gesicht. Die Vorstellung, auch derart Bestandteil einer Maschinerie zu werden, erschien ihm unwirklich und paradox. Sein Heiterkeitsausbruch blieb unbemerkt, da er in Slough allein im Abteil verblieb. Ab und zu kicherte er noch während der Weiterfahrt vor sich hin.

Nach Maidenhead verflog plötzlich die Dunstglocke, die Sonne strahlte völlig unenglisch über die Wiesen und Hecken von Berkshire. Ab Reading folgte die Bahnlinie den Windungen der schmal gewordenen Themse. Die Landschaft und das Wetter verstärkten die gute Laune und ließen Howard seine Zukunft optimistisch gefärbt erscheinen. Schließlich ist Oxford eine Universitätsstadt mit berühmten und umfangreichen Bibliotheken. Da er sicher nicht den ganzen Tag unterrichten würde, mußte reichlich Zeit für das weitere Studium bleiben, das ihm vorschwebte. Daß er die Stelle möglicherweise gar nicht erhalten würde, kam ihm nicht in den Sinn.

Angesichts des strahlend schönen Tages ignorierte er am Bahnhof von Oxford Taxis und Busse und entschloß sich, die eineinhalb Meilen zu Fuß zu gehen.

Howard betrat die kühle Halle und sah sich um. Neben einer Büste von Heinrich V. und Schildern anderer berühmter Schüler des Hauses befand sich eine Orientierungstafel, welche Howard studierte und sich sodann auf den Weg zum Quartier des Pedells machte. Dieser brachte ihn über mehrere Treppen und endlos scheinende Gänge vor eine hohe Tür. Das Holz hatte mehrere Generationen Zeit gehabt nachzudunkeln, so daß die geschnitzten Ornamente nur noch undeutlich zu erkennen waren. Der Pedell verschwand, was Howard dazu nutzte, seine Schuhe mit dem Taschentuch wieder in glänzenden Zustand zu versetzen. Er korrigierte noch schnell Frisur und Krawatte, dann klopfte er an. Eine Frauenstimme wurde hörbar, und Howard nahm an, daß es die Aufforderung zum Eintreten war.

Hinter der Tür befand sich ein enger, hoher Raum ohne Fenster. Uralte und beinahe schwarz patinierte Täfelung, dazu eine gelbliche Leuchte verliehen dem Raum düstere Atmosphäre. Gegenüber befand sich eine weitere, geschlossene Tür, rechts davon ein Schreibtisch, hinter dem eine etwa fünfzigjährige Frau hervorkam.

„Mr. Lofting?“ Helle, graue Augen blickten ihn über den oberen Rand einer Brille hinweg fragend an. Die Frau hatte ein rundes, gutmütiges Gesicht, von einigen wenigen weißen Strähnen durchsetztes blondes Haar und reichte ihm bis knapp unter die Achseln.

„In der Tat, Madam.“ Howard lächelte die Dame an. „Ich bin zu Sir Mortimer bestellt.“

„Allerdings. Und Sie sind zufriedenstellend pünktlich.“ Verwirrt blickte Howard auf seine Armbanduhr, auf den Zeitpunkt des Termines hatte er überhaupt nicht geachtet. „Ich bin Mrs. Withers, Sir Mortimers Sekretärin.“ Ihr Blick glitt an ihm entlang, scheinbar fand sie nichts Schwerwiegendes auszusetzen. Mit einem leichten Nicken wandte sie sich ab und öffnete die Tür zum nächsten Raum. „Sir Mortimer erwartet Sie.“

Sir Mortimer Bixby erhob sich hinter einem großflächigen, mit zahlreichen Papieren und Büchern bedeckten Schreibtisch. In einer Hand eine Pfeife, die andere ausgestreckt, kam er auf Howard zu. Der Rektor des Colleges war um einen Kopf kleiner als Howard, trug eine hellgraue, großflächig karierte Flanelljacke sowie die unvermeidliche Collegekrawatte in den Farben des Hauses. Er war schlank, graumeliert und sonnengebräunt. Zwei schmale, senkrechte Falten im Gesicht ließen auf ein beginnendes Magengeschwür schließen. Der Mann wirkte auf eine distanzierte Art sympathisch.

„Bixby.“ Ein kräftiger Händedruck, ein rascher, prüfender Blick und eine einladende Handbewegung zu einem Stuhl vor dem Schreibtisch. „Nehmen Sie bitte Platz.“

Während er sich setzte, betrachtete Howard den Raum. Links vom Eingang wechselten Bücherregale und geschlossene Schränke über Seiten- und Stirnwand hinweg einander ab. Die Stirnwand war von zwei Glastüren durchbrochen, welche auf einen Balkon oder Rundgang führten. Zwischen den beiden Türen befand sich ein dunkler, geschnitzter Schreibtisch, hinter dem sich Sir Mortimer in einem modernen Lederfauteuil niederließ.

„Ich danke für Ihr überaus pünktliches Erscheinen. Da ich mit Arbeit überhäuft bin, muß ich meine Zeit genau einteilen." Ein strafender Blick traf den Schreibtisch. „Das heißt nicht, daß wir beide füreinander keine Zeit haben. Darf ich Ihnen einen Sherry anbieten?"

„Oh ja, gerne." Abzulehnen wäre nach Collegeritual unhöflich gewesen und hätte ihn für die vorgesehene Stelle ohne weitere Diskussion disqualifiziert. Die Warnung, dem Rektor die Zeit nicht zu stehlen, war unüberhörbar. Sir Mortimer goß zwei Gläser voll und reichte eines Howard.

„Älteren Semestern als Ihnen biete ich selbstverständlich Tee an, noch älteren natürlich wieder Sherry." Der Rektor grinste, in den Augenwinkeln bildeten sich kleine Lachfältchen. Der Mann war durchaus sympathisch. Nach einigen Worten über das prachtvolle Wetter und eine Bemerkung des Premierministers während der letzten Woche kam Sir Mortimer zum Thema.

„Weshalb halten Sie sich für geeignet, an unserem College zu unterrichten?"

„Bitte vergeben Sie mir, wenn ich offen zu Ihnen bin." Der Rektor nickte. „Ich weiß nicht, ob ich zum Lehren an sich geeignet bin. Wie Sie meinem Bewerbungsschreiben entnehmen konnten, verfüge ich über keine pädagogische Ausbildung. Ich bin mir jedoch sicher, im Geschichtsunterricht eine gute Figur abzugeben."

„Gute Figur?“ Aus Pfeife und Mund quollen Rauchwolken. „Mr. Lofting, ich möchte Sie nicht damit langweilen, auf die mehr als sechshundert Jahre alte Tradition unseres Hauses und die damit verbundene Verpflichtung gegenüber unseren Schülern hinzuweisen. Wir benötigen erstklassige Fachleute.“

„Geschichte ist meine Leidenschaft, Sir Mortimer!“ Howard fühlte seine Felle davonschwimmen. „Diese Leidenschaft möchte ich an so viele Menschen wie möglich weitergeben, denn nur aus der Geschichte des Menschen können wir für seine Zukunft lernen.“ Mein Gott, welche Platitüden! „Sachlich bin ich sicher in dem von Ihnen verlangten Niveau.“

„Das sind diese 211 anderen hier auch.“ Sir Mortimer hob einen Stapel von Bewerbungsschreiben leicht an. „Aber davon kommen aus vielerlei Gründen mehr als zwei Drittel nicht in Betracht. Weshalb wollen Sie Lehrer werden?“

Howard erzählte von seinem Studium, der Entscheidung des Vaters und der Empfehlung seines Professors. Er schilderte die Möglichkeiten der Weiterbildung, die ihm durch den Lehrberuf seiner Meinung nach offen lagen, und ließ sich durch seine Begeisterung fortreißen. Er brach mit seiner Rede jäh ab, als er merkte, daß die Pferde mit ihm durchgegangen waren.

Schmunzelnd nahm Sir Mortimer die Pfeife aus dem Mund, betrachtete sie und stand auf, um im Zimmer auf und ab zu marschieren. „Wissen Sie, mit der pädagogischen Ausbildung – nun, wir sind hier nicht in Summerhill, eher im Gegenteil. Über die Prügelstrafe hat jeder Professor seine eigenen Gedanken. Wir verfügen über eine Hausordnung, die auch für den Lehrkörper ein strenges Reglement darstellt. Sind Sie katholisch?“

Howard schüttelte den Kopf.

Sir Mortimer setzte sich wieder, er kramte einige Blätter aus seinen Unterlagen hervor. „Haben Sie irgendjemanden, der Ihre Einstellung befürworten würde?“

Wieder verneinte Howard, mutlos geworden. Die Rückfahrkarte hätte ihm schon alles sagen müssen. Der Rektor war höflich, freundlich, wollte Howard das Gefühl vermitteln, daß man ihn ernst nahm, das war aber auch schon alles.

„Da täuschen Sie sich aber.“

Verblüfft blickte Howard den Rektor an. Für zwei, drei Sekunden herrschte Stille im Raum.

„Sie haben es tatsächlich nicht gewußt.“

„Was bitte?“ Howards Hals war trocken.

„Sir Charles hat mir einen langen Brief geschrieben.“ Der Rektor hielt die Blätter, welche er in der Hand hatte, hoch. Während er weitersprach, fügte er sie zu Howards Bewerbungsschreiben. „Sir Charles hat über Ihre Leistungen und Qualifikationen geschrieben. Sehr ausführlich geschrieben. Er hat jedoch mit keinem Wort gebeten, Sie hier einzustellen. Da ich Sir Charles sehr gut kenne, weiß ich, was der Brief bedeuten soll, noch dazu, da er bisher so etwas noch nie getan hat. Ich wage daher ein Experiment und stelle Sie vorläufig ein, wenn Sie damit einverstanden sind. Was ich dem Lehrerkollegium sagen soll, weiß ich im Moment beim besten Willen nicht. Aber das ist mein Problem.“

3

Howard stapelte mit Begeisterung seine Bücher und Skripten in einige Kartons, auf dem Bett lagen zwei offene, vom oftmaligen Gebrauch mitgenommene Koffer, in welchen sich Haufen aus unordentlich hineingeworfenen Kleidungsstücken befanden. Francis Shepherd stieß die Tür zu Howards Behausung auf und wankte unter der Last dreier Koffer herein. Er sagte irgend etwas, Howard konnte es jedoch nicht verstehen, da Francis zwei Kleiderhaken im Mund hatte.

„Was ist los?"

Francis nahm die Kleiderhaken aus dem Mund und stöhnte. „Drei Stock hoch, alter Junge, das ist zu viel für mich alten Mann. Da komme ich ja richtig außer Atem. Spinnt die Zimmerwirtin?"

„Wie kommst du darauf?"

„Als ich eben mein Zeug hier heraufstemmte, hat sie mir erklärt, daß Strom etwas extra kostet. Gibt's das?"

Howard grinste. „Nein, die Alte nimmt nur an, daß du genau so ein Leben führst wie ich. Wenn ich mich in einen Stoff verbissen habe, dann hat hier oft das Licht die ganze Nacht gebrannt. Daher hat sie mir für Strom zwei Pfund extra im Monat abgeknöpft."

„Da muß sie umlernen." Francis kicherte. „Meine Mädels haben es lieber dunkel. Wie steht sie zu etwas Jungweiblichem ab und zu hier drinnen?"

„Keine Ahnung." Howard räumte die letzte Kommode aus und wuchtete den Stapel Bücher auf das Bett. „Ich habe mich mit Agnes meistens im Park getroffen."

Francis riß die Augen auf. „Im Park?" Der schaudernde Ton der Frage ließ Howard aufblicken.

„Du bist vielleicht ein Kindskopf." Howard lachte. „Sei eben so diskret wie möglich. Wenn du es nicht übertreibst, hat die Alte nichts dagegen. Hast du eigentlich nichts anderes im Kopf?"

„Nicht daß ich wüßte." Francis saß auf seinen Koffern und blickte befriedigt im Zimmer umher. „Ich kann dir gar nicht sagen, wie froh ich bin, alter Knabe, daß ich deine Bleibe haben kann. Dieser schiere Luxus haut mich um. Aus der Wand hier kommt echt richtiges Wasser, und wenn man will, sogar warm!"

„Ja, und einen eigenen Eingang hast du auch. Jetzt halt die Klappe und hilf mir bei den Kartons, sonst werde ich nie fertig."

„Aber gerne, Herr Professor, Sir, Mylord! Wir leben in einer Zeit voller Wunder, alter Knabe. Ich kriege dieses Zimmer, die Beatles erschienen auf diesem kranken Planeten und du wirst Professor in Oxford!"

Howard schmunzelte. Sofort nach dem Gespräch mit dem Rektor des Queens College war er nach Hause gefahren, um seinem Vater zu erzählen, daß er tatsächlich weiter wissenschaftlich arbeiten könne. Der Vater hörte Howards Erzählung aufmerksam und mit sich steigernder Begeisterung an. Die Tatsache, daß Howard nun Anspruch auf die Anrede „Professor" hatte, brachte den Vater ganz aus dem Häuschen. Er rief der Reihe nach seine Brüder an, um diesen mitzuteilen, daß eben nur sein Sohn ein Genie sein könne. Schließlich war die ganze Familie informiert, und im Hause waren alle auf Howard stolz. Daß es sich nur um eine vorläufige Anstellung handelte, tat der Freude keinen Abbruch. Schließlich stellt man jeden erst mal auf Probe ein, auch in der Werkstatt sei das so, meinte der Vater. Und wenn er in Oxford an dem einen College nicht weiterkäme, so gäbe es dort ja noch Dutzende andere.

Der Vater war beinahe der Meinung, daß man sich an den Colleges um Howard riß. Es war daher nicht schwer, den Vater davon zu überzeugen, daß die Garderobe des Studenten Howard mit der Stellung des Professors Lofting nicht zusammenpaßte. Also wurde Mutter beauftragt, mit Howard die besten Geschäfte von Norwich zu besuchen und den Stolz der Familie standesgemäß einzukleiden.

An diese Woche im Elternhaus dachte Howard später gerne zurück. Da Geschwister und Vater während des Tages in Schule und Arbeit waren, konnte er lange und ausführliche Gespräche mit seiner Mutter führen. Daß er dieses Haus nie wieder sehen würde, konnte er damals nicht ahnen.

Da er nun einen Beruf hatte, mußte er nach Ansicht der Mutter auch eine Familie gründen, und ob er nicht bereits eine in Frage kommende junge Dame ins Auge gefaßt habe. Howard hatte zwar einige wenige Studentenliebschaften hinter sich, jedoch kein Mädchen gefunden, dem südamerikanische Archäologie länger als zwei Wochen interessant schien. Er seinerseits war nicht in der Lage, mehr als höfliches Interesse für die Anliegen der jungen Damen aufzubringen, und so erschöpften sich seine Beziehungen nach kurzer Zeit in Sprachlosigkeit und endeten rasch. Mädchen waren in Howards Vorstellungswelt eine langhaarige, oberflächliche und tanzverrückte Rasse. Daß er bei den Kommilitonen – und besonders bei den weiblichen – als armer Irrer galt, störte ihn nicht. Eine Ehe lag für ihn außerhalb jeder Vorstellung.

Während der Einkaufstour fiel ihm manches Mal auf, daß man ihm ein wenig mehr Ehrerbietung als die übliche Aufmerksamkeit Kunden gegenüber erwies. Bekannte grüßten ihn höflich, und ab und zu wurde er tatsächlich als Professor angesprochen. In dieser bürgerlichen Welt schien er etwas Bedeutendes geworden zu sein. Der Vater hatte sicher für die Verbreitung der Nachricht gesorgt, und die Mutter sonnte sich in Howards neuem gesellschaftlichen Ansehen. Erst später kam ihm in den Sinn, daß es auch für seine Eltern ein größeres Prestige in deren Welt bedeutete, wenn sie einen Sohn vorweisen konnten, der in Oxford unterrichtete. Howard gab sich alle Mühe, den ihm erwiesenen Respekt nicht mit breitem Grinsen zu quittieren.

Reichlich mit Taschengeld versehen, kehrte er nach London zurück. Der Vater hatte ihm augenzwinkernd erklärt, da Howard ihm jetzt nicht mehr auf der Tasche liege, könne er ihm einmalig einen größeren Geldbetrag als Starthilfe mitgeben. Die Mutter steckte ihm etwas zu, damit er verschiedene Anschaffungen im neuen Heim in Oxford tätigen könne. Howard argwöhnte, daß sie wahrscheinlich mehr an die Ausgaben dachte, die unweigerlich entstehen, wenn man junge Damen zum Essen einlädt.

Wieder in London zurück, versuchte er vergeblich, Francis in dessen Zimmer zu erreichen, traf ihn jedoch in einer Studentenkneipe. Da Howard wußte, unter welch tristen Verhältnissen sein Freund hauste, wollte er ihm seine eigene Bude zukommen lassen. Die Zimmerwirtin konnte überzeugt werden, daß Francis ein genauso ruhiger Student wie Howard wäre, und so saßen die beiden schließlich in Howards Zimmer, der eine packte ein, der andere aus.

„Hast du eigentlich schon einen Vertrag?" fragte Francis, während er eine ansehnliche Kollektion scharfer Getränke aus einem Koffer holte.

„Ja, ist schon angekommen, während ich noch zu Hause war. Paß bloß auf, daß es hier nicht nach Schnaps riecht, sonst schmeißt dich die Alte raus!"

„Ach, ich sauf ja nicht. Aber ab und zu habe ich Besuch,

der eine kleine Ermunterung benötigt. Zeig mal her den Wisch!“

Howard reichte das Papier hinüber. Mit großer Erwartung hatte er den Umschlag geöffnet. Je länger er allerdings las, um so ernüchterter wurde er. Der Vertrag war auf eine Saison befristet, barg zwar die Möglichkeit der Verlängerung auf ein weiteres Schuljahr, gleichzeitig jedoch ein monatliches Kündigungsrecht des Colleges. Da er nur probeweise angestellt wurde, räumte man ihm keine Unterkunft im College ein, er mußte sich um ein standesgemäßes Quartier außerhalb der Schule umsehen. Das monatliche Salär von 250 Pfund erschien ihm großzügig, bis ihm dämmerte, daß er davon noch Steuern und Versicherungen berappen mußte. Seine Tätigkeit war überraschenderweise mit dem Geschichteunterricht nicht abgetan. Schüleraufsicht, Kurse, Veranstaltungen der Lehrerversammlung und vieles mehr nahmen fünf Wochentage voll in Beschlag. Damit hatte man sich eben abzufinden. Bis zum Antritt seines Dienstes hatte er noch zwei Monate Zeit, die konnte er für das Studium der Lehrmittel, den Lehrplan und die Hausordnung sowie die Suche nach einem geeigneten Quartier verwenden.

„Der einzige Unterschied zum Sklavenleben ist, daß du ein Gehalt einstreifst. Sei herzlich bedauert, alter Knabe.“ Francis setzte eine Leidensmiene auf. „Und so begibt sich das junge Genie freiwillig auf die Galeere, von Schülern gequält, gedemütigt von Kollegen, am Hungertuche nagend und verloren für die Welt.“

Mit ausgebreiteten Armen stolzierte Francis im Zimmer auf und ab und verkündete mit düsterer, hohler Stimme: „Und so kam es, daß der junge Mann von Verzweiflung ergriffen, beseelt von der fixen Idee, sich für die Welt aufopfern zu müssen, binnen Wochen zum Greis wurde, überschnappte und sich lockeren Weibern und dem Suff ergab!" Wieder im normalen Ton fragte er: „Was sagt das Monument dazu?"

Wer Sir Charles Knotts den Spitznamen Monument verliehen hatte, wußte niemand, es mußte wohl in grauer Vorzeit geschehen sein. Für Howard war es peinlich, den alten Professor aufzusuchen, um ihm für seine Empfehlung zu danken. Der Wissenschafter hatte Howard jedoch gar nicht zu Wort kommen lassen.

„Ich weiß, daß Sie sich bei mir bedanken wollen, Howard." Die blauen Augen unter den dichten, eisgrauen Brauen blickten ihn scharf an. „Das ist nicht notwendig, ich habe nur getan, was ich für richtig hielt, denn Sie sind meiner Meinung nach einer der Berufenen. Enttäuschen Sie mich alten Mann nicht und bleiben Sie der Wissenschaft treu. Ich habe hier zwei Briefe, beides sind Empfehlungsschreiben. Eines für die Bodleian Library und eines für das Ashmolean Museum. Mit diesen Briefen wird man Ihnen jede nur denkbare Arbeitsmöglichkeit zur Verfügung stellen, mit den verantwortlichen Leuten habe ich schon telefoniert." Das Monument erhob sich und blickte zu Howard auf. „Ich verlange von Ihnen, daß Sie mich über Ihre Arbeiten ständig auf dem laufenden halten." Ein langer Händedruck und ein von Howard gestammeltes Versprechen waren der Abschied für die beiden.

„Ach, mir ist es entsetzlich nahegegangen." Howard blickte zum Fenster hinaus, Francis lümmelte auf dem Bett. „Ich bin mit ihm sehr gut ausgekommen. Er war irgendwie enttäuscht, aber er hat meine Situation gekannt. Für einige Leute hat er mir Empfehlungsschreiben mitgegeben. Mir tut es wahnsinnig leid, daß ich meine Arbeit aufgeben muß."

„Mach dir nichts draus. Verstaubte Folianten findest du in Oxford jede Menge. Deine Arbeit im Institut wollen gleich drei Leute haben."

„Leichenfledderer. Ich bin noch in London, und schon prügeln sie sich um mein Projekt." Howard arbeitete an einer Zusammenfassung über die wenig bekannte Huari-Kultur, einem Vorläuferstaat der Inkas. „Weiß man, wer es machen wird?"

„Na ja, der widerliche McFarlane hat die Beziehungen seines Vaters spielen lassen, da wird er es wohl machen. Im zweiten Semester schon im Institut arbeiten! Du wirst sehen, der macht aus deinem Sessel einen Assistentenposten!"

„Piggy McFarlane. Na ja, der wird keine Freude haben." Howard grinste. „Das Monument hat das ganze Projekt eingepackt und schickt es mir nach. Da es keine Assistenarbeit ist, kann er das machen. Die Quipuforschung kann ich nicht mitnehmen, die bleibt Piggy!"

„Das reicht dem Trottel vollkommen. Aber, oh erlauchte Weisheit, heißt das, daß du in deinem Collegekerker weiterstudierst?"

„Manchmal, Francis, denkst du richtig mit. Die Huaris werden meine Dissertation."

„Du hast einen Knall. Irgendwann mußt doch sogar du genug haben von der Uni und ein normaler Mensch werden. Na ja, des Howard Wille ist sein Himmelreich. Aber komm mir ja nicht flennen, wenn des Lebens Süße bei dir nicht Halt macht!"

„Ich warte mit Sehnsucht auf den Zusammenbruch deines Terminsystems, Francis. Dann wirst du ein Rendezvous gleichzeitig mit drei Mädchen durchstehen müssen. Einen Shilling für das Schauspiel! He, das Taxi ist da!" Die beiden Freunde rappelten sich auf und verluden Howards Habseligkeiten im Taxi.

„Halt die Ohren steif und laß etwas von dir hören!" rief Francis noch, dann hatte Howard die Wagentür zugeknallt. Das Taxi fuhr los.

4

Die orangeroten Kartonstreifen ragten aus der linken Seite der Dokumentenregale heraus, bildeten die Spur von Howards Suche. Auf dem Tisch vor ihm häuften sich Unterlagen, der Notizblock war auf mehreren Seiten eng beschrieben. Den Kopf in die linke Hand gestützt, las Howard mit voller Konzentration in einer Handschrift, entrückt in eine Welt der Abenteuer, der Entdeckung neuen Landes vor vierhundert Jahren.

Der kleine Archivar war in den Raum getreten, um Howard an die Schließungszeit zu erinnern. Zwei Wochen hindurch kam er bereits hierher, um den großen Engländer jedesmal regelrecht aufzuwecken. Wenn der Fremde ein Dokument studierte, war er völlig geistesabwesend. Der Portugiese räusperte sich.

„Fünfzehn Uhr, Senhor!"

„Was?" Howard fuhr auf. Nach einem Moment der Orientierungslosigkeit fand er sich wieder, blickte den Portugiesen an, nickte ihm zu. Auf den Notizblock warf er noch zwei Zeilen, dann erhob er sich, um dem Archivar zu folgen.

Regelmäßig, wenn sich das Tor des Nationalarchivs von Lissabon hinter ihm schloß, machte sich Hunger in Howards Eingeweiden bemerkbar, und er suchte raschen Schritts immer das gleiche kleine Lokal mit den herrlichen Fischgerichten auf, dazu gab es noch ganz ausgezeichnete Weine. Der kleine, glatzköpfige Wirt hatte sehr rasch erfaßt, daß Howard jeden Tag, an welchem das Archiv geöffnet war, sein Lokal aufsuchte und eine seiner Spezialitäten mit Wein bestellte. Daher wurde unter der schattigen Markise ein kleiner Tisch für ihn freigehalten.

Daß er Engländer war, mußte aus seinem jämmerlichen Portugiesisch hervorgehen. Diese verrückte Aussprache wird wohl nur ein Einheimischer je ganz begreifen können. Der Wirt trieb untertags von irgendwoher eine einen Tag alte Ausgabe der Daily Mail auf, was Howard das Lokal nur noch freundlicher erscheinen ließ. An diesem Tag jedoch griff er nicht sofort zur Zeitung, sondern rührte gedankenverloren in seiner Caldeirada.

Nachdem der Archivangestellte Howard zum Ausgang begleitet hatte und sicher war, daß dieser das Gebäude tatsächlich verlassen hatte, begab er sich wieder zurück an Howards Arbeitsplatz. Er notierte die von Howard aus den Stapeln entnommenen Dokumente, überprüfte deren Vollständigkeit und legte den Notizblock wieder an den ursprünglichen Platz, nachdem er davon zwei Sätze Fotokopien angefertigt hatte. Sodann überflog er das aufgeschlagene Dokument, das der Ausländer gerade bearbeitete.

Der Archivar betrat das Zimmer des Vizepräsidenten des Archivs und erstattete Bericht. Einen Satz der Fotokopien überreichte er dabei seinem Vorgesetzten, der zweite befand sich bereits in seiner Tasche, wovon der Vizepräsident natürlich nichts wußte.

„Bisher hat Dr. Lofting ausschließlich Berichte aus dem 16. Jahrhundert eingesehen. Es handelt sich dabei ohne Ausnahme um Berichte von Kapitänen, welche mit oder ohne Auftrag Expeditionen ins brasilianische Hinterland durchführten. Die Namen der Kapitäne und das Jahr der jeweiligen Expedition sind auf dieser Liste angeführt." Der Archivar schob ein Blatt Papier über den Tisch.

„Es sind Unternehmungen der Kapitäne da Cunha, mehrerer Mitglieder der Familien Cao und Cabral, eine Reise von Goncalves Eannes. Derzeit hat Dr. Lofting den Bericht des Kapitäns Alcaveiros in Arbeit."

Der Vizepräsident runzelte die Stirn. „Dr. Lofting hat als Ziel seiner Forschungen eine Arbeit über die Lebensbedingungen der portugiesischen Seeleute des sechzehnten und siebzehnten Jahrhunderts angegeben. Er sucht also nach etwas anderem." Er schlug einen vor ihm liegenden Akt auf. „Dr. Lofting ist Mitglied der Royal Academy, hat mehrere Arbeiten über alte, vorinkaische Völker veröffentlicht." Der Vizepräsident lehnte sich zurück und studierte die Stuckdecke seines Zimmers.

„Warum sucht er dann nicht in spanischen Archiven?" Der kleine Archivar hüstelte verlegen. „Sein Arbeitsgebiet befindet sich demnach ja ausschließlich in ehemals spanischen Domänen."

„Richtig." Der Vizepräsident reichte dem Angestellten die Liste. „Machen Sie mir davon eine Kopie und tragen Sie die Dokumente in der Reihenfolge der Entnahme durch Dr. Lofting in die Kartei ein."

Howard ahnte von diesen Tätigkeiten und Überlegungen hinter seinem Rücken nicht das Geringste. Gedankenverloren hatte er im Schatten der Markise seines Lokals das dritte Glas Wein getrunken. Die Wirkung des Weines und das angenehme Völlegefühl im Bauch versetzten Howard in eine schläfrige Entspanntheit, er streckte seine Füße unter dem kleinen, runden Metalltisch aus und ließ seine Gedanken spekulative Kreise ziehen.

Der Bericht des Alcaveiros unterschied sich nach Howards Meinung ganz außerordentlich von den anderen ihm bisher bekannten Expeditionsbeschreibungen.

Im Jahre 1589 erhielt Alcaveiros den Auftrag, den Wahrheitsgehalt von Gerüchten über die Sieben Städte von Cibola, welche nach Erzählungen der Indianer tief im Dschungel verborgen sein sollen, zu überprüfen. Die Sieben Städte waren eine Legende, der im besonderen die Spanier in ihren Besitzungen in Süd- und Mittelamerika immer wieder nachjagten, ein sagenhaftes, nie gefundenes Land. Obwohl die Spanier in Südamerika Gold in Hülle und Fülle fanden, war es für die Gier der Schatzsucher doch nie genug. Abenteurer und Glücksritter durchstreiften das Land auf der Suche nach El Dorado, dem Goldenen Mann, und den Sieben Städten von Cibola. Gefunden wurde nichts davon. Trotzdem tauchten in oft jahrzehntelangen Abständen immer wieder Leute auf, die behaupteten, die Sieben Städte mit eigenen Augen gesehen zu haben. Ab und zu wurde, wenn die Gerüchte sich verdichteten, auch eine offizielle Expedition im Auftrag der Vizekönige losgeschickt. Die spanischen und portugiesischen Landansprüche in Südamerika wurden nach einem Entscheid von Tordesillas festgelegt, Gebietsverletzungen gab es kaum und konnten oft auch gar nicht festgestellt werden, da der unendliche Amazonasdschungel eine natürliche Barriere bildete. Die Portugiesen fanden auf ihrem Gebiet im Gegensatz zu den Spaniern keine einheimischen Hochkulturen, nur im Urwald verborgene, kriegerische Indianer, welchen schwer beizukommen war.

Alcaveiros Bericht setzt Ende 1588 ein, als ein Indianer gefangen wurde, der einem bisher nicht bekannten Stamm angehörte und nach der damals üblichen peinlichen Befragung unter der Folter von einem Land mit Sieben Goldenen Städten berichtete. Nach dem Dafürhalten der das Verhör leitenden Jesuiten mußte es sich um die Sieben Städte von Cibola handeln. Diese Geschichte ließ sich nicht lange geheimhalten, und so wurde Kapitän Alcaveiros mit 42 Mann, darunter zwei Geistlichen, losgeschickt, gemäß der Wegbeschreibung des Indianers die Goldenen Städte zu suchen. Der Indianer überlebte zwar die Folter, wurde jedoch entsprechend der damaligen Verfahrensweise getauft und anschließend während eines der vielen Autodafés verbrannt.

In seinem Bericht schilderte Alcaveiros penibel und ausführlich die Reisevorbereitungen, schließlich setzte sich der Zug in Marsch. Es folgten fast vierzig Seiten, auf welchen der Kapitän den qualvollen Marsch durch unwegsamen Urwald, Gebiete angriffslustiger Indianer, den Kampf gegen Krankheiten und eine unbekannte Tierwelt festhielt. Nach elf Monaten erreichte Alcaveiros erschöpft und entkräftet seinen Ausgangspunkt, die Siedlung Braganca am Atlantik. Von seiner Aussage unterschied sich dieses Dokument von anderen Expeditionsberichten nicht wesentlich.

Es war das Dokument selbst, das Howards Argwohn weckte. Nach den Gepflogenheiten der bereits Ende des sechzehnten Jahrhunderts üppig wuchernden Bürokratie mußte der Bericht in mindestens drei Ausfertigungen dem Sekretariat des Vizekönigs übergeben werden. Ein Exemplar war für die Administration des Vizekönigs und zwei für die Admiralität bestimmt. Dazu hat Alcaveiros sicher noch eine Abschrift für sich selbst hergestellt. Der damit verbundene zeitliche Aufwand, genügend Abschriften herzustellen, veranlaßte alle Berichterstatter, sich wesentlich kürzer zu fassen, so daß die Berichte üblicherweise nicht mehr als zwölf bis fünfzehn Seiten umfaßten. Alcaveiros Bericht jedoch war sehr langatmig und mit 71 Seiten als einziger Bericht seiner Zeit äußerst umfangreich. Was war der Grund dafür?

Aufgrund der Unterschrift des Kapitäns und des Fehlens der ihm aus anderen Dokumenten bekannten höfischen Floskeln konnte Howard einwandfrei feststellen, daß Alcaveiros den Bericht selbst geschrieben hatte. Das war ebenfalls äußerst ungewöhnlich, denn er hätte sich eines Kanzleischreibers bedienen können, der sein Diktat zu Papier brachte und vervielfältigte, so wurde es von anderen Reisenden fast ausnahmslos gehalten. Weshalb unterzog sich der Kapitän der mehrere Wochen dauernden Mühe, die Berichte selbst zu schreiben?

Die Seiten sechs bis acht fehlten. Sie waren entweder nie vorhanden, oder wurden entnommen, kurz nachdem der Bericht fertiggestellt war. Alcaveiros selbst hat alle folgenden Seitennummern korrigiert. Dem Aufbau des Berichtes nach mußte auf diesen Seiten die Wegbeschreibung des Indianers zum gesuchten Ort festgehalten worden sein. Folglich blieb nur der Schluß, daß Alcaveiros die Wegbeschreibung verschwinden lassen wollte. Für sich selbst benötigte er sie ja nicht, da er vom Dokument sicherlich eine vollständige Abschrift behielt.

Die penibel geführte Reisebeschreibung wurde am Ende des Anmarsches zum Ziel sauber abgeschlossen, es folgte ein kurzer Satz über die vergebliche Suche nach den Sieben Städten und anschließend wieder eine ausführliche Schilderung des Rückmarsches. Hier fand sich wieder eine Abweichung zu anderen ähnlichen Berichten, welche immer des Langen und Breiten die Suche am Zielpunkt selbst wiedergaben, sofern die Expedition diesen überhaupt erreichte.

Fand Alcaveiros etwas in den Urwäldern Brasiliens, das außer ihm niemand wissen sollte?

Für einen uneingeweihten Betrachter war Alcaveiros Bericht einer unter zahllosen anderen, aber für Howard ergaben sich bei dem Schriftstück zu viele Ungereimtheiten. Der Umfang des Dokumentes ließ auch die Vermutung zu, daß Alcaveiros beabsichtigte, durch die Länge der Schilderung bei einem allfälligen Leser Langeweile aufkommen zu lassen und dadurch das Interesse an dem Bericht rasch erlahmen sollte.

Wenn das stimmte, so war Kapitän Alcaveiros alles daran gelegen gewesen, seinen Bericht als ermüdend, seine Reise fruchtlos und ohne verwertbares Ergebnis erscheinen zu lassen. Das paßte nun wieder nicht zu den Reisenden jener Zeit, die sich mit ihren Heldentaten bis zur blanken Prahlerei brüsteten.

Bis Howard mit allen ihn interessierenden Berichten im Archiv durch war, würden wohl noch drei Wochen vergehen, und vielleicht fand sich noch ein weiteres derart interessantes Dokument. Howard entschloß sich, trotz des Verbotes den Bericht ohne Wissen des Archivars auszuleihen und eine Fotokopie anzufertigen. Mitwisser konnte er nicht brauchen.

Warum wollte der Kapitän eine weitere Expedition verhindern?

Wer war dieser Alcaveiros?

5

Sofort nach dem Schrillen der Glocke brach das Getöse der Zwölfjährigen los, binnen einer halben Minute strömten sie aus der Klasse, die Treppe hinab und verteilten sich mit den Schülern anderer Klassen in James Quad. Howard blickte lächelnd hinunter und begann die Tafel zu löschen.

„Sie löschen die Tafel selbst?“

Howard wandte sich der Tür zu. „Oh, hallo Parker!“ Brian Parker war Mathematiklehrer, etwa dreißig Jahre alt, und hatte seine Klasse soeben entlassen. „Na ja, es ist die letzte Stunde heute, und die Jungens sind ja nicht mehr zu halten, Sie wissen ja, wie das ist.“

„Allerdings.“ Der andere lehnte sich an den Türrahmen. „Und es sind nur noch drei Wochen bis zum Ende des Schuljahres, da ist mit den Brüdern beim besten Willen nichts mehr anzufangen. Sie sind mit Ihrem Stoff durch?“

Eine der Schattenseiten des Lehrerlebens war diese ständige Besorgnis der Kollegen, ob Howard den Lehrstoff seinen Schülern ohne vom Lehrplan abzuweichen vermitteln konnte, wie er die Schüler behandelte, ob er sich standesgemäß in Schule und Öffentlichkeit benahm, er den ungeschriebenen Regeln des Lehrerkollegiums entsprechend sein Leben gestaltete. Dabei wußte Howard, daß die an ihn gestellten Fragen meist von freundlichem Hintergrund getragen waren, oft aber war der Ton von oben herab nicht zu überhören.

„Ja, das bin ich. Eine Woche hätte ich noch Zeit gehabt, aber ich bin durch.“ Howard packte seine Unterlagen zusammen.

„Prächtig, prächtig, alter Knabe. Da sind Sie ja zu beglückwünschen." Parker seufzte hörbar. Howard spitzte die Ohren. Hörte er hier neue, unbekannte Töne?

„Begleiten Sie mich ins Konsiliar, Lofting?" Das war ja etwas ganz Neues, daß er aufgefordert wurde, einen Kollegen zu begleiten, und sei es auch nur ins Lehrerzimmer. Trotzdem Howard nun schon zehn Monate am Queens College unterrichtete, hatte bisher der Pedell mehr Ansehen als er genossen. Aber tatsächlich, Parker wartete, und gemeinsam gingen sie plaudernd den langen Weg in ihre Höhle. Howard genoß erfreut, aber ein wenig vorsichtig diese ihm neue Art des Kontaktes mit einem Kollegen.

„Die Prima ist immer ein Jammer", meinte Parker, „aber das haben Sie heuer ja am eigenen Leib verspürt. Ich habe die Kerle leider noch nicht durch mein Programm, aber nächste Woche habe ich es dann auch geschafft. Die Prüfungen noch, und dann hinter mir die Sintflut für dieses Jahr." Howard traute kaum seinen Ohren. Ein Lehrer des Queens College, der aus freien Stücken und ohne mit der Wimper zu zucken offen bekannte, gegenüber dem Anfänger ein wenig im Hintertreffen zu liegen? Der heutige Tag mußte im Kalender rot angestrichen werden.

Ein Englischlehrer mit dem phantasievollen Namen Smith schloß sich ihnen an. „Hallo, Brian, hallo Lofting. Na, sind Sie Ihre ganze Geschichte für heuer schon losgeworden?" Vom Grundsatz her waren die Kollegen allesamt sehr nette Menschen, aber die vielleicht gedankenlos geäußerte Höflichkeit ärgerte ihn wieder.

Das Lehrerzimmer war ein großer Saal voll mannshoher, uralter, schwarzer Holzschränke mit der düsteren Eleganz einer Aufbahrungshalle. Die Schränke zogen sich um alle vier Wände, nur von Türen und zwei bis an den Boden reichenden Balkonfenstern unterbrochen. Je zwei Lehrer mußten sich die Benützung eines Schrankes teilen, aber die Kästen waren derart geräumig, daß noch niemand über Platzmangel geklagt hatte. Im Raum selbst befanden sich kirchenstuhlähnliche Bänke für ebenfalls je zwei Personen. Den Bankreihen stand an der Schmalseite des Saales eine einzelne Bank gegenüber, der Thron des Speakers, des Vorsitzenden des Lehrerkollegiums.

Während Howard die mitgebrachten Unterlagen in seinem Schrank deponierte, wackelte der alte Carruthers heran, ein ob seiner Schwerhörigkeit bei den Schülern sehr beliebter Lateinlehrer.

„Na, Lofting", knarrte der Alte, „wie steht's bei Ihnen, mit dem Stoff schon durch?"

Erstaunt starrte Howard den alten Herrn an. Wieso will die ganze Welt wissen, ob ich den Lehrplan erfüllt habe? Im Gesicht des alten Lateiners war keine Bosheit oder Arglist zu entdecken, daher entschloß sich Howard anzunehmen, daß die Frage derzeit tatsächlich von allgemeinem Interesse war. „Ja, Sir", brüllte Howard, „und die Prüfungen habe ich auch bald hinter mir!"

„Gut, gut, junger Mann! Sagen Sie, wie steht's mit Ihrem Latein?" Der Professor sprach plötzlich lateinisch auf Howard ein, machte eine abfällige Bemerkung über die humanistisch ungebildete Bande der anderen Lehrer.

Howard lächelte schief, denn einen ausgewachsenen Historiker wie ihn konnte man mit Latein nicht aus dem Gleichgewicht bringen. Also erzählte er Carruthers in vergilschem Stil eine Zote aus Francis Shepherds abenteuerlichem Leben. Der alte Mann krähte vor Vergnügen.

„Der ist gut, wirklich! Lofting, lieber Junge, den müssen Sie dem Rektor erzählen!" Mit diesen kryptischen Worten ließ er Howard stehen und steuerte einen anderen Lehrer an.

Wenn er etwas in diesem Jahr am College gelernt hatte, dann war es genau zuzuhören. Die Herren Kollegen übten sich in einer besonderen, rätselhaften Redeweise, so daß oft eine gehörige Portion Kombinationsgabe dazu gehörte, herauszufinden, was eigentlich gemeint war. Natürlich waren auch die Grobheiten so samtweich verpackt, daß sie schon eher perfide Gemeinheiten darstellten. Daher war Howard beunruhigt, sowohl durch die ungewöhnliche Anzahl als auch den Inhalt der heute mit ihm geführten Gespräche. Dazu kam, daß der Rektor bisher über die Verlängerung seines Vertrages noch kein Wort verloren hatte.

Lieber heute als morgen die Gewißheit, dachte er, entschloß sich, den Stier bei den Hörnern zu packen und suchte die tüchtige Mrs. Withers auf.

„Ah ja, Mr. Lofting. Sie sind ein wenig zu früh dran, Sir Mortimer erwartete Sie erst in einer Viertelstunde!"

„Sir Mortimer erwartet mich?"

„Aber Mr. Lofting, nur nicht so bescheiden!"

„Erlauben Sie, daß ich warte?" Man wollte also das Verwirrspiel mit ihm noch weiter betreiben. Langsam kroch Ärger in Howard hoch. Ein ganzes Jahr lang ließ man ihn links liegen und heute plötzlich diese Fürsorge von Leuten, mit welchen er sonst kaum ein paar Sätze sprach. Und der Rektor erwartete ihn, obwohl Howard darüber nicht informiert war.

Sir Mortimer Bixby kam mit einigen Papieren in der Hand aus seinem Zimmer, begrüßte Howard und wechselte einige Worte mit Mrs. Withers. Sodann zog er Howard in sein Zimmer.

„Sherry?"

„Sehr gerne."

Sir Mortimer entkorte eine Flasche und füllte zwei Gläser. „Vorhin war Carruthers bei mir, da bleibt nichts übrig, ich muß dann immer eine neue Flasche öffnen. Tja, der Juni ist ins Land gekommen! Nun, Mr. Lofting, wie geht es Ihnen?"

„Schlecht."

„Weshalb?" Sir Mortimer zog die Augenbrauen hoch und eröffnete das Ritual des Pfeifestopfens.

„Ich habe hier fast ein Jahr zugebracht, jeden Monat in der Erwartung, daß Sie mich nicht mehr benötigen würden. Die Kollegen hier haben es mir weiß Gott nicht leicht gemacht, ich muß Aussatz oder etwas ähnliches haben. Mit keinem Menschen kann man in Kontakt kommen, nur heute will jeder wissen, ob ich meinen Stoff schon durch habe. Sie erwarten mich, und ich weiß gar nicht, daß ich zu Ihnen kommen soll. Ich weiß nicht, ob mein Vertrag verlängert wird. All das zusammen erzeugt in mir ein merkwürdiges Gefühl. Übrigens ist Ihr Sherry ganz vorzüglich, Sir Mortimer!"

„Vielen Dank. Hat der alte Carruthers nicht mit Ihnen gesprochen?"

„Er hat mir bloß gesagt, ich soll Ihnen einen Witz erzählen!"

„Hm." Die Lachfältchen um Sir Mortimers Augen erschienen wieder. „Er ist ein wenig schrullig. Sie wissen das ja. Aber zu Ihrer Tirade darf ich schon etwas bemerken. Im Hause hier kommen die Professoren mit probeweise angestellten Kollegen nicht leicht in Kontakt. Im übrigen war man im Lehrerkollegium ursprünglich der Meinung, Sie sollten nicht eingestellt werden. Man betrachtete Sie ein wenig als Protektionskind."

Nun wurde die Pfeife angezündet. Als sie befriedigend zog, sprach Sir Mortimer weiter. „Im übrigen haben Sie in den ersten drei Monaten ja einige Kollegen vor den Kopf gestoßen, unbewußt, wie ich annehme." Howard nickte, es hatte da einige unerfreuliche Szenen gegeben, resultierend aus der Unkenntnis der ungeschriebenen Traditionen des Colleges. „Da darf es Sie nicht wundern, wenn das Gesprächsklima ein wenig unterkühlt wirkt. Ihre Kollegen sind eben vorsichtig. Haben Sie eigentlich Ihren Stoff schon durch?“

Howard seufzte gottergeben. „Jawohl, Sir Mortimer. Und mit den Prüfungen bin ich auch bald fertig. Warum ist denn das so wichtig?“

„Es zeigt, daß Sie den Lehrstoff richtig vermittelt haben. Sie sind bei den Kindern beliebt, wissen Sie das?“

„Das freut mich zu hören.“ Howard nahm einen Schluck Sherry.

„Als Sie im Februar durch diese Grippe verhindert waren, hat Sie Mr. Wiggers vertreten und mir berichtet, daß Ihre Klassen ein sehr gutes Wissensniveau in Geschichte aufweisen. Das darf doch positiv vermerkt werden, finden Sie nicht auch?“

„Vielen Dank, Sir Mortimer!“

„Nicht ganz so positiv darf ich vermerken, daß ihre Ansicht über Schuldisziplin nicht ganz mit jener des restlichen Lehrkörpers kongruent ist.“ Sir Mortimer trat ans Fenster und blickte in die Ferne. „Wie Ihnen bekannt, vertreten wir hier die Meinung, daß ein strenges Element der Erziehung nicht fehlen soll. Wir leben in schwierigen Zeiten, wir haben gegen die Beatles-Hysterie anzukämpfen, gegen die Flower-Power-Typen, die Psychedelics und vor allen Dingen gegen das verdammte Rauschgift. Sie wissen, wir hatten dieses Jahr zwei Fälle, die entdeckt werden konnten, und der ganze letzte Jahrgang wurde dadurch in Mitleidenschaft gezogen. Wir können und wollen keine Zügel schleifen lassen, nicht wahr, Mr. Lofting?“

„Ich habe verstanden, Sir Mortimer!“ Das Menetekel war an der Wand erschienen, die Freundlichkeit der

Kollegen nichts als ein Schwanengesang der Höflichkeit. Man wollte ihn hier nicht. Howard stand auf um sich zu verabschieden.

„Setzen Sie sich, wir sind noch nicht ganz fertig." Auch Sir Mortimer kehrte an seinen Schreibtisch zurück. „Ich erwähnte vorhin, daß der alte Carruthers bei mir war. Es ist seine letzte Saison, Sie wußten das doch?"

Howard schüttelte den Kopf.

„Achtunddreißig Jahre hat er hier gelehrt, kaum zu glauben. Es wird eine würdige Feier geben. Haben Sie auch für Abrams als neuen Speaker gestimmt?"

„Ich hatte keine Ahnung von einer Versammlung!"

„Da hat man wohl vergessen, Sie zu informieren!" wieder war dieses ironische Lächeln da. „Nun, das wird in Zukunft nicht mehr geschehen. Was sagen Sie zu einem Dreijahresvertrag?"

„Das habe ich nicht erwartet!"

„Eine Gehaltsaufbesserung ist damit natürlich verbunden. Ein Quartier im Hause kann ich Ihnen jedoch weiterhin nicht anbieten. Sind Sie in der Lage, den Nachfolger von Carruthers bei den Lateinarbeiten ein wenig zu unterstützen?"

„Bei Textauswahl und Redigieren sicher, im Unterricht bestimmt nicht." Howards Zukunft war plötzlich rosig wie schon lange nicht.

„Gut, dann verstehen wir uns. Weiterhin viel Glück und Erfolg."

6

Drei Stationen fuhr Howard von Oxford weiter nach Norden, bis Charlsbury. Auf der Suche nach einer Unterkunft in Oxford und Umgebung war er vor einem Jahr bis hierher gekommen und fand in dem kleinen, verschlafenen Ort mit seinen vielen freundlichen Fachwerkhäusern eines, das zwei älteren Schwestern gehörte. Beide waren Lehrerinnen an der örtlichen Grundschule und entzückt, den jungen Kollegen kennenzulernen. Er konnte zu einem annehmbaren Preis das Obergeschoß mieten und dort sein Refugium einrichten. Howard beglückwünschte sich oft, in dieser Kleinstadtidylle untergekommen zu sein. Die halbstündige Bahnfahrt nach Oxford war angenehm zur Zeitungslektüre zu verwenden und die Rückfahrt benötigte er dringend als Erholungsphase von Lärm und Anspannung des Colleges.

Ihm gleich fuhren dieselbe Strecke einige andere Lehrer, und oft mußte Howard an seinen Eindruck am Bahnhof von Slough denken, als er zu seinem Vorstellungsgespräch gefahren war und ihn die Uniformität der Leute zu Heiterkeitsausbrüchen verführte. Mittlerweile war er zu einem Bestandteil dieser Uniformität geworden, mit seinem Nadelstreifanzug, Schirm und rundem Hut, wie von der Hausordnung vorgeschrieben, seinen Berufstand für jedermann erkennbar präsentierend. Zu Beginn seiner Tätigkeit ließ er sich einen Schnurrbart à la Errol Flynn stehen, um älter zu wirken, konnte diese Scheußlichkeit jedoch nicht lange im Spiegel ertragen.

Die Unterrichtsstunden waren nur halb so schlimm, als er es sich in seiner Phantasie ausgemalt hatte. Den Lehrplan und die Stoffübersicht hatte er sich schnell zu eigen gemacht. Wie er es dem Rektor in Aussicht gestellt hatte, gelang es ihm, den Schülern die Episoden interessant und spannend zu schildern. Die Kinder empfanden seine Stunden meist als Erholung von der üblichen Tretmühle. Die nachmittäglichen Studierstunden, über welche er Aufsicht führen mußte, waren jedoch eine Plage. Ohne ausreichendes pädagogisches Rüstzeug versuchte er, dem Aktivitätsdrang der Kinder Herr zu werden, was anfangs gründlich mißlang und zu Kritik seitens der anderen Lehrer führte.

Schließlich erinnerte sich Howard an seine eigene Collegezeit, an die Reaktionen seiner damaligen Professoren und versuchte, diese zu kopieren. Manches Mal jedoch half nur der Griff zum einschüchternden Rohrstock, mit dem dann Howard drohenden Gesichts durch die Bankreihen paradierte. Er selbst ließ das Folterinstrument zwar nie in Aktion treten, wußte aber, daß es Kollegen gab, die ausgiebig von der Prügelstrafe Gebrauch machten. Einige wenige Lehrer bewunderte er wegen ihrer Fähigkeit, die Bande ohne drastische Mittel im Zaum zu halten. Die Anfangsschwierigkeiten wurden jedoch überstanden und Howard erfuhr am eigenen Leib, daß auch im Lehrberuf eine Menge Routine steckte.

Natürlich waren die beiden Lehrerinnen die ersten, die von der Verlängerung seiner Anstellung – und noch dazu gleich auf drei Jahre – erfahren würden. Dann mußte er einen Brief nach Hause schreiben. Er konnte sich das runde, vor Stolz glänzende Gesicht seines Vaters vorstellen, wie er sofort seinen Brüdern wieder Bescheid stoßen würde, wer nun wirklich die einzige ernstzunehmende Kapazität in der Familie war, wie er wohl in der ganzen Stadt verkünden würde, daß sein Sohn ordentlicher Professor in Oxford war.

Francis und einige andere Bekannte würde er anrufen, und dann mußte das Monument verständigt werden.

Sir Charles' Interventionen an den weltberühmten Einrichtungen in Oxford waren für Howard sehr wichtig geworden. Insbesonders in der Bodleian Library stieß er auf eine Unmenge zu bearbeitender Unterlagen seines Fachgebietes, welche ihm erlaubten, sein Studium in etwas langsamerem Tempo weiterzuführen. Durch die nunmehr auf drei Jahre erfolgte Bestellung war er in der Lage, sein Studium in aller Ruhe abzuschließen.

In seltenen selbstkritischen Stunden wurde Howard bewußt, daß er von unverschämtem Glück beinahe verfolgt war. Ohne finanzielle Sorgen konnte er aus der Provinz nach London gehen, studieren, fand dann ohne Probleme Arbeit, während der er weiterstudieren konnte. Und seine Lebensumstände in Charlsbury waren sehr angenehm. Wenn er an Francis dachte, der zwar nächstes Jahr promovieren wollte, aber keine Ahnung hatte, wie es dann mit ihm weiterging, konnte Howard sich nur still selbst gratulieren.

Nur seine Mutter mußte er noch immer enttäuschen. Außer einer unbefriedigenden zweiwöchigen Bekanntschaft mit einer Angestellten der örtlichen Buchhandlung ergaben sich keine Beziehungen, er suchte solche auch nicht. Howard vergrub sich in seinen Büchern und Unterlagen und ging meistens nur wegen der Mahlzeiten aus dem Haus, da ihm die Vermieterinnen nur das Frühstück bereitstellten. Dies war auf seinen eigenen Wunsch hin so arrangiert, er wollte von den beiden Lehrerinnen nicht zu sehr vereinnahmt werden. Sie waren zwar sehr nett, aber mit ihrem geistlosen Geschwätz auch reichlich entnervend. Er nahm lieber den Ruf in Kauf, ein wenig versponnen und eigenbrötlerisch zu sein. Alles in allem war er mit seiner Situation durchaus zufrieden.

7

Nachdem der Archivar wieder gegangen war, holte Howard Packpapier aus seiner Jacke und schlug den Bericht des Alcaveiros sorgfältig in mehrere Lagen ein. Erst die dritte Schicht verschloß er mit einem Klebeband. Das braune Paket klebte er mit zahlreichen Streifen auf das Innenfutter seiner Jacke, hob diese hoch, um die Verteilung des Gewichtes und den optischen Eindruck zu prüfen. Wenn er die Jacke beim Verlassen des Gebäudes am Kragen haltend tragen konnte, war kaum zu sehen, daß sich ein Buch in der Jacke verbarg. Howard ließ die Jacke vorsichtig über den Stuhl gleiten, strich sie glatt und sammelte die anderen auf dem Tisch liegenden Dokumente ein, um sie wieder an deren ursprüngliche Positionen in die Stapel zu legen.

Sehr rasch arbeitete Howard dann die bisher nicht gesichteten Dokumentenstapel durch, er überflog nur mehr die ersten Seiten. Stellte er bereits beim Titel fest, daß ihn das Dokument kaum interessierte, so legte er es gleich beiseite. Natürlich kam er auf diese Weise viel schneller weiter als bisher, ersetzte ab und zu ein Dokument durch einen Kartonstreifen. Nach mehreren Stunden konzentrierter Arbeit beschäftigte er sich mit den neu ausgewählten Berichten, wobei er feststellte, daß alle in der üblichen Art und Weise verfaßt waren. Die Charakteristik des Alcaveiros-Dokumentes erschien nicht wieder.

Später machte Howard ein Blick auf die Armbanduhr bewußt, daß ihn der kleine Archivar bald wieder abholen würde. Daher prüfte Howard den Raum, ob irgend etwas darauf hinweisen konnte, daß er, dem Verbot des Nationalarchivs zuwiderhandelnd, ein Archivstück an sich genommen hatte. Es durchzuckte ihn wie ein elektrischer Schlag, als er den Kartonstreifen sah, der die Stelle markierte, an welche der Bericht des Kapitäns zurückgelegt werden mußte. Howard fühlte sein Herz pochen, Schweiß brach ihm aus. Wenn der Archivar zufällig etwas bemerken würde – die Folgen wären unabsehbar. Howard entfernte den Streifen und steckte ihn in die Hosentasche. Dann nahm er den Aktenstapel aus dem Regal, teilte ihn an der Stelle, an welche der Bericht wieder zurückgelegt werden mußte und notierte auf dem Block die über und unter der ursprünglichen Position liegenden Papiere. Den Stapel gab er in das Regal zurück und schob den oberen Teil einige Zentimeter nach hinten, so daß er das Dokument leicht wieder an seine ursprüngliche Stelle geben konnte. War sonst noch ein Fehler sichtbar?

Ihm fiel ein, daß er als Arbeitsgebiet die Lebensumstände der Seeleute genannt hatte. Wenn der Archivar während seiner Abwesenheit Nachschau hielte, würde er nichts diesbezügliches auf dem Arbeitstisch finden. Howard zog daher wahllos eine Anzahl der unterschiedlichsten Papiere aus den Stapeln, ein wirres Muster orangeroter Kartonstreifen in den Archivgängen hinterlassend. Als der Archivar eintrat, legte Howard gerade einige Schriftstücke zu der Unzahl von Dokumenten, welche sich auf dem Arbeitstisch türmten.

„Sie haben gefunden, was Sie suchten, Senhor?" Interessiert betrachtete der Archivar die veränderte Umgebung, bemerkte die vielen auf dem Tisch liegenden Unterlagen.

„Ja, sehr viel, jetzt geht es vorwärts." Howard verdeckte die Blickrichtung des Portugiesen zur Jacke mit seinem Körper, als er sie vom Sessel nahm und sorgfältig am Kragen packte. Der Archivar warf einen gleichgültigen

Blick auf die Jacke, während er mit dem Engländer dem Ausgang zustrebte.

„Zwei bis drei Tage lang muß ich meine Arbeit hier unterbrechen. Ich muß in einem anderen Archiv noch etwas nachschlagen. Kann ich mich darauf verlassen, daß bis zu meiner Rückkehr der Raum niemand anderem zur Verfügung gestellt wird?“

Der kleine Portugiese blieb stehen, vergewisserte sich, daß außer ihm und dem Engländer niemand auf dem Gang zu sehen war. „Nun ja, Senhor, das könnte schwierig werden. Wenn jemand von der Universität . . .“

Howard schmunzelte innerlich. Der Bursche war nur auf ein paar schnell und steuerfrei verdiente Escudos aus. „Es sind höchstens drei Tage“, antwortete Howard, während er dem Männchen einen zusammengefalteten Schein reichte. „Das wird sich doch einrichten lassen?“

Der Portugiese neigte den Kopf. „Sie können sich darauf verlassen, Senhor, daß Sie alles so antreffen werden, wie Sie es verlassen haben.“ Die Banknote verschwand schnell in der Tasche des Angestellten.

Nachdenklich blickte der Archivar dem Engländer nach, während dieser dem kleinen Restaurant zustrebte. Dieser Dr. Lofting erschien heute verändert, auch im Archivraum selbst sah es anders aus. Der Archivar kehrte an Loftings Arbeitsplatz zurück und notierte in einer Liste die entnommenen Dokumente. Dabei stellte er sofort fest, daß zwar immer noch eine Reihe von Expeditionsberichten auf dem Arbeitstisch lagen, dazu aber eine Unmenge von Dokumenten, welche keine so eindeutige Richtung erkennen ließen wie die bisherige Arbeit des Engländers. Es sah vielmehr so aus, als ob Lofting wahllos eine Anzahl von Unterlagen auf seinen Tisch gehäuft hätte. Der Notizblock des Engländers war unter einer Mannschaftsabrechnung aus dem Jahre 1535 samt einigen dazu gehörenden Beschwerdebriefen begraben, die völlig uninteressant erschienen.

Nachdem er wie üblich eine Fotokopie vom Notizblock des Engländers angefertigt hatte, legte der kleine Portugiese den Block wieder auf den Tisch, um sich anschließend in seinem kleinen Arbeitszimmer im vierten Geschoß des Gebäudes den Karteieintragungen zu widmen.

So viele Dokumente wie an diesem Tage hatte der Engländer noch nie entnommen. Der Archivar mußte zwei Fortsetzungsblätter an die Karteikarte heften, um die Reihenfolge der Dokumente genau festhalten zu können. Entweder hat der Engländer gefunden, was er suchte, oder er ging bisher nur irgendeiner Idee nach, fand nichts und begann nun mit seiner tatsächlichen Arbeit. Dagegen allerdings sprach, daß die neu entnommenen Papiere keinerlei einheitliche Richtung aufwiesen.

Seufzend trug der Archivar Loftings Namen in die Datumsliste und dann in die alphabetische Liste der Entnahmen ein. Sodann mußte auch noch in den Karten für die einzelnen Dokumente die Einsichtnahme durch Lofting vermerkt werden. Bei den Berichten der Caos und Cabrals waren dies bereits mehrere Seiten starke Faszikel, da die Berichte dieser berühmten Entdecker immer wieder von Gelehrten aus aller Welt eingesehen wurden.

Beim Aufschlagen einer dieser Akten blieb der Blick des Archivars zufällig an einer Zeile hängen, in welcher die letzte Einsichtnahme des Dokumentes durch einen anderen Engländer vermerkt war. Da gerade Engländer sehr selten im portugiesischen Nationalarchiv suchten, las der Angestellte diese Zeile. Es handelte sich um einen britischen Oberst mit Namen Fawcett, die Entnahme fand im Jahr 1921 statt. Der kleine Archivar schmunzelte. Der Bürokratie konnte auch ein mehr als vierzig Jahre zurückliegender Vorgang nicht entgehen.

Als in den Dokumentenkarten immer wieder der Name des britischen Obersten auftauchte, wurde der Archivar aufmerksam. Bei den historisch bekannteren Entdekkern konnte es sich noch um einen Zufall handeln, je unbekannter die Verfasser der Dokumente wurden, desto mehr mußte der Archivar annehmen, daß die beiden Engländer den gleichen Weg verfolgten.

Nachdenklich kaute der kleine Portugiese am hinteren Ende seines Federhalters. Schließlich suchte er die seinerzeit angefertigte Entnahmekarte des Obersten und hielt sie nach wenigen Minuten in Händen.

Im Jahre 1921 wurden von Oberst Percy Harrison Fawcett insgesamt vierundvierzig Papiere eingesehen, beginnend mit dem Logbuch des Pedro Cabral aus dem Jahre 1500. Als letztes Dokument war der Bericht des Kapitäns Alcaveiros eingetragen. Weitere Dokumente wurden von dem britischen Offizier damals nicht bearbeitet. Der damalige Besuch des Obersten war sein einziger im portugiesischen Nationalarchiv geblieben. Der Bericht des Alcaveiros – das war doch genau jenes Dokument, welches Lofting zuletzt in Arbeit hatte.

Der Archivar stieg nochmals in den Archivraum hinab und suchte erfolglos auf Howards Tisch nach dem Alcaveiros-Dokument. Auf Loftings Notizblock fanden sich als letzte Vermerke zwei Dokumente. Als der kleine Portugiese diese endlich im Stapel fand, war ihm klar, daß zwischen diesen der Expeditionsbericht des Alcaveiros gewesen sein mußte. Auf den Kartonstreifen war jeweils der Name des entliehenen Dokumentes von Lofting vermerkt und nach Rückgabe durchgestrichen worden, um sodann weiter verwendet werden zu können. Eine Überprüfung aller Streifen ergab, daß auf keinem der Name Alcaveiros stand.

Lofting mußte daher den Streifen mit der Eintragung

des Alcaveiros-Dokumentes mit sich genommen haben. Und das Dokument selbst ebenfalls. Der Engländer mußte in dem Alcaveiros-Dokument etwas gefunden haben. Aber was?

Der Nachtwächter war auf seiner Runde schon zweimal in der Kammer des Archivars erschienen, die beiden tratschten kurz über die letzten Fußballereignisse, ehe der pensionierte Soldat seine Runde fortsetzte. Der Archivar verfaßte einen schriftlichen Bericht für seinen Vizepräsidenten, listete die neuen Dokumente auf und fügte hinzu, daß er höflich um die Gewährung einiger Urlaubstage ersuche, da eine Familiengeschichte plötzlich und unerwartet ihn in die Provinz rufe. Daß der Engländer auch nicht erscheinen würde, verschwieg er ebenso wie die Tatsache, daß dieser ein Dokument ohne Erlaubnis aus dem Archiv entnommen hatte. Knapp vor Mitternacht verließ der kleine Archivar sehr nachdenklich das Gebäude.

Am nächsten Morgen fand Howard in der Nähe der Universität ein Schreibwarengeschäft, in dem einige Fotokopiergeräte aufgestellt waren, welche die Kunden selbst bedienen konnten. Wahrscheinlich verwendeten zumeist Studenten diese Geräte.

Der Laden kam Howards Wünschen sehr entgegen, da ein Notariat oder ähnliches, das über Kopiergeräte verfügte, für ihn nicht brauchbar war. Man würde vielleicht Fragen nach der Herkunft des Originals stellen, man konnte seinen Weg später leicht verfolgen. Vorläufig sollten seine Aktivitäten noch verborgen bleiben, eine Veröffentlichung war nur bei Erfolg seiner Bemühungen sinnvoll.

Howard stellte zwei Kopien des Dokumentes her, steckte sie in jeweils einen Umschlag und gab diese in zwei verschiedenen Postämtern per Luftpost als Drucksachen an seine eigene Adresse in England auf. Das Original versperrte er in einem Schließfach am Hauptbahnhof.

Mit voller Konzentration quälte er sich anschließend durch Lissabons Straßenverkehr. Der Mietwagen war ihm völlig ungewohnt. Beim Autoverleih war für den gutgekleideten Engländer natürlich kein anderes Fahrzeug mehr frei als dieser relativ teure Mercedes. Die anderen Fahrzeuge? Leider, alles bestellt, reserviert oder fürs Service vorgesehen. Howard fühlte sich übers Ohr gehauen, ihm blieb jedoch keine Wahl. Bei einem anderen Autoverleiher wäre sicher die gleiche Prozedur losgegangen. Diese Südländer waren cleverer als man ihnen zutraute. Daß das Fahrzeug über eine Lenkradschaltung verfügte, machte Howard nichts aus. Die Schaltung selbst war jedoch mit der rechten Hand zu bedienen und die Gänge verkehrt herum angesetzt. Konnten diese Deutschen keine vernünftigen Autos bauen?

Mit dem Rechtsverkehr kam Howard entgegen seiner Erwartungen gut zurecht, nur seine Geschwindigkeit ließ zu wünschen übrig. Um die Kommentare der anderen Autofahrer kümmerte er sich nicht, und so kam Howard zwar verschwitzt, aber unangefochten aus der Stadt und auch bald auf die von ihm gesuchte Straße nach Süden. Auch wenn er mit Auto und Verkehr weniger stark beschäftigt gewesen wäre, hätte er mit Sicherheit den kleinen, rostfleckigen Fiat nicht bemerkt, der in Lissabon immer sehr knapp hinter ihm fuhr, ihm außerhalb der Stadt jedoch mit großem Abstand folgte.

In Sagres stieg Howard in einem kleinen Hotel ab und fuhr tags darauf zum Kap Sao Vicente hinaus. Mit Respekt näherte er sich der Villa Tercanabal, diesem gedrungenen, klein und trotzdem wuchtig wirkenden Bauwerk, das hier seit mehr als fünfhundert Jahren Ausblick auf die Unendlichkeit des Ozeans hielt.

Dieses Haus stellt den Schlüssel zu Europas Bedeutung in der gesamten Welt dar. Im Jahre 1394 wurde dem portugiesischen König Johann I. der dritte Sohn, Heinrich, geboren. Von jeglicher Thronfolge ausgeschlossen, wollte Heinrich trotzdem entscheidend die Entwicklung des Königreiches beeinflussen. Hier auf dieser Landzunge ließ er 1416 die Villa erbauen und rief wagemutige Seeleute zu sich, gründete die erste Nautikerschule der Welt. Zu einer Zeit, als europäische Seefahrer sich mühsam Küsten entlangtasteten und fürchteten, von der Weltscheibe herabzufallen, gelang es Prinz Heinrich, die jungen Kapitäne für Entdeckungsfahrten zu begeistern. Er sandte sie aus, nach Süden, nach Westen. Die Azoren wurden entdeckt, von Mal zu Mal wagten sich die Kapitäne immer weiter die Küste Afrikas entlang. Die gewonnenen Erkenntnisse wurden hier in Prinz Heinrichs Seefahrerschule gesammelt und weitergereicht. Aus dieser Akademie gingen die berühmten Seefahrer Cabral, Diaz, Vasco da Gama und Magellan hervor. Prinz Heinrich erhielt den Beinamen „der Seefahrer", obwohl er keine einzige längere Seefahrt selbst unternommen hatte und nie über die Straße von Gibraltar hinaus gekommen war.

Auch lange nach seinem Tod im Jahre 1460 blieb über Generationen hinweg die Villa Tercanabal der geistige Nabel der portugiesischen Seefahrt. Hier wurden Kapitäne ernannt, geehrt, hier wurde über sie zu Gericht gesessen. Wenn etwas über einen Kapitän Alcaveiros in Erfahrung zu bringen war, dann hier.

Nach einem etwas umständlichen Zeremoniell wurde Howard gestattet, die Unterlagen des Kapitäns einzusehen. Eine häßliche, dunkelhäutige Portugiesin wies ihm ein winziges Kämmerchen zu und brachte nach geraumer Zeit einige durch eine verblichene, früher bunte Schnur zusammengehaltene Blätter, vergilbt und an den Rändern brüchig. Er wurde angewiesen, die Blätter nicht in der Hand zu halten und nur mit einem auf dem Lesepult mittels einer Schnur befestigten Fischbein zu wenden. Ihm stünden genau fünfzehn Minuten zum Studium der Unterlagen zur Verfügung.

Das Licht war sehr gut, ausreichend für Howards Zweck. Er holte die Kamera und das Objektiv aus den Jackentaschen, schraubte die beiden Teile zusammen und fotografierte sämtliche Seiten in fiebernder Hast. Mit zitternden Fingern nahm er die Kamera wieder auseinander, atmete tief durch und begann, das Dokument in Ruhe zu lesen. Konnte dieser alte Personalakt das Geheimnis aufhellen?

Bartholomeu Alcaveiros wurde 1556 in Alcobaca als Sohn eines Segelmachers geboren, kam dadurch sehr früh als Schiffsjunge zur Seefahrt und diente sich unter mehreren Kapitänen bis zum Steuermann hoch. Als der Kapitän seines Schiffes in Ostafrika an einem Schlangenbiß starb, brachte Alcaveiros das Schiff mit der Kühnheit der damaligen Seefahrer in alleiniger Verantwortung sicher und mit voller Ladung zurück in den Hafen von Setubal, worauf ihm das Kapitänspatent verliehen wurde. Es folgten einige Fahrten nach Brasilien, wo er mehrere Jahre blieb und 1592 scheinbar wohlhabend zurückkehrte, da er ein großes Gut in seiner Heimatstadt erwarb. Er heiratete eine um vierzehn Jahre jüngere Frau, welche ihm sechs Kinder schenkte, und fuhr noch ein einziges Mal zur See, als Handelsreisender im Jahre 1604, abermals nach Brasilien. Von dieser Reise kehrte er zwei Jahre später schwer krank zurück und starb kurz darauf, ohne daß in dem Akt vermerkt worden wäre, womit Alcaveiros in Brasilien gehandelt hatte.

Der Archivar war mit großer Geduld den ganzen vergangenen Tag hinter Lofting hergefahren, beobachtete ihn während seiner Tätigkeit beim Kopieren des Dokumentes und verstand, daß der Engländer sich das Dokument nicht aneignen wollte, da er es sonst sofort mit der Post versandt hätte. Da das Dokument ins Schließfach wanderte, nahm er an, daß Lofting bei Wiederaufnahme seiner Arbeit den Bericht zurück ins Archiv schmuggeln würde. Daraus ließ sich zwar nicht viel, aber durchaus ein wenig Kapital schlagen.

Die Villa Tercanabal betrat der Archivar in jenem Moment, da die häßliche Beamtin Lofting gerade in sein Verließ bugsierte. Ehe sie noch das von dem Engländer angeforderte Dokument ausheben konnte, war der Archivar schon bei ihr. Der rote Dienstausweis, viel zu kurz hingehalten, um dem Drachen Gelegenheit zu geben, den Namen des Besuchers zu lesen, jedoch lange genug, um ihn als staatlichen Ausweis erkennen zu lassen, in Verbindung mit messerscharfen Worten, verschwörerischem Ton und drohenden Blicken veranlaßten die Frau, dem kleinen Portugiesen den Akt des Kapitäns vorzulegen, ehe Lofting ihn erhielt. Der Archivar las den schmalen Akt schnell durch, drückte der verunsicherten Beamtin einen Schein in die Hand und schärfte ihr ein, daß niemand – auch die vorgesetzte Dienststelle nicht – von seinem Besuch informiert werden dürfe, fürchterliche internationale Verwicklungen wären die Folge, ebenso die sofortige Entlassung all jener, die den Mund nicht halten können. Der Archivar verließ das Gebäude mit der Hoffnung, daß sich das häßliche Weib sein Gesicht nicht merken konnte.

Howard lehnte sich in dem altersschwachen Sessel vorsichtig zurück und blickte sinnend aus dem Fenster. Es schien so, als hielte er tatsächlich den Faden in der Hand, der zum Ziele führte. Es war im 16. Jahrhundert zwar nicht ungewöhnlich, daß ein Kapitän im Sklavenhandel von Westafrika nach Brasilien ein kleines Vermögen anhäufte und sich damit in der Heimat niederließ, aber dann wäre der Handel mit dem schwarzen Elfenbein irgendwo erwähnt worden. Andererseits hätte der Vizekönig niemals einem Sklavenhändler die Verantwortung für eine Staatsaktion übertragen. Auch legten die Sklavenhändler auf ungewisse Aktionen keinen Wert, da sie bei schnellen Überfahrten auf jeden Fall reich wurden und zweifelhafte Abenteuer nicht nötig hatten.

Alcaveiros war also ein rechtschaffener, frommer Mann und kein Glücksritter. Trotzdem kam er nach einigen Jahren vermögend aus Brasilien nach Hause. Die Anzeichen, daß der Kapitän im Dschungel Brasiliens etwas fand, das sich in Geld umsetzen ließ, waren sehr stark. Dazu würde auch passen, daß er scheinbar verhindern wollte, daß die Fundstelle von anderen nach ihm aufgesucht wurde.

Was fand er?

Und – nochmals – wo blieb die Wegbeschreibung?

8

Die Promotionsfeier im Wappensaal des Colleges brachte zahlreiches Publikum auf die Beine. Der Saal war beinahe gefüllt, als Howard eintrat. Wo kommen all die Leute bloß her, dachte er, als er unter Applaus den Mittelgang nach vorne ging. In der ersten Reihe saßen seine Eltern, Sir Mortimer, daneben das Monument und einige Lehrer. Er winkte Francis und mehreren Studienkollegen zu, Howard sah auch Schülervertreter des Colleges, einige Bekannte aus Norwich und eine Menge ihm unbekannter Leute.

Er kam neben seiner Mutter zu sitzen. „Weißt du, was das alles für Leute sind?"

„Aber natürlich, Howard!" Die Mutter hatte hektische rote Flecken auf den Wangen und strahlte vor Begeisterung. Sie hakte einen Arm bei Howard unter und zog ihn an sich. Ihre weißen Handschuhe, welche sie sonst nur anläßlich der immer seltener werdenden Ballereignisse in Norwich ausführte, kneteten nervös ein Taschentuch. „Du weißt doch, daß Vater eine Anzeige in die Times gesetzt hat. Das sind alles Leute von zu Hause, und auch von hier, die dich heute sehen wollen. Wir alle sind ja so wahnsinnig stolz auf dich." Sie küßte ihn und klammerte sich an ihn, als ob sie ihm den Oberarm brechen wollte.

Sein Vater beugte sich herüber. „Ich finde das alles einfach prachtvoll. So viele Menschen auf einmal habe ich sonst nur im Theater erlebt, und das alles, um meinen Jungen zu ehren! Was sagst du dazu, Howard?"

„Irgendwie glaube ich auch an Theater!"

„Ach was, das steht dir zu, mein Junge! Du hast es dir verdient! Was glaubst du, haben die da", der Vater wies mit dem Daumen auf seine Brüder und deren Familien, „für Augen gemacht, als sie die Einladung erhielten! Ich habe von der Anzeige in der Times eine Vergrößerung machen lassen und ihnen zugeschickt. Eines weiß ich, Howard, du wirst der Kopf der Familie!"

Der Vater wollte zwar noch länger sprechen, wurde jedoch zur Ruhe gezischt, da der Rektor der Universität das Rednerpult erstieg. Er hielt eine kleine, keineswegs langweilige Ansprache, worin von Fleiß und Ausdauer die Rede war, von Erreichen des Zieles auch trotz nicht ganz einfacher Umstände und der Tatsache, daß ab dem heutigen Tage aus dem Mister Howard Lofting ein Doktor Howard Lofting wurde.

Howard mußte sodann ebenfalls auf das Rednerpult, die Pedelle hielten Talar und Perücke für ihn bereit, er mußte in beides hineinschlüpfen. Nochmals folgte eine kurze, von Applaus unterbrochene Rede, dann überreichte ihm Seine Magnifizenz die Promotionsurkunde mit dem schweren, an breiten Bändern baumelnden Siegel.

„Alma mater londonensis . . ." Wie das beschwörende Murmeln eines archaischen Zauberspruchs drang die Stimme des Rektors durch eine Wolke von Glanz und Licht. Für Howard schien der Boden aus Watte zu bestehen, die Gesichter unter ihm verloren ihre Konturen, wurden zu einer schemenhaften, lauschenden, amorphen Masse. Nach der Ansprache des Rektors brandete erneut Applaus auf, der Howard aus dem Zauber des Augenblicks riß.

Er gewahrte nun Sir Mortimer Bixby am Rednerpult, der kräftig Zufriedenheit darüber äußerte, daß ein so vielversprechender junger Wissenschafter am Queens College unterrichtet, damit eine große Verpflichtung des Hauses würdig auch als Beispiel für die Schüler fortgeführt würde, und daß an diesem Tag in diesem Saal seit fast fünfzig Jahren wieder eine Promotion stattfinde. Und Vater bezahlt auch noch diese Werbung, dachte Howard angesichts einiger im Hintergrund notierender Presseleute.

„Ich habe auch noch etwas zu sagen, keine Angst, ich mache es kurz, ich bin nicht mehr der Jüngste." Zu Howards Verblüffung stand das Monument neben ihm und richtete das Wort an den Saal. „Für alle, die mich nicht kennen, darf ich mich vorstellen. Mein Name ist Charles Knotts und ich habe die Ehre, ein Lehrer dieses nunmehr Doktor Howard Lofting gewesen zu sein. Legionen von Studenten habe ich an mir vorbeimarschieren gesehen, und nur wenige waren dazu bestimmt, für das Fortschreiten der Wissenschaft Bedeutendes zu leisten.

Schon nach einigen Monaten unserer Bekanntschaft war mir klar, daß Howard Lofting einer der wenigen Befähigten sein könnte. Daher mußte ich seine Arbeiten einer weit strengeren Beurteilung unterziehen als die Bemühungen seiner Kollegen. Ich habe unseren jungen Doktor in Forschungsarbeiten eingespannt, sooft es nur ging, und ihn daraus auch nicht entlassen, als er sich entschloß, den Lehrberuf zu ergreifen.

Er hat seine Pflicht nicht nur diesem College gegenüber erfüllt, noch dazu ganz ausgezeichnet, wie ich mit großer Befriedigung höre, er hat in seiner Dissertation ein bisher völlig unbearbeitetes Kapitel der Menschheitsgeschichte derart genau und erschöpfend beschrieben, daß für jene, die nach ihm kommen, dieses Thema nie mehr viel hergeben wird. Ohne Wissen unseres Doktoranden habe ich seine Arbeit internationalen Kapazitäten vorgelegt, und diese haben allesamt Dr. Loftings Arbeit als bahnbrechend bezeichnet. Ein Verlag hat sich bei mir gemeldet, welcher die Dissertation veröffentlichen möchte, und ich wage zu behaupten, daß unser Dr. Lofting damit ein für die nächsten Jahrzehnte gültiges Standardwerk geschaffen hat." Sir Charles räusperte sich. Howard konnte gar nicht glauben, was er da hörte.

„Lassen Sie mich daher aus meiner Erfahrung heraus sagen, auch wenn es verfrüht erscheint, daß ich zuversichtlich bin, daß Howard Lofting der Wissenschaft und damit den Kenntnissen der Menschheit noch vieles zu geben hat und geben muß. Ich bin nicht nur zuversichtlich, ich weiß es ganz genau, daß er sich dieser großen Verantwortung bewußt ist." Sir Charles wandte sich Howard zu. „Mein Junge, ich bin sehr zufrieden mit dir. Lasse mich dir zu deiner Promotion magna cum laude von ganzem Herzen gratulieren, erlaube mir, dir den Hut zu überreichen und enttäusche mich weiterhin nicht. Gehe deinen Weg, auch wenn er voll Schwierigkeiten scheint, und lasse dich nicht beirren. Bleibe dir selbst und deiner Berufung immer treu, wohin sie dich auch führen, was dir das Schicksal auch bringen mag. Für die Zukunft, mein Junge, alles Gute."

Unter dem Applaus des Publikums nahm Howard den flachen, viereckigen Hut aus den zitternden Händen seines alten Lehrers entgegen, erhielt einen Händedruck und einen langen, bannenden Blick aus den alten, blauen Augen, in welchen sich jetzt, so schien es Howard, ein wenig Feuchtigkeit sammelte.

Vom Rest des Abends blieb Howard wenig in Erinnerung. Der Vater stolzierte wie ein Hofhahn umher, unbeeindruckt von den Kosten des Buffets, welches er auffahren ließ; ein Reporter, der unbedingt ein Interview haben wollte; seine Mutter strahlend wie die Königin; Gratulationen von vielen Bekannten und noch mehr Unbekannten; Francis Shepherd mit einer fröhlich lärmenden Studentenbrigade; die beiden Quartierfräulein und eine Unmenge Drinks.

Wohl ein paar Drinks zu viel, dachte Howard, als er sich mit pochendem Schädel aus dem Bett wälzte. Mit unsicheren Schritten schlurfte er zum Badezimmer, wo gerade Francis den letzten Rasierschaum aus seinem Gesicht spülte.

„Was machst du denn hier?"

„Ach, deine Quartiertanten hatten mit mir Mitleid und haben mich für diese Nacht bei dir untergebracht. Die beiden sind richtig süß."

„Oh nein, Francis!" Howard lehnte sich gegen die Wand. „Francis, wie konntest du nur? Zwei Männer gleichzeitig in diesem Haus! Francis, dein Charme bricht die dicksten Mauern. Ich glaube, hier wohnten seit der Zeit Elisabeths der Ersten nie zwei Männer gleichzeitig."

„Deine Tanten sind ja auch nur Frauen, und die kann man alle um den Finger wickeln. Und wenn das Frühstück hält, was es duftet . . ." Francis schnupperte. „Welche von den beiden heiratest du?"

„Bist du verrückt?"

„Ha, der moralische Abgrund in dir tut sich endlich auf!" Howard zuckte zusammen, als Francis mit seinem Zeigefinger nach Howards Gesicht stach. „Beide wiegst du in Unsicherheit, läßt die armen Frauen sich überbieten an Liebreiz und Hingabe, schier verschmachten nach dir und deinen sparsamen Zeichen, daß du die liebeswahnsinnigen Darbietungen zur Kenntnis zu nehmen geruhst . . ."

Trotz seines etwas benebelten Zustandes mußte Howard schallend lachen. Das Frühstück war noch üppiger als sonst und verblies die Nebel aus Howards Kopf. Lachen schüttelte die beiden, als sie die Tür zum Speisezimmer öffneten und den überreich gedeckten Tisch erblickten, auf dem als liebeswahnsinnige Darbietung die gebratenen Tomaten dampften. Kichernd, gackernd und prustend schaufelten sie alles in sich hinein. Die beiden Damen waren von Francis hingerissen, sein Abschied war nach Howards Meinung filmreif, die Lehrerinnen schwärmten noch monatelang von Francis' kontinentalen Handküssen.

Howard brachte Francis zur Bahn, verabschiedete sich von Geschwistern und Verwandten und mußte von vielen Leuten nochmals Glückwünsche entgegennehmen.

Im Hotel traf er seine Eltern im Gespräch mit Sir Charles. Howard setzte sich dazu und stellte schmunzelnd fest, daß das Monument die beiden in seinen Bann geschlagen hatte. Ihm selbst war es schließlich nicht anders ergangen. Sir Charles erzählte von seinen Abenteuern im Orient, seinen Ausgrabungen gemeinsam mit T. E. Lawrence, der im Krieg – selbstverständlich im Ersten – dann der berühmte Lawrence von Arabien wurde; er erzählte von seinen Expeditionen nach Kaschmir und China als Assistent von Sir Aurel Stein. Fast schien es, als hätte der Alte Lust am Erzählen, er war in so guter Laune, wie Howard dies nie zuvor an seinem alten Lehrer wahrnehmen konnte. Er zwinkerte Howard zu und meinte: „Wissen Sie, Howard, wenn Ihre Eltern schon so freundlich sind, mich mit dem Wagen nach London mitzunehmen, dann möchte ich mich wenigstens mit ein paar alten Geschichten revanchieren. Oft kann ich die nicht mehr erzählen, die meisten Leute kennen sie ja schon."

Howard kannte sie nicht, und er hegte den Verdacht, daß nicht mehr viele Menschen lebten, die diese Erzählungen je gehört hatten. Als Vater den Wagen holte und Mutter kurz auf die Toilette ging, packte das Monument Howard am Arm.

„Ihre Mutter ist eine bemerkenswert kluge Frau, Howard, sie hält ihren Vater am goldenen Zügel. Ich wollte, mir wäre beizeiten eine solche Frau über den Weg gelaufen, dann gäbe es heute vielleicht ein paar Enkel, die an meinen Räuberpistolen Gefallen finden." Das Monument kaute an seinem Schnurrbart, dann blickte er wieder Howard an. „Machen Sie meinen Fehler nicht auch, Junge. Suchen Sie sich eine Frau, jemanden, der einen liebt und zu einem steht. Kinder, Enkel, damit die Fackel weitergereicht werden kann." Er murmelte noch einiges in seinen Bart.

Jetzt beginnt sogar das Monument senil zu werden, dachte Howard. Er wollte sich für die Rede gestern bedanken, aber das Monument wischte alles mit einer Handbewegung fort. „Danken Sie mir nicht, Howard. Ich habe viel zu wenig für Sie getan. Wenn Sie mir danken wollen, dann mit Ihrer Arbeit in der Zukunft, wenn ich sie auch nicht mehr erleben werde. Denken Sie daran, Sie haben noch viel zu tun. Also packen Sie den Tiger am Schwanz und lassen ihn nicht mehr los. Und vergessen Sie nicht, ein ruhiges und glückliches Heim gehört dazu."

Das Herz voll Dankbarkeit für seinen alten Professor winkte er dem davonfahrenden Auto noch eine Weile nach. Einige Monate danach sollte er das Monument, das ihn wie einen Sohn behandelt hatte, noch einmal sehen. Ein Kreuz wurde vorangetragen, eine Glocke streute ihren dünnen Klang über einige wenige Getreue, die gleich ihm den einsamen Sir Charles Knotts zu dessen letzter Ruhestätte begleiteten.

9

Bedrohliche graublaue Wolkentürme vom Atlantik landeinwärts schiebend, wühlte der heftige Wind Wellen auf, schlug sie gegen Felsen, trieb sie den Sandstrand entlang, verscheuchte die wenigen Touristen. Entlang des Klippenrandes wanderte Howard, windzerzaust und nachdenklich, fast verzweifelt. Es hielt ihn nicht mehr im Hotel, er konnte nicht ruhig sitzen, er mußte seine Aufregung in Bewegung umsetzen.

Die vage Spur , die ihn nach Portugal geführt hatte, war dichter geworden. Der Bericht des Alcaveiros über dessen Expedition stellte die Bestätigung seiner Vermutung dar, bekräftigt noch durch die Tatsache, daß der Kapitän zwei Jahre nach der Expedition als reicher Mann zurückgekehrt war. Trotzdem schien es, als ob nun weitere Nachforschungen nicht mehr möglich wären.

Entgegen jeder Wahrscheinlichkeit fand er den Bericht des Kapitäns, was beinahe dem Auffinden der sprichwörtlichen Stecknadel im Heuhaufen glich. Er wußte zwar, daß ein solcher Bericht existiert haben mußte, aber daß er ihn tatsächlich einsehen und dann auch noch kopieren konnte, schrieb Howard seinem Glück zu, das sich in seiner wissenschaftlichen Arbeit immer wieder zeigte, auf das er sich bisher immer verlassen konnte. Warum nicht auch weiterhin?

Das Alcaveiros-Dokument ließ ihn nicht los. Er war überzeugt, daß die fehlende Wegbeschreibung den Schlüssel zur Lösung seines Problems darstellte, sicher auch den Schlüssel zum plötzlichen Reichtum des Kapitäns. Diese Seiten trennten ihn vom Erfolg, den er so dringend benötigte. Wo konnte die Wegbeschreibung sein?

Waren die anderen Exemplare des Alcaveiros-Dokumentes noch greifbar? Jenes, das im Nationalarchiv auflag und derzeit darauf wartete, daß Howard es wieder dorthin zurückbrachte, war eine der beiden für die Admiralität bestimmten Ausgaben. Die zweite ging höchstwahrscheinlich 1755 während des verheerenden Erdbebens in Lissabon verloren, damals wurde unter anderem auch das Admiralitätsgebäude vernichtet. Die Aktenbestände fielen sicherlich dem Großbrand zum Opfer, der dem Erdbeben unmittelbar folgte. Durch das Erdbeben und den Brand wurde Lissabon damals zum größten Teil zerstört.

Die Abschrift, welche Alcaveiros für sich selbst behalten hatte, war sicherlich längst verschwunden. Wer weiß, was aus den Nachkommen des Kapitäns geworden war? Zwar pflegten gerade die spanischen und portugiesischen Adelsfamilien ihre Familiengeschichte seit den Zeiten der Reconquista oft lückenlos aufzuzeichnen und waren weit zurückzuverfolgen. Aber Alcaveiros war kein Adeliger, und schließlich gab es da noch sechs Kinder. Howard nahm nicht an, daß es ihm gelingen konnte, die genealogischen Verwicklungen einer Familie über fünf Jahrhunderte hinweg zu rekonstruieren. Und wenn auch, wahrscheinlich gab es bereits Hunderte Nachkommen des alten Kapitäns, und welcher davon sollte im Besitz des Dokumentes sein? Oder die Familie war ausgestorben, der Bericht verkauft, einer Katastrophe oder Kriegsereignissen zum Opfer gefallen? Dieser Weg schied wohl aus.

Dann verblieb noch ein Exemplar, welches der portugiesische Vizekönig für dessen Administration erhielt. Dieses dürfte von Braganca aus den Weg nach Bahia, der damaligen Hauptstadt des Vizekönigreiches Brasilien, gefunden haben. Ob es dort noch in einem Archiv schlummerte, mußte in Erfahrung gebracht werden. Durchaus möglich erschien auch, daß der Bericht in Rio de Janeiro lag, denn Bahia war nur bis 1763 Hauptstadt des Vizekönigreiches Brasilien gewesen. Um mehr darüber in Erfahrung bringen zu können, mußten am besten von Oxford aus vorsichtig Erkundigungen eingezogen werden, wo in Brasilien solche Dokumente aufbewahrt lagen.

Weitere Nachforschungen im Nationalarchiv erschienen Howard nicht zielführend. Er war überzeugt davon, daß nur zwei Möglichkeiten verblieben; einerseits zu versuchen, über die Person des Kapitäns und eventuell seiner Nachkommen Anhaltspunkte für dessen Tätigkeit in Brasilien zu finden; andererseits ein Exemplar des Dokumentes aufzutreiben, das komplett war.

Dem kleinen Archivar hatte er eine Frist von drei Tagen genannt, nach welcher er wieder ins Archiv zu weiteren Arbeiten käme. Es verblieb also noch der morgige Tag zu seiner Verfügung. Diesen Tag wollte er dazu nützen, die Kirchenmatrikel von Alcaveiros' Heimatgemeinde einzusehen, möglicherweise ging aus diesen Büchern etwas hervor, das ihm weiterhelfen konnte. Hier in den katholischen Ländern wurden oft auch in kleinen Landpfarreien vollständige Aufzeichnungen über Jahrhunderte hinweg geführt, möglicherweise gab es auch so etwas ähnliches wie eine Stadtchronik. Anschließend sollte er noch einige Tage im Archiv zubringen, um den Schein zu wahren, auf jeden Fall mußte er das Dokument zurückbringen.

Als der Engländer seinen Mietwagen gegen Mittag des folgenden Tages vor der größten Kirche von Alcobaca parkte und im Pfarrhaus verschwand, verflogen bei dem kleinen Archivar die letzten Zweifel hinsichtlich der Ziele des Ausländers. Dieser war keineswegs an den portugiesischen Seeleuten, sondern ausschließlich an diesem antiken Alcaveiros interessiert, denn hier war dessen Heimatstadt, wo er zur Welt kam und wo er starb. Allerdings konnte Lofting von Anfang an nicht gewußt haben, daß es sich bei dem von ihm Gesuchten um Alcaveiros handelte, sonst hätte er die Suche um zwei Wochen abkürzen können. Irgend etwas mußte um diesen Alcaveiros sein, daß zwei Engländer im Abstand von mehr als vierzig Jahren sich an dieselbe Spur hefteten.

Nach einer knappen halben Stunde kam Lofting wieder aus dem Pfarrhaus und ging zum Friedhof. Der kleine Archivar folgte nur zögernd, da sich der Engländer jederzeit umdrehen konnte und ihn dann erkennen mußte. Im Friedhof selbst war der Portugiese wieder sicher, es gab genug Grabsteine und kleine Kapellen, welche Deckung boten.

Howard durchstreifte den Friedhof auf der Suche nach möglichst alten Gräbern. Es waren nur wenige Wege gepflastert, meist gab es nur steinige Wege zwischen den Grabreihen, spärlich von einigen Pinien und Olivenbäumen beschattet. Je älter die Gräber waren, um so kunstvoller und pompöser erschienen die Grabsteine, oft in Form kleiner Kapellen und Mausoleen gestaltet.

In einer Ecke des nicht allzu großen Friedhofes befand sich ein Grab, dessen Kapelle ein gotisches Kunstwerk war, eine kleine, aber meisterhafte Symphonie aus Spitzbögen, kunstvoll durchbrochenem Mauerwerk, Türmchen, Rosetten und Fialen, mit fein gehauenen Wasserspeiern, schreckliche Dämonen des Mittelalters darstellend. Das Kunstwerk war nicht größer als ein Gartenhäuschen, an einer Seite offen. Darin saßen auf steinernen Bänken drei Frauen mit großen, schwarzen Umhangtüchern und schwatzten, Körbe mit Blumen und kleinen Gartengeräten vor sich.

In der näheren Umgebung dieses prachtvollen, einer Familie Satuela gehörenden Grabes fand Howard dann tatsächlich aus dem 17. und 16. Jahrhundert datierbare Grabsteine, brüchige, von der Sonne ausgebleichte, verwitterte Steinplatten mit kaum lesbaren Inschriften. Manche Steine standen schräg, einer lehnte sich an die Friedhofsmauer. Howard untersuchte alle Steine sorgfältig und versuchte, die vor Jahrhunderten in die Grabsteine gemeißelten Inschriften zu entziffern. Nach fast zweistündiger hockender und knieender Bemühung richtete er sich auf, strebte dem Ausgang zu. Der Name Alcaveiros war auf keinem Grabstein zu finden.

Während Howard um die Inschriften bemüht war, fertigte der kleine Archivar eine Lageskizze dieser Gräber an, um später die Tätigkeit des Engländers nachvollziehen zu können. Verwundert registrierte der Portugiese, daß der Engländer anschließend wieder ins Pfarrhaus ging. Der Archivar überlegte bereits, ob er Dr. Lofting in das Haus folgen sollte, als dieser wieder herauskam und seinen Wagen bestieg. Die Jagd ist wohl zu Ende, dachte er, als Howard den Wagen vor seinem Hotel in Lissabon parkte.

Der Beamte trat seinen Dienst am nächsten Morgen wie üblich an und führte den Engländer wieder in dessen Arbeitsraum. So machst du das also, dachte der Archivar nach einem Blick auf die von Howard krampfhaft festgehaltene und unnatürlich vor ihm hergetragene Jacke.

„Ich bin mit meinen Nachforschungen sehr weit gekommen, ich werde wohl nur noch morgen hier arbeiten", sagte Howard beiläufig zu dem neben ihm trippelnden Burschen.

„Haben Sie gar keine Abschriften angefertigt?" Amüsiert betrachtete der Archivar Howards Reaktion auf diese etwas hinterhältige Frage.

„Doch, doch", stotterte dieser, „ich habe Abschriften gemacht."

„Sie wissen, daß Sie mir diese zur Genehmigung vorlegen müssen, Senhor?"

Dieser verdammte kleine Bürokrat! „Natürlich, ich habe alles, was für mich wichtig ist, auf meinem Notizblock festgehalten. Ich bringe Ihnen morgen den Block, Sie können dann alles auf einmal genehmigen, wenn Sie das nicht stört."

„Oh, das ist nicht gut, Senhor. Sie hätten jeden Tag nach Ihrer Arbeit die Notizen zur Genehmigung vorlegen müssen. Ich muß nun dem Presidio Meldung erstatten, das wird keinen guten Eindruck machen, denn daß Sie die ganze Zeit hindurch keine Abschriften anfertigten, wird man wohl nicht annehmen."

Dieser Blick ist nicht treuherzig, sondern impertinent, folgerte Howard für sich. „Ich bitte Sie, Sie wissen doch, wie wir Wissenschafter manchmal sind, wir können nicht alle Vorschriften behalten und manches Mal – so wie ich jetzt – verletzen wir diese völlig unabsichtlich. Läßt sich denn da gar nichts machen?" Um Schwierigkeiten zu vermeiden, muß wieder ein Scheinchen den Besitzer wechseln, dachte Howard. Immer noch besser, wegen dieser läppischen Formsache, als wegen des Berichts, den ich in meiner Jacke habe. Wenn der Bursche das wüßte, wird er zum Erpresser.

„Nun ja, Senhor, Sie waren bisher sehr freundlich zu mir, daher möchte ich Ihnen natürlich keine Schwierigkeiten bereiten. Ich werde sehen, was sich machen läßt."

In dem Archivraum zurückgeblieben, vergewisserte sich Howard, daß der lästige Kerl auch tatsächlich über die Treppe wieder in den oberen Geschoßen verschwunden war, ehe er mit fliegenden Fingern hastig den Umschlag aus seiner Jacke löste und das Paket mit möglichst wenig Geräuschentwicklung öffnete. Wieder huschte er zur Tür, warf einen Blick in den beruhigend leeren Gang, schob den Bericht auf seinen angestammten Platz in den Stapel und zerriß das Packpapier in handliche Stücke, die er in die Jackentasche steckte.

Sodann wollte Howard die Unordnung auf dem Arbeitstisch beenden und die verschiedenen Unterlagen wieder an deren Plätze bringen, dabei fiel ihm der Notizblock auf dem Tisch auf. Er wußte genau, daß der Block in irgend einem der Dokumentenstapel auf dem Tisch vergraben war, als er vor vier Tagen das Archiv verließ. Der hinterhältige Kerl hat mir also nachspioniert, dachte Howard. Gleichzeitig beglückwünschte er sich, den Kartonstreifen an sich genommen zu haben, so konnte der Bursche unmöglich Verdacht geschöpft haben, da kein Hinweis auf das kurzfristige Fehlen eines Dokumentes zu finden war.

Bereits mit einer gewissen Wut im Bauch folgte Howard am Nachmittag dem Archivar in dessen Verschlag unter dem Dach. Auch in diesem winzigen Raum befanden sich bis an die Decke reichende Regale mit Folianten und Karteien. Hier konnte sich die Bürokratie austoben, stellte Howard fest, während er sich auf einem schmalen Besuchersessel niederließ. Er schob die beschriebenen Blätter seines Blocks dem Archivar zu.

„Ich würde Sie höflich ersuchen, mir nun die Notizen zu genehmigen, meine Arbeit ist bereits abgeschlossen, es ist für mich nicht mehr notwendig, nochmals hierher zu kommen."

„Oh doch, Senhor." Der hinterhältige kleine Bursche schob Howard einen Zettel zu und ließ dessen Notizblätter in einem Akt verschwinden, auf dem deutlich Howards Name zu lesen war. „Bedauerlicherweise steht es nicht in meiner Macht, die Genehmigung selbst durchzuführen, wie Sie wissen, muß alles dem Presidio vorgelegt werden. Und da vom Presidio heute niemand mehr im Haus ist, muß ich Sie bitten, morgen Ihr Verhalten dort zu erklären."

Fassungslos starrte Howard den Zettel an, der eine Quittung für seine Notizblätter war. In der ersten Welle des Zorns, die nun über ihn hereinbrach, wollte er auf die Genehmigung verzichten. Das hätte jedoch ein schlechtes Bild bei den verschiedenen Beamten ergeben und möglicherweise einen boshaften Brief nach London zur Folge gehabt. Diese Bürokraten wischten den hochnäsigen Wissenschaftern nur allzu gerne eins aus, wie Howard aus Erfahrung wußte. Hier mußte auf bewährte einheimische Weise vorgegangen werden.

„Ich bin britischer Wissenschafter, Mitglied der Royal Academy, und denke nicht im Traum daran, mich auf Grund irgendwelcher unsinniger Vorschriften für etwas zu verantworten, was nur Hirngespinste sind. Wenn Sie einen Skandal vermeiden möchten, dann erwarte ich eine reibungslose Genehmigung ohne weitere Diskussion! Ich hole mir meine Notizen morgen ab, und gnade Gott Ihnen und Ihrem Presidio, wenn es noch zu Debatten kommt!"

„Skandal?" Der Archivar lehnte sich mit süffisantem Grinsen in seinem Sessel zurück. „Oh nein, Senhor, ich kann mir vorstellen, daß es zu keinem Skandal kommen wird, allerdings nur, wenn eine gewisse Kooperationsbereitschaft zwischen uns vorhanden ist. Ich schlage Ihnen daher vor, daß ich Ihnen den Weg zum Presidio abnehme und Ihnen Ihre Notizen selbst in Ihr Hotel bringe."

„Na schön." Der schlaue Teufel wollte sicher wieder nur kassieren, dachte Howard. Wenn die ganze Sache dann morgen ausgestanden ist, sollte es ihm recht sein. „Ich erwarte Sie morgen im Palacio Atlantica."

Am nächsten Tag schilderte der Archivar dem Vizepräsidenten, daß Dr. Lofting nun seine Nachforschungen abgeschlossen habe und mehrere Blätter seiner Notizen zur Genehmigung einreichte. Die Stempel waren überall bereits angebracht, so daß der Herr Vizepräsident nur noch unterschreiben mußte.

„Aus Ihren Listen geht nicht eindeutig hervor, wonach Dr. Lofting suchte. Es sind sehr unterschiedliche Dokumente eingesehen worden. Die Notizen beziehen sich fast ausschließlich auf Entdeckungsreisen in Brasilien. Na, viel kann er da nicht gefunden haben. Ist das alles, was er notiert hat?"

„Ja, Senhor Presidente, er hat alles, wie er sagte, auf einmal vorlegen und uns nicht jeden Tag behelligen wollen."

„Sieh da", meinte gutgelaunt der Vizepräsident, „ein Engländer mit Lebensart. Oder haben Sie ihm gesagt, daß er nicht lästig sein soll?"

Die beiden grinsten sich verständnisvoll über den Tisch hinweg an, der Archivar legte noch Kopien der genehmigten Notizen in den Akt des Dr. Lofting und deponierte das Schriftstück in der Registratur. Anschließend suchte er den Engländer in seinem Hotel auf.

Der kleine Portugiese reichte Howard den Umschlag, der Engländer zählte die Blätter ab und gab dem Beamten die Quittung mit einem Schein.

„Das, Senhor, bei aller Wertschätzung, reicht nicht."

„Sind Sie verrückt geworden? Ich habe wohl genug Trinkgelder verstreut, die Sie eingesteckt haben, ich bin nicht bereit, das Thema weiter zu verfolgen."

„Verzeihung, Senhor, aber ich glaube, daß es für einen Wissenschafter von internationalem Rang wie Sie einer sind sicherlich peinlich wäre, nur mehr unter rigoroser Aufsicht in den Archiven der Welt arbeiten zu können."

„Was soll das heißen?" Howard befiel eine böse Vorahnung.

„Es ist doch in den Bibliotheken und Archiven der ganzen Welt üblich, Abschriften und Kopien genehmigen zu lassen, nicht wahr?"

„Das habe ich doch getan!" fuhr Howard auf.

„Leider nur teilweise, wie Ihnen gleich wieder einfallen wird. Eine Nachricht von uns an Ihre Akademie, und Sie können sich nirgends mehr blicken lassen."

Howard wollte aufspringen, der Archivar sprach jedoch unbeeindruckt weiter, erzählte von einem Dokument, das in Kleidungsstücken geschmuggelt wurde, von einem Gelehrten, der geheim und ohne Berechtigung Kopien anfertigt und das unersetzliche Manuskript dann im Bankschließfach 1211 des Hauptbahnhofes für mehrere Tage deponiert. Schließlich wäre zu überlegen, meinte er, ob hier nicht strafrechtlich zu ahndende Tätigkeiten vorlägen . . .

„Wieviel wollen Sie?" ächzte Howard.

„Nun, Senhor", antwortete der Archivar salbungsvoll, „von Ihnen nehme ich auch einen Scheck . . ."

10

„Ich wäre ja gerne zu deiner Inauguration vor vier Wochen gekommen, Howard, alter Knabe, aber ich konnte meine Arbeit nicht im Stich lassen, das verstehst du doch?"

„Woran hast du denn gearbeitet? Piggy knurrte irgend etwas von türkischer Ägäis, dann warf er mir die Tür vor der Nase zu."

Francis Shepherd kicherte, dann nahm er einen Schluck Bier, stellte das Glas wieder auf die Theke. Die beiden befanden sich in einem überfüllten, lärmenden Pub, das wehmütige Erinnerungen an unbeschwerte Studienjahre wachrief. Scheinbar nicht nur bei den beiden, denn es waren fast alle Jahrgänge hier vertreten. Die meisten Leute kannten sich von der Universität her, man sah Studenten, aber auch Assistenten und Lektoren in Fachsimpeleien vertieft. Der Geruch der feuchten Mäntel und tropfenden Regenschirme vermischte sich mit Zigarettenqualm und Bierdunst zu dem unvergleichlichen, nach uralter britischer Tradition, kameradschaftlicher Geborgenheit und disziplinierter Fröhlichkeit duftenden leichten Nebel, der Londoner Pubs so einzigartig in der Welt macht.

„Das kannst du dir doch denken, daß Piggy auf dich nicht gut zu sprechen ist, oder?"

„Ach was, er soll keinen Unsinn verzapfen, dann läuft er auch nicht Gefahr, Kritik einstecken zu müssen."

„Na ja, das war schon mehr als Kritik." Francis leckte den Schaum von seinem Schnurrbart. „McFarlane ist ein widerliches, fettes Stinktier, das wissen alle, und wir haben es ihm ja auch gegönnt, daß du ihm eins übergebraten hast. Aber es ist für uns nicht leichter geworden, das kannst du mir glauben."

„Wieso für euch? Mir hat er Schwierigkeiten bereiten wollen!"

„Tja, das schon, aber nach deinem ruhmreichen Abgang nach Oxford hat es der alte McFarlane im Ministerium durchgesetzt, daß sein mieser Abkömmling stellvertretender Assistent neben diesem Südamerikaner wird. Es war ja klar, daß dessen Forschungsjahr einmal endet und Piggy dann auf den Assistentensessel steigen wird. Und so kam es auch, zwei Monate nach seiner Promotion durfte sich das Ferkel die ganze Abteilung unter den Nagel reißen."

„Wieso, Bradley war doch Abteilungsleiter!"

„Aber nur de jure. Nachdem das Monument starb, rückte Bradley zum Institutsvorstand auf, zum Glück für mich, dadurch bin ich ja überhaupt erst auf eine Planstelle gerutscht, und das auch nur, weil ich mich bei Piggys Mutter lieb Kind gemacht habe." Francis trank in langen, heftigen Zügen, wedelte mit dem fast leeren Glas in Richtung Barkeeper, der nickte, auch als Francis ihm die Zahl Zwei signalisierte. „Du trinkst doch auch noch eins?"

„Aber ja." Howard leerte sein Glas. „Du und lieb Kind bei Piggys Mutter? Dir graut vor gar nichts!"

„Ach, so intim war's auch wieder nicht. Aber es war das erste Linienschiff, das ich becircte. Mann, Howard, ich habe mitgezählt, neun Schritte brauchst du, um das Monstrum zu umrunden. Der Sohn ist nur halb so fett . . ."

„Weshalb ist der kleine McFarlane dann jetzt Institutsvorstand?"

Francis grinste. „Piggy ist ja nur zu wenig nütze, und so hat sich sein Alter in den Kopf gesetzt, noch zu Lebzeiten für seinen Sohn einen Platz zu schaffen, wo der Junge nichts anstellen und seiner Pension entgegenschlummern kann. Bradley wurde vom Ministerium aus ein gutbezahlter Posten im British Museum angeboten, den er angenommen hat, ehe im Institut für ihn die Luft zu dick werden konnte."

„Und was hast du gemacht?"

„Mein Fähnchen wie die anderen eben in Piggys Wind gesteckt. Ich bin froh, daß ich im Institut untergekommen bin, du weißt ja, wie wenig Historiker gebraucht werden."

„Piggy ist doch völlig unfähig, das habe ich ja bewiesen! Das Ferkel ist absolut fehl am Platze. Ich glaube, ich sollte mich für den Posten bewerben!" Howard nahm die beiden Biergläser in Empfang, reichte eines an Francis weiter.

„Das kannst du vergessen, Howard, alter Knabe!" Francis ließ nach einem langen Schluck mit einem genießerischen Laut die Luft wohlig aus sich herausströmen, wischte genüßlich über seinen Schnurrbart und fixierte Howard. „Vier Jahre bist du jetzt schon in Oxford, du hast dort ganze Arbeit geleistet, bist beinahe ein Einmann-Konkurrenzinstitut geworden, hast zwei Bücher herausgebracht. Aber die letzte Aktion – die hat dir im Ministerium geschadet, der alte McFarlane wird dir nie wieder eine Chance lassen, auf die Uni zu kommen."

„Das ist doch Unsinn, ich habe lediglich klipp und klar bewiesen ..."

„... daß Piggy McFarlane ein Idiot ist, und es auch noch ziemlich unverblümt in alle Öffentlichkeit hinausposaunt. Hör mal, Howard, ich weiß, daß die Quipuforschung eines deiner Arbeitsgebiete war. Und Piggy hat zu Recht die Idee geäußert, daß nicht nur ein Zahlensystem in den Schnüren steckt, sondern auch eine ideografische Schrift."

„Das wird doch seit Unzeiten vermutet, Francis, das weißt du genau so gut wie ich, nur hat der junge McFarlane seine krausen Ideen in die Welt getönt, ohne eine wissenschaftlich belegte These vorweisen zu können!"

„Ja, ihr beiden habt euch in der Fachpresse gehörig beflegelt, und allen war klar, daß du beweisen konntest, daß sich das Ferkel die Übersetzungen der Quipus einfach aus den Fingern gesogen hat. Alle haben es Piggy gegönnt, daß du ihn in der Luft zerrissen hast. Aber seine Stellung ist nicht erschüttert, Howard. Er sitzt vom Beamtenapparat aus im Sattel, nicht aufgrund seiner Qualifikation, vergiß das nicht. Daher kannst du ihm letztlich nichts anhaben."

„Ich habe vor der ganzen Welt bewiesen, daß McFarlanes Übersetzungen pure Dichtung sind. An sich ist an der Sache natürlich was dran, und das wird meine Habilitation, da kannst du Gift drauf nehmen!"

„Tja, Howard, was machen wir jetzt?" Francis betrachtete seinen Freund nachdenklich. „Nachdem du das arme Ferkel – und damit die Universität – so lächerlich gemacht hast, hat das Rektorat zugestimmt, eine eigene Gruppe für die Quipuforschung einzusetzen, und ich bin dabei. Piggy und ich fliegen in zwei Monaten nach Peru, und er wird es nicht zulassen, daß die Auswertungen irgend jemand, und dir schon gar nicht, zugänglich gemacht werden, ehe ein Resultat vorliegt."

„Was?" Howard rang verblüfft nach Worten. „Du fällst mir in den Rücken?"

„Nein, Howard, ich mach bloß meine Arbeit. Ich bin an der Uni und forsche, und du bist Lehrer an einem obskuren College, hast deine Verdienste, aber mehr als ein Privatgelehrter kannst du nicht sein. Die Uni schließlich kostet der Ausflug gar nichts, weil der alte McFarlane als Sponsor für diese Aktion auftritt. Leisten kann er es sich ja."

„So geht das nicht, Francis. Ich habe daran noch in

meiner Studienzeit gearbeitet, da habe ich ein Recht darauf, daß ich alle Informationen bekomme. Schließlich bin ich vor vier Wochen für meine Verdienste um die präkolumbische Forschung als Mitglied in die Royal Academy of Science aufgenommen worden. Ich habe mich nicht einmal beworben. Man hat mich ersucht, Francis, beinahe gebeten! Ich bin die einzige Kapazität in England auf diesem Gebiet, und ich lasse mich nicht ausschließen!"

„Komm wieder runter von deiner Palme, alter Knabe. Stimmt ja, du bist mit neunundzwanzig Jahren der Jüngste, der je in die Academy kam. Du bist das strahlende Genie, schon richtig. Aber die Beamten im Ministerium haben eben das Heft in der Hand, und nach deren Pfeife muß man eben ein wenig tanzen. Piggy war angeblich stinksauer, als du Mitglied der Academy wurdest, denn ihm als Institutsvorstand wäre es wohl in einigen Jahren zugestanden. Aber Piggy hat sich bei den Wissenschaftern durch die Art und Weise, wie er seine Stellung erhielt, unbeliebt gemacht. Da kam er natürlich nicht mehr in Frage, und um ihm zu zeigen, daß nicht alles machbar ist, hat man sich einen anderen ausgesucht."

„Sag mal, weißt du, was du da sagst? Ich soll nur Mitglied der Academy geworden sein, weil ein paar Wissenschafter auf Piggy McFarlane sauer sind?"

„Wenn du ehrlich bist, Howard, mußt du einsehen, daß es ein bißchen dazu beigetragen hat. Du bist nicht in der Uni, du siehst nicht, wie erbittert Wissenschafter gegen Beamte ringen. Wenn irgendeine Neuanschaffung getätigt werden muß, damit die wissenschaftliche Arbeit weitergehen soll, dann gibt es keinen Penny, ehe nicht monatelange Streitereien durchgestanden sind, oft genug stehen wir dann trotzdem mit leeren Händen da."

Erregt und mit rotem Kopf stand Howard Lofting vor

seinem Freund. „Francis, nimm gefälligst zur Kenntnis, daß ich mir ausschließlich durch meine Arbeit die Mitgliedschaft zur Academy verdient habe und ich keinerlei Intrigen nötig habe, um den mir zustehenden Platz in der Wissenschaft einzunehmen!"

„Herr Jesus", stöhnte Francis, „fühl dich doch nicht auf den Schlips getreten, nur weil das Ferkel zurückschlagen will. Piggy ist doch für dich kein Gegner, und ich noch weniger, ich bin dein Freund!"

„Ja, das stimmt schon, aber wenn Piggy sich allein in die Quipus hineinkniet, kommt er zu keinem Ergebnis. Wenn du mitmachst, wird es ein Erfolg. Dir bleibt doch gar nichts anderes übrig, als Ergebnisse zu liefern!"

„Ach, Howard, ich bin nicht so auf die Arbeit versessen wie du, ich verdiene meine Brötchen und habe meinen Spaß daran. Im Institut sausen eine Menge neuer Studiermäuse herum, da gibt es für mich immer was zu ernten. Eine zum Beispiel wollte unbedingt griechische Ruinenstädte in der Türkei besuchen, unter meiner sachkundigen Leitung natürlich. Das Mädchen ist recht gut betucht, mit eigener Yacht im Mittelmeer und solchen Sachen, sie schielt zwar ein wenig, aber du weißt ja – ich bringe für die Wissenschaft fast jedes Opfer!"

„Ja, schleichst um Piggy McFarlanes kolossale Erzeugerin, bumst wie ein Gigolo für einen Urlaub und fällst mir in den Rücken. Warum, Francis?"

Der Schalk in Francis Augen erlosch. „Sag mal, Howard, ist dir vielleicht schon einmal der Gedanke gekommen, daß du nicht allein auf der Welt bist und andere auch für ihren Broterwerb sorgen müssen?"

„Ach, hol's der Teufel, Francis, du hast ja recht. Ich habe mich einfach hinreißen lassen, weil ich mich beleidigt fühle von diesem Schwein McFarlane. Schwamm drüber, vergiß es, okay?"

„Okay."

Das weitere Gespräch der beiden Männer handelte von den geheimnisvollen Schnüren der Inkas, Francis amourösen Abenteuern im Mittelmeer und Howards widerborstigen Schülern. Bereits leicht benebelt, verabschiedete sich Howard und ließ sich von einem Taxi zum Bahnhof Paddington bringen.

In den folgenden Tagen war Howard während des Unterrichts mehrfach unkonzentriert, lächerliche Fehler unterliefen ihm, welche den Schülern zu seinem Glück nicht auffielen. Einige Kollegen merkten allerdings, daß Howard etwas bedrückte, daß in ihm etwas arbeitete. Wie eine Pfeilspitze, deren Widerhaken in seinem Fleisch staken, schmerzte es ihn, daß andere in seinen Wissensgebieten forschten, Dinge in Beschlag nahmen, die nach Howards Meinung ihm allein gehörten, und er nun davon ausgeschlossen wurde. Das Intimste seiner Seele war verletzt.

Es dauerte jedoch nicht lange, dann entschloß er sich, den Kampf aufzunehmen. Oh nein, er würde sich nicht unterkriegen lassen, schon gar nicht von einer solchen Null wie Piggy McFarlane. Und auch Francis Shepherd würde er zeigen, wozu der Privatgelehrte fähig war.

Monatelang vergrub er sich in den Bibliotheken und Archiven der Universität, suchte Museen und Depots heim, entfesselte einen Sturm der Korrespondenz mit namhaften FachWissenschaftern in aller Welt, ließ sich aus Lateinamerika einen schier unendlichen Strom von Literatur und Informationen senden, mit grimmiger Befriedigung vermerkend, daß im Institut erst jedes Stück übersetzt werden mußte und er den Vorteil der Sprachkenntnis hatte. Wermutstropfen in all seiner Aktivität blieb, daß Shepherd und McFarlane den unaufholbaren Vorteil hatten, vor Ort zu sein und es ihm bis heute nicht gelungen war, irgendeine Reise ins Ausland zu machen.

Der Vorteil war, ohne daß es Howard wußte, längst aufgehoben, als die beiden aus Südamerika zurück kamen. Er hatte bereits mit vergleichenden Analysen begonnen, als im Institut noch die Expedition gefeiert und mit der Katalogisierung des mitgebrachten Materials begonnen wurde. McFarlane und Shepherd einigten sich auf eine Methode der Bearbeitung, während Howard bereits die ersten Probleme zu überwinden begann. Im Institut erwarteten alle, daß nach einiger Zeit McFarlane sich aus der intensiven Arbeit lösen und Francis Shepherd allein werken lassen würde, und so kam es dann auch. Ebenso war allen klar – Shepherd inbegriffen –, daß McFarlane jeglichen Erfolg nur auf seine eigenen Fahnen heften wollte.

Shepherd ging zwar mit der ihm eigenen Leichtigkeit an die Probleme heran, verfügte jedoch über alle jene Möglichkeiten des universitären Betriebes, die Howard nicht zugänglich waren. Auf Howards Seite standen jedoch die Verbissenheit und Ausdauer des Fanatikers. Um dem Institut zu zeigen, daß mit ihm noch zu rechnen war, veröffentlichte er ab und zu Artikel in Fachzeitschriften, welche mit knirschenden Zähnen von Piggy McFarlane gelesen wurden. Francis mußte dann so manchen Rüffel von seinem Institutsvorstand einstecken und erwiderte seinerseits mit einigen Aufsätzen – selbstverständlich unter McFarlanes Namen –, um vor diesem Ruhe zu haben. Für das interessierte Fachpublikum war bald abzusehen, daß Howard das Rennen gewinnen würde.

11

Dem kleinen Archivar blieben die Besuche des Engländers im Pfarrhaus von Alcobaca und der anschließende Ausflug auf den dortigen Friedhof unklar. Er wollte daher telefonisch im Pfarrhaus unter irgendeinem Vorwand nachfragen, was der Ausländer dort gesucht hatte.

Der Hinweis auf den offiziellen Charakter seines Anrufes löste die Zunge einer etwas ältlich klingenden Dame, welche die Sensation eines Ausländers, der in den alten Matrikeln ihrer Pfarre herumsuchte, genoß. Gerne teilte die Senhora mit, daß der große Herr aus England bereits zweimal im Pfarrhaus war, beim ersten Mal war jedoch der Herr Pfarrer nicht da, beim zweiten Besuch trafen sich die Herren und der Herr Pfarrer gewährte dem Wissenschafter gerne Einblick in die alten Pfarrmatrikeln. Im übrigen sei Herr Dr. Lofting gerade an der Arbeit, und ob sie ihn ans Telefon holen solle.

Mit Mühe konnte der Archivar die eifrige Dame davon abbringen, den Ausländer von dem Anruf zu informieren. Hoffentlich hält die alte Schachtel dicht, dachte er und ließ sie weiterplaudern. Dabei kam zutage, daß Dr. Lofting auch noch in der Stadtchronik Nachschau halten wollte und mit dem Bürgermeister bereits ein Treffen vereinbart war.

Der Engländer war also immer noch auf der Jagd. Es mußte ihm noch etwas fehlen, etwas, das der Ausländer in den alten Unterlagen Alcobacas zu finden hoffte. Es konnte sich nur um den weiteren Lebensweg des Kapitän Alcaveiros handeln, etwas anderes konnte sich der Archivar nicht vorstellen. Für ihn selbst stellte das offene Auftreten des Engländers eine gewisse Schwierigkeit dar.

So, wie die alte Dame im Pfarrhaus dahinplapperte, mußte man damit rechnen, daß in wenigen Stunden die ganze Stadt von den Nachforschungen des Engländers informiert war. Daß auch die offizielle Verwaltung in Person des Bürgermeisters und damit auch alle Beamten Bescheid wußten, war noch weniger angenehm, das zwang den Archivar zu sehr diskretem Auftreten. Möglicherweise mußte er einige Wochen verstreichen lassen, ehe weitere Aktionen von seiner Seite aus folgen konnten.

Damit schied der Engländer als Geldquelle für die nächste Zeit aus. Es schien angezeigt, sich erst nach einiger Zeit wieder mit einer Forderung einzustellen. Trotzdem mußte er dem Historiker auf den Fersen bleiben. Dadurch bestand die Aussicht, weitere Informationen in die Hand zu bekommen. Damit wäre dann beim Engländer möglicherweise wieder etwas zu holen. Und vielleicht tat sich sogar eine weitere Chance auf. Abnehmer für Informationen gab es immer.

Von diesen Überlegungen ahnte Howard nichts, er war heilfroh, dem unangenehmen Archivar endgültig entkommen zu sein. Der Pfarrer in Alcobaca war ein kleiner, glatzköpfiger und korpulenter Mann mit dicken, feuchten Lippen, einem ständigen, törichten Lächeln darauf und davon begeistert, daß seine Matrikeln Forschungsobjekte für einen ausländischen Gelehrten darstellen sollten. Gerne stellte er das selten besuchte, staubige Magazin Howard zur Verfügung, wo sich die dickleibigen Aufzeichnungen der Pfarre Alcobaca befanden. Fast eine Stunde lang plauderte der geistliche Herr über die Matrikeln, soweit er eben Kenntnis davon hatte, und ließ Howard dann allein.

Dieser stellte mit Verwunderung fest, daß die älteste Aufzeichnung aus dem Jahre 1299 stammte. In dieser kleinen, unscheinbaren Pfarre waren Handschriften vorhanden, um welche sich Museen in aller Welt reißen würden. Na ja, die Schätze der Kirche . . .

Nicht allzulange, und Howard wurde fündig. Er stieß auf die Geburts- und Taufeintragung des Bartholomeu Alcaveiros, Sohn des Segelmachers Goncalves, aus dem Jahre 1556. Dann überschlug Howard einige Jahre, denn der Kapitän war erst 1592 zurückgekehrt. Richtig, er fand die Eintragung über die Vermählung.

1593 kam dann das erste seiner Kinder zur Welt, und danach regelmäßig jedes Jahr ein weiteres. Fernsehen gab's ja noch nicht, grinste Howard in sich hinein. Die Seelenmesse für den im Jahre 1606 verstorbenen Kapitän mußte sehr aufwendig gewesen sein, die Matrikel verzeichnete umständlich die Anzahl der Leuchter und Kerzen, die Choräle und Predigten sowie auch die Spende der Hinterbliebenen an die Mutter Kirche. Diese Spende war für die damalige Zeit ungewöhnlich hoch, enorm hoch für einen kleinen, unbedeutenden Kapitän. Wo stammte Alcaveiros' Reichtum her?

Howards Hände wurden feucht, er spürte das Jagdfieber wieder in sich erwachen.

Bei der Verfolgung des Lebensweges der Kinder des Kapitäns machte Howard eine unliebsame Erfahrung. Die Frauen in Portugal behielten ihren eigenen Namen auch nach der Heirat bei, die Kinder konnten sich zu einem nicht festgelegten Zeitpunkt selbst entscheiden, ob sie den Namen des Vaters oder den der Mutter annehmen wollten. Dadurch wurde es kompliziert und zeitaufwendig, die verschiedenen Zweige der Familien zu verfolgen, und schließlich verschwand mit dem Ableben eines Nachfahren des alten Kapitäns der Name Alcaveiros gänzlich aus den Aufzeichnungen, die Familie schien erloschen.

Da Howard jedoch diese Art der genealogischen Forschung völlig neu war und er möglicherweise einen Fehler beging, erkundigte er sich beim Pfarrer nach jemandem, der ihm behilflich sein konnte. Der Geistliche versprach, den alten Grivaes, der Jahrzehnte hindurch die Matrikeln geführt hatte, am nächsten Tag herbeizuschaffen. Wenn überhaupt, dann könne nur dieser Greis Dr. Lofting helfen.

Zufrieden genoß Howard in der Cafeteria vor dem kleinen, einfachen Hotel, in dem er abgestiegen war, die Abendsonne. Der Bürgermeister hatte sich als ein ebenfalls freundlicher und zugänglicher Mann erwiesen, der Howard gerne die Stadtchronik einsehen lassen wollte.

Am nächsten Tag traf Howard in der Pfarre ein dürres, altes Männlein mit flinken, funkelnden Augen und erörterte mit diesem seine Probleme, die Kinder des alten Alcaveiros in den Matrikeln verfolgen zu können. Der Alte ging ihm sehr sachverständig an die Hand, Howard lernte viel aus dem Erfahrungsschatz des alten Grivaes.

Dabei trat immer plastischer das Bild eines Mannes zutage, der ohne einen blanken Heller auf große Fahrt ging und reich in die Heimat zurückkehrte. Der Reichtum mußte noch einige Generationen angehalten haben, jedenfalls solange sich in den Aufzeichnungen der Name Alcaveiros finden ließ. Howard war nun überzeugt, daß der alte Kapitän im Regenwald Brasiliens etwas fand und nach Portugal brachte, was den Reichtum seiner Familie begründete.

Der Alte konnte aus den vorhandenen Ortsbeschreibungen noch herauslesen, daß jenes Herrschaftsgut, welches Alcaveiros nach seiner Rückkehr erwarb, heute im Besitz einer Familie Narvalhaes ist. Im 18. Jahrhundert ließen die Narvalhaes den Bau abreißen und errichteten einen prunkvollen, barocken Palast. Die Narvalhaes waren seit jeher eine begüterte Familie, und da hatte wohl irgendwann einmal Geld zu Geld geheiratet. Diese Spur verlor sich für Howard in einer unübersehbaren Heerschar der Nachkommen Alcaveiros.

Überraschend verlief die zweite Begegnung mit dem Bürgermeister, der war plötzlich alles andere als freundlich und bemerkte barsch, daß bei einem Brand zu Beginn des neunzehnten Jahrhunderts alle älteren Aufzeichnungen verbrannt waren. Howard mußte unverrichteter Dinge das Rathaus verlassen.

Unzufrieden ließ er sich an einem Straßentischchen eines Cafés gegenüber dem Rathaus nieder und starrte unschlüssig in seinen Espresso. Die Einsichtnahme in die Kirchenmatrikeln waren interessant gewesen und rundete Howards Bild des Kapitäns ab, brachte ihn aber eigentlich nicht weiter. Das Stadtarchiv war ihm aus unbekannten Gründen verschlossen. Ihm fielen beim besten Willen keine weiteren Quellen mehr ein, die er hätte nützen können. In Portugal war nichts mehr zu finden. Howard entschloß sich zur Heimreise.

Einige Monate später hielt vor dem Pfarrhaus in Alcobaca ein kleiner, rostfleckiger Fiat, dem der Archivar entstieg. Sein Dienstausweis verlieh dem Besuch etwas Hochoffizielles, der Pfarrer und seine ältlichen Kanzleidamen waren bestrebt, dem Herrn aus der Hauptstadt so behilflich wie nur möglich zu sein. Auch der alte Grivaes wurde wieder bemüht.

Nun waren die alten Damen nicht mehr zu halten. In der Stadt wurde vielerlei vermutet, was zuerst der Engländer und nun gar ein Beamter aus Lissabon in der Pfarre suchten. Wer sucht, muß nicht immer etwas finden, so wie Howard Lofting in den Aufzeichnungen der Pfarre nicht fündig geworden war. Wäre der Engländer ein Einheimischer gewesen, so hätte er wie der kleine Archivar die Spur weiter verfolgen können.

In beinahe euphorischer Stimmung fuhr der Archivar

nach Lissabon zurück, sicher, das große Los gezogen zu haben. Er mußte sein weiteres Vorgehen noch genau überlegen. Je länger er über seine weitere Vorgangsweise nachdachte, desto klarer wurde sein Plan.

Für seine kleine Zweizimmerwohnung hatte er nur verächtliche Blicke, als er sich umzog. Mit diesen tristen Umständen war ein für allemal Schluß. Eine Penthousewohnung mit Swimmingpool, das war seine Zukunft. Weltreisen, Frauen, alles was das Herz begehrte. Es hatte sich gelohnt, den langen Engländer auf allen Schritten zu überwachen. Und wie es sich gelohnt hatte!

Dieser Tag muß gefeiert werden, dachte der kleine Archivar, ließ sich von einem Taxi in den abendlichen Trubel des Vergnügungsviertels bringen und stürzte sich ins Amüsement.

Nachdem er bereits einige Etablissements besucht hatte, betrat er ein eher zweitklassiges Striptease-Lokal, ließ sich eine Flasche Wein kommen und genoß mit glänzenden Augen die Show. Es dauerte nicht lange, da nahm eine Schöne der Nacht bei ihm Platz.

„Süßer, spendierst du mir ein Glas?" gurrte sie ihn an. Sie war schlank, dunkelhäutig und trug ein sehr kurzes Kleidchen mit großzügigem Ausschnitt, das erkennen ließ, daß sie zumindest oben nichts unter dem Kleid trug. Was der Archivar da sah, gefiel ihm sehr. Die weißen Zähne des Mädchens blitzten, durch die UV-Lampe verstärkt, auf, wenn sie lachte. Eine wundervolle Figur und ein betörender Duft machten ihn beinahe willig, und als die schwarze Schönheit ihm eröffnete, daß er heute Glück habe, denn er gefiele ihr und wenn ihr einer gefällt, dann geht es ihr nicht um Geld, dann will sie Liebe genießen, gab es keine Zurückhaltung mehr für den Archivar.

Kichernd und plaudernd strebten sie ihrer Absteige

zu, sie öffnete die Tür und ging in den Raum, machte Licht.

„Komm, Kleiner, nur herein mit dir!“ hörte er. Dann vernahm er nur noch das Sausen des Sandsackes, und die Welt versank in einem schwarzen Abgrund.

Er wachte auf, weil ihm irgend etwas in Schultern, Arme und Handgelenke schnitt. Ihm war kalt. Er blickte um sich, Panik ergriff ihn. Er stand mit dem Rücken an einer steinernen Säule, seine Hände waren hinter der Säule zusammengebunden, er selbst mit mehrfachen Schlingen an die Säule gefesselt. Ihm gegenüber befand sich eine zweite Säule, dazwischen an der Decke eine durch ein Drahtgitter geschützte Kellerlampe mit schwacher Glühbirne. Die Wände bestanden aus großen, roh behauenen Steinblöcken, die feucht schimmerten und stellenweise einen grünen Algenbelag aufwiesen. Es gab anscheinend kein Fenster. Er zerrte an den Fesseln, sie gaben jedoch nicht nach. Er holte tief Luft, um zu schreien, da ertönte neben ihm eine sanfte Männerstimme.

„Nun, kleiner Archivar, bist du wieder wach?“ Ein sehr gut gekleideter Mann trat in den Lichtkreis, hinter ihm ein zweiter, der nur undeutlich zu erkennen war. Der nächste Schock traf den Gefesselten, sein Unterkiefer fiel herab. Dieses Gesicht war ihm bekannt.

„Mich hast du nicht erwartet, nicht wahr?“

Der Archivar bewegte den Mund, schluckte und schüttelte dann den Kopf. „Was wollen Sie von mir? Lassen Sie mich los, ich habe nichts getan!“

„Soweit lassen wir es auch gar nicht kommen. Du weißt, wer ich bin?“

Unwillkürlich begann der Archivar zu nicken, schüttelte jedoch dann wild den Kopf. „Nein, nein!“ schrie er. „Ich habe Sie nie zuvor gesehen, lassen Sie mich gehen!“

Der Mann, der nun direkt vor ihm stand, hatte dieselbe Größe wie der Archivar, schütteres, glatt zurückgekämmtes Haar und einen sorgfältig ausrasierten, kurz gestutzten Bart um Mund und Kinn. Dunkle Augen musterten den Archivar. „Sag mir, wer ich bin!"

„Ich kenne Sie nicht, Senhor!" winselte der Archivar. Mit aller Kraft schlug der Mann vor ihm zu, die Wange brannte wie Feuer. Und wieder auf die andere Seite, ein Hieb traf seinen Magen, der revoltierte. Nur mit Mühe konnte er verhindern, daß er sich übergab.

„Kennst du mich jetzt?"

„Ja, Senhor."

„Wer bin ich?"

„Sie sind Miguel do Narvalhaes."

„Gut." Narvalhaes zog einen Stuhl heran und setzte sich. Die zweite Person blieb schweigend im Schatten. „Du weißt auch, was ich bin?"

„Ja, Senhor."

„Gut. Bitte glaube mir, es macht mir keinen Spaß, dich zu schlagen, und ich wollte, ich wäre nie in diese Situation gekommen. Aber wir beide haben miteinander zu reden, und ich kann keinen Vorteil auf deiner Seite brauchen."

Der kleine Archivar fröstelte. Genau mit dem Mann, der jetzt vor ihm saß, wollte er sprechen, dieser Mann sollte seine Zukunft sichern, war das große Los. Aber das Zusammentreffen mit ihm hatte er sich anders vorgestellt.

„Höre mir gut zu, kleiner Archivar. Ich erzähle dir jetzt eine Geschichte, in dieser Geschichte fehlt einiges, und das erzählst du mir. Bin ich mit deiner Erzählung zufrieden, so werden wir als gute Freunde auseinandergehen, und du wirst dich nicht beklagen können. Bin ich mit deiner Erzählung nicht zufrieden, bin ich gezwungen, dein Erinnerungsvermögen anzustacheln. Du hast verstanden?“

Der Archivar nickte.

„Gut. Eines Tages kommt ein englischer Archäologe in das Nationalarchiv in Lissabon. Er gibt dort an, Nachforschungen über Seeleute zu betreiben, holt sich jedoch nur alte Expeditionsberichte. Der letzte Bericht, den er liest, handelt von einem Kapitän Alcaveiros. Plötzlich läßt er alles stehen und liegen, taucht in Alcobaca auf und wühlt in jahrhundertealten Unterlagen weiter nach diesem Kapitän. Er will auch die Stadtchronik sehen. Dann verschwindet der Engländer, Ruhe kehrt ein. Und plötzlich bist du da, gräbst in der gleichen Grube wie der Engländer. Der Unterschied ist nur, daß der Engländer nichts fand.

Du jedoch hast dem alten Grivaes – Gott möge sich seiner Seele annehmen – gesagt, du hast es gefunden. Was, mein Freund, hast du gefunden?“

Tatsächlich, siedendheiß durchfuhr es den Archivar, das hatte er dem alten Grivaes gegenüber gesagt, und dieser mußte mit anderen Leuten darüber gesprochen haben, so daß es auch die Familie Narvalhaes erfahren mußte. Er war auf der richtigen Fährte, wenn diese Großfinanzleute so schnell reagierten. Nur, was nützte das jetzt? Er entschloß sich, vorsichtig zu kooperieren.

„Ich habe den Zusammenhang gefunden, den Zusammenhang zwischen Alcaveiros und Ihnen.“

Narvalhaes nickte. Miguel do Narvalhaes war das Oberhaupt dieser Familie, welcher Banken, Reedereien, Weingüter gehörten; welche im siebzehnten und achtzehnten Jahrhundert weltumspannende Handelshäuser besaß, märchenhaft reich war und unbegrenzten Einfluß in der Welt der Wirtschaft und Finanz besaß. Die Familie hielt Beteiligungen an fast allen namhaften Industriekonzernen der Welt, sich immer diskret im Hintergrund haltend, nie Skandale und Histörchen liefernd. Fast unbekannt im Getriebe der lauten Geschäftsplätze, waren sie nur in Portugal und Spanien eine einigermaßen bekannte Größe. Einst besaß der Name Narvalhaes Weltgeltung, als Portugal noch sein weltweites Kolonialreich aufrechthielt. Mit der Reduktion der weltpolitischen Bedeutung Portugals schien auch das Narvalhaes-Kontor an Bedeutung zu verlieren, und schließlich verschwand der Name aus dem direkten Geschäftsleben ganz. Mächtig und einflußreich blieb die Familie jedoch bis in die heutigen Tage.

„Was hat der Engländer gefunden?"

„Nichts, er kann sich ja keinen Reim darauf machen!"

„Wie ist er auf die Angelegenheit gestoßen?"

„Das weiß ich nicht", jammerte der Archivar. „Er kam mit einer Vorstellung, aber so, als ob er nicht genau wußte, was er suchen müßte."

Wieder nickte Narvalhaes, der zweite Mann sprach nun, auf französisch, das der Archivar nicht verstand, Narvalhaes antwortete in der gleichen Sprache.

„Was weißt du über Alcaveiros?"

„Ein Kapitän im sechzehnten Jahrhundert, der eine Expedition in den Urwald unternahm und dort nichts fand."

„Der Engländer hat das nicht geglaubt, und du auch nicht. Welche Unterlagen gibt es über Alcaveiros?"

„Im Archiv liegt der Expeditionsbericht, dann gibt es noch die Kirchenmatrikeln, und ob in der Stadtchronik etwas zu lesen ist, weiß ich nicht."

„Was gibt es noch?"

„Ich weiß nichts mehr."

Miguel do Narvalhaes stand auf und holte ohne erkennbare Gemütsbewegung weit aus. Wieder traf den

Archivar einer dieser harten Schläge, Blut lief aus seiner Nase.

„In Sagres, in Prinz Heinrichs Seefahrerschule, liegt ein Akt über Alcaveiros, aber dann existiert nichts mehr, glauben Sie mir bitte!"

„Na schön. Siehst du diesen Mann?" Narvalhaes deutete auf die zweite Person. Deutlich erkannte der Archivar eine Pistole mit Schalldämpfer, die dieser Mann auf ihn gerichtet hielt. „Ich schneide dich jetzt los. Mach keinen Unsinn, sonst kommst du hier nicht lebend heraus. Ist das klar?"

Der Archivar nickte.

„Wenn du fertig bist, verbinde ich dir die Augen und hänge deine Hände zusammen. Es ist jetzt zwei Uhr früh, da ist niemand unterwegs. Wir fahren zu deinem Archiv, und du zeigst uns den Bericht des Kapitäns. Gibt es einen Akt über die Tätigkeit des Engländers?"

„Ja, Senhor."

Mit seinem Schlüssel öffnete der Archivar den Personaleingang des Nationalarchivs. Hinter ihm huschten seine Peiniger durch die Tür, er schloß wieder ab. „Der Akt ist in meiner Kammer, Senhor", flüsterte er.

„Dann los." Die Männer stiegen in die vierte Etage hinauf. In dem kleinen Gelaß des Archivars überließ er den beiden Loftings Akt. Der zweite Mann steckte den Akt ein. „Das Stück fehlt ab jetzt, ist das klar?"

„Ja, Senhor."

Im Archivraum folgte er den beiden den Bericht des Alcaveiros aus. Narvalhaes setzte sich an den Tisch und zählte die Seiten, prüfte die Numerierung. „Ja, das ist in Ordnung, kleiner Freund."

Schon wollte sich Erleichterung im Archivar breitmachen, da spürte er den würgenden Zug der Schlinge, die der zweite von hinten über ihn geworfen hatte. Narvalhaes warf ein Seil über ein an der Decke laufendes Rohr und zog daran.

„Nein, nicht!" krächzte der kleine Archivar, er strampelte, schlug um sich. Die Schlinge schnitt in seinen Hals, Sterne tanzten vor seinen Augen. Undeutlich spürte er nur, wie ihn der zweite ins Kreuz trat, dann riß ihn etwas nach oben, ließ ihn drehend im Raum baumeln.

Erst nach Wochen sollte man ihn finden.

12

Howard öffnete die doppelflügelige Türe, sofort dröhnte der Verkehrslärm des Themse-Embankments in das Zimmer, füllte den ruhigen, viktorianisch eingerichteten Raum mit der Hektik der motorisierten Gegenwart. Auf den schmalen Balkon hinaustretend, genoß er trotz des Lärms den Blick über die Themse.

Links ragten die Türme der Tower Bridge in die Dämmerung, auf der rechten Seite hob sich die schwarze Silhouette der Houses of Parliaments mit den beiden markanten Türmen, den zahlreichen Giebeln und Vorsprüngen wie ein alter Scherenschnitt vom rosafarbenen Himmel ab. Die vom Widerschein vielfacher Lichter wie eine Metallplatte glänzende Themse wurde von der unheimlich anmutenden schwarzen Masse eines Kriegsschiffes unterbrochen, das als Touristenattraktion mitten in London vor Anker lag. Wie Fühler und Zangen eines gigantischen Insekts drohten die Geschützrohre den Fluß entlang. Die blauen und gelben Farben des Gitterwerkes der Blackfriars Bridge verschwammen ineinander, würden in wenigen Minunten in der Dunkelheit aufgehen.

Befriedigt trat Howard ins Zimmer zurück, schloß die Balkontür, der Lärm verebbte. In früheren Jahren hatte ein Hotelzimmer wie dieses für ihn einen unerfüllbaren Wunschtraum dargestellt. Aus einem Bedürfnis der Befriedigung alter Sehnsüchte hatte er sich in diesem fashionablen Hotel, dem Russel House, für die drei Tage seines Aufenthaltes in London eingemietet. Die leicht verstaubte Plüscheleganz aus den Tagen Königin Viktorias war ein idealer Treffpunkt für einige Bekannte, mit welchen Howard zusammentreffen mußte, gab seinem

Aufenthalt und seiner Persönlichkeit jenes Image, das er nun als unerläßlich betrachtete.

Das Zimmer war zwar teuer, aber Howard konnte und wollte es sich leisten. Es war die dritte Jahrestagung der Royal Academy, an welcher er teilnahm, und erfahrungsgemäß trafen sich anschließend immer einige Gleichgesinnte in Hotelhallen, um über alles mögliche zu plaudern, da war das Russel House, dieser riesige Kasten mit seinen endlosen Gängen und zahllosen Räumen, genau die richtige repräsentative Adresse.

Einige Historiker wollten ganz bestimmt mit ihm diskutieren, und er selbst hatte die feste Absicht, sich gebührend feiern zu lassen.

Sein triumphaler Erfolg über das Universitätsinstitut und dessen widerlichen Vorstand McFarlane lag noch nicht allzulange zurück, in Fachkreisen wurde immer noch davon gesprochen. Ein weiteres Buch, das sich gut verkaufte, und vermehrter Zugang zu Fachzeitschriften mit bereits beachtlichen Honoraren bildeten eine angenehme finanzielle Begleiterscheinung, welche Howard unter anderem das Logis in diesem Haus ermöglichte.

Spät abends, als feierliche Zeremonien, langweilige Reden und ein ausgesucht geschmackloses Buffet hinter den Teilnehmern der Jahresversammlung lagen, kamen dann tatsächlich mehrere Herren vor einem Kamin in der Halle des Russel House zusammen. Neben einigen auswärtigen Historikern fanden sich auch zwei Universitätsprofessoren ein, die trotz Howards mißbilligender Miene McFarlane nötigten, an der Runde teilzunehmen. Dann saßen auch noch einige Ehrenmitglieder dabei, eines davon war Lord Swinbrook.

Ein lautloser Butler verteilte Gläser und Getränke aus einem Barwagen, placierte an strategisch durchdachten Stellen Knabbereien und Aschenbecher und schob den

Wagen in Howards Griffweite, um diesem die Gastgeberrolle zu ermöglichen. Dann verließ er die Gesprächsrunde, die Herren waren unter sich.

Ein grauhaariger, knorriger schottischer Historiker kam dann mit dem bekannt zarten Taktgefühl seines Volksstammes ohne Umschweife mitten ins Thema, das die ganze Runde am meisten interessierte.

„Sagen Sie mal, Lofting", polterte er, „Sie haben es der Universität tüchtig gegeben, im Alleingang den Stein der Weisen gefunden, Respekt, Respekt. Mich hätte interessiert, wo der Schlüssel lag, mit dem Ihnen der Durchbruch gelang."

Zufrieden registrierte Howard, daß McFarlane eine mißbilligende Grimasse schnitt und rasch seinen Brandy kippte. „Da ist nichts Mysteriöses dran, Sir. Beinahe hätte ich mir die Zähne an dem Problem ausgebissen, aber letztlich waren die Farben ausschlaggebend."

Der Schotte nickte zwar, aber Lord Swinbrook forderte eine Erläuterung.

„Nun, Mylord", meinte Howard, legte beide Arme auf die gepolsterten Armlehnen des Klubsessels und nahm eine wohlwollend dozierende Pose ein, „schon seit der Zeit der spanischen Eroberung Südamerikas war klar, daß die Inkas über ein Kommunikationssystem in Form von Schnüren verfügten, in welche verschiedenartige Knoten geschlungen waren. Form und Anzahl der Knoten haben verschiedene Bedeutungen, für uns war bisher lediglich ein Zähl- und Rechensystem feststellbar. Mein Lehrer, Sir Charles Knotts, war jedoch überzeugt davon, daß bei ausreichend intensiver Forschung das Geheimnis dieser Knotenschnüre, der sogenannten Quipus, zu lösen ist."

„Und welche Rolle spielen Farben dabei?"

„Die Schnüre, Mylord", nahm der Schotte das Wort an

sich, „waren in verschiedenen Farben angefertigt, und viele Schnüre, einzeln an eine gemeinsame Querverbindung angeknüpft, stellten eine Nachricht dar."

„Durch methodische Vergleiche gelang es mir", fuhr Howard fort, „die Bedeutung einiger Farben festzulegen, etwa für Getreide, Kartoffeln, Lamas, aber auch Berufsstände, Orte und Provinzen. Die Liste ist natürlich längst nicht komplett, aber rund fünfhundert Begriffe sind eindeutig zuordenbar. Damit wurde es erstmals möglich, in Kombination mit dem bekannten Zahlensystem grobe, aber zutreffende Interpretationen für den Inhalt dieser geknüpften Mitteilungen zu liefern."

„Und nun kann man diese Schnüre wie Bücher lesen?"

„Noch nicht, Mylord, da muß noch eine Menge Forschungsarbeit investiert werden, aber in einigen Jahren sind wir soweit, daß wir exakte Übersetzungen bieten können."

Einer der Universitätsprofessoren nahm die Pfeife aus dem Mund.

„Sie haben vielleicht gehört, Mylord, daß Dr. Lofting beinahe im Wettbewerb mit einem im Universitätsinstitut laufenden Studienprojekt mit derselben Thematik stand. Über kurz oder lang wäre das Institut sicher zur gleichen Lösung gekommen, aber das Verdienst gehört eindeutig Dr. Lofting."

Du mußt deinen Schuppen ja verteidigen, dachte Howard und nippte an seinem Brandy. Und jetzt mußt du noch gegen besseres Wissen das Ferkel verteidigen, um die Ehre der alma mater zu retten.

„Das Verdienst von Dr. McFarlane hier, dem Institutsvorstand, ist jedoch, daß er aus Südamerika eine Unmenge von Material mitbrachte, das derzeit im Institut aufgelistet und demnächst bearbeitet wird. Ich rechne damit, daß Dr. McFarlane bereits in den nächsten beiden Jahren eine umfangreiche Dokumentation erarbeitet, welche die Wissenschaft bleibend bereichern wird."

Niemand entging Howards länger werdendes Gesicht, auch nicht das beglückte Glänzen auf McFarlanes Kugelkopf.

„Selbstverständlich hat sich Dr. Lofting große Verdienste erworben, doch die weitere Forschung in dieser Angelegenheit wird wohl auf ihn verzichten müssen", ätzte nun McFarlane, „und auch die von uns nunmehr ins Auge gefaßte neue Projektarbeit, eine Feldforschung in den Anden, wird ohne Dr. Lofting ablaufen, da es sich um ein Projekt der Universität handelt und Dr. Lofting nur ein privater Schreibtischgelehrter ist."

Howard fühlte Ärger in sich hochsteigen. „Feldforschung? Sie?"

„Allerdings", erwiderte McFarlane mit satter Genugtuung in der Stimme, „ein britisch-peruanisches Gemeinschaftsprojekt wurde von mir während meines letzten Aufenthaltes in Südamerika vereinbart. Und das Projekt fällt dem Budget der Universität nicht zur Last, da es privat finanziert wird!"

Geh zum Teufel, McFarlane, ging es Howard durch den Kopf.

„Nun, meine Herren", schmunzelte ein Akademiemitglied, „ich erachte es als besonders wichtig, daß es britische Wissenschafter sind, die aktiv an diese Probleme herangehen. Lassen Sie mich darauf trinken, daß der akademische Wettstreit weiter solch fruchtbare Ergebnisse bringe."

Die Herren erhoben sich, irgend jemand erbat mit der traditionellen Formel Gottes Schutz für die Königin, die Gläser wurden geleert, dann wendete sich das Gespräch anderen Themen zu, Lord Swinbrook setzte sich zu Howard.

„Behalten Sie nur Platz, mein Lieber. Ich freue mich, ein wenig mit Ihnen sprechen zu können. Sie sind in Oxford und Umgebung ja mittlerweile eine Berühmtheit geworden."

„Das ist sicher übertrieben, Mylord, aber selbstverständlich freue ich mich über jede Anerkennung." Howard war natürlich darüber informiert, daß das Haus Lord Swinbrooks, wie dieser tiefstapelnd seinen Palast bezeichnete, sich nur wenige Meilen südlich von Charlbury, wo Howard wohnte, befand und die Familie des Lords daher über alle Vorgänge in Oxfordshire genauestens unterrichtet war.

„Nun, man hat Ihnen eine große Zukunft prophezeit, und wie es scheint, werden Sie dieser auch gerecht. Was halten Sie davon, morgen zum Dinner in meinen Klub zu kommen?"

Das Leben hielt für Howard an diesem Abend scheinbar nicht nur Piggy McFarlanes Tiefschläge bereit – wobei er sich eingestand, daß er das Ferkel abgrundtief blamiert hatte und dieses nun verzweifelt seine Retourkutschen ritt –, sondern auch so angenehme Überraschungen wie die unerwartete Einladung in einen der nobelsten Klubs Englands. Freudig nahm Howard die Einladung an.

Der Klub erwies sich als Bestätigung all jener mehr oder weniger bekannten Klischees, die über englische Klubs kursierten. In einem palastartigen Gebäude in Belgravia reihte sich Raum an Raum, oft über zwei oder drei Stufen oder unmotiviert winkelige Gänge miteinander verbunden. Der Verwendungszweck jeden Zimmers war an seiner Einrichtung meist sofort zu erkennen, es gab Rauch- und Spielsalons, angeblich auch Apartements zum Übernachten. Lord Swinbrook führte Howard erklärend duch die weiträumige, altehrwürdige Institution britischer Lebensart.

„Einige wenige Bastionen blieben unerstürmt, mein lieber Dr. Lofting, so auch dieser Klub. Hier ist fast alles erlaubt, nur eines nicht, das sind Damen. Sie befinden sich auf einem der letzten Flecken dieses Erdballes, den Frauen nicht betreten dürfen, auch wenn sie Parlament oder Regierung angehören. Mitglied dieses Klubs ist beinahe alles, was in Großbritannien Rang und Namen hat. Sehen Sie, dort drüben liegt Sir Oswald Spencer, der Richter, und schnarcht unter dem Daily Telegraph."

Viele Räume wurden durch Porträts oder Büsten diverser Militärs aus allen Jahrhunderten geschmückt, es gab einen Trafalgar Room, einen Navy Pott, uniformierte Herren mit gewaltigen Schnurrbärten lärmten um einige Kartenspieler in der Airforce Hall, im Obergeschoß befand sich ein im Perpendicularstil eingerichteter Speisesaal mit reich gedeckter Tafel, daneben eine Anzahl kleinerer Zimmer, in welchen weniger große Tafelrunden untergebracht werden konnten. Amüsiert stellte Howard fest, daß aus fast allen Regionen dieser Erde, über welchen einst der Union Jack flatterte, Zeitungen auflagen. Der Delhi Standard von gestern war vorhanden, ebenso der Mirror of Aden, aber nirgends ein französisches oder anderssprachiges Blatt.

Im Klubsekretariat ließ Lord Swinbrook eine Gästekarte für Howard ausstellen, welche diesen berechtigte, für die Dauer eines Jahres den Klub auch ohne Begleitung eines Mitgliedes zu besuchen und dessen Einrichtungen in Anspruch zu nehmen. Howard wollte ablehnen, da ihm klar war, daß Lord Swinbrook für diese Gästekarte wahrscheinlich mehr berappen mußte, als er selbst von seiner Schule in drei Monaten an Gehalt bezog. Seine Lordschaft ließ jedoch keine Diskussionen darüber aufkommen.

Während des Dinners plauderten die beiden Herren über Politik und Wetter, und ab und zu streute Lord

Swinbrook Bemerkungen über seine umfangreiche Verwandtschaft ein, Howard erzählte einige Episoden aus seinem Leben. Dies so lange, bis er begriff, daß Seine Lordschaft ihn nach allen Regeln der Kunst aushorchte, insbesondere über Howards Familie und seine weiteren Pläne, nach seinen Lebensumständen und politischen Ansichten. Ganz ohne Gegenwehr wollte er allerdings nicht bleiben.

„Jetzt haben Sie mich ja gründlich seziert, Lord Swinbrook, ich liege vor Ihnen wie ein offenes Buch!"

„Ach woher", lachte dieser, „ich bin lediglich sehr an Ihnen interessiert, schließlich gibt es für mich nicht jeden Tag die Möglichkeit, mit einer Leuchte unserer Wissenschaft zu diskutieren, lieber Freund."

Einige Wochen später wurde Howard an dieses so merkwürdige Gespräch wieder erinnert, als er nach Hause kam und seine beiden Quartierfräulein erregt tuschelten, während er in der Diele Mantel und Hut aufhing.

„Dr. Lofting, es ist Post für Sie da!" Die ältere der beiden Schwestern stand mit aufgeregt rotem Kopf vor ihm, nervös und zappelig, als ob sie ein Geheimnis auf den Lippen trug, das sie sofort jedermann unter dem Siegel der Verschwiegenheit weitergeben mußte.

„Na, das ist ja nicht unbedingt neu!" meinte Howard freundlich und nahm die Schriftstücke in Empfang.

Neu war allerdings ein an ihn adressierter Umschlag mit dem Wappen Lord Swinbrooks auf der Rückseite anstelle eines Absenders. Erstaunt öffnete Howard das Kuvert und hielt eine Einladung zu einem Fest in Swinbrook Hall in Händen. Während er noch stirnrunzelnd den Umschlag betrachtete, platzten seine Vermieterinnen beinahe vor Neugier.

„Nun, ist es eine gute Nachricht?"

„Wie bitte? Ich denke doch, lesen Sie selbst." Gierig

schnappte ihm das alte Mädchen die Karte aus der Hand und lief damit die wenigen Schritte zu ihrer Schwester. Howard war über das merkwürdige Verhalten seiner Tanten, wie er sie nannte, erstaunt, dann jedoch verstand er. Die beiden waren ja noch in Respekt und Ehrfurcht vor den Adelsfamilien erzogen worden, und nun kam – wahrscheinlich zum ersten Mal in ihrem Leben – ein leibhaftiges Schreiben ihrer eigenen Lordschaft ins Haus. Das war natürlich eine Sensation für die beiden. Und wahrscheinlich für die ganze Gegend, schmunzelte Howard. Er selbst hatte mehr seines Vaters Einstellung zum Adel mitbekommen, wonach man den Herrschaften Respekt erweisen müsse, aber nicht mehr als allen anderen anständigen Leuten auch.

Die Gelegenheit nützend, setzte sich Howard zu den beiden alten Damen und bat sie, ein wenig über Swinbrook Hall zu erzählen.

„Der alte Lord Swinbrook, das war ein Lord, wie er im Buche stand, Dr. Lofting! Nach dem Erntedankfest mußten alle Pächter in Swinbrook Hall persönlich erscheinen und den Pachtshilling abliefern, er hielt auch noch die alten Gerichtstermine frei, obwohl nach dem Ende des Ersten Weltkriegs natürlich niemand mehr hinging, trotzdem hielt der alte Lord daran fest. Sein ältester Sohn fiel im Zweiten Weltkrieg in Burma, dadurch gingen Titel und Gut an den zweiten Sohn über, der jetzt das Oberhaupt der Familie ist."

„Was ist der für ein Mensch?"

„Ganz anders als sein Vater, nicht so streng, sehr zurückgezogen. Er pflegt seine Rosen und Blumen, arbeitet viel in seiner Bibliothek, wie man hört, und macht oft weite Reisen. Wir haben ihn nur ein einziges Mal gesehen, bei seiner Hochzeit. Es war eine Liebesheirat mit der Tochter des Lord Wimborne aus Dorset. Drei Kinder sind da, Andrew, der Erbe für Titel und Land, dann ist da noch der jüngere Sohn, Anthony, der ist in Gibraltar beim Militär. Und dann gibt es noch eine Tochter mit Namen Joan, ein rechter junger Wildfang.

Die Familie selbst ist seit Jahrhunderten hier in Oxfordshire beheimatet. Soweit wir wissen, starb zu Beginn des neunzehnten Jahrhunderts die ursprüngliche Swinbrook-Linie aus, Titel und Besitz gingen auf eine Nebenlinie über, deren bürgerlicher Name Leafield lautet. Der Besitz jedoch heißt Swinbrook, und daher ist für Seine Lordschaft die offizielle Anrede George Leafield, Lord of Swinbrook."

Die alte Lehrerin beugte sich vertraulich zu Howard. Ihr hochgestecktes graues Haar wogte bedenklich. Sie senkte ihre Stimme zu einem Flüstern.

„Den einzigen Skandal im Hause Swinbrook hat Joan, die Tochter, heraufbeschworen. Vor sechs oder sieben Jahren, da hat sie im Ausland sehr jung geheiratet, ganz plötzlich, irgendeinen deutschen Erbprinzen. Man sagt, daß sie von zu Hause ausgerissen ist, nachdem die Mutter den tödlichen Autounfall erlitt. Lady Swinbrook war sehr beliebt, sie hat viel für die Schulen und die allgemeine Wohlfahrt in Oxfordshire getan. Das Mädchen ist dann nach einem halben Jahr wieder hier gewesen, mit einem Deutschen kann man ja nicht leben. Wir haben gehört, daß die Ehe geschieden wurde und jetzt lebt sie schon seit einigen Jahren teils in London und teils in Swinbrook Hall."

„Und wie ist die Vermögenslage der Swinbrooks?"

„Oh, der alte Lord hielt alles fest zusammen. Der junge Lord hat moderne Badezimmer und auch eine Heizung in Swinbrook Hall einbauen lassen, aber er ist nicht verschwenderisch. Soviel wir wissen, gab es nie irgendeinen Spieler oder Verschwender bei den Swinbrooks. Das ganze Land südlich des Evenlode-Flusses bis hinunter zur Themse und im Westen bis zur Genze nach Glocestershire gehört Lord Swinbrook. Das Vermögen haben die Swinbrooks immer gut angelegt, früher besaßen sie einige Fabriken in Witney, die jedoch noch der alte Lord verkaufte. Die alten Arbeitersiedlungen gibt es noch, vermietet an alle möglichen Leute. Dazu kommt noch viel Grund- und Hausbesitz in London. Dort unterhält die Familie eine eigene Firma, die sich mit der Verwaltung der Besitzungen beschäftigt, auch ist der Lord einer von Lloyds Mitgliedern und verdient aus der Versicherung bestimmt sehr viel. Allerdings stiftet er für einige Schulen, Kindergärten und auch das kleine Krankenhaus in Witney jedes Jahr große Beträge."

Alles in allem, dachte Howard, hört man nichts Schlechtes über die Familie. Wahrscheinlich will sich der Lord nur mit einem Hofgelehrten umgeben. Aber solche Kontakte weist man nicht zurück, vielleicht ließ sich daraus noch Nutzen ziehen, also folgte er der Einladung.

Er ging die Stufen zu der massiven Pforte von Swinbrook Hall hinauf und wurde dort von einem leibhaftigen Butler in Empfang genommen. Dreißig bis vierzig Leute waren bereits anwesend, die Damen meist in Roben, die Herren wie er selbst in dunklen Anzügen. Nur einige Krankenschwestern in Berufstracht, die sich an einem Buffet zu schaffen machten, ließen den Schluß zu, daß die Veranstaltung irgendwie mit dem Krankenhaus in Witney in Verbindung stand, von dem die Quartierfräulein erzählt hatten.

Der Butler meldete ihn an, Lord Swinbrook kam ihm entgegen und stellte Howard einer Anzahl von Leuten vor, die ihm alle völlig unbekannt waren. Mit einem Glas in der Hand stellte er sich zu einer kleinen Gruppe, die über ihm unbekannte Krankenhausgeschichten debattierten. Auf einige Fragen hin mußte er mehrfach beteuern, daß er zwar Doktor, aber kein Arzt war. In der Folge wurde er zwar freundlich geduldet, aber die Leute fanden nur wenig Interesse an ihm. Geschichte gab dieser Runde nichts.

Nicht ohne Vergnügen an der Situation, das Geschnatter der Gesellschaft kritisch aus der Distanz des Unbeteiligten verfolgen zu können, steuerte er das Buffet an, wo er von dem Sohn des Hausherrn angesprochen wurde. Andrew Leafield war ein humorvoller Gesprächspartner, der sich wie Howard über die „Sanitätsbrigade" ein wenig mokierte und ihn informierte, daß es sich bei der heutigen Veranstaltung um die jährliche Einladung Lord Swinbrooks an das Personal des von ihm unterstützten Krankenhauses handelte.

Der Sohn des Hausherrn drückte noch aus, daß Howard ein patenter Kerl sei und gesellte sich einer Gruppe Ärzten in der Nähe zu. Nachdem Howard die ersten Kaviarbrötchen verschlungen hatte, erschien neben ihm eine adrett gekleidete, schlanke Blondine.

„Gefällt es Ihnen, Dr. Lofting?"

„Oh, ich finde es ganz amüsant, mein Horizont wird in dieser Gesellschaft ungemein erweitert."

Die Blondine kicherte. „Ich glaube nicht, daß die Sicht dieser Gesellschaft sehr weit reicht, es sei denn, Sie möchten mehr über Gallensteine als über Inkas wissen."

„Sie kennen mich?"

„Aber natürlich. Sie sind das Wunderkind aus Oxford, dem die Enträtselung der Inkaschrift gelang."

„Das ist zuviel gesagt." Howard fühlte sich geschmeichelt und setzte zu einer Erklärung an, betrachtete dabei sein Gegenüber. Hellblondes Haar fiel in weichen Wellen bis auf die Schultern, ein schmales Gesicht mit hellblauen Augen und sparsamem Make-up folgte aufmerksam seinen Ausführungen. Howard schätzte sie auf etwa fünf- bis achtundzwanzig Jahre, ihr Mund war klein, aber mit vollen Lippen, darauf sehr dezenter Lippenstift. Eine schlichte Perlenkette lag um ihren Hals, das Abendkleid ließ ihre Arme zur Gänze frei, welche verrieten, daß die junge Dame eine routinierte Sportlerin war, Howard tippte auf Tennis. Das beinahe bodenlange, mit weißen Passen versehene grüne Kleid betonte eine schlanke Taille und feminine Hüften. Wenn sie sich bewegte, waren wohlproportionierte Schenkel unter dem Stoff zu erkennen.

Zwei oder drei Bemerkungen der jungen Dame ließen Howard aufhorchen. Hier war er auf jemand gestoßen, der tatsächlich an seiner Arbeit interessiert war. Mehr noch, zu Howards Erstaunen war die junge Dame über den Inhalt der meisten Veröffentlichungen über sein Fachgebiet im Bilde. Er ergriff die Gelegenheit, den anfangs wenig vielversprechenden Abend in angenehmer Gesellschaft zu verbringen und beschloß, seine Gesprächspartnerin der Krankenhausgesellschaft zu entziehen.

Die junge Dame schien an den medizinischen Besuchern ebenfalls weniger interessiert zu sein. Sie verstand es immer wieder, durch gezielte und von einiger Sachkenntnis getragene Fragen Howard aus der Reserve zu locken. Er redete wie ein Wasserfall, bis ihm auffiel, daß er lediglich von seiner Arbeit sprach. Daher brachte er das Gespräch auf andere Themen und versuchte, ein wenig Francis Shepherds Charme zu kopieren, was ihm scheinbar glänzend gelang, denn er brachte das Mädchen oft zu lautem Lachen. Sie machte den Ulk mit und gab durchaus schlagfertige Antworten, Howard genoß den Abend.

„Ihr beide amüsiert euch großartig, habe ich den Eindruck", sagte Lord Swinbrook, der unvermutet auftauchte. Dabei wurde Howard bewußt, daß er gemeinsam mit der jungen Dame in einen kleinen Nebenraum geraten war, ohne es bemerkt zu haben. Durch eine große, offene Flügeltür mit dem Saal verbunden, wies der kleine Salon neben einigen großen Topfpflanzen eine bequeme Sitzgarnitur auf.

„Oh, danke, glänzend!" antwortete das Mädchen. Nach einigen belanglosen Worten verschwand der Lord wieder, die beiden setzten ihre angeregte Unterhaltung fort.

Howard spürte dabei, wie sich ein ihm bisher nicht bekannter Bereich in seinem Inneren öffnete und er sich plötzlich von dieser attraktiven Frau angezogen fühlte, als ob etwas durch seine Adern rieselte und ihm Feuer verlieh, zu Kopf stieg. Diese klugen Augen, das freundliche Lächeln ergriffen von ihm Besitz, das helle Lachen klang ihm wie Musik. Als sie während einer Erzählung kurz die Fingerspitzen leicht auf seinen Handrücken legte, durchfuhr es ihn wie ein elektrischer Schlag. Sie saß dabei seitlich neben ihm, beugte sich ein wenig vor, dabei gewährte der Ausschnitt ihres Kleides etwas Einblick, er konnte den Ansatz ihrer Brüste sehen. Howard schluckte trocken, hörte sein Blut in den Ohren rauschen und meinte, die ganze Welt müsse hören, wie sein Herz schlug.

Ob sie seinen Blick bemerkt hatte, konnte Howard nicht feststellen, jedenfalls richtete sie sich wieder auf, er sagte irgend etwas mit fast versagender Stimme.

„Ist Ihnen nicht gut? Es scheint fast, als ob Sie schwitzen!" stellte die junge Frau fest.

„Es ist warm hier drinnen!" ächzte Howard, lockerte seinen Kragen und glaubte zu fiebern.

„Ihr Männer mit euren steifen Anzügen, ihr müßt ja eingehen vor Hitze! Holen wir uns etwas zu trinken!"

Howard folgte ihr zum Buffet, unterwegs winkte sie

einen livrierten Burschen herbei, der ein Tablett voll Champagnergläser trug. Gierig schlürfte er das kalte Getränk, warf einen Blick auf sie und fing wieder dieses bezaubernde Lächeln mit den funkelnden Augen ein. Irgend etwas Heißes wallte kurz und rasch durch seine Waden, er fühlte, wie seine Knie weich wurden. Howard, alter Junge, sagte er sich, jetzt hat es dich erwischt.

Irgendwann, Howard verfügte über kein Zeitgefühl mehr, blickte sie auf ihre Armbanduhr.

„Es ist schon spät, ich fürchte, Lord Swinbrook wird die Gesellschaft bald nach Hause schicken!"

„Dürfte ich Sie nach Hause bringen?"

Sie lächelte wieder. „Das ist furchtbar nett von Ihnen, aber ich bin hier in Swinbrook Hall untergebracht." Sie begann plötzlich glucksend zu kichern, zu lachen. „Ich habe völlig übersehen, mich vorzustellen. Ich bin Joan Leafield. Ich wohne hier einige Tage und muß daher nicht nach Hause begleitet werden."

„Ich bitte um Vergebung, das wußte ich nicht. Sie berauben mich damit einer Gelegenheit, den Abend mit Ihnen zu verlängern. Jetzt bin ich neugierig, wie die Tochter eines wirklichen Lords dafür büßen will." Howard schwadronierte drauf los, er war sich seiner Verliebtheit nun bewußt und ließ dieser neuen, elektrisierenden emotionalen Kraft in ihm voll Freude freien Lauf, der Stand der jungen Dame war ihm dabei vollkommen egal. So wohl wie heute war ihm noch nie gewesen.

„Wie wäre es, wenn wir uns in London wiedertreffen könnten, oder ist Ihnen das zu weit?"

„Für ein Rendezvous mit Ihnen ist mir nichts zu weit, Mylady. Sie befehlen, und ich erscheine, wo immer Sie wollen."

An diesem Abend ging Howard mit einem nie vorher erlebten Glücksgefühl zu Bett, vor seinen Augen immer noch dieses verklärte, von gelben Wogen umrahmte Gesicht. Und sie wollte sich tatsächlich nochmals mit ihm treffen, fernab jeglicher Fadesse ausströmenden, uninteressanten gesellschaftlichen Verpflichtung, wo niemand aus diesen klatschsüchtigen Dörfern ringsum – und Oxford war auch nichts anderes als ein Dorf – hinterhertratschen konnte, kein unliebsames Getuschel hervorkam, obwohl es Howard völlig egal war, ob die Welt etwas von seinem neuen Glück wußte oder nicht.

Als sie sich trennten, gab sie ihm die Adresse ihrer Wohnung in einer vornehmen Londoner Gegend. Sie vereinbarten auch noch den Zeitpunkt, an dem er sie in bereits drei Tagen abholen sollte. Wie der Zufall wollte, war es der nächste Samstag abend. Morgen würde er Himmel und Hölle in Bewegung setzen, um zwei hervorragende Karten in Covent Garden oder Albert Hall zu erwischen, anschließend mußte irgendein intimes Lokal aufgetrieben werden, mit Kerzenlicht, etwas Romantisches – Francis würde schon das Richtige wissen. Und dann den Abend seinen Lauf nehmen lassen. Immer noch diese wunderbaren hellblauen Augen vor sich, schlief er glücklich lächelnd ein.

Einen Strauß roter Rosen in der Hand, erschien Howard am angegebenen Ort zur angegebenen Zeit. Sie öffnete ihm, und da war es wieder, dieses Lächeln, das helle Lachen. Howard schwamm in Seligkeit. Sie war entzückt über die Rosen, bat ihn in die Wohnung. Er staunte über die teure, geschmackvolle Einrichtung, die eine ihm ungewohnte, freundliche, feminine Atmosphäre verbreitete.

„Sie sind ja im Abendkleid, Mylady!“ vermerkte er mit Freuden, sie würde also kaum etwas gegen die Oper einzuwenden haben. Die beiden Karten waren schwer genug aufzutreiben gewesen, und Mozarts Zauberflöte sicher unterhaltend genug auch für die junge Tochter eines Lords.

„Bitte machen Sie mir einen Gefallen, und ziehen Sie mich nicht mit meiner Familie auf, ich werde den Titel, Gott sei gedankt, nie erhalten, also lassen wir es ganz einfach bei Joan, einverstanden?" Sie versorgte die Rosen in einer Kristallglasvase, schob die Blüten so lange zurecht, bis sie mit dem Arrangement zufrieden schien. „Ich dachte, wir suchen uns irgendein Theater in Marylebone mit einer netten Vorstellung und gehen anschließend etwas trinken!"

„Theater ist nicht, wir haben etwas anderes vor! Uns ruft die Hochkultur, wir fahren ins Covent Garden!"

Sie war überrascht, zeigte echte Freude. „Das ist fein, ich war schon Jahre nicht mehr dort. Dann haben wir ja noch ein wenig Zeit. In der Küche habe ich Tee aufgesetzt, Sie möchten doch sicher welchen?"

„Gerne."

Sie placierte Howard auf eine Ledergarnitur, brachte Geschirr und Tee.

„Sie sind hier sehr luxuriös eingerichtet."

„Gefällt es Ihnen? Es hat lange gedauert, bis ich es so beisammen hatte, wie es mir gefällt. Einiges sind Geschenke, die Bilder dort drüben zum Beispiel."

„Diese Bilder, die antiken Stücke . . . das kann sich ein normal Sterblicher wie ich nicht leisten. Sie müssen unglaublich vermögend sein!"

„Oh nein, ich habe zwar ein wenig vom Familienvermögen, aber das meiste ist in Wertpapieren angelegt, und so bin ich wie alle anderen Leute gezwungen, einer ehrlichen Arbeit nachzugehen."

„Was machen Sie eigentlich beruflich?"

„Ich arbeite in der Grundstücksverwaltung unserer Familie hier in London."

Der Abend war nach Howards Maßstäben himmlisch. Ein wundervolles Dinner folgte einer großartigen Oper, ein Nachtklub schloß sich an.

Den Sonntag verbrachten sie fast zur Gänze im Britischen Museum, Joan hörte seinen Erzählungen über die verschiedenen Ausstellungsstücke zu, ohne Geduld oder Interesse zu verlieren. Müde von der Wanderung durch die Museumshallen legten sie sich dann auf die Wiesen unterhalb der alten Sternwarte von Greenwich, den Blick auf die Marineakademie und die Masten der an Land aufgebockten Cutty Sark gerichtet. Als die Sonne unterging, fuhren sie mit einem Ausflugsdampfer nach Westminster zurück. Vor ihrer Wohnungstür wünschte Howard artig gute Nacht.

„Howard, bitte glauben Sie mir, daß Sie mir so viel Freude wie schon lange niemand diese zwei Tage hindurch bereitet haben. Ich möchte mich dafür bei Ihnen bedanken."

„Mir geht es mindestens genauso, Joan. Ich habe mich noch nie in meinem Leben so glücklich gefühlt wie mit Ihnen in diesen beiden Tagen, und ich wäre noch glücklicher, wenn wir uns weiterhin sehen könnten."

„Nächste Woche, wieder Samstag abends?"

„Aber natürlich, gerne!"

„Aber dann ins Theater, und diesmal besorge ich die Karten, ja?"

„Alles, was Sie wollen, ist mir recht!"

Sie sah ihn an, trug plötzlich eine nachdenkliche, ernste Miene. „Sie sind ein so furchtbar netter Kerl, Sie verdienen etwas anderes als mich!" Ehe Howard reagieren konnte, hatte sie sich auf die Zehenspitzen gestellt, ihm die Andeutung eines Kusses auf die Wange gehaucht und war in der Tür verschwunden. Howard blieb verblüfft zurück.

Am nächsten Samstag erwartete sie ihn bereits ungeduldig, Howard sah die Erleichterung in ihrem Gesicht.

„Stimmt etwas nicht?"

„Nein, nein, ich hatte nur die Befürchtung, daß Sie nicht kommen würden, ich bin so froh, daß Sie da sind."

„Ich hätte mich ja gerne während der Woche mit Ihnen unterhalten, auch telefonisch, aber mir wurden in der Zwischenzeit leider keine Audienzen an Ihrem Hofe gewährt. Und scheinbar gibt es auch kein Telefon, über das Sie erreichbar wären!"

„Doch, nur verstehen Sie mich bitte, in meinem Büro möchte ich nicht angerufen werden."

Sie besuchten ein Theater, in dem seit langem mit Erfolg eine Boulevardkomödie lief. Vor Lachen keuchend kamen sie aus der Vorstellung, fanden in einem kleinen Restaurant in der Nähe des Theaters einen Tisch, waren ausgelassen wie Kinder. Dabei trank Joan scheinbar ein klein wenig zu viel, sie stützte völlig undamenhaft den Kopf in die Hand und gurrte Howard verführerisch an. Als er sich später vor ihrer Haustür verabschieden wollte, bestand sie darauf, daß er noch auf einen Kaffee mitkommen müsse.

Es kam nicht zum Kaffee. Sie schloß hinter ihnen die Wohnungstür ohne Licht zu machen, legte die Arme um Howards Hals und ihren Kopf an seine Brust. Er umfing sie ungeschickt.

„Howard", hörte er sie murmeln.

„Ja?" Da war es wieder, dieses Pochen in allen Adern, diese heiße Welle, die blitzartig durch alle seine Glieder fuhr, ihm die Luft nahm und in Fieberhitze tauchte.

„Howard, du mußt jetzt sehr lieb zu mir sein, versprichst du es mir?"

„Ich verspreche es", flüsterte er und tastete nach dem Reißverschluß ihres Kleides.

Er erwachte, weil sie ihn mit ihren Locken an der Nase kitzelte. Sie lachte, küßte ihn.

Howard setzte sich auf, blickte erstaunt um sich. „Oh nein! Habe ich bei dir übernachtet?" Sie nickte mit strahlenden Augen. Er packte sie, zog sie an sich und küßte sie, ließ seine Hand über ihren nackten Rücken streichen.

„Jetzt hörst du mit dem Versteckspielen auf, du blonde Göttin, wo bist du tagsüber zu erreichen, wie ist deine Telefonnummer?"

Sie kuschelte sich an ihn. „Ich schreibe dir die Nummer auf, auch von meiner Wohnung. Aber bitte sei bei Anrufen im Büro diskret, versprich es mir!"

„Aber natürlich, das versteht sich doch von selbst, Mylady!"

„Howard, bitte sei nicht böse, weil ich es dir bis jetzt nicht gesagt habe, aber ich war einmal ganz kurz verheiratet, wenige Monate, und es liegt lange zurück!"

„Das weiß ich doch, die ganze Welt weiß es!"

Sie schien unangenehm berührt, zog mit Ihrem Finger Kreise auf seiner Brust. „Ich dachte, über diese Dummheit wäre längst Gras gewachsen."

„Das ist es ja auch. Ich habe mich bloß bei meinen beiden Quartierfräulein über die Familie des Lord Swinbrook erkundigt, und die beiden späten Mädchen wissen scheinbar alles von allem und jedem in der Grafschaft, sie himmeln eure Familie richtig an, mußt du wissen."

Sie legte die Lippen auf seine Brustwarze, sog daran, blickte ihm dann nachdenklich ins Gesicht.

„Und das ganze Gerede um mich stört dich nicht?"

„Nicht im Geringsten, Liebling. Ich liebe dich, und nur das ist für mich wichtig."

Blitzartig lächelte sie ihn wieder an, kuschelte sich in seine Armbeuge, streichelte mit ihrer Hand ziellos durch die Haare seiner Brust. „Du bist ein Schatz, Howard, ein richtiger Schatz.“ Sie schloß die Augen. Howard nahm an, daß ihr das Glück des Augenblicks die Träne zwischen den Wimpern langsam hervorquellen ließ.

13

Als ob man ihm ein heißes, feuchtes Handtuch ins Gesicht geklatscht hätte, blieb Howard nach Atem ringend einige Momente auf der Gangway stehen. Südamerika empfing ihn mit Tropenhitze und hoher Luftfeuchtigkeit. Müde und übernächtig durch den langen Atlantikflug, die Glieder taub vom stundenlangen, unbeweglichen Ausharren in den engen Sitzreihen, folgte er den anderen Passagieren in das Flughafengebäude von Salvador, dem früheren Bahia Blanca. Die Sonne brannte erbarmungslos vom wolkenlosen, tiefblauen Himmel. Er kniff die Augen zusammen, fühlte, wie ihm der Schweiß ausbrach.

Das Flughafengebäude war angenehm kühl, scheinbar zur Gänze klimatisiert. Ein Uniformierter verteilte Formulare mit der Aufforderung, sie ausgefüllt gemeinsam mit dem Reisepaß abzugeben. Die Leute stellten sich in zwei Reihen vor Verschlägen an, in welchen olivbraune Uniformierte ungeheuer wichtig taten, den Eindruck erweckten, ein strenges Zeremoniell über die Einreisenden zu verhängen.

Zu welchem Zweck er nach Brasilien kam, wo er wohnen würde, wie lange er bliebe? Howard war zwar müde, aber vorsichtig genug, geduldig auf die Fragen des hochmütigen Beamten zu antworten, obwohl alle Antworten bereits auf dem ausgefüllten Formular standen. Ob er Cruzeiros mitbrachte? Nein, auch das nicht, man hatte ihn in England davor gewarnt. Er gab sich als Tourist aus. Seine Empfehlungsschreiben an die Archivverwaltung der Stadt lagen gefaltet in einigen Büchern in den Koffern.

Der Uniformierte wollte Howard scheinbar davon

überzeugen, daß brasilianische Beamte alles und jeden überwachen und kontrollieren. Er mußte seine Taschen ausräumen, der Inhalt des Handgepäcks und seiner Brieftasche wurden überprüft, seine mitgebrachten Geldbeträge in einem weiteren Formular festgehalten.

Fast schien es Howard, als ob der Uniformierte bedauerte, den Ausländer nicht aus der Ruhe bringen zu können. Während er seine Sachen zusammenpackte, mußte der hinter Howard in der Schlange wartende Flugpassagier, ein Einheimischer, die Enttäuschung des Beamten ausbaden. Der Mann protestierte lautstark, von der Debatte bekam Howard nichts mehr mit, er ging weiter zu der Theke, an welcher gegen Vorweis des Flugscheines die Gepäckstücke ausgegeben wurden. Ein Förderband wie in Heathrow gab es hier nicht.

Neben der Theke standen breitbeinig einige martialische Militaristen, aufgepflanzte Bajonette blinkten von den umgehängten Gewehren. Howard beachtete sie nicht weiter, nachdem er feststellte, daß die Einheimischen sich um die kleine Truppe auch nicht kümmerten. Wieder mußte er in einer Schlange warten, sein Koffer wurde durchwühlt, Stempel in seinen Paß geknallt, dann war die ermüdende Prozedur der Einreise geschafft.

Wieder draußen in der feuchten Hitze, verstaute Howard seinen Koffer in einem Taxi, das ihn zu seinem Hotel brachte. Die Klimaanlage des Hotelzimmers lief auf vollen Touren, ein kleiner Kühlschrank summte. All das störte ihn nicht. Der Länge nach warf er sich auf das Bett und schlief sofort ein.

Am späteren Nachmittag trieb ihn die Neugier auf dieses exotische Land hinaus in die dunstige Hitze. Nach wenigen Minuten bewußt langsamen Spazierens war ihm klar, weshalb sich die Leute hier gemächlich und in den Augen der lebhaftes Treiben gewöhnten Europäer träge wirkend bewegten. Nur die vielen Jungen mit den umgehängten Holzkisten schwärmten eifrig um Howard, um seine Schuhe zu putzen. Gutmütig ließ er einen von ihnen gewähren, worauf der Rest der Bande verschwand.

Kinder bildeten einen großen Teil der Bevölkerung, alle wollten irgend etwas verkaufen. Howard sah barfüßige Jungen mit Getränkedosen, Mädchen mit Schmutzkrusten im Gesicht, welche kleine Karren vor sich her schoben und laut ihre Ware an den Mann bringen wollten. Anfangs wehrte er alle Versuche, mit ihm Geschäfte zu machen, freundlich ab, verlegte sich dann jedoch auf den der Landessprache nicht mächtigen Ausländer.

Nach wenigen Minuten war ihm klar, daß ihm die Sonne in wenigen Stunden die Haut vom Gesicht sengen würde, wenn er weiter ohne Kopfbedeckung herumlief. In seinen Schuhen fühlte er sich entschieden zu feucht.

Er erstand bei einem fliegenden Händler eine Sonnenbrille, bei einem anderen Sandalen und kaufte diesem noch seinen Strohhut ab. Neu adjustiert, das Hemd außen über der Hose herabhängend, fühlte er sich viel wohler. Die Kinder waren nun nicht mehr so lästig wie vorher, da sie ihn nicht mehr schon von weitem als Touristen erkennen konnten. Belustigt und erstaunt stellte er fest, daß überall in der Stadt breitblättrige Bananenpflanzen standen, oft mit grünen Fruchtständen darauf. Hier wachsen die Leckereien wie in England die Disteln, und jeder kann sich bedienen, dachte Howard. Erstaunt blieb er vor der eindrucksvollen Klippe stehen, welche Ober- und Unterstadt voneinander trennte und einen herrlichen Ausblick auf die von tropischem Grün umwucherte Bahia de Todos os Santos gewährte. Selbstverständlich fuhr er mit den riesigen Aufzügen hinab, erforschte ein wenig auch die Unterstadt, die ihm nicht ganz geheuer erschien, zu viele abschätzende und taxierende Blicke trafen ihn in zu engen, unübersichtlichen Gassen.

Wieder in die Oberstadt zurückgekehrt stellte Howard fest, wie er zum Archiv kam und beschloß den Tag an einem Tischchen vor dem Hotel auf der Avenida, das Leben betrachtend, das sich vor ihm auf der Straße abspielte. Die Getränkekarte hielt eine Menge herrlich schmeckender exotischer Getränke für ihn bereit, welche der kaffeebraune Kellner mit kleinen Portionen Erdnüssen servierte. Mit einigen Pina Coladas zu viel nahm dieser Tag ein Ende.

Am nächsten Tag wurde er im Stadtarchiv von Bahia bereits erwartet. Nach seiner Rückkehr aus Portugal hatte er mit verschiedenen Institutionen in Brasilien Kontakt aufgenommen, und nach einigen Wochen hielt er einen Brief des Stadtarchivs von Bahia in Händen, aus welchem hervorging, daß sich dort ein Exemplar des Alcaveiros-Berichtes befand. Vom Jagdfieber gepackt, machte sich Howard auf den Weg nach Brasilien.

Die schön geschwungene Handschrift des alten Kapitäns auf dem vor ihm liegenden Dokument war Howard vertraut, er verglich es mit seiner Kopie der in Lissabon liegenden Ausgabe. Hastig begann er zu blättern. Die Enttäuschung war groß, als er feststellte, daß der alte Kapitän auch hier die Seitennummern korrigiert hatte. Die so wichtigen drei Seiten mit der Wegbeschreibung fehlten auch hier. Ansonsten waren die beiden Exemplare ident. Enttäuscht gab er den Bericht der glutäugigen, olivfarbenen Schönheit in der Verwaltung zurück.

Verstimmt ging er zum Hotel zurück, ließ sich eine eisgekühlte Pina Colada an ein Tischchen auf der Avenida bringen.

Sollte sich die teure Reise hierher nicht gelohnt haben? Irgendwo mußte doch die Spur aufzurollen sein, die der

Kapitän vor Jahrhunderten gezogen hatte, oder war alles im Nebel der vergangenen Jahrhunderte verschwunden? Als Alcaveiros von seiner Expedition zurückkehrte, mußte das für die damalige Zeit eine Sensation gewesen sein. Alcaveiros trat seinen Marsch von Braganca aus an und kehrte dorthin zurück. Gab es dort vielleicht eine Quelle, aus der Howard schöpfen konnte?

Ein Versuch kann nicht schaden, dachte er und telefonierte mit der Gemeindeverwaltung des in der Nähe der Amazonasmündung liegenden Ortes. Im Rathaus konnte man ihm nicht helfen, man verwies ihn an die Redaktion einer Lokalzeitung. Der Redakteur dort war ein wortgewaltiger Schnellsprecher und wollte ein ausführliches Interview sofort am Telefon abwickeln, konnte mit Informationen zur Geschichte der Stadt aber nicht aufwarten. Wenigstens nannte der Redakteur einen Buchhändler, welcher als einziger zu historischen Daten der Stadt befragt werden konnte. Bereits ein wenig resignierend, rief Howard auch diesen an, und das erwies sich als goldrichtig.

Eine lebhafte Stimme stellte sich als Senhor Martin, Buchhändler der Stadt Braganca und der umliegenden Provinzen, vor und bestätigte voller Stolz, daß er über alle Aufzeichnungen seit der Gründung der Stadt im Jahre 1551 verfüge und es würde ihm eine große Ehre sein, dem britischen Gelehrten helfen zu können.

Langatmige, Howard viel zu umständlich erscheinende Bemühungen des immer freundlich grinsenden Negers in der Hotelrezeption sicherten jedoch ein Flugticket nach Belem do Para und – sofern alles nach Plan ging, aber das konnte in Brasilien ja schließlich niemand wissen – von dort den Weiterflug mit einer Privatmaschine nach Braganca zu erstaunlich niedrigen Preisen.

Die Flugverbindung nach Belem do Para wurde durch

eine wenig vertrauenerweckende, beinahe vorsintflutliche viermotorige Constellation aufrechterhalten. Howard empfand Verständnis für die in den spartanischen Preßspansitzen kauernden Einheimischen, die sich heftig bekreuzigten, als die Propeller angelassen wurden, welche die Maschine dröhnend in Bewegung setzten. Erst als sie in der Luft waren, wurde so mancher Rosenkranz weggesteckt, um sofort wieder hervorgeholt zu werden, wenn Böen oder Luftlöcher die Maschine durchrüttelten.

Trotz der unablässig brüllenden Motoren war der Flug für Howard ein faszinierendes Erlebnis. Fast übergangslos wurde die landwirtschaftlich genutzte Fläche vom Regenwald abgelöst, einem bis in die Unendlichkeit reichenden Meer grüner Baumwipfel ohne Lichtung oder Öffnung, nur selten ragten wahre Baumgiganten darüber empor. Wie Wogen des Meeres wirkten die bauschigen Bälle der Laubkronen, nirgends den Blick zum Boden öffnend, nur ab und zu von silbern schimmernden Bändern endlos mäandrierender Flüsse durchschnitten. Die grüne Hölle – abweisend, drohend und doch anziehend, mit Abenteuern und Erlebnissen lockend, unberührt weglos und unbekannt, gleichzeitig den Neugierigen auffordernd, sie mit Wagemut, Messer und Muskeln zu erforschen.

Eine grob in die Wildnis geschnittene Landebahn, auf welcher die Maschine brüllend, bockend und schlingernd aufsetzte, riß Howard aus seiner Verzückung. Zwischenlandung in Floriana. Howard nützte die Pause, um seine steifen Glieder etwas zu bewegen. Die Piste des Flughafens bestand aus flammend roter Erde, von der sengenden Sonne zu Staub geröstet, der, aufgewirbelt durch das Flugzeug, dem Flughafengebäude und dem dahinterliegenden Dschungel in langen Fahnen entgegenwehte.

Das Flughafengebäude war nicht mehr als ein aus

starken Bambusstangen zusammengebundenes Gerüst, auf dem ein Flugdach aus Wellblech als Schattenspender und Regenschutz montiert war. Halbierte Bambusrohre, nebeneinander auf das Bambusgerüst genagelt, bildeten halbhohe Wände. Der Tower wies ein gemauertes Erdgeschoß auf, von welchem der weiß gestrichene Verputz großflächig abblätterte, mit schwarzer Farbe hatte einst jemand großspurig „Aeropuerto" an die Wand gemalt. Auf dem gemauerten Viereck erhob sich abermals ein Bambusgerüst mit einer Plattform, die über eine roh zusammengenagelte Bambusleiter erreichbar war. Mittels reichlich betagter Pick-ups wurden Waren vom Flugzeug weggefahren, einige Leute blieben hier.

Hatte Howard diesen Flug bereits als herrliches Abenteuer angesehen, so wurde dieses noch intensiver, als er auf dem Flughafen in Belem do Para das Gerät erblickte, mit welchem er nach Braganca fliegen sollte. Er konnte den Typ nicht identifizieren, wurde jedoch das Gefühl nicht los, daß er solche Flugzeuge von Fotos amerikanischer Bomber aus dem Zweiten Weltkrieg her kannte. Der Pilot, erkennbar an umgehängten Kopfhörern und einer dieser amerikanischen Mützen mit lächerlich weitausladendem Schirm, sprach ihn an, ob er nicht einen Platz in der Ersten Klasse vorzöge, ein kleiner Aufpreis . . .

Howard willigte ein, und als er die Maschine betrat, war er dieser Eingebung dankbar. Für die Passagiere gab es nur in die Maschine eingeschweißte oder geschraubte blanke Blechbalken, der hintere Teil war duch ein Netz abgesperrt, hinter dem undeutlich Pakete, Kisten, Kartons und Hühnerkäfige zu erkennen waren. Der Pilot wies ihn in die Erste Klasse, das bedeutete auf den Sitz des Copiloten, was wirklich bequem war, er mußte nur den sich dauernd bewegenden Pedalen aus dem Wege gehen.

Am Flughafen von Braganca lief ein kleiner, stämmiger

Mann mit glatt zurückgekämmten Haaren und einem Caballeroschnurrbart auf ihn zu, schüttelte ihm erregt die Hand und stellte sich als Buchhändler Martin vor.

Dom Martin bestand darauf, Howard in seinem eigenen Hause unterzubringen. Während der Fahrt im etwas mitgenommenen Chrysler des Buchhändlers stellte er fest, daß hier zum Unterschied des alle Schattierungen zwischen Weiß und Schwarz spielenden Völkergemisches in Salvador eindeutig europäische Gesichter vorherrschten, zwar oft mit indianischem Einschlag, aber kaum Neger zu sehen waren.

Dom Martin bewohnte ein für brasilianische Kleinstadtverhältnisse durchaus respektables Haus, dem von außen nicht anzusehen war, daß es über einen schattigen, von Vegetation überquellenden Innenhof verfügte, in welchem man bequem sitzen und plaudern konnte, bis tief in die Nacht hinein, wie Howard feststellte.

Die Ankunft eines ausländischen Wissenschafters wurde für die Familie des Dom Martin ein Fest. Voll Stolz führte der Buchhändler seine Familie vor, drei bereits verheiratete Töchter mit deren Männern und einigen Kleinkindern, zwei noch halbwüchsige Söhne und eine in die Breite gegangene Mestizin, seine Gattin. Für die herzliche Aufnahme dankte Howard mit Erzählungen aus Europa, amüsierter und geduldiger Beantwortung aller nur möglichen Fragen.

Das ihm zur Verfügung gestellte Zimmer war blitzsauber und freundlich, das Fenster verfügte über ein starkes Gitter und auch ein dicht schließendes Drahtnetz gegen die teuflisch singenden Moskitos. Befremdlich erschien ihm der mit Teeröl imprägnierte Holzfußboden wegen des intensiven Geruches, aber wahrscheinlich war das wegen der Termiten notwendig.

Lange konnte Howard nicht einschlafen, wach gehalten von den fremdartigen Lauten des nahen Dschungels, den über das Gitter huschenden Schatten der auf Insektenjagd befindlichen Geckos und der kleinen Glühbirne neben der Tür, die ein Kruzifix beleuchtete, unter dem eine winzige Porzellanschale wohl Weihwasser bereithielt.

Die Auswahl in Dom Martins Laden war beachtlich, die Einrichtung wie wohl in allen Geschäften hier mit einfachen Mitteln zusammengestellt, dem Zweck dienend. In einem Nebenraum allerdings lagerte ein Schatz. Antike Folianten, Stiche, Karten, bis ins sechzehnte Jahrhundert zurückreichendes Material fand Howard hier. Auch gab es eine Stadtchronik, die seit der Gründung der Stadt bis Ende des vorigen Jahrhunderts von Stadtschreibern verfaßt worden war, ein vielbändiges Werk jahrhundertelanger Akribie. Neuerdings war man im Rathaus der Meinung, daß mit dem Erscheinen der ersten Zeitung die Chronik nicht mehr fortgeführt werden mußte. Man übergab sie dem letzten Stadtschreiber, Dom Martins Großvater, zur Aufbewahrung. So blieb die Stadtchronik von Braganca in Händen von Dom Martins Familie.

Unter der kundigen Führung des Buchhändlers war der richtige Band bald gefunden, und Howard vertiefte sich in die großen und kleinen Begebenheiten einer portugiesischen Kolonialsiedlung vor vierhundert Jahren.

Und tatsächlich fand er seinen Freund Alcaveiros wieder.

Drei halbverhungerte, verzweifelte Gestalten waren es, die 1590 von Landarbeitern auf Karren in die Stadt gebracht wurden, aufgelesen am Rande des Urwalds, fiebernd, zerschrammt, von eitrigen Wunden übersät, von Parasiten gequält. Es waren Alcaveiros und zwei seiner Gefährten.

Der Kapitän erholte sich am raschesten und erstattete

den Jesuiten Bericht, sodann sprach Alcaveiros beim Alcalden vor, auf dessen Anweisung er den Howard bereits bekannten Bericht verfaßte. Auf der Suche nach weiteren Aktivitäten des Kapitäns stolperte er über die Meldung des tragischen Todes der beiden Begleiter des Kapitäns, kurz nach der Rückkehr nach Braganca. Einer wurde von unbekannten Mördern in seinem Bett erdrosselt, der andere in einem Gebüsch erstochen aufgefunden.

Alcaveiros ließ sich einige Zeit später mehrere kleine Holzschatullen anfertigen, die er mit verschiedenen Gewürzen füllte, welche er in der Heimat zu verkaufen gedachte. Er segelte nach Bahia und anschließend nach Portugal zurück. Das Jahr 1604 sah Alcaveiros wieder in Braganca, was Howard aus dem Akt in der Villa Tercanabal wußte, wo er abermals zu einer Expedition aufbrach, diesmal von ihm selbst finanziert, in Begleitung von zwanzig Mann. Merkwürdigerweise gab es von seiner Rückkehr keine Notiz. Vielleicht hatte der Kapitän die abermalige Heimreise über einen anderen Ort angetreten.

Diese Aufzeichnungen waren interessant und verstärkten Howards Überzeugung, daß hinter den Expeditionen des Alcaveiros etwas stecken mußte. Denn welcher Grund, außer ein eminent wichtiges Geheimnis zu schützen, hätte den sonst so aufrechten Mann dazu bringen können, seine beiden Reisegefährten umzubringen. Daß Alcaveiros der Mörder sein mußte, lag für Howard klar auf der Hand. Trotzdem – die Wegbeschreibung fehlte immer noch.

Er sprach mit Dom Martin über die Expedition des Alcaveiros. Der Buchhändler äußerte die Vermutung, daß möglicherweise in der örtlichen Jesuitenkirche weitere Aufzeichnungen zu finden waren. Howard schlug sich auf die Stirn. Natürlich, das könnte ihm die Lösung des Rätsels bringen!

Gemeinsam mit dem Buchhändler ging er zur Pfarrkirche und trug dem dort amtierenden Mönch sein Anliegen vor. Nach einigem Hin und Her und einer kleinen Spende für die Erhaltung der wirklich beachtenswerten Kirche öffnete sich für Howard als erstem Menschen, der nicht der Gesellschaft Jesu angehörte, die Bibliothek. Nicht lange, und Howard hielt abermals eine Abschrift des Reiseberichtes in Händen. Er stürzte sich darauf, öffnete mit fliegenden Händen die Knoten jener Schnüre, welche zwei Kartondeckel als Schutz über dem Dokument hielten. Irgendwann, wahrscheinlich im vorigen Jahrhundert, wollte man das Dokument in Buchform leicht stapelbar unterbringen und brachte diese Verschnürung an.

Ernüchternd wie ein Guß kalten Wassers traf ihn die Tatsache, daß auch hier die drei Seiten fehlten. Fast geschockt saß er in dem von einer Karbidlampe spärlich erhellten Kellerraum, sprachlos auf das Dokument starrend. Das konnte, das durfte nicht sein!

Nach einigen Minuten stapelte er die Blätter wieder aufeinander und knüpfte seufzend die Schnüre zusammen, stellte das Paket wieder an seinen Platz, musterte ratlos verschiedene in ehemals weiße Wachspapiersäcke gepackte Akten der Kirche. An einer lateinischen Beschriftung blieb sein Blick hängen. Ad inquisitoram deos . . .

Hastig riß er das Paket aus dem Regal. Der Indianer, durchzuckte es ihn. Der gefangengenommene Indianer, der von der Heiligen Inquisition verhört worden war, und dessen Aussage zur Aussendung der Expedition Alcaveiros' führte! Während eines Verhörs der Inquisition wurden alle Aussagen des Delinquenten notiert, ebenso die Fragen der Peiniger, denn innerhalb der Kirche mußte für jeden Fall nachgewiesen werden können, daß der Prozeß streng nach den Vorschriften ablief.

Howard durchwühlte das Paket, überflog die in Latein gehaltenen Protokolle. Grauen stieg aus den Blättern empor, Pein und Schrecken unzähliger Gefolterter, zu Tode Gequälter schrien aus den Akten. Howard schwindelte, er schüttelte den Kopf. Wenn der verschreckte Mönch da oben weiß, daß ich in Inquisitionsakten schnüffle, dachte Howard, komme ich hier nie wieder heraus. Hastig prüfte er die Akten, ein Paket nach dem anderen, und dann hatte er das Gesuchte in Händen. Rasch blätterte er es durch, sein ungeübtes Latein ließ ihn mit sich selbst ungeduldig werden. Brechen des linken Unterarms, Daumenschrauben, zwei Zoll glühenden Eisens, mein Gott, was für Bestien! Und da: der Delinquent berichtet und nennt den Weg. Er kam aus ...

Das entfernte Kreischen der Angeln des rostigen Gitters, das normalerweise den Kellerabgang verschloß, schreckte ihn auf. Er zögerte einen Moment, lauschte. Als er die schlurfenden Schritte des Mönches zu vernehmen meinte, schlug er den Akt zu, steckte ihn unter seinem Hemd in den Gürtel. In rasender Eile brachte er das Aktenpaket wieder in Ordnung, stellte es ins Regal, riß einen Stapel Papiere aus einer Ecke, in welcher keine Inquisitionsakten waren. Nicht zu spät, gleich darauf stand der Mönch in der Tür. Howard meinte, nichts in seinem Sinne gefunden zu haben, der Mönch brachte ihn nichtsahnend ans Tageslicht. Wahrscheinlich hatte er gar keine Ahnung davon, was alles in den Kellern verborgen lag.

Etwas unangenehm berührt war Howard, als Dom Martin ihn vor der Kirche mit einem Herrn erwartete, der sich als der wortgewaltige Redakteur der lokalen Zeitung erwies. Howard mußte ein Interview über sich ergehen lassen, das in einer offenen Cantina stattfand. Er setzte sich vorsichtig, um den in seinem Gürtel steckenden uralten Akt nicht zu beschädigen. Den Wein bezahlte Howard, um keine schlechte Presse über die geizigen englischen Gelehrten aufkommen zu lassen. Einige Fotos wurden von ihm gemacht, dann verabschiedete sich der Redakteur und versprach, daß man über seinen Artikel der Forschung englischer Wissenschafter in Braganca noch lange sprechen würde.

Der gute Mann konnte nicht wissen, wie recht er mit dieser Vorhersage hatte und welche Folgen sie nach sich zog.

Schläfrig blickte Howard aus dem kleinen Fenster der Linienmaschine, die ihn zurück nach England brachte. Es war ihm tatsächlich gelungen, einem jahrhundertealten Geheimnis auf die Spur zu kommen.

Unter der Folter der kirchlichen Inquisitoren beschrieb der Indianer den Weg zu den Sieben Goldenen Städten, aus welchen er stammte. Die Jesuiten nahmen die Geschichte ernst und hatten den Vizekönig wahrscheinlich so lange bestürmt, bis dieser eine Expedition ausrüstete und Alcaveiros mit dem Kommando betraute.

Alcaveiros mußte etwas gefunden haben, was großen Wert aufwies. Nach Howards Meinung mußte er es auch mitgebracht haben. Die Überlebenden der Expedition hatten ihren Reichtum wahrscheinlich in der Nähe der Stadt Braganca versteckt.

Während Alcaveiros seinen Bericht abfaßte und seine Kameraden im Lazarett lagen, mußte der Entschluß, das Geheimnis mit niemandem zu teilen, in ihm herangereift sein. Da er nicht sicher sein konnte, daß einer der beiden im Fieber etwas ausplaudern konnte, nahm er die Wegbeschreibung in seinen Bericht mit auf. Dann, als klar war, daß die beiden dicht gehalten hatten, ließ er sie umbringen oder tötete seine Kameraden selbst, entfernte aus allen Abschriften seines Berichtes alle Hinweise auf den

Ort, welchen er gefunden hatte. Somit wußte nur noch der Kapitän, was dort im Dschungel verborgen lag. Die Jesuiten waren enttäuscht, die Administration des Vizekönigs nahm den Fall zu den Akten und vergaß ihn.

Umfangreich oder gewichtig konnte Alcaveiros' Schatz auf keinen Fall sein, denn drei abgekämpfte und entkräftete Männer konnten nicht viel schleppen, daher tippte Howard auf Juwelen. In Brasilien, besonders in der Region Minas Gerais, wurden Unmengen aller Arten von Edelsteinen gefunden. Diese ließen sich bequem und unauffällig in pulvrigem oder grobkörnigem Gewürz in kleinen Kisten in die Heimat transportieren.

Der originale Inquisitionsakt war mit der Post zu ihm nach Hause unterwegs, eine Kopie lag in seinem Koffer. Howard hatte das Geheimnis gelöst, nun galt es noch, die mysteriösen Sieben Goldenen Städte zu finden. Er wollte der Welt eine nie dagewesene Sensation liefern. Er wollte beweisen, daß er nicht nur der Schreibtischgelehrte war. Er war drauf und dran, eine bislang völlig unbekannte alte Indianerkultur ans Tageslicht zu holen.

14

Es ist wie im Märchen, dachte Howard, und ich bin der Märchenprinz. Er hob die Zeitung von seinem Gesicht, warf einen trägen Blick auf das Meer, das hier im Süden Griechenlands so unglaublich blau war. Einige Möwen schwebten über von Wellen umspülten Felsen weiter draußen, manchmal waren ihre Schreie leise zu vernehmen. Die Sonne lag brütend auf den beinahe weißen Klippen rings um die kleine Bucht, auf deren feinkörnigem, hellgelbem Sand Joan und er die große Decke ausgebreitet hatten.

„Schon erwacht?" fragte sie. Er brummte wohlig als Antwort. Sie schraubte eine Flasche mit Sonnenöl auf, verteilte große Tropfen auf seiner Brust, seinem Bauch, auf den Beinen, stellte die Flasche wieder ab und küßte ihn.

„Daß du mir nicht gebraten wirst, mein Lieber." Mit festen Fingern begann sie, von Howards Gesicht abwärts, in kreisenden Bewegungen das Sonnenöl in seine Haut zu massieren. Er stöhnte und brummte sinnlich.

„Du machst das himmlisch, Joan. Laß dich nicht aufhalten!" Mit geschlossenen Augen genoß er die Massage. Sie schob den Bund seiner Badehose etwas nach unten, rieb das Öl ein, dabei glitten ihre Finger tiefer in die Hose. Howard haschte nach ihrer Hand. „Joan, was machst du denn da?" Er setzte sich auf. „Doch nicht hier!"

Sie kicherte, reichte ihm die Flasche mit dem Sonnenöl. „Jetzt bist du dran! Aber auf keinen Fall sparen!" Sie legte sich mit dem Rücken nach oben auf die Decke. Er kniete neben ihr, beträufelte sie, verteilte das Öl massierend auf ihrem Rücken, wobei er sich bemühte, ihr eine ebenso wohltuende Massage zukommen zu lassen, wie sie ihm.

„Auch auf den Schultern, Liebling!"

Howard schob die Träger ihres Badeanzuges zur Seite, sie schlüpfte mit den Armen heraus. „So geht es besser!" Genußvoll ließ er seine Hand immer weiter ihren Rücken hinabkreisen, bis an den Saum des Badeanzuges. Sie griff danach, hob ihr Gesäß ein wenig an und schob den Badeanzug unter ihr so weit nach unten, bis der Eindruck entstand, als habe sie nur ein kanppes Bikinihöschen an.

„Joan, wir sind nicht allein!" Rasch warf er einen Blick den Strand entlang, wo die nächsten Badenden etwa hundert Meter entfernt ihr Lager aufgeschlagen hatten.

„Du bist ein Kindskopf, Howard!" lachte sie. „Die können doch nichts sehen." Sie stützte sich auf ihre Ellbogen und strahlte ihn an.

„Da wäre ich nicht so sicher! So, fertig, mein Schatz!"

„Oh nein", lachte sie, „du meinst, die könnten etwas sehen?"

„Schon möglich."

Sie drehte sich auf den Rücken, den entblößten Oberkörper der Sonne und Howards Blicken preisgebend, die Augen geschlossen. „Vorne muß ich auch noch eingeölt werden." Howard betrachtete sie. „Na los, worauf wartest du?" Sie hob den Kopf, blickte ihn herausfordernd lächelnd an. „Siehst du, wie weiß mein Bauch ist?" Gehorsam und voll größer werdenden Vergnügens rieb er das duftende Öl auf ihre Haut, ließ sich genußvoll Zeit. Sie zog ihn an sich, umarmte ihn.

Ich bin eben doch ein Märchenprinz, dachte er nochmals, während er sie in einem langen Kuß umfangen hielt. Ihm waren die Wochenenden mit ihr in London viel zu wenig, aber die abendlichen Telefonate vergrößerten nur den Kummer, den ihre Abwesenheit in ihm auslöste. Den beiden Quartierfräulein blieb natürlich nicht verborgen, daß sich ihr Hagestolz verliebt hatte, und sie lauerten auf jedes Wort, das er während der Telefonate von sich gab. Er verrichtete lustlos seinen Unterricht, den ganzen Tag nur auf den Abend ausgerichtet, an dem er mit ihr wieder sprechen konnte.

Der Zustand war unhaltbar, auch für Joan. Sie gab ihm mehr als deutlich zu verstehen, daß auch sie ihn liebte, und es ihr ebensowenig gefiel, ihn in Oxford zu wissen, zu weit weg, um sich jeden Tag mit ihr treffen zu können. Joan arrangierte mit ihrem Bruder, daß sie einen Teil der Verwaltungsarbeiten für den Familienbesitz von Swinbrook Hall aus erledigen konnte. Die Abende zu zweit waren gerettet. Sie lud ihn oft ein, das Wochenende bei ihr zu verbringen, was ihn, als die Zahl seiner Übernachtungen in Swinbrook Hall anstieg, in Verlegenheit brachte. Zwar wurde er von Lord Swinbrook und auch den Hausangestellten behandelt, als ob er zur Familie gehöre. Sein Unbehagen aber wuchs immer mehr, je länger dieser Zustand anhielt. So entschloß er sich, mit dem Lord über die Situation zu sprechen.

„Störe ich?"

„Aber nein, mein Lieber, kommen Sie nur herein." Howard blieb vor dem Schreibtisch stehen. „Setzen Sie sich doch. Trinken Sie einen Sherry mit mir." Der Lord kramte aus dem Seitenteil des Schreibtisches eine Flasche Sherry und Gläser hervor. „Nun, was führt Sie zu mir?"

„Mylord, ich weiß zwar nicht, wie ich anfangen soll, aber vielleicht ist es am besten, ich falle mit der Tür ins Haus. Ich liebe Ihre Tochter."

„Das ist mir nicht entgangen."

„Joan liebt mich auch!"

„Ja, man hat ganz den Eindruck."

„Mylord, es ist für Ihre Familie eine Zumutung, wenn

ich jedes Wochenende erscheine und mich hier breitmache ..."

„Aber weshalb denn?" unterbrach ihn Lord Swinbrook. „Soviel ich weiß, hat Joan Sie doch eingeladen?"

„Ja, natürlich", druckste Howard hervor, „aber es ist mir peinlich. Ich habe das Gefühl, als Schmarotzer hier zu leben, wenn Sie wissen, was ich meine, und ich finde das nicht richtig. Ich möchte mit Joan zusammenleben, je eher, desto besser. Daher möchte ich Sie fragen, ob ..."

„Sie wollen Joan heiraten?" Der Lord warf das in beiläufigem Ton hin, Howard abermals unterbrechend. Das hatte Howard nicht fragen wollen, eine Heirat war ihm nie in den Sinn gekommen. Er wollte Joan hier herausholen, eine gemeinsame Wohnung in der Nähe suchen, aber die Idee des Lords stand dem ja nicht entgegen, ganz und gar nicht.

„Eigentlich wollte ich ..."

„Sie müssen wissen", unterbrach ihn der Lord schon wieder, „eine kirchliche Trauung kommt nicht in Frage, Sie sind ja über Joans ungeschickte Eskapade mit diesem deutschen Grafen informiert. Ich hoffe, diese Jugendsünde macht Ihnen nichts aus. Wir haben das auch längst überwunden. Sie sollten sich eine Heiratslizenz vom Bürgermeister in Witney besorgen, schließlich finden dort alle Trauungen unserer Familie statt."

„Ich wollte nicht den Eindruck erwecken, in ihre Familie eindringen zu wollen, aber ..."

„Das nimmt niemand an, mein Lieber, seien Sie ganz gewiß." Seine Lordschaft ließ ihn einfach keinen Satz zu Ende bringen. Lord Swinbrook klingelte nach dem Butler, der beauftragt wurde, Joan herbeizubitten. „Schließlich kann man das nicht steuern, ob sich zwei Menschen verstehen oder nicht, meinen Sie nicht auch? Ich kann mir gut vorstellen, daß Sie mit Joan nach der Hochzeit einen gemeinsamen Haushalt einrichten wollen. Selbstverständlich habe ich dazu auch einige Vorstellungen, aber damit können wir noch ein wenig warten, bis nach der Hochzeit etwa.

„Joan, mein Kind", wandte sich der Lord an die Eintretende, „überrascht es dich, wenn ich dir mitteile, daß Dr. Lofting soeben bei mir um deine Hand angehalten hat?"

„Wirklich?" Joan flog auf ihn zu. „Du bist ein Schatz!" Sie deckte ihn mit Küssen ein, umarmte ihn.

„Na, na", brummte Seine Lordschaft, „dafür habt ihr später Zeit. Willst du ihn wirklich?"

„Aber natürlich, Papa. Er ist der liebste Mensch auf der ganzen Welt. Warum hast du Schuft mir nichts davon gesagt und zuerst mit Papa gesprochen?"

Ich habe es bis vor zwei Minuten selbst nicht gewußt, dachte Howard, wie hätte ich da mit dir darüber sprechen können?

Als er mit Joan Hand in Hand aus dem Rathaus trat, war er der Meinung, die ganze Grafschaft wäre seiner Hochzeit wegen auf den Beinen. Hunderte Leute jubelten, warfen Reis und Blumen, Fotografen von mehreren Zeitungen ließen ein Blitzlichtgewitter auf das Paar nieder. Das halbe College schien angetreten. Francis Shepherd mit einigen Freunden und Bekannten, Vertreter der Royal Academy und Howards ganze Familie. Seine Mutter hatte schon während der Ansprache des Bürgermeisters zu schluchzen begonnen und wollte partout nicht damit aufhören. Einige ausgewählte Hausangestellte des Lords, welche der Zeremonie beiwohnten, leisteten ihr dabei Gesellschaft.

Eine kleine Einheit Marineinfanteristen, angeführt von seinem jüngeren Schwager Anthony, bildeten ein Spalier aus roten Uniformen, eine Kutsche brachte das

Paar bei strahlendem Sonnenschein die acht Meilen bis Swinbrook Hall, wo das Personal angetreten stand. Howard schwindelte, alles schien wie in einem Film abzulaufen, dessen Hauptpersonen die strahlende Joan und er waren.

Im Garten des Schlosses befand sich eine riesenhafte Tafel, ein Fest nahm seinen Lauf, wie es Swinbrook Hall seit der Vermählung Master Andrews vor zehn Jahren, Howards älterem Schwager, nicht mehr gesehen hatte. Rund zweihundert Leute bildeten den Rahmen für ein buntes, fröhliches Ereignis, das dem Brautpaar eine besondere Portion Geduld abverlangte. Abends wurde im Ballsaal des Schlosses weitergefeiert, in jenem Saal, in dem Joan und Howard sich vor einem Jahr zum ersten Mal begegneten. Knapp vor Mitternacht zog sich das Brautpaar zurück. Die Gäste lärmten jedoch noch lange, einige blieben über Nacht.

Am Vormittag von Howards erstem Ehetag schob ihn der Lord in die Bibliothek.

„Ich habe mit dir zu sprechen, Howard."

Dieser blieb die Antwort schuldig, da er es noch nicht über sich brachte, Lord Swinbrook einfach mit „George" anzusprechen, wie dieser es von ihm verlangte.

„Deine Ehe mit Joan steht unter besonderen Vorzeichen, wie du schon bemerkt haben wirst. Du hast bisher keinen Ton bezüglich der Mitgift von dir gegeben."

Howard zog die Augenbrauen hoch. „Ich habe keinesfalls damit gerechnet. Eine Mitgift ist mir egal, ich brauche doch keine Aussteuer, um mit Joan leben zu können!"

„Hört, hört! Brav gesprochen! Aber nun im Ernst, Howard. Ich bin verpflichtet, und das nicht nur nach dem Gesetz, Joan eine anständige Mitgift mitzugeben. Da diese Ehe aber etwas besonderes ist, muß ich mit dir darüber sprechen."

Lord Swinbrook ging zum Gartenfenster, sah hinaus. „Auch wenn dir der Moment vielleicht falsch erscheint, so habe ich doch meine Gründe, jetzt davon zu sprechen, Howard. Joan hat einmal eine Dummheit gemacht", der Lord wandte sich ihm wieder zu, „ein Skandal war die Folge. Miese Tratschgeschichten, sensationelle Presse, das war sehr unangenehm. Joan hat das alles damals sehr mitgenommen. Es wird daher keinen zweiten Skandal geben. Einer ist für diese Familie genug. Hast du verstanden?"

„Natürlich habe ich verstanden", antwortete Howard, keineswegs sicher, ob er wirklich verstanden hatte.

„Nochmals, nur zur Bestätigung: es wird keinen weiteren Skandal geben. Für Joan ist es wichtig, mit dir verheiratet zu sein, das ist für die Familie ebenfalls wichtig."

„Für mich mindestens genauso."

„Das ist gut, darum will ich es klarstellen: Sollte einer von euch beiden auf die Idee kommen, nicht mehr mit dem anderen leben zu wollen, dann wird es keine Scheidung geben."

„Wie bitte?"

„Eine Scheidung wäre der zweite Skandal und damit Joans Ruf auf alle Zeit dahin, die Familie bliebe davon nicht unberührt. Es wird daher in keinem Fall eine Scheidung geben, Howard, was immer auch geschehen mag.

Ich habe daher den Rechtsanwalt unserer Familie beauftragt, ein Dokument in dieser Richtung aufzusetzen. Sollte es zu einer Trennung zwischen dir und Joan aufgrund eines durch Joan begangenen Ehebruches kommen, so wirst du bindend auf eine Scheidung verzichten. Dafür wird mit heutigem Tage ein Betrag von fünfzigtausend Pfund, angelegt in Schatzscheinen des Königshauses, deponiert, welcher dir samt Zinsen übergeben wird, sofern es zu einer Trennung kommt. Sollte die Ehe durch deine Schuld scheitern, verfällt der Betrag zu Joans Gunsten. Auch sie wird keine Scheidung begehren. Das Dokument habe ich hier, Joan hat bereits unterzeichnet. Deine Unterschrift kommt noch hinzu, dann ist dieser Teil auch erledigt." Lord Swinbrook schob ein Schriftstück über den Schreibtisch.

„Nun schau mich nicht so vorwurfsvoll an, Howard. Unterschreibe, und die Angelegenheit ist vorbei. In unseren Kreisen sind solche Vereinbarungen durchaus üblich. Ich muß doch auch an die Interessen der Familie denken! Aber damit ist das Unerfreuliche schon abgeschlossen. Ich hoffe, du hast Verständnis für meine Situation?"

„Es ist mehr als ungewöhnlich, aber ich will mit Joan leben und deshalb habe ich nichts dagegen. Aber am heutigen Tage von Scheidung und Ehebruch zu sprechen, erscheint mir allerdings ein sehr starkes Stück."

Seine Lordschaft nickte kummervoll. „Du hast natürlich recht, mein Junge, durchaus. Aber wir beide können nichts dafür. Joan hat diese Situation vor Jahren geschaffen. Kommen wir zu etwas Erfreulichem. Ihr habt beide eine Menge Geschenke erhalten, alles Dinge, die man brauchen kann oder auch nicht. Wenn ich an Sprangwoods Gemälde denke . . ."

Howard lachte. Lord Edwin Sprangwood war Herr auf Ditchley Park, der nördlich von Swinbrook Hall gelegenen Besitzung, und damit engster Nachbar der Familie. Als Hochzeitsgeschenk hatte der alte Herr ein sechs Quadratmeter großes Ölgemälde, ein uraltes Landschaftsbild, mitgebracht. Generationen hindurch nahm sich die Patina gnädig dem Kolossalwerk an, so daß heute glücklicherweise fast nichts mehr auf dem Bild erkennbar war.

„Mein Hochzeitsgeschenk an euch – Joan wußte es natürlich schon – ist Leafield Minor, es gehört zu gleichen Teilen euch."

Howard war sprachlos. Leafield Minor – das war ein entzückendes Jagdhaus im Wald, zwischen Leafield und Finstock gelegen. Howard hatte mit Joan dort einige Wochenenden zugebracht, als er nicht länger ständiger Hausgast in Swinbrook Hall sein wollte. Die Frage des gemeinsamen Haushaltes war somit geklärt.

Ein großartiges Geschenk, wahrhaft eines Lords würdig. Ein reizender Fachwerkbau mit einem von zwei Türmchen überragten Obergeschoß, weißen Wänden im herrlichen Kontrast zu den dunkelbraunen Holzbalken, überdeckt von einem bemoosten Schilfdach. Zwei Hausangestellte waren dort beschäftigt, welche Joan bereits seit langem kannten und nun in den Haushalt der Loftings mit übernommen wurden. Zwei kleine Autos standen für Joan und ihn in der Garage, für Howard ein wahr gewordener Wunschtraum. „Ich kann gar nicht sagen, wie ich mich freue. Das ist einfach phantastisch!“

Der Lord lächelte befriedigt. „Im Augenblick wird dort noch gearbeitet, es soll alles für euch vorbereitet werden, was aber noch etwa drei bis vier Wochen dauern wird. Das soll euch jedoch nicht stören, da alles fertig ist, ehe ihr von eurer Hochzeitsreise zurückkehrt.“

„Hochzeitsreise?“

„Mein zweites Geschenk.“

Venedig – dieses zauberhafte Gebilde, das im Wasser liegend vorgaukelte, eine Stadt zu sein; der letzte noch nicht im Meer versunkene Rest des poetischen Reiches Kythera. Wie man es von Aphrodites Land der Liebe und Phantasie erwartete, so herrscht in dieser Stadt eine unvergleichliche, erotisch knisternde, gespannt erwartungsvolle Atmosphäre, die die Menschen zueinander finden läßt. Vielleicht bringt das absolute Fehlen jeglichen Landes ringsum die Leute, welche sich in der Lagunenstadt aufhalten, dazu, näher zusammenzurücken, sich mit dem

Partner, der geliebten Person mehr als anderswo zu beschäftigen? Howard wußte es nicht, er genoß das Verschwinden der Welt hinter dem Horizont, das beinahe bewußtlose Ineinandersinken mit seiner Joan. Aus dem sinnbetörenden, benebelnden Zauber der verwinkelten Kanäle und abendlichen Belcanti der Gondolieri fuhren sie nach Rom, der lebhaften, gewaltigen Stadt, von deren Erhabenheit, Geschichte und unzähligen Museen Howard sich kaum losreißen konnte; dann weiter, hierher in die Inselwelt Griechenlands nach Mykonos, diesem sonnenbestrahlten Eiland mit den blendend weißen Häusern, wo er nun an einem Strand neben seiner Frau saß, dieser aufregenden Blondine, die, nur um ihn aufzureizen, ihre nackten Brüste von der Sonne bräunen ließ.

Howard beugte sich über Joan, küßte sie zärtlich, ihre Lippen erwiderten seinen Kuß. Ob man für so viel Glück nicht einmal bezahlen muß, fuhr ein flüchtiger Gedanke durch seinen Kopf.

Ein halbes Jahr nach der Hochzeit zeigten sich die ersten Schwierigkeiten. Howard ertappte Joan dabei, daß sie wie geistesabwesend Löcher in die Luft starrte. Wenn er sie darauf ansprach, woran sie gerade dachte, so erhielt er unklare, ausweichende Antworten. Ihr heiteres Naturell verschwand allmählich, machte oft immer länger anhaltenden Phasen der Melancholie Platz. Howard erhielt nur Vorwürfe, wenn er die Gründe dieser Traurigkeit und Abwesenheit erfragen wollte.

Sie begann im Wald spazieren zu gehen, bei jedem Wetter. Anfangs nur eine halbe Stunde lang, konnte es später geschehen, daß sie oft bis spät nach Einbruch der Dämmerung ausblieb. Sie kleidete sich zunehmend in stumpfe und immer düsterere Farben, sie ging kaum mehr zum Friseur, schminkte sich nicht mehr, achtete nicht auf ihren Körper. Sie ließ Howard nicht mehr an sich heran. Einige Male schützte sie Kopfschmerzen oder anderes Unwohlsein vor, bis Howard begriff, daß sie sich vor seinen Zärtlichkeiten zu fürchten schien, schließlich verweigerte sie sich ihm ganz, bezog ein eigenes Schlafzimmer.

Immer seltener wurden die Momente, in welchen er Lücken in diesem sich auftürmenden Wall der selbstgewählten Isolation fand, in welchen sie mit ihm sprach wie früher, manchmal sogar zu ihrem strahlenden, bezaubernden Lächeln fand, ihm jedoch den Grund ihres veränderten Wesens nicht mitteilen wollte oder konnte. Aber auch in diesen Momenten durfte er sich ihr nicht mehr nähern. Oft saß sie auf der Couch, die Beine angezogen, ein Kissen umfaßt, sachte hin und her schaukelnd, irgendeine Melodie summend. Howard nahm ihr das Kissen ein einziges Mal fort, die Folge war ein Schreikrampf, Tränen, zugeschlagene und verschlossene Türen.

Oft stand sie an einem Fenster, stundenlang in eine Welt hinausstarrend, die scheinbar nur ihr allein gehörte, zu der Howard keinen Zugang fand. Der Zustand verschlimmerte sich immer weiter. Sie konnte stundenlang dasitzen und leise vor sich hinweinen, manches Mal auch herzzerreißend schluchzen.

Howard wollte anfangs mit Geduld warten, bis sich die Depressionen legten, später versuchte er, in sie zu dringen, sie zu befragen, den Grund ihrer Stimmung zu erfahren, was ihr sichtbar Unbehagen bereitete und zu nichts außer Weinen, Streiten und Schreien führte. Er lag nächtelang wach, hörte ihr Weinen aus dem anderen Zimmer und ließ sich mitunter von der depressiven Atmosphäre des Hauses anstecken. Die Geduld riß ihm, als er einen Brieföffner suchte und erst auf seine Fragen hin erfuhr, daß das Personal den Brieföffner in Verwahrung genommen hatte, damit sich Joan nichts antun könne. Den Schlüssel für den zweiten Wagen hatte ebenfalls das Personal an sich genommen.

Die Küche wurde vor Joan und ihm geschlossen gehalten, zu den Mahlzeiten gab es keine Gabeln und Messer mehr. Als Howard der Kragen platzte und er das Personal anbrüllte, brach auch ihre alte Haushälterin in Tränen aus, sie hatte Seiner Lordschaft versprochen, nichts zu sagen. Rasend vor Zorn fuhr Howard nach Swinbrook Hall.

Lord Swinbrook war nicht zu Hause, er befand sich in Hongkong. Andrew war telefonisch erreichbar, er bat Howard, sich zu beruhigen und versprach, in zwei Stunden in Swinbrook Hall zu sein. Howard möge so lange warten.

Als Andrew Leafield endlich eintraf, empfing ihn Howard mit aggressiv vorgebrachten Vorwürfen.

„Was zum Teufel ist mit Joan eigentlich los, und was ist so schrecklich, daß es mir vom Personal nicht gesagt werden darf?"

„Howard, ich verstehe deine Erregtheit gut, aber ich bitte dich trotzdem, lasse uns das Gespräch in einem normalen Ton führen. Was ist los mit Joan?"

„Ich weiß es nicht. Sie ist depressiv, heult und weint, ohne daß ich wüßte, warum. Sie ist oft tagelang nicht mehr ansprechbar, das Personal hat alle scharfen Gegenstände beiseite geschafft, damit sie sich nichts antun kann. Und scheinbar hat dein Vater gewußt, was los ist."

„Ich weiß es auch, Howard. Setz dich und mach dich auf alles Mögliche gefaßt." Andrew ließ sich seufzend in einen Sessel fallen und faltete die Hände. „Du weißt, daß Joan im Alter von siebzehn Jahren von zu Hause ausgerissen war, diesem deutschen Grafen nach, der sie gar nicht wollte. Sie war in ihn verknallt, ist ihm nachgereist und hat dort einen Skandal vom Zaun gebrochen. Sie behauptete, von ihm geschwängert worden zu sein, nur um ihn zur Heirat zu zwingen. Dabei war der Deutsche, wie sich später herausstellte, homosexuell."

Howard wollte unterbrechen, Andrew schoß ihm einen giftigen Blick zu. „Fragen kannst du nachher, ich erzähle die Geschichte nur einmal, und sie ist notwendig, damit du verstehst, was mit Joan geschah, also halte dich zurück. Die ganze Sache ist auch für Vater und mich alles andere als angenehm.

Der Mutter des schwulen Grafen kam Joan gerade recht, da sie mit der Affäre nach außen hin ein durchaus normales Sexualleben ihres Herrn Sohnes präsentieren konnte. Es kam ohne unser Wissen sehr rasch zur Heirat. Dabei mußte Joan feststellen, daß ihr Mann an Frauen überhaupt nicht interessiert war. Da sie unbedingt ein Kind bekommen wollte, folgte eine schnell wechselnde Reihe von Männerbekanntschaften, sie wurde dann tatsächlich schwanger. Ihr Verhalten zog den nächsten Skandal nach sich – die nymphomane Engländerin. Es entwickelte sich eine äußerst fatale Situation. Klar war nur, daß Joans Kind nicht geboren werden durfte.

Einerseits waren die Deutschen daran interessiert, daß die Ehe aufrecht blieb, andererseits durfte dieses Kind, von dem niemand, auch Joan nicht, wußte, wer der Vater war, die Erbfolge der Familie nicht antreten. Es kam unter sehr widrigen Umständen zur Abtreibung, mehr oder weniger gegen Joans Willen.

Vater und ich holten sie, als sie um Hilfe rief. Ein Häufchen Elend in einem Land, dessen Sprache sie nicht verstand, bei einer Familie, die sie nicht leiden konnte, einem Mann, den sie geliebt hatte und der nur ein mieser Homosexueller war. Wir brachten sie nach Hause. Ich zwang die Familie des deutschen Grafen zur Scheidung.

Im Laufe der Zeit stellte sich heraus, daß Joan körperlich nicht allzuviel Schaden davongetragen hatte. Sie wird bloß nie mehr Kinder bekommen können.

Geistig blieb ihr jedoch eine tiefe Narbe. Die Ärzte sagen, es wäre eine Art manisch-depressiven Verhaltens, das in langen Wellen von etwa zehn bis zwölf Monaten käme. Als sie dich kennenlernte, war sie in ihrer positiven Phase. In dieser Zeit ist sie ein wunderbares Geschöpf, in der schlechten Welle würde sie sich am liebsten umbringen. Joan ist, wenn du es hart ausgesprochen haben willst, geistig ein wenig defekt. Aber sie ist nicht verrückt.

Sie hat sich tatsächlich in dich verliebt, das war für uns alle etwas Neues und erfüllte uns mit Hoffnung. Ihre positive Phase wurde immer besser, wir dachten schon, sie hätte die dunkle Seite ihrer Seele überwunden, da sie mehr als zwei Jahre durchhielt. Aber nun ist es eben doch geschehen. Ihr behandelnder Arzt wird sich bei dir melden und dir helfen."

Howard saß da, vornübergebeugt, sprachlos. Nach einigen Momenten hob er den Kopf, starrte seinen Schwager haßerfüllt an. „Ihr habt mir nichts davon gesagt. Ihr habt mich sehenden Auges ins Unglück rennen lassen. Warum habt ihr so noblen und erhabenen Leute das getan?"

„Ich nehme dir deinen Ausbruch nicht übel, du gehörst schließlich zur Familie. In dein Unglück bist du nicht gerannt, mein Lieber. Du warst für alle Welt glücklich mit Joan und sie mit dir. Und nun hast du die Pflicht, auszuhalten, bis ihre schlechte Welle wieder vorbei ist."

„Und wenn ihre negative Phase irgendwann einmal nicht mehr endet?"

„Dann wirst du dabei sein und es mitmachen."

„Ich liebe Joan, aber ich liebe die Joan, die ich kennenlernte." Howard begann zu schreien. „Ich liebe nicht dieses Häufchen Elend, das sich jeder Kontaktaufnahme entzieht! Ihr könnt von mir nicht verlangen, daß ich mein ganzes Leben mit einer Manisch-Depressiven verbringe!"

„Mein lieber Howard, so leid es mir tut, aber genau das können wir von dir verlangen. Wie du dich selbst vertraglich festgelegt hast, wirst du dich nur im Falle eines von Joan begangenen Ehebruches von ihr trennen können, scheiden lassen überhaupt nicht. Du hast gelobt, in guten und schlechten Zeiten zu ihr zu stehen, und du hast dich darüber hinaus noch dazu vertraglich verpflichtet. Die Familie leistet sich keinen zweiten Skandal. Solltest du daran denken, dich aus dieser Ehe zurückzuziehen, so möchte ich dir nicht drohen, aber klar aufzeigen, daß wir dich in England ruinieren können, materiell sowieso und über die Royal Academy auch dein Ansehen. Ich schlage daher vor, daß du zu deiner Frau zurückkehrst und ihr zuliebe das Kreuz auf dich nimmst."

„Warum mußte ich es sein?" fragte Howard mit tränenerstickter Stimme.

„Auch das kann ich dir sagen. In den Adel war Joan nicht mehr zu verheiraten und die Zeiten, in welchen Frauen, die Joans Schicksal erlitten, ins Kloster gingen, sind längst vorbei. In eine Anstalt kann man sie aus Gründen der Menschlichkeit nicht geben, außerdem ist sie in ihrer guten Welle ein ganz normaler, fröhlicher und lebenslustiger Mensch, geht ihrer Arbeit nach und lebt frei und ungezwungen wie sie es wünscht, lebt so, wie du sie kennengelernt hast. Im übrigen weiß sie über ihre Krankheit selbst Bescheid und kommt mit diesem Bewußtsein großartig zurecht.

Adel kam also nicht in Frage, daher suchten wir jemanden, der nicht informiert war, aber für uns und Joan trotzdem repräsentativ genug erschien. Vater dachte unter anderem an dich. Wenn ihr beide euch nicht ineinander verliebt hättet, was den Wünschen von uns allen sehr entgegenkam, würden wir versucht haben, mit dir ein Arrangement zu treffen."

„Ihr seid Teufel, das ist unmenschlich, was ihr mit mir gemacht habt!" würgte Howard entsetzt hervor.

„Ich sehe das anders, lieber Schwager. Wir haben für meine Schwester und unsere Familie alles getan, was nur möglich war. Noch etwas: Solltest du meinen, über die Presse einen Skandal entfesseln zu können, so wird dir das sicher gelingen. Aber ich habe dich gewarnt, wir werden uns wehren! Im übrigen darf ich dich daran erinnern, daß wir aus einem armen Schlucker, der an einem College als Lehrer herumhopst, einen respektablen Mann gemacht haben. Die Situation hat für dich durchaus Vorteile."

Mit Tränen in den Augen fuhr Howard nach Hause, wo seine Joan in ihrem Bett lag, wehrlos dem Angriff aus dem Dunkel der menschlichen Seele ausgeliefert. Er selbst war ein Hanswurst, der wie eine Schachfigur geopfert wurde, nur um das Image einer Familie zu wahren. Auch die Frau, die ihn liebhatte, hatte ihn nicht gewarnt, ihm nicht gesagt, wie es um sie stand. Vielleicht in der Hoffnung, daß durch Howards Liebe das Gespenst aus dem Abgrund für immer gebannt blieb. Doch der Teufel kam zurück, und damit auch für Howard der Zusammenbruch seiner Welt. Die Tür, die Joan in seinem Inneren einst zu öffnen vermocht hatte, schloß sich langsam wieder.

Bald danach traf ein weiterer Schicksalsschlag in Form eines dickleibigen Buches per Post ein. Als Absender schien das Universitätsinstitut auf, und als Howard den Band ausgepackt in Händen hielt, erfaßte ihn die kalte Wut. Das Buch war eine sehr ausführliche Dokumentation über die Knotenschriften der Inkas, alle Howard bekannten Exemplare waren angeführt und interpretiert, auch Stücke, über die er noch nichts gehört hatte. Als Verfasser wurde McFarlane genannt. In dem Wälzer wurde immer wieder die Arbeit der Universität hervorgehoben. Howards Name als jener Wissenschafter, dem die richtige Interpretation einer Knotenschrift erstmals gelungen war, wurde nirgends erwähnt.

Er war sich bewußt, daß diese Dokumentation ganz ausgezeichnet gemacht war, damit ein Nachschlagewerk möglicherweise für Jahrzehnte vorlag, das Legionen von Studierenden und Wissenschaftern immer wieder benützen, in vielen Arbeiten zitieren würden. Immer wieder würde auf McFarlanes Buch hingewiesen werden, Howard aber in Vergessenheit geraten. Seine Entdeckung hatte dieser fette Intrigant sich einfach zu eigen gemacht. Wutentbrannt schleuderte er den Band gegen das Bücherregal seines Arbeitszimmers.

Immer schlug das Schicksal auf ihn ein, alle wollten ihn kleinkriegen. Sein Platz war an der Spitze der Wissenschaft, ihm gebührte Ruhm und Ehre, ein verewigter Name, Respekt und Ansehen. Statt dessen verlor er eine Schlacht um die andere gegen diese Null McFarlane. Irgendwie gelang es Howard nicht, die Welt davon zu überzeugen, daß nur er die einzige lebende Kapazität zumindest in Europa auf dem Gebiete der präkolumbischen Forschung war. Wen gab es denn noch, der ihm das Wasser reichen konnte?

Er mußte sich von einer ignoranten Bürokratie niederzwingen lassen, und im Privatleben, was war er da? Ein Hampelmann, an dem Seine Lordschaft Swinbrook und dieser aalglatte Andrew nach Belieben an den Fäden zogen, und ihm blieb nichts anderes übrig, als nach Wunsch zu zappeln. Da oben war eine Frau, die ihn unter Vorspiegelung falscher Tatsachen in eine Ehe gelockt hatte – nein, das stimmte nicht, korrigierte er sich selbst. Der verdammte Lord hatte ihn einfach überfahren. Aber Joan hatte ihm die Tatsachen verschwiegen, die er wissen hätte müssen, wenn ihre Liebe ohne Hintergedanken gewesen wäre.

Also hatte sie nur ihren eigenen, egoistischen Vorteil im Sinn gehabt. Einen für die Wissenschaft arbeitenden Menschen, der von den Tücken des menschlichen Zusammenlebens nichts wußte, der keine Ahnung von Skandalgeschichten hatte; ein unbedarfter, aber herzeigbarer Domestik, nichts anderes war er. So etwas konnte man sich angeln. Liebe vorgaukeln und nehmen, was zu geben er in seiner Naivität bereit war. Er wollte zukünftig nichts mehr geben, nur noch nehmen. Wenn es ging, auch verletzen. Allein stand er in dieser Welt, er würde es ihr schon zeigen.

Er versuchte, mit Francis Shepherd Kontakt aufzunehmen. Im Institut teilte man ihm mit, daß sich Francis gemeinsam mit McFarlane in Südamerika aufhielt, anläßlich einer sehr vielversprechenden Expedition. Wütend knallte er den Hörer in die Gabel. Was hatte er auch anderes erwartet. Sein letzter Freund machte gemeinsame Sache mit seinem ärgsten Widersacher, verraten hatte er ihn. Wie wurde er einst höhnisch von McFarlane genannt? Schreibtischgelehrter? Tatsächlich, das war er. Die Möglichkeiten zu eigenen Forschungen, Teilnahme an Ausgrabungskampagnen, die blieben ihm verwehrt. Alle bekannten und nur einigermaßen nach Fundstellen aussehenden interessanten Gebiete waren durch Vorschriften der jeweiligen Regierungen geschützt, die etablierten Institutionen durften tätig werden, sonst niemand. An dieser Situation war sein Vater schuld, der ihn ins Berufsleben gezwungen hatte, sonst säße Howard jetzt an der Stelle McFarlanes. Die ganze Welt hatte sich gegen ihn verschworen.

In der Folge vergrub sich Howard immer mehr in seinen Büchern und machte dabei die für ihn erfreuliche Entdeckung, daß in McFarlanes Buch einige grobe Schnitzer enthalten waren, einige Knotenschnüre völlig sinnwidrig interpretiert wurden. Howard lächelte grimmig. Das sieht dir ähnlich, McFarlane, dachte er mit Befriedigung. Assistenten und Studenten arbeiten lassen, selbst keinen Finger rühren, aber den Erfolg einheimsen wollen. McFarlane hatte sich schon einmal mit einer Veröffentlichung blamiert, das konnte doch noch einmal geschehen. Und er, Howard Lofting, würde dieses scheinbare Standardwerk in seine Einzelteile zerlegen, nachweisen, daß Piggy McFarlane nichts als ein fetter Stümper war. Leiten wir der Tragödie nächstes Kapitel ein, dachte Howard.

Es dauerte nicht lange, und er brachte eine Replik zu dem Buch heraus, in welcher er die Arbeit des Instituts in der Luft zerriß, die ganze Einrichtung als Sammelpunkt wertloser Dilettanten hinstellte. Seine Veröffentlichung erregte großes Aufsehen, die Blamage McFarlanes fiel allerdings geringer aus, als Howard es erwartete. Die Fachwelt war schließlich informiert, daß hier zwei Gegner am Werk waren, die einander nichts schenkten. Als Howard einige amüsierte Bemerkungen von Fachkollegen über sein Duell mitbekam, war er sich plötzlich der Gefahr bewußt, sich selbst der Lächerlichkeit preiszugeben. Wenn er schon den Hofnarren für Seine Majestät Lord Swinbrook spielen mußte, wollte er nicht auch noch zum Gaudium der Gelehrtenwelt beitragen. Er mußte sich von dem akademischen Streit zurückziehen.

McFarlane steckte Howards Kritiken an der Dokumentation widerspruchslos ein, veröffentlichte jedoch die Ergebnisse seiner äußerst erfolgreichen Expedition. Wieder suchte Howard nach Ansatzpunkten der Kritik, fand jedoch keine. McFarlane hatte diesmal Francis Shepherd völlig freie Hand gelassen, und an dessen Arbeit war nichts auszusetzen. Zwar wurde das Elaborat wieder unter McFarlanes Namen veröffentlicht, aber Francis wurde namentlich erwähnt.

Howard sah ein, daß er mit den Möglichkeiten der Universität nicht mithalten konnte. Der Weg zur Feldforschung blieb ihm verschlossen, und ohne diese würden weitere öffentliche Ausritte gegen das Universitätsinstitut nur zu Belustigung des interessierten Publikums dienen.

Er hatte verloren. Er war der Versager, beruflich als auch privat.

Der Verlag, welcher Howards Bücher herausgebracht hatte, bot ihm eines Tages an, als Lektor für Übersetzungen aus dem Spanischen und Portugiesischen zu arbeiten. Howard kam das entgegen, er gab seine Stellung am Queens College auf. Im letzten Jahr hatte er unter anderem auch den Lehrerberuf hassen gelernt, ihn widerte die geistlose Routine des Schulbetriebes, die undisziplinierten Schüler und jegliches Reglement an. Die Gelegenheit, alle vierzehn Tage in London im Verlag erscheinen zu müssen, benützte er meist dazu, einen zusätzlichen Tag in Londons Bibliotheken nach interessant erscheinenden Publikationen über südamerikanische Vorgeschichte zu suchen. Ohne Joan zu fragen, benützte er für seine Aufenthalte in der Hauptstadt deren Wohnung.

Bei einem seiner Streifzüge fiel ihm ein schmales, bereits etwas vergilbtes Buch in die Hände. Anfangs dachte Howard, daß es sich um eine Abenteuergeschichte handelte, die dokumentarisch wirkenden Fotos im Buch ließen jedoch einen anderen Schluß zu. Er entlehnte das Buch, der Bibliothekar schüttelte den Kopf.

„Stimmt etwas nicht mit dem Buch?"

„Oh nein, Sir", antwortete der Mann, „aber nach meiner Kartei hier sind Sie der erste, der dieses Buch nach dem Krieg ausleiht. Kurios, nicht wahr?"

Kurios, in der Tat. Zu Hause vertiefte sich Howard in das Büchlein. Es war 1928 gedruckt worden und enthielt eine Geschichte, die Howard verblüffte. Der Autor war ein gewisser Fawcett, genauer Oberst Percy Fawcett, der sich nach Ende des Ersten Weltkrieges in Südamerika niederließ und dort ausgedehnte Reisen in die damals noch völlig unberührte Dschungelwildnis unternahm. Die dritte Seite des Buches wies ein Foto des Obersten auf. Ein hagerer Mensch mit einem Knebelbart war dieser Offizier, darüber ein Schnurrbart, dessen Spitzen zusammengedreht nach außen wiesen, lehnte er an einer Reling oder einem Geländer. Die Hände in den Taschen einer zerknitterten, vorne offenen Jacke, eine unidentifizierbare Kopfbedeckung leicht schräg aufgesetzt, blickte ihn mit klaren, strengen Augen dieser Oberst an.

Das Buch begann mit einer kurzen Biographie des Obersten, seinem Werdegang und der Beschreibung seiner Kenntnisse als Geograph und Landvermesser. Mehrere Male drang er in Gebiete vor, die noch nie ein Weißer betreten hatte, durch keine Landkarten erfaßt und von wilden, kriegerischen Indianerstämmen bevölkert waren. Schließlich war der Oberst zu einem Dschungelexperten geworden, abgehärtet und erfahren im Kampf mit der grünen Hölle. Er fertigte von einigen Gegenden die ersten Landkarten an, vermaß und registrierte.

Während einer seiner Expeditionen fiel ihm eine grob gezeichnete Landkarte in die Hände, die laut der darauf befindlichen Aufschrift aus dem Jahre 1770 stammte. Sie wies die Lage einer Stadt auf, die verlassen schien, von einer hohen Mauer umgeben war und inmitten ehemals kultivierten Ackerlandes stand.

Auf der Suche nach dieser Stadt, deren genaue Position die Karte nicht zutage brachte, stieß Fawcett tatsächlich auf Ruinen großer Steinbauten mitten im Urwald Brasiliens. Der Oberst nannte diese Ruinen „Stadt X" und entwickelte die Theorie, wonach diese Stadt X in Verbindung mit der sagenhaften Kultur von Atlantis gestanden haben soll.

An dieser Stelle konnte Howard ein Schmunzeln nicht unterdrücken. Atlantis – dieses Hirngespinst tauchte doch wohl überall auf. Allerdings nahm Howard die Ausführungen des alten Obersten ernst. Wenn ein britischer Offizier vor aller Welt verkündete, er habe in der weglosen Wildnis des tropischen Regenwaldes Ruinen von Steinbauten gesehen, dann gab es diese dort auch. Zwei Fotos waren noch in dem Buch, welche diese Stadt X zeigten. Auf dem einem Bild schien sich eine von üppiger Vegetation überwucherte Mauer durch den Dschungel zu ziehen, das andere Bild veranlaßte Howard, es sich genauer anzusehen.

Ihm waren Bilder aus Mexiko und Peru bekannt, welche Tempeltürme der einheimischen Kulturen zeigten, ehe sie von Pflanzenbewuchs und Erdschichten befreit wurden, und hier war ein solcher Tempel, noch völlig eingehüllt in den schützenden Kokon aus alles verschlingender Vegetation. Gab es wirklich in Brasilien vorgeschichtliche Steinbauten?

Der Oberst berichtete weiter, daß er versuchte, alle nur möglichen Quellen nach ähnlichen Meldungen zu durchforschen. Im Nationalarchiv in Lissabon fand er dann die Bestätigung seiner Vermutungen. Das Buch schloß mit den Vorbereitungen Oberst Fawcetts zu einer umfangreichen Expedition, die er zwecks genauer Erforschung der Stadt ausrüstete. Der Oberst schrieb:

„Ob wir erfolgreich in den Dschungel eindringen und wieder lebend herauskommen werden oder unser Leben lassen müssen, in einem bin ich sicher: Der Schlüssel zum Rätsel des alten Südamerika und vielleicht auch zu der ganzen Vorgeschichte wird gefunden werden, wenn wir imstande sind, diese alten Städte genau zu lokalisieren und sie der Wissenschaft zugänglich machen können. An ihrer Existenz zweifle ich keinen Moment, ich selbst habe einen Teil von ihnen gesehen, und das ist auch der Grund, warum ich sie wieder aufsuchen will. Die Reste, welche ich zu Gesicht bekam, scheinen die äußeren Bereiche einer großen Stadt gewesen zu sein, von der ich überzeugt bin, sie zu finden. Ich kann die Wissenschaft nicht zwingen, meine Vermutungen zu akzeptieren, daß es dort in Brasilien Spuren einer alten Zivilisation gibt. Aber ich bin durch völlig unbekannte Gegenden gereist, in denen mir wilde Indianer immer wieder von Gebäuden, ihren längst nicht mehr vorhandenen Bewohnern und von seltsamen anderen Dingen berichtet haben."

Die letzte Seite des schmalen Bandes war scheinbar vom Verlag verfaßt worden, sie wies die trockene Mitteilung auf, daß Oberst Fawcett, sein Sohn Jack und ein Freund mit Namen Raleigh Rimmel von dieser Expedition im Jahre 1925 nicht zurückkehrten und verschollen blieben.

Lange saß Howard mit dem Buch in der Hand vor seinem Kamin. Da gab es vor fünfzig Jahren jemanden, der eine unglaubliche Sensation entdeckte. Und nur weil er kein Wissenschafter, sondern ein engagierter Amateur war, nahm seine Funde niemand ernst, weil nicht sein konnte, was nicht sein durfte.

Die etwas braunstichigen Fotos stellten Ungeheures dar. Im Urwald Brasiliens war noch nie irgendeine vorgeschichtliche Zivilisation zutage gefördert worden, es gab dort im Dschungel nichts. Steinbauten waren unmöglich, weil es in dem riesigen Gebiet kein Gestein gab, nur viele

Meter dicke Schichten Erde, Verwitterungsprodukt des pflanzlichen Perpetuum mobile mit Namen tropischer Regenwald.

Und doch hatte dieser Fawcett eine solche Stadt oder zumindest deren Reste gefunden. Howard fühlte, daß er einen Tatsachenbericht in Händen hielt. Sollte ihm das Schicksal einen Wink erteilen? Wenn es nun ihm, Howard Lofting, gelang, diese vergessene Stadt zu finden, dann könnte ihn niemand mehr verächtlich als Schreibtischgelehrten bezeichnen, dann wäre sein Name in aller Munde, als Entdecker einer völlig neuen Seite im Buch der Menschheit.

Das wäre der endgültige Triumph über die selbstgefälligen, arrivierten Typen vom Schlage eines McFarlane. Mit einer solchen Sensation konnte Piggy niemals aufwarten. Der Ruhm gehörte ihm, Dr. Howard Lofting, Mitglied der Royal Academy, und niemandem sonst.

Howard zitterte vor Erregung. Es mußte ihm gelingen. Zuerst galt es zu prüfen, ob irgend jemand diesen Fawcett und seine Veröffentlichung kannte. Dann mußte das Buch genau ausgewertet werden. Vielleicht fanden sich im Kriegsministerium Informationen über den Obersten. Howard war sicher, dort an Unterlagen kommen zu können, denn die Angelegenheiten des Ersten Weltkrieges fielen kaum mehr unter die Geheimhaltungsvorschriften.

Und dann mußten, wie es Fawcett vor fünfzig oder mehr Jahren tat, alle nur möglichen Quellen geprüft werden. Wenn der Offizier etwas fand, so mußte es auch heute noch greifbar sein. Er mußte nach Lissabon, ins dortige Nationalarchiv.

15

Ein vegetationsreiches Tal verlief von Alcobaca aus nach Westen, rechts und links von sanft ansteigenden Hängen voll Weinreben begleitet. Mannshohe Opuntien säumten die Weinfelder ebenso wie sie die schmale, vom Tal wegführende Asphaltstraße entlang wuchsen, orangerote und lilafarbene Früchte tragend, ab und zu von einem leuchtend gelben Fleck gekrönt, den seltenen Blüten dieser südlichen Hecken. Die schmale Straße wand sich über eine Bodenwelle in eine Niederung, welche vom vorderen Teil des Tales aus nicht sichtbar war, führte zu einer hohen, fleckenlos weißen Mauer. Die einzige sichtbare Öffnung der Mauer ließ das Band der Straße in den dahinterliegenden Bereich weiterlaufen, alles andere durch ein riesiges, schmiedeeisernes, vielfach ornamentiertes Gittertor am Eintritt hindernd. Eine in das Tor eingelassene Tür erlaubte es zu Fuß unterwegs befindlichen Personen, das Gitter zu passieren, ohne daß es zur Gänze geöffnet werden mußte. In der Mitte der Pforte glänzte ein geschmiedetes, vergoldetes Wappen. Hinter der Mauer, auf deren Krone Glassplitter in der Sonne glitzerten, wohl um Eindringlinge abzuschrecken, ragten Zypressen und Oliven, Pinien und Oleander in die Höhe, ein gepflegter Rasen und sorgfältig geschnittene Ziersträucher schufen ein der Sommerhitze mit angenehm kühlem Schatten trotzendes Refugium rings um einen kleinen, eingeschossigen barocken Palast.

Hinter dem Palast verlief ein schmaler, durch bemooste Steinfassungen vollkommen gerade gehaltener Kanal, in dessen Mitte eine kleine Fontäne im Zentrum einer kreisrunden Ausnehmung geschäftig sprudelte. Am dem Palast abgewandten Ende des Kanals öffneten sich die großen Flügeltüren eines architektonisch reizvollen Pavillons. Rechts und links des mit hellen Kieseln bestreuten Weges, der um den Kanal lief, erhoben sich die sauber und glatt geschnittenen Pflanzenwälle zweier Labyrinthe aus Buchsbaum. Den schönsten Blick auf diese Idylle gewährte ein Balkon an der Rückseite des Palastes, dessen Türen weit offen standen. Der Raum dahinter schien trotz des dunklen, mit verschiedenfarbigen Hölzern intarsierten Parketts hell und freundlich zu sein, die Fenster wurden von schweren, grünen Samtbordüren flankiert. Die Wände bedeckte eine mit goldfarbenen Ornamenten geschmückte grüne Stofftapete, dunkle Ölporträts blickten aus vergoldeten Rahmen. Die geöffnete Balkontür warf eine helle Lichtbahn auf das Parkett und einen meterhohen, bemalten antiken Holzglobus, der neben einem breit ausladenden Schreibtisch stand.

An dem Schreibtisch saß, in umfangreiche Schriftstücke vertieft, die Stirn gefurcht, Miguel do Narvalhaes. Er blickte nicht auf, als sich die Tür des Raumes öffnete und ein Mann das Zimmer betrat. Der Eintretende schritt weiter zum Schreibtisch, bedacht, so wenig Geräusche wie möglich zu erzeugen, und ließ sich vorsichtig in einem Stuhl neben dem Schreibtisch nieder. Kurz darauf legte Miguel ein Lineal auf die Seite, welche er soeben gelesen hatte. Aufmerksam blickte er den Besucher an.

„Ich glaube, wir haben Sorgen, Miguel!"

„Welche Sorgen, Manoel?"

Der mit Manoel angesprochene Neuankömmling entfaltete eine Zeitung. „Ich hätte dich um diese Zeit nicht gestört, wenn es nicht einerseits wichtig wäre und andererseits wir nur hier und jetzt darüber sprechen können, Bruder, denn die nächsten zwei Stunden wirst du wie üblich von niemandem gestört."

„Worum geht es?"

„Du erinnerst dich an die unerquickliche Geschichte mit dem kleinen Archivar?"

Miguel do Narvalhaes schob die Finger seiner Hände ineinander, kreuzte die Daumen, betrachtete seine gefalteten Hände. Gespanntes Schweigen lag plötzlich im Raum. Vom Garten her war das Zwitschern mehrerer Vögel zu hören, in einer Ecke des Raumes zerhackte das Werk einer großen Standuhr unablässig und monoton die Zeit. Miguel seufzte.

„Wir haben es gemeinsam beschlossen, Manoel, wir werden es weiter gemeinsam durchstehen müssen. Polizei?"

Manoel schüttelte den Kopf. „Wir haben alles genau geplant, uns ist kein Fehler unterlaufen. Niemand weiß etwas und niemand wird je etwas wissen. Die Polizei hat die Sache längst aufgegeben. Nein, das Problem kommt aus einer anderen Richtung. Es ist der Engländer."

„Howard Lofting?"

Manoel do Narvalhaes nickte. „Wie du weißt, habe ich den Engländer überwachen lassen, nachdem das Problem des Archivars erledigt war. Einige Monate ließ ich verstreichen, dann war ich mir sicher, daß Lofting tatsächlich nichts wußte, so wie der Archivar sagte. Jetzt ist fast ein Jahr seit damals verstrichen, und nun kommt das hier!" Er warf die aufgeschlagene Zeitung auf den Schreibtisch.

Miguel griff nach der Zeitung. Es war ein kleinformatiges, auf minderwertiges, holziges Papier schlecht gedrucktes Exemplar einer Provinzzeitung aus Brasilien mit dem klingenden Namen Correos dos Braganca. Die vierte Seite war aufgeschlagen, ein Foto des britischen Wissenschafters, zwar mit schlechter Druckqualität, aber durchaus erkennbar, saß direkt unter der Schlagzeile: „Englischer Archäologe forscht in unserer Stadt!" Rasch blickte

Miguel auf das Datum, das Blatt war vier Monate alt. Er stand auf, ging zur Balkontüre. Sein Bruder folgte ihm.

„Wie bist du auf dieses Käseblatt gestoßen?"

„Reiner Zufall. Es erschien unserem Informationsbüro in Rio interessant, weil erstmals ein Ausländer in Braganca forschen wollte. Daher kam die Zeitung mit der jährlichen Sammlung hierher, und ich habe den Stoß wie immer ein wenig durchgeschmökert."

„Was folgerst du daraus?"

„Der Engländer weiß mehr, als der Archivar dachte. Aus dem Artikel geht hervor, daß Lofting in der Stadtchronik etwas fand und anschließend auch in den Unterlagen der Jesuitenkirche von Braganca suchte.

Ehe ich dich mit der Sache behelligen wollte, mußte ich sichergehen. Daher zog ich sehr vorsichtig und diskret Erkundigungen über Lofting ein. Es scheint, als ob er eine Expedition nach Brasilien ausrüstet."

Miguel fuhr herum, starrte seinen Bruder an. „Das ist völlig unmöglich! Er kann nichts wissen, Manoel! Unser Ahnherr hat alle Spuren verwischt. Aus allen Dokumenten hat Alcaveiros selbst noch die wichtigsten Seiten entnommen, bis auf das Exemplar in unserem Tresor. Der Engländer kann nichts wissen!"

„Und wenn doch?" Manoel hielt seinem Bruder wieder die Zeitung hin. „Das zweite Foto hier unten zeigt Lofting, links von ihm einen Buchhändler, ein gewisser Martin, in dessen Besitz sich das Stadtarchiv befindet. Rechts von Lofting steht der Jesuitenpater der Ortskirche. Wahrscheinlich fand Lofting in der Stadtchronik Berichte über die Expeditionen unseres Ahnherrn, die wir nicht kennen. Das bedeutet so gut wie nichts.

Die Unterlagen der Kirche sind jedoch eine andere Sache. Soviel ich weiß, hat niemand aus der Familie jemals die Dokumente der Kirche zu Gesicht bekommen. Es wurde bisher sogar vermieden, die Kirche auf die Angelegenheit aufmerksam zu machen."

Miguel blickte konzentriert auf das Parkettmuster zu seinen Füßen. „Ja. Ich verstehe, was du meinst. Die Heilige Inquisition?"

Manoel nickte. „Sie war es schließlich, die den Vizekönig veranlaßte, die Expedition auszurüsten. Sie mußte den Weg kennen."

„Das ist schlimm." Miguel kehrte an seinen Schreibtisch zurück. „Die Spur kann also doch verfolgt werden. Manoel, wir haben nicht viele Möglichkeiten. Wir haben die Gründe zu unserem Vorgehen bereits genau durchgesprochen. Ich bin immer noch der Meinung, daß wir es uns nicht leisten können, unsere Familie als ehrlos dastehen zu lassen. Wir haben auch kein Interesse an jeglicher Art von Publicity. Das könnte den Anfang vom Ende bedeuten. Auf der anderen Seite steht Dr. Lofting. Das Problem ist, daß wir zu spät kommen, wenn wir ihn jetzt beseitigen."

Manoel nickte. „Es gibt bereits eine Menge Vorbereitungen für die Expedition, und Loftings Unterlagen sind sicher bereits in mehreren Händen, möglicherweise nicht vollständig, aber vorhanden."

„Er ist ein Wissenschafter, eingeheiratet in eine vermögende Familie. Es geht ihm also nicht um den Wert, sondern nur um wissenschaftliche Ausbeute. Dabei wird er uns zwangsläufig nicht ungeschoren lassen.

Du hast recht, wir haben ein Problem. Ich bin dafür, wir lösen es ein für allemal. Dazu müssen wir entweder den Engländer daran hindern, sein Ziel zu erreichen, oder ihm zuvorkommen. Wenn das nicht möglich ist, muß auf jeden Fall verhindert werden, daß er zurückkehrt."

Manoel nickte zustimmend. „Das sind meine Gedanken." Er holte tief Atem. „Die Familie stand schon einmal vor mehr als vierzig Jahren vor dem gleichen Problem. Wie du weißt, hat unser Vater damals gerade noch verhindern können, daß die Sache in die Öffentlichkeit geriet."

„Du meinst die Reise des Oberst Fawcett?"

„Ja."

Miguel räusperte sich. „Das alles zeigt, daß die Quelle des Wohlstandes unserer Familie nicht mehr sicher ist. Wir müssen daher den gesamten Schatz bergen und hierher bringen, egal, wie groß er auch immer sein mag. Einige auserwählte Mitglieder der Familie müssen die Arbeit verrichten, wir können niemand fremden brauchen. Es ist unserem Ahnherrn zweimal gelungen, dorthin zu gelangen. Es muß uns auch gelingen."

„Ich bitte dich, mir die Organisation und Ausführung zu überlassen. Du selbst darfst an der Aktion nicht teilnehmen, und ich werde offiziell in Hongkong sein, solange die Sache dauert. Sollte ich nicht zurückkehren, dann bete für mich, Bruder."

16

Grimmig betrachtete Howard die große Brasilien-Karte an der Wand seines Arbeitszimmers in Leafield Minor. Inbrünstig wünschte er sämtliche Vorschriften und Bürokraten dieser Erde in die tiefste Hölle. Es war zum Verzweifeln. Wohin er auch kam, überall türmten sich Hindernisse auf, als ob sich die ganze Welt gegen ihn verschworen hätte, seine Entdeckung nicht zulassen wollte. Monatelang hatte er um alle möglichen Bewilligungen gekämpft, und nun drohte die ganze Aktion am Geld zu scheitern. Erregt lief er im Zimmer auf und ab, hing düsteren Gedanken nach.

Er würde den Lord bitten müssen, die Expedition zu finanzieren. Es war ihm jedoch zuwider, als Bittsteller auftreten zu müssen, der Groll gegen seine angeheiratete Verwandtschaft verstärkte seine Wut. Andererseits hatte der Lord einiges wiedergutzumachen, nun war eine Gelegenheit dazu gekommen. Er wollte fordern, was ihm mindestens zustand, wenn nötig, mit ein wenig Druck. Die Welt wollte ihn brechen und demütigen, er würde mit gleicher Münze an jene, die ihn benutzten, herausgeben. Er steigerte sich in einen Wutzustand, seine Zähne knirschten. In dieser Sache wollte er sich durchsetzen, koste es was auch immer.

Voll Enthusiasmus hatte er sich nach seiner Rückkehr aus Südamerika in die Vorbereitung einer Expedition gestürzt. Er selbst verfügte über keinerlei Erfahrung im Dschungel, aber Piggy McFarlane konnte nicht einmal rechts von links unterscheiden und war auch schon in Südamerika gewesen. Was das Ferkel zuwege bringen konnte, mußte ihm noch allemal gelingen.

Das Wichtigste war ein erfahrener, verläßlicher Führer. Dieser war sicher in der Lage, die notwendige Ausrüstung zusammenzustellen und die richtige Anzahl der Expeditionsmitglieder festzulegen. Sollte er die Sieben Goldenen Städte oder Oberst Fawcetts geheimnisvolle Stadt X, die in seiner Vorstellung nur ein und derselbe Ort sein konnten, finden – was er bereits als absolute Gewißheit annahm –, dann würde dort derart viel archäologische Arbeit auf ihn warten, daß er allein ohne Unterstützung restlos überfordert wäre. Mindestens drei oder vier wissenschaftlich tätige Mitglieder mußte diese Expedition außer ihm selbst umfassen, am besten Francis Shepherd und einige Studenten.

Über das Tropeninstitut fand Howard einen Mann, der bereits viel Erfahrung im brasilianischen Urwald gesammelt hatte. Ross Shelby war einige Jahre Berufsoffizier und danach Entwicklungshelfer gewesen, was Howard zu einem Vergleich mit Oberst Fawcett anregte. Shelby war aber körperlich beinahe das Gegenteil des hageren Obersten, ein stämmiger, gedrungener Mann mit kurzgestutztem Vollbart, der nur wenig und dann in abgehackten, kurzen Sätzen sprach. Er wirkte kräftig und besonnen, machte auf Howard einen absolut verläßlichen Eindruck. Howards Plan stand er interessiert, aber auch zweifelnd gegenüber.

Shelby stimmte nach reiflicher Überlegung zu, er wollte die Expedition anführen. Über die Route ließ sich Howard nur vage aus, informierte Shelby über einen Weg, der den Rio Xingu stromaufwärts führte, dann nach Westen, bis man an der oberen Kante einer Felswand stand, von der aus die Ruinen zu sehen wären.

„Dr. Lofting, ich glaub's nicht ganz. Der alte Kapitän erzählt von einer Felswand. Gibt's nicht in Amazonien. Hat noch keiner gesehen, auch vom Flugzeug aus nicht.

Ich bringe Sie durch den Dschungel, okay. Aber ich bin kein Bergsteiger. Wenn da Felsen sind, muß einer gut klettern können. Besser zwei. Bringen Sie zwei Kletterer, den Rest mache ich."

Es entwickelte sich eine Diskussion über die Umstände im Urwald. Shelby bewies durch die langen Jahre seiner Tätigkeit als Entwicklungshelfer große Sachkenntnis. Howard beschrieb ihm, welche Ausrüstungsgegenstände der wissenschaftliche Teil der Expedition benötigte, Shelby wollte sich um die richtige Personenanzahl und die Tropenausrüstung kümmern.

Shelbys Einwand bezüglich des Bergsteigers war nicht unbegründet. Auch Howard verfügte über keinerlei Kenntnisse im Klettern, und wenn die Angabe des gefolterten Indianers den Tatsachen entsprach, woran Howard keine Sekunde zweifelte, dann war dort eine Felswand. Um einen Bergsteiger zu finden, wandte sich Howard an den britischen Alpinistenverband, stieß anfangs auf großes Interesse, da es in Südamerika scheinbar riesige Berge in großen Mengen gab. Das Interesse der Kletterer schwand schlagartig, als er das Zielgebiet mit Amazonien angab. Einer der Klettermaxen verwies ihn an einen italienischen Kollegen, der verrückt genug war, jedes Abenteuer mitzumachen.

Howard telefonierte mit dem Mann, er wohnte in Bergamo und sprach ausgezeichnet Englisch, wenn auch mit dem ratternden Stakkato der Südländer. Dieser Carlo Berosso war ein echter Abenteurer. Er war mit Thor Heyerdahl auf dem Balsafloß von Südamerika zur Osterinsel gefahren, hatte Berge in allen möglichen Regionen der Welt bestiegen. Er stieß sich nicht im geringsten an Howards Behauptung, mitten im Regenwald sei eine Felswand. Er hatte bereits so viel Unglaubliches erlebt, daß ihm nichts unmöglich schien. Howard bekäme von ihm eine genaue Liste mit den auf jeden Fall notwendigen Ausrüstungsstücken sowie eine Honorarforderung, und dann solle er ihm lediglich noch Ort und Zeit des Starts der Expedition bekanntgeben, er, Berosso, würde dort sein.

Shelby tauchte einige Tage später mit mehreren Papieren, vollgekritzelt mit seinen krakeligen Zeichen und Ziffern, bei Howard auf und wies ihn auf die Endsumme hin. Howard blieb der Mund offen stehen.

„Fünfundzwanzigtausend Pfund! Shelby, Mann Gottes, haben Sie sich nicht verrechnet?"

„Ist nur eine Schätzung, kommt noch einiges hinzu. Führer, Schmiergelder, kleine Erpressungen, ich weiß das. Mein Lohn, Gelder für Träger. Der Bergsteiger kostet auch etwas. Zwei wären mir lieber, ist aber nicht zu ändern."

„Also muß ich mit dreißigtausend Pfund rechnen?"

„Kommt hin!" knarrte Shelby und blickte ihn belustigt aus seinen Knopfaugen an. Howard vertröstete ihn zu einem weiteren Gespräch auf einen späteren Zeitpunkt, wenn er die finanzielle Seite geklärt hatte. Fassungslos starrte er Shelbys Notizen an. Das war viel mehr als er zur Verfügung hatte; viel mehr, als ihm eine Bank an Kredit einräumen würde, noch dazu für eine Sache, aus der kein Geld, sondern nur wissenschaftliche Erkenntnisse als Resultat zu gewinnen waren, wenn überhaupt. Von Alcaveiros Schatz durfte er natürlich nichts sagen, da er sonst Gefahr lief, als verrückt angesehen zu werden. Außerdem war anzunehmen, daß der Kapitän anläßlich seiner zweiten Reise bereits alles beiseite geschafft hatte.

Vorsichtig sondierte Howard die Möglichkeiten, welche ihm seine Mitgliedschaft in der Royal Academy bieten könnte, und erlebte eine herbe Enttäuschung. Zwar waren alle honorigen Herren sehr freundlich, kooperativ und betonten nur allzu oft ihre Bereitschaft, helfend einzuspringen. Es war auch etwas Geld vorhanden, doch wollte man keinesfalls dreißigtausend Pfund für Howards Pläne investieren, da er keinerlei Erfahrung in Feldforschungen aufzuweisen hatte. Immerhin erhielt er eine etwas nebulos klingende Zusage über fünftausend Pfund und den Hinweis, daß einige Ehrenmitglieder der Academy vielleicht als Sponsoren auftreten würden. Howard verstand die boshaft gemeinte Anspielung auf seinen Schwiegervater nur zu gut. Eventuell wäre auch das Universitätsinstitut bereit, aus seinem Forschungsetat etwas locker zu machen.

Natürlich wußten die Herren der Royal Academy, daß gerade das Institut wie ein rotes Tuch auf Howard wirken mußte. Mit düsteren Gedanken lenkte er seinen Wagen aus London heraus.

Es war soweit, er diente tatsächlich zur Belustigung der etablierten Ignoranten, die nur ihr eigenes, zynisches Spielchen im Sinn hatten. Er war willkommene Abwechslung, eine komische Pauseneinlage im Zirkus der bornierten Eitelkeiten. Diesen Hohlköpfen zum Trotz wollte er die Expedition doch durchführen, nichts sollte ihn aufhalten, und wenn er allein zu Fuß durch Brasilien wandern mußte. Sofort verbannte er diesen Gedanken wieder, das war sinnlos. Er durfte sich nicht unterkriegen lassen, vielleicht war vom Lord tatsächlich Geld zu holen. Ob Howard sich in den Augen seiner angeheirateten Verwandtschaft erniedrigte, war ihm gleichgültig. Schlimmer als es bereits war, konnte es nicht werden.

Joan war in den letzten Wochen wieder etwas aufgetaut, ihre depressive Phase schien sich dem vorläufigen Ende zuzuneigen. Es lag nun an Howard, diese Entwicklung zu fördern, er konnte seine Frau aber auch zurückweisen, wenn sie scheu auf ihn zukommen wollte. Er konnte die ganze Bandbreite der menschlichen Stimmungen von freundlich distanziert bis bösartig und zynisch wie eine Klaviatur hinauf und hinunter spielen, was Joans psychischer Verfassung sicher nicht zugute käme. Dem Lord mußte man das nur beibringen.

Als Howard seinen Wagen vor dem Haus abstellte, öffnete sich die Haustür und Joan lief heraus, ihm entgegen, ein scheues Lächeln in dem blassen, unansehnlich gewordenen Gesicht.

„Howard! Daß du noch da bist! Du liebst mich wirklich!“ Sie legte die Arme um seinen Hals, den Kopf an seine Brust. Dann spürte er, wie ihr Körper von einem beginnenden Schluchzen geschüttelt wurde. Er umfing sie mit einem Arm, streichelte ihr Haar.

Zumindest bin ich hier, dachte Howard. Solange du deinen Zweck für mich erfüllst, wirst du an Liebe glauben, aber nicht länger.

Howard überredete Joan zu einem Ausflug nach Swinbrook Hall. Nach anfänglichem Zögern gab sie seinem Drängen nach, fast schien es, als ob sie sich wieder an Abwechslung erfreuen konnte. Joan wurde von allen, auch vom Personal, freudig begrüßt. Während sie sich von verschiedenen Leuten erzählen ließ, was sich im letzten Jahr ereignet hatte, nahm Howard seine Lordschaft zur Seite.

„Joan geht es wieder gut, mein lieber Howard! Es wird zwar noch den einen oder anderen Rückfall geben, aber es geht aufwärts mit ihr!“

„Nicht mehr lange.“

„Was meinst du damit?“

„Ich werde klare Verhältnisse mit Joan herstellen. Ihr alle zusammen habt mich wie eine Spinne in einem Netz gefangen und erwartet tatsächlich, daß ich mir das für alle

Zeiten gefallen lasse und das Spiel völlig willenlos mitmache."

Lord Swinbrook blickte Howard forschend an. „Andrew hat mir von eurem Gespräch erzählt, und du kannst mir glauben, daß ich froh darüber bin, daß du alles weißt. Wir dachten, daß du die Vorteile deiner Situation erkennst und sie annimmst. Schließlich liebt ihr beide einander, da dürfte dir das Arrangement nicht schwerfallen, würde ich meinen."

„Ich liebe Joan nicht mehr, schon lange nicht. Ich habe das auch Andrew gesagt. Soll ich eine Frau lieben, die mich hintergangen hat? Oh, nein, das tue ich nicht, und bei nächster Gelegenheit wird reiner Tisch zwischen Joan und mir gemacht. In den vergangenen Monaten hat sie sich eingeschlossen, ich konnte mich ihr nicht nähern, und ich wollte auch nicht. Sie kann auch in Zukunft in ihrem Zimmer bleiben. Ich mache, was ich will, und sie kann meinetwegen ihre Depressionen kultivieren, das ist mir egal."

„Howard, das kannst du nicht machen! Das würde ihr Ende bedeuten, sie käme vielleicht nie wieder zu sich! Du würdest ihr das Herz brechen. Das kannst du doch nicht wollen!"

„Hat irgend jemand schon mal gefragt, was ich will?"

Lord Swinbrook sah forschend in Howards hartes, entschlossenes Gesicht. „Komm in die Bibliothek, dort können wir ungestört miteinander sprechen."

Durch die großen Fenster der Bibliothek konnte man Joan sehen, wie sie mit zwei lebhaften Settern spielte, froh und glücklich. „Sieh sie dir an", sagte Lord Swinbrook leise. „Warum willst du ihr Leben zerstören? Sie hat dir nichts getan."

„Doch, sie hat. Sie hätte mich über ihren Gesundheitszustand nicht im Unklaren lassen dürfen, statt dessen hat sie nur an sich und ihr Vergnügen gedacht und mich im Verein mit euch wie einen Hampelmann behandelt. Das ist vorbei, mein lieber Schwiegervater. Ich halte mich ohne jegliches emotionelles Engagement an meinen Teil des Vertrages, aber ob Joan glücklich dabei sein wird, wage ich zu bezweifeln. Schließlich könnte sich ihr depressiver Zustand noch steigern, so daß . . ."

„Ich warne dich, Howard!" Lord Swinbrook fuhr herum und funkelte Howard an.

„Wovor denn?" Howard streckte sich, blickte auf Lord Swinbrook hinab. „Wenn das alles publik wird, biegen sich die Leute vor Lachen, wenn sie von mir sprechen. Der Wissenschafter, der ganz leicht zu fangen war. Eine erbärmliche Figur, mit der man nach Belieben umspringen kann, der nicht sieht, was direkt vor ihm steht. Beruflich werde ich jetzt bereits verhöhnt, privat bin ich der größte Trottel. Weshalb soll ich noch Rücksichten nehmen? Nein, das kann niemand von mir verlangen. Ich kann schließlich nichts mehr verlieren."

„Du hast nicht ganz unrecht, aber du übertreibst. Sicher wollten wir Joan die Chance verschaffen, ein normales Leben zu führen. Aber jetzt scheint es, als ob wir deine Reaktionen nicht richtig eingeschätzt haben, ich hätte sonst die Sache anders angefangen. Ich habe also einen Fehler begangen. Bitte glaube mir, Joans Schicksal liegt mir sehr am Herzen. Wenn du dich von ihr distanzierst, wäre das das Ende für sie."

Howard lachte bitter. „Für mich ist schon längst alles zu Ende. Ich sehe keinen Sinn mehr in meinem weiteren Leben in diesem goldenen Käfig. Wozu das alles?"

„Laß es Joan nicht spüren, Howard", flüsterte der Lord, „ich bitte dich darum. Hadere mit mir, mit Andrew, hasse uns, wenn du willst, aber laß es um Gottes willen Joan nicht spüren. Sie liebt dich, und das mindeste, was man von dir verlangen kann, ist, daß du ihr hilfst."

„Und wer hilft mir? Wer nimmt auf mich Rücksicht?"

„Kann ich dir helfen, Howard?"

„Allerdings, das kannst du. Hilf mir, und ich werde mich bemühen, die Chimäre aufrecht zu erhalten."

Lord Swinbrook atmete auf. „Sag mir, was du willst. Wenn ich dir helfen kann, dann werde ich das tun. Ich verlange nicht von dir, daß du Joan liebst, das kann ich nicht. Aber willst du mit ihr zusammen bleiben und sie nichts von deinen wahren Gefühlen spüren lassen?"

„Wenn du mir die Möglichkeit gibst, mich zu verwirklichen, dann ja. Dann gebe ich mein Ehrenwort, daß ich Joan nicht kränken werde, jetzt nicht und später nicht. Du mußt mir nur helfen!"

„Was kann ich für dich tun?"

„Ich möchte eine Expedition nach Brasilien, in den Dschungel, unternehmen. Ich habe sehr konkrete Hinweise, daß eine bisher unbekannte einheimische Kultur dort im Urwald verborgen ist, und ich will sie finden, alles dort so weit wie möglich auswerten und veröffentlichen."

„Was hindert dich daran?"

„Lediglich die Kleinigkeit von dreißigtausend Pfund, die ich nicht habe, für die Ausrüstung der Expedition. Wenn du mir das Geld zur Verfügung stellst, dann finde ich die Ruinen, darauf kannst du dich verlassen."

„Wenn ich dir den Betrag gebe, wann wirst du aufbrechen und wie lange wird die Sache dauern?"

„Oh, sei unbesorgt, Joan wird wahrscheinlich gar nichts mitbekommen. Die Vorbereitungen dauern noch lange, und wenn sie wieder ihre Depressionen hat, dann bin ich unterwegs."

„Einverstanden, du bekommst das Geld."

„Ich war in der Royal Academy und habe um Unterstützung gebeten, man hat mir höhnisch fünftausend Pfund angeboten. Die soll sich die Royal Academy an den Hut stecken."

„Moment, Howard, sei nicht so leichtfertig!" unterbrach der Lord. „Du hast recht, dein Toben gegen das Institut bietet für die Eingeweihten Anlaß genug zur Heiterkeit. Ich glaube, du solltest über deinen Schatten springen und einwandfrei vorgehen. Kannst du dir vorstellen, daß dieser lächerliche Streit zwischen dir und McFarlane beendet wird?"

„Wie soll das zugehen?"

„Nun", schmunzelte der Lord, „einige Kleinigkeiten müssen wir schon beachten. Sieh mal, ich bin Ehrenmitglied der Royal Academy. Aus diesem Grund weiß ich, daß man dort auf das Institut ein wenig sauer war, wegen der Umstände wie die Personalfrage dort gehandhabt wurde. Man statuierte daher ein kleines Exempel, hat von seiten der Academy die Universität brüskiert und statt des Institutsvorstandes dich Institutsfremden als Mitglied aufgenommen. Das war damals ein Gebot der Stunde, letztlich müssen aber alle Wissenschafter miteinander auskommen, weitere Reibereien sind im Interesse des Berufsstandes zu vermeiden."

„Das geht doch mich nichts an."

„Ein wenig schon, Howard." Lord Swinbrook reichte Howard ein Glas Sherry. „Die Akademie der Wissenschaften kann es sich auf Dauer nicht leisten, auf Konfrontationskurs mit der Universität zu segeln. Das gilt natürlich auch umgekehrt. Schließlich sind die meisten Mitglieder der Academy an der Universität tätig, wie du sehr genau weißt. Auf der Uni ist man zur Versöhnung bereit, man hat den Wink der Academy verstanden. Die Academy möchte natürlich auch wieder Frieden einkehren lassen."

Howard dachte nach. Im Prinzip hat Lord Swinbrook

wieder einmal recht. Allein konnte er gegen die mächtigen Institutionen, die ihn genauso als Spielball benutzten wie die Familie seiner Frau, nicht bestehen. Er mußte sich also auch mit dem Institut irgendwann arrangieren. Das hieß, daß er als Einzelgänger gebeugt würde, daß man voll Befriedigung vermerken würde, daß man auch ihn zur Vernunft gebracht und angepaßt hatte. Das war vielleicht gar nicht so wichtig. Wichtig war einzig und allein, daß er die Sieben Goldenen Städte fand, daß er der Wichtigste seines Faches war, daß er den Platz in der Geschichte einnehmen würde, der ihm zustand.

„Wie stellst du dir das vor?"

„Ich werde meinen Einfluß geltend machen, so daß es ein Gemeinschaftsprojekt zwischen der Academy und dem Universitätsinstitut wird, mit dir als Leiter und dir unterstellten Mitgliedern des Instituts. Wärest du damit einverstanden?"

„Alle Rechte der Veröffentlichung müssen mir gehören, dann kann meinetwegen auch McFarlane mitmachen."

„Ich nehme an, daß sich das machen läßt. McFarlane wird sich die Teilnahme an der Expedition nicht nehmen lassen, auch die Universität wird darauf bestehen, daß der Institutsvorstand mit dabei ist. Bist du zufrieden?"

„Ich will diese Kultur entdecken und den mir zustehenden Platz in der Wissenschaft einnehmen, alles andere ist unwichtig."

„Und Joan?"

„Meine Liebe gibt es nicht mehr, und ich bin sicher, daß ich nie wieder jemand lieben werde. Von unnötigen Gefühlsduseleien habe ich genug. Ich werde Joan ein braver Ehemann sein, sie wird sich wahrscheinlich wenig über mich zu beklagen haben. Aber mehr kann man von mir nicht erwarten. Im übrigen habe ich wahrscheinlich den ganzen Sommer über zu tun, um die Expedition vorzubereiten. Es wird keine Schwierigkeiten geben."

Der Lord nickte, schweigend tranken die beiden aus ihren Gläsern, die Blicke auf die junge Frau gerichtet, die draußen am Rasen mit den Hunden herumbalgte.

17

Kopfschüttelnd stand der Jefe der Stadtpolizei von Braganca auf der Plaza. Seine Leute hielten die Neugierigen zurück, brüllten einige heulende Frauen an, schwangen drohend die Schlagstöcke. Neben ihm kaute sein Korporal an einem Zahnstocher, den Spurensicherungskoffer zwischen den Beinen. Zwei Polizisten schleppten soeben einen lautstark protestierenden Mann herbei, stellten ihn vor dem Jefe auf die Beine.

„Ich weiß nichts, gar nichts, Jefe, Sie müssen mir glauben!"

„Wovon weißt du nichts, Pedro?"

„Ich habe damit nichts zu tun!"

„Schön, Pedro, ich weiß, daß du ein frommer Mann bist, daß du nie etwas verbrochen hast. Damit du gar nicht erst damit anfangen kannst und meine Leute dich nicht verprügeln müssen, erzählst du mir ganz schnell, was du gesehen hast, und am besten der Reihe nach. Hast du verstanden?"

„Ja, Jefe." Pedro nickte, die Angst vor den Stöcken der Polizisten ließ ihn weitausholend gestikulieren, er sprach laut, schrie beinahe, Schweiß glänzte auf seinem Gesicht. „Jefe, Sie wissen, ich wohne dort unten, ich repariere Schuhe und tue niemandem etwas. Ich gehe jeden Sonntag in die Kirche, ich zahle meine Steuern . . ." Pedro stockte, denn der Jefe war mit drohendem Blick einen Schritt näher gekommen.

„Jaja, schon gut. Also es war ungefähr zehn Minuten vor drei Uhr morgens, das weiß ich ganz genau, weil ich noch auf die Uhr blickte. Ich wollte gerade zu Bett gehen, es war ein langer Tag und ich bin erst spät nach Mitternacht von Belem zurückgekommen, deshalb schlief ich noch nicht. Ich fuhr in mein Geschäft, habe alle Schuhe sortiert und geordnet weggeräumt, damit am nächsten Morgen im Laden alles in Ordnung ist. Deshalb wurde es auch so spät. Ich ging in mein Schlafzimmer, ohne meine Frau aufzuwecken, und warf noch einen Blick auf die Plaza. Ich dachte, daß es ganz erbärmlich nach Benzin stinkt, wahrscheinlich hat jemand einen Kanister ausgeschüttet. Und dann sehe ich schon die Flammen aus Dom Martins Buchhandlung schlagen, und in wenigen Augenblicken brannte das ganze Haus wie eine Fackel. Das Haus brannte wie mit einem Schlag an allen Ecken und Enden gleichzeitig. Ich war wie gelähmt und hörte es prasseln, da kamen aus den Nebenhäusern auch schon einige Leute heraus, alle schrien, aber das Feuer machte solchen Lärm, daß ich nichts verstehen konnte.

Ich lief hinaus, zum Feuer, ich dachte, ich könnte helfen, aber es war kein Wasser da. Bis ich beim Feuer war, brannten schon vier Häuser, dann kam die Feuerwehr, aber die konnte auch nicht verhindern, daß sich das Feuer noch weiter ausdehnte."

„Gut, Pedro. Du wirst dann in mein Büro kommen und ein Protokoll unterschreiben." Der Jefe wandte sich wieder um, schüttelte abermals den Kopf. „So etwas habe ich noch nicht erlebt. Du vielleicht, Servinho?"

Der angesprochene Korporal verneinte. „Ich werde jetzt anfangen, ich glaube, an den Rändern ist es schon ausgekühlt."

„Ja, beginne am besten im Garten."

Es war eine richtige Brandkatastrophe, welche die kleine Stadt heimgesucht hatte. Nach Aussage des Schuhmachers hatte das Feuer vom Haus des Buchhändlers seinen Ausgang genommen. Es verbreitete sich rasch und brannte insgesamt acht Wohnhäuser und eine

Werkstatt nieder, mehrere benachbarte Häuser erlitten Schäden, waren aber wiederherzustellen. Die Bewohner aller niedergebrannten Häuser standen spärlich bekleidet jenseits der Absperrung und jammerten, Frauen weinten.

Sie können nicht einmal in die Kirche heulen gehen, dachte der Jefe verbittert und blickte quer über die Plaza auf den vom Feuer schwarz gefärbten Glockenturm der alten Jesuitenkirche. Die Fenster waren leer, die Wände geborsten, gesplitterte und verkohlte Dachsparren ragten wie Rippen eines Skelettes in den Himmel, feine Rauchfahnen kräuselten empor. Da hat die Feuerwehr noch nicht alle Glutnester gelöscht, sinnierte der Jefe. Ihm war völlig rätselhaft, wie es zu einem derartigen Brand kommen konnte.

Auf dieser Seite der Plaza brannten Häuser ab und beinahe hundert Meter quer über den Platz stand gleichzeitig die Kirche in Flammen. In der feuchten Atmosphäre schied Funkenflug aus, daher rätselte der Polizeichef, warum es ausgerechnet die Kirche erwischt hatte.

Sein Korporal stöberte in den Ruinen herum, der Jefe empfand diese Arbeit als lästig und unnötig, aber es mußte den Dienstvorschriften entsprochen werden, und der Korporal war der einzige im Ort, der den Spurensicherungskurs in Belem do Para mitgemacht hatte.

Je länger die Untersuchungen des Korporals dauerten, desto mehr verloren die Umstehenden das Interesse. Vom nahen Hospital waren ein paar Nonnen erschienen und brachten die Obdachlosen weg, der Jefe schickte einen seiner Leute mit, um Protokolle verfassen zu lassen.

So etwas konnte auch nur ihm passieren. Der ganz Ort würde schon morgen ein Hexenkessel sein, und am schlimmsten würde es in seiner Dienststelle zugehen. Versicherungsleute, Vorgesetzte, die Feuerwehr, die Presse, und der Teufel mochte wissen, welche Leute ihn sonst noch mit Fragen und Belästigungen überhäufen würden. Apropos Teufel – die Kirche würde auch kommen, jemand von der Diözese – mochte ihn der Teufel – nein, der nicht. Der Jefe bekreuzigte sich rasch. Die ganze Sache mußte einfach mit Geduld überstanden werden.

Aber Geduld war keine Eigenschaft, über die der Jefe verfügte. Er bellte den Korporal an, wie lange es noch dauern sollte. Der Kerl zuckte mit den Schultern, würdigte den Jefe keiner Antwort. Das kam dem in schlechter Laune befindlichen Jefe gerade recht. Er zog die Mütze in die Stirn und wollte quer durch den Brandplatz marschieren, um dem Kerl den Marsch zu blasen, da richtete sich der Korporal auf.

„Jefe, halt! Nicht hineintreten, es ist wichtig!“

Unwillkürlich blieb der Jefe stehen, vor ihm das Gewirr der Brandreste. Verkohlte und gebrochene Balken, schwarz gebrannte Ziegel lagen zuhauf vor ihm, auch Streifen verbogener und an den Rändern geschmolzener Bleche. Unter einem dieser Metallstreifen ragte der ausgeglühte Rahmen eines Bettes hervor, darauf ein schwarzgefärbter, teilweise skelettierter menschlicher Fuß. Der Jefe drehte sich um und übergab sich.

Am Nachmittag dann tauchte der Korporal auf, verschwitzt und rußig, er ließ sich in den Stuhl neben dem Jefe fallen, der in der Cantina gemeinsam mit dem Redakteur der Lokalzeitung den weiteren Gang der Ereignisse abwartete.

„Jefe, da muß ein Experte her. Ich kann das nicht.“

„Natürlich, aus Belem werden wir ein paar Hohlköpfe holen, die uns das Leben sauer machen. Wie stellst du dir das vor? Ich habe Sorgen genug. In ein paar Minuten wird es hier von sensationslüsternen Typen nur so wimmeln, den Bischof habe ich sicher auch am Hals, und jetzt soll ich mich noch mit der Präfektur herumschlagen. Bist du verrückt geworden?"

„Ich glaube nicht, Jefe." Der Korporal öffnete ein Kuvert und ließ den Polizeichef und den Redakteur das darin befindliche schwarze Pulver besichtigen.

„Na und?" schnauzte der Jefe.

„Das, Jefe, ist eine abgebrannte Zündschnur, aus dem Garten des Buchhändlers Martin." Der Korporal hielt ein weiteres Kuvert in die Höhe. „Und das ist eine abgebrannte Zündschnur aus der Kirche." Der Korporal packte die Kuverts wieder weg.

„Brandstiftung?"

„Ja, Jefe, beide Brände wurden gelegt und es kann durchaus Benzin verwendet worden sein, wie es der Schuster wahrgenommen hat. Ich habe einige Stellen markiert, Proben genommen und die Brandstellen bewachen lassen."

„Heilige Maria von Botafogo!" entfuhr es dem Polizeichef. „Ich habe in den Ruinen von Dom Martins Haus ein Skelett gesehen! Das heißt nicht nur Brandstiftung, sondern auch damit verbundenen Totschlag!"

„Schlimmer, Jefe!" nickte der verdreckte Korporal und holte ein drittes Kuvert aus dem Koffer. Er öffnete es und ließ einen kleinen Metallgegenstand herausrollen. Der Jefe griff danach, dies war ihm bekannt.

„Servinho, das ist eine Kugel!"

„Si, Jefe." Der Korporal nickte, noch bekümmerter als vorher, da er wußte, daß der unvermeidliche Wutausbruch nun folgen mußte. „Eine Pistolenkugel, Kaliber 7,65 Millimeter."

„Wo hast du die her?"

Umständlich breitete der Korporal eine von ihm angefertigte Skizze auf dem Tisch der Cantina aus. „Hier, Jefe, ist die Lage der Buchhandlung. Hier der Eingang zum

Geschäft, hier der Hintereingang vom Garten in das Haus. Die ganze Familie ist mitverbrannt. Dom Martin und seine Frau lagen im Bett; auf der Treppe, wahrscheinlich auf der Flucht, einer der beiden Söhne. Der zweite Sohn lag gerade ausgestreckt mit den Füßen zum Garten in der Türe."

„Und was hat die Kugel damit zu tun?"

Servinho seufzte, fuhr sich mit der Hand über das Gesicht. „Ich habe den zweiten Sohn untersucht, er war am wenigsten verbrannt. Der Junge lag mit dem Gesicht am Boden. Mir fiel das Loch in seinem Hinterkopf auf, es war ganz rund. Daher habe ich nachgesehen und in seinem Schädel die Kugel gefunden."

„Der Junge wurde erschossen?"

„Da läßt sich nichts dran ändern. Ich glaube, der Junge war vor jemand auf der Flucht, wollte durch den Garten entwischen. Dieser jemand hat den Jungen abgeknallt und ins Haus zurückgeschleift, dann das ganze Haus von oben bis unten mit Benzin getränkt, die Lunte gelegt und ist verschwunden. Ich bin kein Experte, Jefe, aber die Lunte könnte gut eine halbe Stunde gebrannt haben."

Der Jefe tobte, wie der Korporal es erwartete. Die Ellbogen auf die Knie gestützt, den Kopf gebeugt, ließ Servinho den Ausbruch über sich ergehen.

Schwitzend, keuchend und erschöpft ließ sich der Polizeichef schließlich auf seinen Stuhl fallen. Er wischte sich die Stirn, in seinem Kopf jagten die Gedanken. Eine solche Schweinerei mußte ausgerechnet ihm passieren.

„Ein Familiendrama in meiner Stadt! Wir werden es überstehen, es wird ein verflucht hartes Stück Arbeit, aber wir werden es überstehen. Da brauchen wir die aufgeblasenen Idioten aus Belem doch nicht dazu!"

„Kein Familiendrama, Jefe!" meinte der Korporal kummervoll. „Wir brauchen die Leute aus Belem, hier müssen Kriminalisten her, die Sache hat mehr Hintergrund."

„Und wie kommst du neunmalkluger Esel darauf?"

„Es sind alle Bewohner in Dom Martins Haus noch vor dem Brand erschossen worden, eine Waffe war nirgends zu finden. Und wenn es ein Familiendrama war, weshalb sollte gleichzeitig die Kirche brennen?"

Im fernen Portugal riß Miguel do Narvalhaes ein Telegramm auf. Der Text war kurz, ohne Unterschrift, aber er wußte, daß der Absender sein Bruder Manoel war.

„Letzte Papiere verbrannt. Bin hinter ihm her."

18

Shelby teilte die Pakete gleichmäßig auf alle vier Boote auf, wies den Leuten ihre Plätze an. Es waren lange, schmale Boote mit einem über die ganze Länge reichenden Aufbau, der wie das Dach eines kleinen, schmalen Hauses gestaltet war. Große Blätter waren zu Büscheln zusammengefaßt und in mehreren Lagen auf das Dach gebunden, so daß die Boote über einen wirksamen Regen- und Sonnenschutz verfügten. Das dichte Blätterdach war tief herabgezogen, nur ein schmaler Schlitz blieb für die Aussicht frei. Howard stieg in das erste Boot, auf dessen Boden über die ganze Länge die Traglasten verteilt lagen. Er setzte sich wie die anderen auf das schmale, die Bordwand begleitende Brett, das als Sitzbank gedacht war. Der Bootsführer schaukelte, um die Gewichtsverteilung zu überprüfen, war scheinbar damit zufrieden.

Nach wenigen Minuten war das Einladen und Einsteigen beendet, auf einen Zuruf Shelbys hin warf der Bootsführer den Motor an, Leinen wurden vom Steg ins Boot geworfen, es nahm Fahrt auf, drehte den Bug in den Strom, die Expedition begann.

Das Wasser des Xingu war lehmgelb, eine völlig undurchsichtige Brühe mit spiegelglatter Oberfläche, trotzdem sollte es in diesem Wasser angeblich vor Fischen nur so wimmeln. Howard war von den Ausmaßen des Flusses überrascht, die beiden Ufer waren meilenweit von einander entfernt, nur undeutlich der den Fluß säumende Wald erkennbar. Die Motoren der Boote verursachten einen Höllenlärm, man mußte schreien, um sich verständigen zu können. Howard saß mit gespannter Erwartung im Boot, blickte auf den Fluß hinaus.

Nachdem die Frage der Finanzierung gelöst war, konnten Shelby und Howard gründlich an die Planung der Expedition herangehen. Dabei mußte Howard bekanntgeben, wie weit vom Fluß aus sein Zielpunkt gelegen war, was ihm unangenehm war, er verpflichtete Shelby zum absoluten Schweigen jedermann gegenüber bezüglich des Zielgebietes. Alcaveiros war an den Xingu gestoßen, wie der Indianer es angegeben hatte. Dann fuhr er den Fluß einige Tage hinauf, bis am linken Ufer zwei knapp nebeneinander liegende Mündungen von Nebenflüssen erschienen, deren nördliche helles, klares Wasser und die südliche schwarzes, undurchsichtiges Wasser in den Xingu einspeisten. Gegenüber diesen beiden Mündungen verließ Alcaveiros den Fluß und marschierte zweiundzwanzig Tage nach Westen.

Diese Angaben veranlaßten Shelby zum Kopfschütteln. „Zwei Flüsse nebeneinander, einer klar, einer schwarz. Unfug, finden wir nicht. Viele Veränderungen in fünfhundert Jahren, unmöglich, Flußläufe wechseln ständig Position."

Howard wies auf die Aussage des Indianers hin, daß die beiden Nebenflüsse etwas ganz Außergewöhnliches gewesen sein mußten, da die Wasserläufe im Amazonasgebiet sonst alle eine andere Farbe aufwiesen. Shelby pflichtete dem bei, wandte jedoch immer wieder ein, daß es unmöglich sei, im Einzugsgebiet des Xingu den Lauf irgendeines Gewässers festzuhalten, da mitunter ein heftiger Regenfall Ufermaterial ausschwemmen könnte und in Verbindung mit treibenden oder feststeckenden Hölzern der Fluß oft über Nacht neue Windungen bekam oder sich ein neues Bett suchte. Howard blieb dabei, daß die beiden Gewässer noch immer vorhanden sein müßten, egal ob sie die Mündungen etwas verlegt hatten oder nicht. Die Suche mußte nun endlich beginnen, er duldete keine Einwände mehr.

Shelby kalkulierte für den Hin- und Rückweg durch den Dschungel zwei Monate; und zwei weitere für den Aufenthalt, falls sie die sagenhafte Stadt finden konnten. Einen weiteren Monat setzte er für die Suche nach den beiden Flußmündungen an, dabei ging er davon aus, daß sie nur unterhalb der Katarakte suchen mußten. War die Suche dort erfolglos, mußte der Bereich oberhalb der Stromschnellen abgesucht werden. Auf dem unteren Teil des Flusses war die Suche mit gemieteten Booten leicht möglich, auf dem oberen Teil mußten sie sich mit Hilfe von mitgeführten Schlauchbooten bewegen.

Für Howard wurde ein Alptraum wahr. Es galt, von der brasilianischen Regierung eine Genehmigung für die Expedition zu erwirken. Da halfen keine noch so ernst gemeinten Briefwechsel zwischen den Universitäten und den verschiedenen Wissenschaftsakademien, der Bürokratismus tobte sich voll aus. Berge von Formularen trafen bei Howard ein, er stöhnte unter dieser ungewohnten Tätigkeit. Das Ministerium in Brasilia gab den Vorfall an die Provinzverwaltung in Belem weiter, und dort begann das Spiel von neuem, bis Howard wieder nach Belem flog und großzügig Schmiergelder verteilte. Dann war sehr rasch die Bewilligung vorhanden.

Insgesamt bestand die Kolonne schließlich aus vierzig Trägern, welche Shelby in den Orten am Fluß anheuern wollte. Dazu nahm er vier Söldner auf, welche Augen und Ohren offenhalten und die Träger an Diebereien hindern sollten. Waffen und Munition würden diese Leute selbst tragen. Das wissenschaftliche Personal bestand aus Francis Shepherd und McFarlane, der tatsächlich auf der Teilnahme an der Expedition bestand, mit jeweils einem Assistenten. Anfangs gab es einige Diskussionen zwischen Shelby und Shepherd, weil Shelby keinen weiblichen Assistenten duldete. Der italienische Bergsteiger stieß in

Belem zu ihnen und entpuppte sich als großgewachsener, athletischer, blonder Mann mit hartem Griff und immerwährender guter Laune, was ihn jedermann sofort sympathisch machte.

Die gesamte Ausrüstung wurde in Pakete zu je fünfundzwanzig Pfund geteilt, die von den Trägern bewältigt werden konnten. Howard schienen erstaunlich wenig Lebensmittel dabei zu sein. Shelby meinte, daß es im Land selbst genug zu essen gäbe. Endlich wurde alles in einigen Flugzeugcontainern untergebracht und nach Belem do Para geflogen, von dort aus nach Altamira.

In Altamira heuerte Shelby Träger und Boote an, und nun waren sie tatsächlich unterwegs. Das feuchtheiße Klima kannte Howard schon von seinen früheren Besuchen in Brasilien her, den noch aus Bahia stammenden Strohhut hatte er gegen einen leichten Tropenhelm eingetauscht.

Je weiter sich die Boote von Altamira in Richtung Flußmitte entfernten, um so geringer wurde die Belästigung durch die Insekten. Die Boote hielten auf das gegenüberliegende Ufer zu, auf jene Seite, an welcher die beiden gesuchten Flußmündungen zu finden sein mußten.

In der Nähe des Ufers waren die Insekten wieder lästig, aber die Flüssigkeit, mit der sich Howard eingerieben hatte, hielt sie zumeist fern. Armselige, auf Pfosten stehende Hütten säumten das Ufer, das Dach mit demselben Material wie das Boot gedeckt, Hunde und kleine Schweine spielten gemeinsam mit schmutzigen, kaum oder teilweise bekleideten Kindern in Pfützen. Sie begegneten Einheimischen, die am Ufer entlang auf ihren Booten fuhren, merkwürdig flachen, wie ein schwach gebogenes Brett wirkenden Plätten, dabei eine Stange in den Flußboden oder das Ufer stemmten und sich damit abstießen. Selbst die hier hausenden armen Teufel badeten nicht im Fluß. Howard sah Erwachsene und Kinder, die Flußwasser eimerweise schöpften und sich dieses dann über den Kopf gossen. Er sprach Shelby darauf an.

„Warum gehen die Leute nicht schwimmen?"

Shelby starrte ihn an, gab ein unwilliges Grunzen von sich. „Meinen Sie nicht ernst, oder?"

Als Howard nickte, hielt er Daumen und Zeigefinger im Abstand von etwa drei Zentimetern vor Howards Nase.

„So groß, Schlammwelse, ganz dünn, Fleischfresser, heißen hier Rote Bohrer. Gehen über Harnröhre in den Körper, fressen Löcher in alle Teile, Blase, Harnröhre. Nicht zu heilen, wenn sie mal drin sind. Drei, vier Tage gibt es wahnsinnige Schmerzen, dann ex. Baden Sie niemals in diesem Wasser!"

Bananenpflanzungen lösten die armseligen Behausungen ab, schließlich verschwanden auch diese. Ganz abgeschieden von der Zivilisation waren sie trotzdem nicht, denn auf dem Fluß bewegte sich eine Anzahl von Booten, die Menschen und Versorgungsgüter von und zu weiter unten am Fluß liegenden Siedlungen brachten. Howard wandte seine Aufmerksamkeit wieder dem Ufer zu. Rötlichgelbe Erde bildete senkrechte, oft meterhohe rissige Böschungen, sicher vom nächsten Regenguß in den Fluß geschwemmt. Dann wieder verschwanden die Erdhügel, machten Niederungen Platz, in die sich der Fluß erstreckte, den Regenwald ertränkend.

„Unser Problem, Lofting!" sagte Shelby und wies auf die von emporstrebender Vegetation unterbrochene Wasserfläche. „Ist das ein Fluß oder ein toter Arm, ein Teil des Flusses, der um eine Insel zieht? Nicht ganz leicht, wie?"

„Können Sie das unterscheiden?"

„Nicht immer. Dann muß man halten, den Wasserlauf untersuchen."

Die Fahrt ging weiter. Howard war von der Vegetation fasziniert. Mit dieser Muße hatte er sie während seiner beiden bisherigen Reisen nach Brasilien noch nicht betrachten können. Die unendliche Vielfalt der Pflanzen beeindruckte ihn. Die Natur war wohl doch das Erfinderischste, was man sich vorstellen konnte. Da gab es weit ausladende Büsche, aus deren Wipfel braune und grüne Streifen bis ins Wasser hingen, einen dichten Vorhang bildend, den ein Mann aus dem Boot meist mit einer Stange teilen mußte, um zu erkennen, was dahinter lag. Bizarre Wurzelgebilde stiegen aus Wasser und Erde auf, vereinigten sich einen halben Meter über dem Boden zu einem Fundament, von dem aus ein solider Baumstamm emporstrebte. Aus Astgabeln rieselten die vielfarbigen Blütenkaskaden von Bromelien und Orchideen herab, armdicke Lianen stiegen von der spiegelnden Wasserfläche in die feuchtigkeitsgeschwängerte ewige Dämmerung der Baumkronen. Mancher Baum lag umgestürzt im Wasser, gefällt vom Fluß, der den Halt seiner Wurzeln ausgewaschen hatte. Die flammend roten Girlanden der Helikonien leuchteten aus dem Dunkel, Affen huschten durch die Wipfel, bunte Vögel begleiteten kreischend die Boote. Über dem Wasser und durch den Urwald gaukelten Falter und Schmetterlinge solcher Größe und Pracht, wie Howard sie nie zuvor gesehen hatte.

Shelby zeigte Howard während der nächsten Stunden, wie er Einmündungen von Flüssen von toten Armen zumeist unterscheiden konnte, die Fahrt verlief ruhig und ohne Probleme. Die Träger schwatzten über alltägliche Kleinigkeiten, Frauen, Kinder, Verwandte, prahlten mit Abenteuern und Erlebnissen. Abends ließ Shelby an einer kleinen, wenige Schritte breiten und etwa vierzig Meter langen Insel die Boote anlegen. Einige Träger fischten, und binnen weniger Minuten waren genug Fische für alle vorhanden, ein Feuer loderte hoch und unter dem Gesang der Einheimischen wurden die Fische gebraten. Berosso, der Bergsteiger, hatte sich mit den Trägern schnell angefreundet, saß in ihrer Runde und sang lauthals mit.

Der dicke McFarlane schwitzte unglaublich stark. Ständig rannen Tropfen über sein Gesicht, Hitze und Klima setzten ihm zu, riesige Schweißflecken standen auf seiner Kleidung. Übel gelaunt schnauzte er im Kommandoton die beiden Assistenten an.

Shepherd setzte sich zu Howard und Shelby. „Das Ferkel ist heute besonders schlecht gelaunt", feixte er, „da geht man ihm am besten aus dem Weg. Ich kann's ja, aber die zwei armen Teufel müssen es ausbaden. Die Burschen, die in Peru dabei waren, haben sich diesmal gedrückt, die haben Piggy schon erlebt. Sagen Sie, Shelby, was machen Sie, wenn er zusammenklappt? So wie McFarlane derzeit aussieht, bekommt er demnächst einen Schlaganfall."

„Möglich", knurrte Shelby mit einem mißbilligenden Blick auf McFarlanes Bauch. „Dann schicke ich ihn zurück, Institutsvorstand oder nicht. Ich schicke alle zurück, die schlapp machen. Wenn aber Berosso umkippt, können wir gleich umkehren."

„Der?" Francis zog erstaunt die Augenbrauen hoch. „Der kippt nicht um. Plärrt in dieser Luft wie Caruso in seinen besten Tagen. Ich wette, der hat Lungen wie ein Pferd."

„Kondition hat er, aber wenn ihn eine Schlange beißt oder er sich das Bein bricht, wer ist dann der Fachmann an der Felswand?"

„Wieso Schlange?" Francis war ehrlich erstaunt. „Wir

haben bis auf ein paar Affen noch keinerlei Tiere gesehen. Ich halte die angeblichen Gefahren des Urwalds für übertrieben."

„So?" Shelby funkelte Francis an. „Dann hören Sie mir einmal gut zu." Der wortkarge Shelby ging aus sich heraus, schilderte die tödlichen Überraschungen des Urwalds, sprach von giftigen Pflanzen, hervorragend getarnten Schlangen und Spinnen, von Fröschen, aus deren Körpersäften Indianer Pfeilgift herstellten, von Dornen und Stacheln, die eitrig schwärende Wunden verursachten, im Wasser lauernden Blutegeln, Kolonnen blindwütiger Ameisen und Indianern, die Schrumpfköpfe sammelten.

„Am Xingu liegt weiter unten das Gebiet der Kayapo-Indianer, welche sich noch heute mit Waffengewalt gegen die Chicleros und andere eindringende Weiße verteidigen. Pfeil, Bogen und Blasrohre sind die hauptsächlichsten Waffen der Wilden. Es wird alles andere als einfach."

„Ich habe in Peru Indianer erlebt", meinte Francis, „das sind stumpfe, indolent vor sich hindämmernde Leute ohne Energie und Willen, die Indianer sind faul und träge."

Shelby nickte. „Im Hochland, ja. Aber nicht hier. Hier sind sie gefährlich und unberechenbar. Die Chicleros sind es genauso, auch ihnen sollten wir aus dem Weg gehen. Das sind Gummisammler, durchstreifen die Wildnis auf der Suche nach Kautschuk. Wenn sich andere Beute anbietet, nehmen sie diese auch, werden zu Banditen und Wegelagerern. Ich werde deshalb, wenn wir wirklich den Weg finden, an alle Europäer Waffen ausgeben. Wollen wir hoffen, daß wir sie nie gebrauchen müssen."

Die Boote lärmten weiter den Strom hinauf, Tag für Tag. Immer seltener tauchten an den Flußufern Ansammlungen von elenden Bruchbuden auf, welche den Eindruck hinterließen, daß der nächste Regenguß sie hinwegspülen würde. Shelby identifizierte die Ansammlungen bitterster Armut auf seiner Karte, die Ortschaften trugen oft hochfliegende Namen wie Porto Alegre, São Sebastiano und São Felix do Xingu. Hinter der letztgenannten Ortschaft leitete der Fluß eine riesige Kurve nach Westen ein, floß danach fast schnurgerade etwa zehn Kilometer dahin. Die Landschaft änderte sich, fast unmerklich stiegen sanfte Bodenwellen aus der bis dahin völlig flachen Ebene. Allmählich erhoben sich die Bodenwellen zu kleinen Hügeln, vielleicht dreißig oder vierzig Meter hoch. Den Reisenden erschienen sie wie ein Gebirge. Der Xingu änderte abrupt abermals seinen Lauf, eine Linkswendung des Flusses brachte die Boote auf südlichen Kurs.

Am zwölften Tag der Fahrt rief Shelby für alle völlig überraschend dem Bootsführer zu, daß er wenden solle. Die anderen Boote befahl er auf Warteposition. Langsam tuckerte das Boot stromab, bis es zu der Einmündung eines schmalen Nebenflusses kam. Aus dem Dunkel des Dschungels schob dieser kleine Wasserlauf tiefschwarzes, völlig undurchsichtiges Wasser langsam auf die lehmgelbe Brühe des Xingu zu, bildete eine dunkle, schmale Fahne im hellen Wasser, die sich nach wenigen Metern im großen Fluß auflöste.

Howard starrte gebannt auf das dunkle, sich mit dem Xingu mischende und von diesem verwirbelte, aufgesogene dunkle Wasser. War dies einer der beiden gesuchten Wasserläufe? Shelby ließ den Bootsführer weiter stromab fahren, langsam am Ufer entlang. Nach zwei Stunden ließ er ihn wieder wenden, die Fahrt ging wieder stromauf. Konzentriert starrten Shelby und Howard auf das Ufer, bis sie wieder den schwarzen Zufluß erreichten. Viele kleine Flüsse mündeten in den Xingu, doch bisher führte keiner von ihnen klares oder verhältnismäßig reines Wasser.

Shelby setzte eine leuchtend rote Signalboje aus, festgebunden an einem Uferbaum und mit einem langen Bambusrohr im schlammigen Flußgrund verankert. Die kleine Flottille nahm ihren Weg nach Süden wieder auf.

„Ist das unsere Stelle?"

„Weiß nicht." Shelby zuckte die Schultern. „Ist die erste Einmündung absolut schwarzen Wassers, wie sie wissen. Schlage vor, wir gehen bis an die Stromschnellen im Süden heran, dann werden wir uns entscheiden müssen."

Die folgenden drei Tage brachten keinen schwarzen und auch keinen klaren Zufluß. Die Boote dümpelten im aufgeregten Wasser, vor sich die sogenannten Stromschnellen des Xingu. Es waren teils Stromschnellen, teils echte kleine Wasserfälle, die eine breite, mit vielen weiträumigen Stufen versehene Barriere bildeten, unpassierbar für die Boote.

„Nun, was jetzt?" fragte Shelby.

Howard starrte auf die Stromschnellen. Der Indianer war entweder hinter dieser natürlichen Barriere auf den Xingu gestoßen und dort weitermarschiert, oder viel weiter nördlich unterwegs gewesen. Wenn er vom Vorhandensein dieser Katarakte etwas gewußt hätte, wäre diese bedeutende Landmarke von den Jesuiten sicher erwähnt worden. Die Stromschnellen lagen nach Howards Gefühl bereits zu weit südlich, als daß Alcaveiros sie erreicht haben konnte. Die Stelle mußte weiter flußabwärts liegen, wahrscheinlich dort, wo sie die Boje ausgesetzt hatten. Der Fluß mit klarem Wasser war nicht aufzufinden, er war sicherlich in der Wirrnis der sich ständig ändernden Zuflüsse des Stromes verschwunden. Fast als Wunder mußte man es ansehen, daß der zweite Fluß noch vorhanden war – wenn es überhaupt der richtige Zufluß war.

„Wir fahren zurück!" entschloß sich Howard. „Bei der

Boje muß es einfach richtig sein, es kann keine andere Stelle geben."

„Mir soll es recht sein." Shelby reckte den Arm unter dem Dach hervor und bewegte ihn kreisend als Signal für die anderen Boote, sie nahmen die Fahrt stromab wieder auf.

Einen Tag später erreichten sie die Boje. Das gegenüberliegende Ufer wies eine lehmige, etwa einen halben Meter hohe Böschung auf. Shelby ließ das Boot längsseits dieser Böschung gehen und sprang auf das Ufer, band eine mit dem Bug des Bootes verbundene Leine an einen Baum. Einige Träger sprangen Shelby nach, das Boot wurde auch mit dem Heck vertäut, die anderen Boote legten am ersten Boot an, bis alle vier nebeneinander lagen und man den Inhalt leicht über alle Boote hinweg ausladen konnte. Mit langen Macheten schlugen die Träger einen Platz frei, warfen die geschnittenen Sträucher und Farne in den Fluß, der sie langsam davontrug.

Shelby entlohnte die Bootsführer, überließ ihnen als Teil ihres Lohnes das nun nicht mehr benötigte große Schlauchboot. Er überwachte das Entladen und Stapeln der Traglasten, teilte Träger ein. Schließlich legten die Boote ab, es gab noch viel zu winken und zu rufen, Glückwünsche schallten von den Booten nochmals ans Ufer, dann begaben sie sich auf die Fahrt zurück nach Altamira. Erst in sechzig Tagen würden sie wieder hier erscheinen, bereit, die zurückgekehrte Expedition aufzunehmen.

Als die Boote hinter den Flußbiegungen verschwanden und auch ihr Lärm nicht mehr zu hören war, drehte sich Howard um. Unwiderruflich für die nächsten zwei Monate waren alle Brücken zur Zivilisation abgebrochen, mußten sie durch den weglosen Dschungel marschieren. Die Träger hatten inzwischen eine halbkreisförmige Fläche von der dichten Vegetation befreit, dabei auch einige kleinere Bäume gefällt. Nun saßen sie vor Shelby, der ihnen die Verteilung der Packstücke in der Kolonne erklärte. Die Söldner hielten ihre Maschinenpistolen in beiden Händen, sicherten mit konzentrierten Blicken in den Dschungel. Schließlich löste Shelby die Versammlung auf, die Träger warfen wieder Angelhaken aus, Fisch würde es in den nächsten Tagen nur selten geben.

Tief in der Nacht stand Howard am Ufer des im Mondlicht glänzenden Flusses, es war ihm unmöglich zu schlafen. Er stand tatsächlich hier, vor der letzten Etappe seines Weges zum Ziel. Alles in ihm vibrierte, war voll gespannter Erwartung. Nun konnte ihn nichts mehr hindern, einige Tage Fußmarsch noch und er war am Ziel , an der Erfüllung seiner Träume. Dann würde er der Welt beweisen, wer Howard Lofting war.

Vom Fluß her tönten plötzlich Geräusche, die wie entfernte Kanonenschüsse klangen und den vielstimmigen Chor der Frösche übertönten. Antwort klang auf, als ob ein Gefecht im Gange wäre. Howard wandte sich an den auf und ab schlendernden, Wache haltenden Söldner.

„Was sind das für Geräusche? Das klingt nach Schüssen!“

„Si, Senhor“, grinste der Soldat, „klingt nach Kanonen und Gewehren, sind aber nur Fische, so groß etwa.“ Er zeigte mit den Händen die Größe. „Haben einen Sack unter dem Kopf, den sie aufblasen, dann gibt es dieses Geräusch. Schmecken gut, diese Fische.“

Neben den Fröschen und den unheimlich klingenden Fischen nahm Howard auch die merkwürdigen Stimmen des Dschungels wahr, meckerndes Stakkato, erschrecktes Kreischen, Rufen und Stöhnen, oft auch ein kurzes Knurren und Grunzen. Immer wieder raschelte es im Unterholz, in den Wipfeln. Über den Fluß huschten die hin und her flatternden Schatten großer Fledermäuse. Howard genoß diese exotische Kulisse in vollen Zügen.

Plötzlich tippte ihm der Wachtposten auf die Schulter, den Zeigefinger an die Lippen gelegt und bedeutete Howard, in die Hocke zu gehen. Das Konzert der Frösche war mit einem Schlag verstummt. Der Söldner blickte auf den Fluß. Alarmiert blickte sich Howard rasch um, konnte jedoch nichts Ungewöhnliches erkennen.

„Dort, Senhor!" Der Finger des Wachtpostens zeigte auf den Fluß, wo ein kleiner Punkt auf das gegenüberliegende Ufer zustrebte, keilförmige Wellen nach sich ziehend. „Keine Gefahr, geht von uns weg." Der Mann richtete sich wieder auf.

„Was war das?"

„Anaconda, Senhor. Wir sind ihr zu laut, sie schwimmt hinüber." Howard wünschte eine gute Nacht, wanderte noch ein wenig auf und ab, fiel schließlich in einen unruhigen Schlummer, von der milchigen Dämmerung und dem Wechsel der Vogelstimmen geweckt.

Nach der Kaffeeausgabe schickte Shelby drei Träger und einen Söldner voraus, einen Weg für die nachfolgende Kolonne zu bahnen. Einer nach dem anderen traten sie nun in eine fremde, dunkle Welt. Die Baumkronen bildeten eine geschlossene, für das Sonnenlicht beinahe undurchdringliche Decke, darunter wucherte Unterholz in unendlicher Vielfalt, Palmen und Farnkräuter schoben ihre riesigen Blätter in den Weg der Kolonne, so daß ein düsteres, verschwommenes Licht herrschte, das in Howard ein unheimliches, bedrohlich wirkendes Gefühl erzeugte. Shelby wartete, bis der letzte Träger, gefolgt von zwei Söldnern, den Anlegeplatz verlassen hatte, schob sich dann an der Kolonne vorbei an die Spitze, Howard mit sich nehmend.

„Hier haben Sie einen Revolver, hier Munition. Laden Sie ihn und lassen Sie sich die Waffe nicht stehlen, am besten ist, sie schlafen darauf."

Vor ihnen gingen laut redend drei Träger, den Busch niedertretend, manches Mal mit den Macheten freie Bahn schlagend. In regelmäßigen Abständen schlugen sie klingend mit den Buschmessern auf Baumstämme, erzeugten Lärm und überprüften die vor und über ihnen liegende Vegetation mit raschen, kundigen Blicken nach Schlangen und anderem Getier. Ein scharfer Zuruf ließ Howard auf der Stelle verharren.

„Stopp, Senhor, nicht weiterbewegen!" Einer der den Weg Freischlagenden kam auf Howard zu, wies auf eine vor ihm befindliche Pflanze. „Nicht daraufsteigen, da sitzt eine Spinne drin!"

Die Pflanze war nichts Besonderes, einige lilienförmige Blätter strebten etwa bis in Kniehöhe, bildeten eine in den Boden reichende Röhre. Der Einheimische schlug mit der Machete die Blätter und das oberste Stück der Röhre ab, und da sah Howard tatsächlich eine riesige Spinne in der Röhre sitzen, ihn mit glänzenden Augen regungslos anstarrend. Die Spinne war etwa so groß wie seine Hand, völlig von braunem, mit gelben Streifen durchzogenem Pelz bedeckt.

„Sie ist giftig", sagte der Campesino. „Aber meist stirbt man nicht, wenn sie einen beißt, man hat einige Tage große Schmerzen."

Der Marsch ging weiter, Shelby mit einem Kompaß, den er ab und zu zu Rate zog, gleich hinter den drei an der Spitze arbeitenden Männern. Der Erdboden, auf dem sie sich bewegten, war weich und federnd, ließ so manchen Fuß in einer Pfütze einsinken, ihn schmatzend beim nächsten Schritt wieder freigebend. Howard merkte erst jetzt, daß die Luftfeuchtigkeit in diesem natürlichen

Treibhaus noch höher als am Fluß war. Kein Lüftchen, kein Wind regte sich. Die Feuchtigkeit schlug sich an den Blättern und Stämmen nieder, bildete Tropfen, die sich zu kleinen Rinnsalen vereinigten. Ab und zu gerieten sie tatsächlich in feinen, sanften Nieselregen. Shelby erklärte das mit der Tatsache, daß es im Dschungel nur auf Raten regne. Der Regen trifft zuerst auf das Dach der Bäume, dann mit Zeitverzögerung auf die darunter befindlichen Laubkronen des Unterholzes, was mitunter das Gefühl ständigen Regens entstehen läßt.

Der erste Tag brachte keine Schwierigkeiten, abends suchte Shelby einen Platz aus, der leicht von der üppigsten Vegetation zu befreien war, und ließ das bescheidene Lager aufschlagen. Howard betrachtete interessiert die Träger, die sich schnatternd um einen Busch drängten, auf dem etwa kirschgroße Beeren wuchsen. Die Campesinos pflückten diese und rieben sich damit ein, ein angenehmer, zitronenähnlicher Duft ging von den zerriebenen Beeren aus.

Shelby stand grinsend daneben, sich ebenfalls einreibend. „Kommen Sie, Howard, das ist ein hervorragendes Insektenschutzmittel. Kein Mistmoskito sticht Sie mehr."

Vergnügt rieb auch Howard sich mit den Beeren ein. „Ich wundere mich, was der Dschungel alles hergibt!"

„Das ist noch gar nichts. Dort drüben wächst unser Abendessen." Shelby wies auf einen großen Baum, an dem sich einige Träger mit einer langen Bambusstange abmühten, etwa faustgroße, stachelig aussehende Früchte herunterzuholen. Schließlich waren genug vorhanden, die Träger öffneten sie. Howard betrachtete eine dieser Früchte. Sie waren von dunkelgrüner, lederartiger, dicker Haut überzogen, aus welcher auch die Stacheln bestanden. Diese an riesige Verwandte europäischer Kastanien erinnernde Früchte wurden von den Campesinos aufgeschnitten. Im Inneren wiesen sie blendendweißes, weiches Fruchtfleisch auf, von schwarzen, flachen Kernen durchsetzt. Das Fruchtfleisch schmeckte hervorragend süß, war angenehm sättigend, die Kerne wurden ausgespuckt. Mehr als drei Stück konnte Howard nicht bewältigen. Nach diesem herrlichen, exotischen Genuß war er mit sich und dem Urwald durchaus zufrieden.

Im Laufe des Marsches gewöhnte er sich daran, daß täglich kulinarische Überraschungen aufgetischt wurden. So verfolgte er, wie einige Campesinos mit ihren Macheten etwa schenkelstarke Palmen fällten. Dabei stellte Howard überrascht fest, daß die Stämme dieser Palmen nicht aus Holz, sondern aus zwiebelartig übereinanderliegenden Schichten Bastmaterials bestanden. Die Träger schälten Schicht für Schicht ab bis sie in das weiße Zentrum des Stammes kamen, dieses schmeckte ganz vorzüglich und erinnerte Howard an den Geschmack von Spargel.

Neben völlig unbekannten und immer wohlschmekkenden Obstsorten in Hülle und Fülle fanden die Träger auch Pflanzen, deren Wurzeln sie ausgruben. Fast immer handelte es sich um dicht unter der Erdoberfläche wachsende, spindelförmige, schwarze Wurzeln. Nach dem Entfernen einer zähen Rinde kam der weiße, saftige Inhalt zum Vorschein, der wie süße Kartoffeln schmeckte.

Anfangs schien der Marsch ohne Probleme durchführbar zu sein. Die ersten Schwierigkeiten tauchten erst auf, als ein Fluß zu überqueren war. Die Träger schnitten Äste und Bambus, banden diese mit Lianen zu zwei Flößen zusammen, dann setzte ein Teil der Männer über, es folgten Fahrten mit den Traglasten. Schließlich sollten die letzten Männer übergesetzt werden, dabei geschah es. Die Lianenschnüre hielten nicht mehr, das Floß löste sich auf, die Männer fielen schreiend in den Fluß. Das Wasser um sie begann regelrecht zu kochen, Fische sprangen, die

Männer schrien um Hilfe, schlugen um sich, strebten kreischend vor Todesangst dem Ufer zu, Blut zog rote Spuren auf dem Wasser.

„Piranhas!“ riefen die am Ufer stehenden hilflosen Zuschauer des Todeskampfes ihrer Kameraden. Leinen wurden ins Wasser geworfen, von den Schwimmern aufgefangen, fieberhaft wurden die Männer an Land geholt, emporgezogen. Der Anblick war schrecklich. Howards Knie wurden weich, er hörte McFarlane würgen und erbrechen.

Zwei Männer bluteten aus vielen Bißwunden, verursacht von den handtellergroßen Fischen, die mit ihren Opfern an Land gezogen wurden und auch außerhalb des Wassers ununterbrochen wie rasend Fleischstücke aus den Männern rissen. Brüllend und kreischend wälzten sich die Verwundeten am Boden, die Raubfische erdrükkend. Schließlich blieben sie liegen, jammernd und schreiend, die Heiligen und Mutter Maria anrufend, gewiß, hier zu sterben.

Die Schreie aus dem Fluß rissen ab, ein- oder zweimal kamen noch verstümmelte Gliedmaßen empor, dann zeigte nur noch das Wirbeln der Fische den Ort an, wo sie ihre Beute zerfetzten.

Shelby scheuchte die ganze Kolonne weiter in den Wald, ungeachtet des Gebrülls der Verletzten. Geschockt von den grauenhaften Bildern, trampelte Howard wie alle anderen eine kurze Strecke weiter in den Dschungel, blieb schließlich schnaufend und am ganzen Körper zitternd stehen, ängstlich um sich blickend. Hinter ihnen knallten zwei Schüsse, kurz darauf stießen Shelby und einer der Söldner zu ihnen. Shelby trieb die Kolonne noch eine Stunde lang an, ließ dann einen Lagerplatz freischneiden.

Howard hielt Shelby am Ärmel fest. „Was haben Sie mit den beiden Verwundeten gemacht?“

„Was wohl?“ Er schüttelte unwillig Howards Griff ab. „Die beiden waren erledigt, konnten nicht mehr gehen. Was hätte ich Ihrer Meinung nach tun sollen?“

Howard war ratlos, zuckte die Schultern. „Ich weiß es doch nicht, aber warum mußten sie die beiden gleich erschießen?“

„Das war noch das Gnädigste. Stellen Sie sich vor, wir lassen sie so, wie sie waren. Dann werden sie binnen Minuten bei lebendigem Leib von allem möglichen Raubzeug gefressen. Glauben Sie mir, es war besser so.“

Howard wußte keine Antwort darauf. „Haben Sie sie wenigstens beerdigt?“

„Ja, im Fluß!“ war Shelbys rauhe Antwort. „Wir haben insgesamt vier Mann verloren, solche Ausfälle können wir uns nicht noch einmal leisten. Das Funkgerät ist baden gegangen, liegt irgendwo im Fluß. Wir können daher mit Belem nicht mehr in Kontakt treten. Das ist schlimm genug. Ein einziges, kleines Problem noch, und wir müssen umkehren.“

Umkehren? Das kam für Howard überhaupt nicht in Frage. Jeder Tag brachte sie seinem Ziel näher, und so kurz vor dem Erreichen der Ruinenstädte durfte es kein Zurück mehr geben. Howard betrachtete Shelby mißtrauisch. Wollte auch dieser Mann ihn an der Verwirklichung seiner Bestimmung hindern?

Am nächsten Tag trafen sie auf eine merkwürdige Spur im wuchernden Grün. Auf einer Breite von etwa zwei Metern schien vor einigen Tagen jegliche Vegetation gerodet worden zu sein, zart durchbrachen nur wenige junge Triebe den im Urwald seltsam kahl wirkenden Erdboden. Die Spur zog sich in Windungen durch den Dschungel, unregelmäßig verlaufend. Shelby wies auf die rätselhafte Schneise.

„Marabunta.“

Dieses Wort veranlaßte die Träger, aufgeregt zu tuscheln und sich beunruhigt nach allen Seiten umzublikken. „Wanderameisen. Habe ich um diese Jahreszeit schon oft gesehen, sind hier vor wenigen Tagen durchgekommen, ich habe keine Ahnung, in welche Richtung. Wenn wir auf die Biester treffen, dann heißt es laufen, von der Marschrichtung der Ameisen weg. Das kann unsere ganze Unternehmung gefährden. Hoffentlich sehen wir sie nie."

Es blieb nicht die einzige Überraschung an diesem Tag. Nachmittags stießen sie auf einige Chicleros, wilde, verwegene Gestalten, zerlumpt und abgerissen, wenig vertrauenerweckend. Sie wollten sich dem Zug anschließen, was Shelby ablehnte. Sie wurden dann derart zudringlich, daß die Söldner die Gummisammler schließlich verjagten. Trotzdem blieben die Chicleros eine Gefahr. Sie folgten der Expedition zwei Tage lang und versuchten, nachts an Vorräte und Ausrüstung heranzukommen. Die Söldner mit ihren Maschinenwaffen schlugen die Banditen schließlich in die Flucht, ohne daß Blut geflossen wäre.

Am Abend des nächsten Tages saßen Shelby und Howard auf zwei Traglasten, löffelten die wohlschmekkenden, stacheligen Früchte aus, die immer wieder im Urwald gefunden wurden. Schuhe, Strümpfe und Hosen waren völlig grün, von winzigen Blättern bedeckt, die sich mit kleinsten Häkchen an allem, was an ihnen vorüberstreifte, festhielten. Howard hatte längst darauf verzichtet, sich von dem haftenden, von Shelby scherzhaft „Heiße Liebe" genannten Unkraut zu befreien, da es nichts nützte, weil nach wenigen Minuten Marsch durch den Dschungel alles schon wieder von den anhänglichen Blättern bedeckt war. Er betrachtete seine grünen Beine und wollte eine Bemerkung darüber machen, unterließ diese jedoch, als er die Unruhe spürte, die Shelby befallen hatte und diesen auf seinem Sitz nervös herumrucken ließ.

„Stimmt etwas nicht?"

„Ich habe ein schlechtes Gefühl, weiß aber nicht, warum."

„Ich weiß nicht, was uns beunruhigen sollte. Sind es vielleicht die Ameisen?"

Shelby schüttelte den Kopf. „Nein, die Gefahr ist sicher längst vorüber. Mir gehen die Gummisammler nicht aus dem Kopf. Sie hätten an uns dran bleiben müssen."

„Wieso?"

„Ach, irgendwann hätten sie uns schon etwas stehlen können, sie brauchen uns ja bloß wie die letzten Tage zu folgen und versuchen, uns in der Nacht etwas zu klauen. Wir haben sie zwar verscheucht, aber sie waren ja weiterhin hinter uns. Daß die Chicleros nicht mehr da sind, beunruhigt mich."

„Die Banditen lassen uns in Frieden, und Sie sind darüber beunruhigt?"

„Klingt merkwürdig, ich weiß, aber ich habe ein ganz schlechtes Gefühl." Shelby erhob sich, ging unruhig umher, immer wieder mißtrauische Blicke in die Richtung werfend, aus der sie gekommen waren. Dann blieb er stehen, hob den Kopf, blickte in die Runde. Howard ging zu Shelby.

„Was haben Sie denn?"

„Hören Sie doch!"

Howard lauschte angestrengt, konnte jedoch nichts Ungewöhnliches vernehmen. „Es tut mir leid, aber ich höre nichts!"

„Das ist es ja! Es ist nichts zu hören. Das bedeutet nichts Gutes!"

Nun bemerkte es auch Howard. Die mannigfaltigen Laute, die unablässig aus dem Urwald drangen, meist von

Vögeln verursacht, waren verstummt. Schweigen lag über dem Dschungel, nur die Insekten zirpten an der Schwelle der Hörbarkeit.

Dann ertönte ein einzelner Vogellaut, ein surrendes Geräusch war zu hören, kleine trockene Schläge erklangen. Shelby riß den Revolver aus dem Halfter. Einer der Träger starrte mit großen Augen auf den Pfeil, der plötzlich vor ihm im Boden stak.

„Indianer!" schrie Shelby, dann brach das Unheil über die Expedition herein. Pfeile zischten, Blasrohrgeschosse bohrten sich mit kurzen, häßlichen Geräuschen in Holz, Rucksäcke, klatschten in Fleisch und Pflanzen. Aus dem Urwald drängten ringsum kleine, braune Gestalten mit bunten Schnüren um die Hüften, merkwürdig roten Haaren, Speere und Pfeile in den Händen. Schreie klangen auf. Schüsse knatterten. Howard wollte seine Waffe aus dem Halfter holen, sie klemmte jedoch fest, er wandte den Kopf nach unten, um nachzusehen, wie er den Fehler beheben könne.

Die kleine Kopfbewegung rettete ihm vermutlich das Leben. Ein Hauch streifte sein Ohr. Endlich hatte er die Waffe heraus. In diesem Moment gaben seine Knie nach, er schlug der Länge nach hin, der Lärm ringsum verklang, erstickt in dunklen Wolken, die ihn einhüllten. Die Welt versank.

18

Am Schreibtisch, vor sich einen Wust von Formularen der Provinzverwaltung von Belem, saß Howard und versuchte, unter Zuhilfenahme des Wörterbuches die kompliziert aufgebauten Fragebögen zu beantworten. Er blickte nicht auf, als Joan in das Arbeitszimmer trat, bemerkte es nur am Rande seines Wahrnehmungsbereiches, auf die vor ihm liegenden Papiere konzentriert. Wie, zum Teufel, sollte er wissen, welche Expeditionsmitglieder wann welche Impfungen erhalten hatten? Er seufzte, da er wieder lange Telefonate und neuerliche, umfangreiche Korrespondenz auf sich zukommen sah. Er notierte die Frage auf seinem Notizblock, wo bereits eine ansehnliche Liste vermerkt war. Joan fuhr ihm sacht durch das Haar.

„Ich bekomme dich kaum zu sehen, Liebster. Laß doch den Papierkram liegen, komm aus dieser Stube heraus. Heute ist ein herrlicher Tag, laß uns etwas unternehmen."

„Und was willst du unternehmen?" fragte er beiläufig, ein neues Blatt mit ihm unsinnig erscheinenden Fragen vom Stapel nehmend.

„Laß uns nach Swinbrook Hall hinüberfahren, dort zwei Pferde nehmen und ein wenig durch die Gegend reiten." Sie legte ihre Arme von hinten um ihn, schmiegte ihre Wange an die seine. „Howard! Du hast dich nicht rasiert, du stichst!"

Er blickte von seinen Fragebögen auf. Joans Angebot war verlockend, er ritt gern in der näheren Umgebung über Swinbrooks Äcker und Felder, durch den Wald, von den Leuten höflich gegrüßt, empfing mit Befriedigung deren Respekt.

Sie kraulte ihn hinter dem rechten Ohr. „Oder wir

fahren nach Salisbury, wandern dort ein wenig herum. Was meinst du?"

Das war noch verlockender. Salisbury war für ihn ein faszinierender Ort, nicht nur wegen der prächtigen, weitläufigen Kathedrale, sondern vor allem wegen der mystischen Ebenen von Wiltshire. Joan wußte, daß er die feinen, für Normalbürger nicht wahrnehmbaren Gespinste der antiken Kultstätten, deren über Jahrtausende hinweg faszinierende Magie, in ganz besonderem Maß verspürte. Im Vorjahr hatte sie ihn beobachtet, wie er vor den Steinkreisen von Stonehenge, Avebury oder Woodhenge verharrte, den Blick aus dieser Welt in eine ihr nicht zugängliche Sphäre gerichtet. Mit langsamen, gemessenen Schritten hatte er sich damals in den Steinzeittempeln bewegt, stundenlang konnte er mit vollster Konzentration die wandernden Schatten der Menhire verfolgen, die wie mahnende Finger auf längst verwehtes Wissen wiesen. Sie beobachtete ihn bei fast zärtlichen Berührungen der weißen Kiesel, aus welchen in Zeiten, die weit vor dem Anbeginn aller Sagen bereits vergessen waren, das über hundert Meter große Pferd in den Hang des Hügels bei Warminster gesetzt wurde.

Sie spürte, wie er verharrte, dann den Blick senkte, der Versuchung widerstand. Howard schüttelte den Kopf. „Nein, tut mir leid, ich habe noch so vieles zu tun, du siehst es ja selbst. Ich muß noch Briefe schreiben, telefonieren, mir bleibt beim besten Willen keine Zeit."

„Darf ich dich etwas fragen, Howard?"

Einmal mußte es ja kommen, dachte er, legte das Blatt beiseite und wandte sich Joan zu. „Aber natürlich, immer."

„Ich habe manchmal das Gefühl, als würdest du dir aus mir nichts mehr machen." Sie klang schmollend, spielte dabei weiter mit seinen Haaren, wahrscheinlich um den

Vorwurf abzumildern, ihn als eine kleine, unbedeutende Frage hinzustellen.

„Wie kommst du darauf?"

Sie zuckte mit den Schultern. „Du bist so steif, du lachst nicht mehr, bist irgendwie nicht so zärtlich wie früher. Du schmust nicht mehr mit mir, und das fehlt mir." Sie drängte sich näher an ihn, den schmollenden Tonfall beibehaltend.

„Sieh mal, Joan, ich habe hier so wahnsinnig viel zu tun, das muß alles in kürzester Zeit fertig werden. Die Vorbereitungen sind umfangreicher als ich dachte, ich habe soviel im Kopf. Wenn es dir so scheint, als würde ich dich vernachlässigen, dann muß ich zerknirscht um Nachsicht bitten."

„Nein, du Dummer, du vernachlässigst mich nicht!" Sie richtete sich wieder auf, ihre Hände lagen auf seinen Oberarmen. „Aber du bist ein wenig verändert zum vorigen Jahr, du bist aufmerksam und rücksichtsvoll, aber du behandelst mich irgendwie . . . nun ja, mir erscheint es zumindest so, mit weniger Wärme und irgendwie . . . korrekt."

„Ach, das liegt nur an diesem Verwaltungskram, du weißt ja, daß mich das vollkommen nervös macht." Howard hoffte, daß sie die kurze Anspannung in seinen Muskeln, die unwillkürlich erfolgte, nicht verspürt hatte.

Die nächsten Wochen und Monate hindurch beobachtete er sehr genau ihr gegenseitiges Verhalten zueinander und stellte mit großem Erstaunen fest, daß er von ihr zwar liebenswürdig, aber ohne echte Hinwendung behandelt wurde, genauso, wie sie es an ihm bemängelt hatte. Anfangs dachte er an eine Retourkutsche, daß sie ihm zeigen wollte, wie sie seinen Liebesentzug verspürte und ihm das gleiche Gefühl vermitteln wollte. Dafür schien ihm der Zustand aber über zu lange Zeit hinweg zu stetig und zu unverändert anzuhalten. Auch wenn er zwei Wochen lang nur ärgerlich schien, sogar einen Streit mit ihr vom Zaun brechen wollte, änderte sich ihr Verhalten nicht, ebensowenig als er einige Tage hindurch den feurigen und aufmerksamen Liebhaber spielte.

Ab und zu unternahmen sie gemeinsam Ausflüge, besuchten Konzerte und Theateraufführungen. Nach Howards Meinung konnte niemand sein abhanden gekommenes Interesse an Joan bemerken. Aber es wartete eine Überraschung auf ihn.

Als Joan und er nach einem kleinen Ausritt ihre Pferde wieder zurück nach Swinbrook Hall lenkten, gewahrte Joan auf der Straße den blauen Jaguar ihres Bruders, der sich dem Herrenhaus näherte.

„Andrew kommt!“ rief sie, trieb ihr Pferd an und eilte ihm voraus. Howard hatte nicht die Absicht, früher als unbedingt nötig seinen ekelhaften Schwager zu sehen, der in ihm immer das Gefühl benachteiligt zu sein entstehen ließ. Dieser Andrew wirkte immer glatt und erhaben, mit unschlagbaren Argumenten ausgestattet und seinen Gesprächspartnern immer mindestens einen Gedanken voraus. Er ließ Joan daher davonziehen und zuckelte gemächlich hinterdrein. Nahe dem Gebäude stieg er ab, führte das Pferd in Richtung Stall. Er kam um die Ecke, sah vor sich die Beine Joans und ihres Bruders, die Körper durch Joans Pferd verdeckt.

Noch auf dem Rasen befindlich, näherte er sich den beiden, dadurch konnten sie ihn nicht hören, er jedoch bekam Joans letzten Satz sehr wohl mit.

„Keine Sorge, er hält sich prächtig bei der Stange!“ meinte Joan, dann wandte ihr Pferd den Kopf in Howards Richtung, schnaubte und gab die Sicht auf ihn frei.

„Ich komme gleich nach, Howard, ich spreche nur noch ein wenig mit Andrew!“ rief sie ihm zu. Er nickte, führte unter Andrews kaltem, unpersönlichem Blick das Pferd in den Stall und begann den Sattelgurt zu lösen.

So, er hält sich also prächtig bei der Stange! Für Howard war es offensichtlich, daß Joan nach seinem Verhalten ihr gegenüber befragt worden war. Das Pferd schnaubte befriedigt, als er den Sattel herunterhob, stieß ihn mit den Nüstern an. Es schien so, als ob nicht nur doppeltes, sondern mehrfaches Spiel in dieser Familie getrieben wurde.

Daß Lord Swinbrook ihn äußerst geschickt in die Falle gelockt hatte, war seit langem klar. Jetzt lag auch offen zutage, daß Joans Gefühle ihm gegenüber nunmehr auch genauso eine Fassade waren wie seine Handlungen, daß sie sich beide bloß Theater vorspielten. Howard konnte sich gut vorstellen, daß Swinbrook, Andrew und Joan zusammen den Entschluß gefaßt hatten, ihn einzufangen, daß das harmlose Fest für das Krankenhauspersonal als Rahmen für die Kontaktaufnahme zwischen ihm und Joan bestimmt wurde. Möglicherweise verliebte sie sich wirklich in ihn, zurückgezogen genug hatte sie ja gelebt, um von ihren Gefühlen zeitweilig überwältigt zu werden. Möglicherweise hat sie die Illusion voll ausgekostet. Howard nahm dem Pferd die Trense ab, es schüttelte schnaubend den Kopf, verfolgte mit großen, feuchten Augen, wie er es abzureiben begann.

Er hatte recht gehabt, als er Joan in Gedanken als egoistisch bezeichnete und sie verdächtigte, daß sie ohne Rücksicht auf seine Gefühle die schöne Zeit mit ihm genießen wollte, solange es ihre Depressionen zuließen. Er hatte mit seiner Vermutung recht gehabt, daß sie ihn tatsächlich nicht liebte, sonst hätte sie ihm erklärt, was mit ihr geschah, daß sie krank war und die Depressionen regelmäßig kamen. Voll Liebe, wie er damals war, hätte es ihm nichts ausgemacht, er wäre auch trotz der Krankheit bei ihr geblieben. Aber er wurde vorsätzlich von der ganzen Familie, auch von Joan, getäuscht. Diese Familie war scheinbar nicht imstande, zu etwas anderem außer sich selbst und ihren Mitgliedern Gefühle aufzubringen. Zynischer, Menschenwürde verachtender Aristokratendünkel lag in allen diesen Leuten hier, seiner angeheirateten Verwandtschaft. Er hielt sich prächtig bei der Stange! Wut kroch in ihm hoch.

Aber auch untereinander schmiedeten sie Intrigen, spannen ihre Netze. Howard war davon überzeugt, daß Joan von der letzten Unterredung zwischen Lord Swinbrook und ihm nichts wußte, sonst wäre der realistische, wirksame Theaterauftritt Joans als liebesbedürftige Gattin nicht notwendig gewesen. Wie glaubhaft sie ihm die liebende Ehefrau vorgespielt hatte! Sie hat bloß vorgebaut, für alle Eventualitäten. Sollte er seine Position auch nur um ein Jota ändern, würde er der Schuldige sein, er hätte seine Ehefrau verletzt, man könnte gefahrlos mit Fingern auf ihn zeigen. Er war doppelt und dreifach vom Lord festgenagelt, hatte sein Ehrenwort verpfändet, um Joan gegenüber eine Fassade aufrecht zu halten. Der Lord wollte keine Probleme für sein Kind entstehen lassen, Howard hatte so zu tanzen, wie es das Töchterchen wünschte.

Mußte er wirklich? Er hatte sich dazu verpflichtet, die Kulisse beizubehalten, ohne Kenntnis der Tatsache, daß auch ihm nur ein Trugbild vorgehalten wurde.

Huftritte klangen auf, Joan führte ihr Pferd in den Stall.

„Du bist ja schon fast fertig, Liebster! Bist du ohne Probleme zurechtgekommen?"

„Oh ja! Ich halte mich nämlich prächtig bei der Stange!" Er hatte die Bemerkung nicht unterdrücken können. Joan hielt im Bemühen, den Sattel abzunehmen, inne und blickte ihn prüfend an.

„Was meinst du damit?"

„Ich habe gehört, was du mit Andrew besprochen hast."

„Oh." Sie nahm ihrem Pferd den Sattel ab, befreite es vom Zügel. „Tja, das tut mir wirklich leid. Aber vielleicht mußte es irgendwann geschehen. Schade, es hätte ruhig noch etwas länger dauern können."

„Was hätte länger dauern können?"

Sie wandte sich ihm zu, und erstmals merkte er an ihr den gleichen kalten Blick, mit dem üblicherweise Andrew ihn musterte. Sie sah ihn einige Momente lang an, begann dann das Pferd abzureiben.

„Das Gefühl, daß doch noch etwas da ist."

„Du hast mich getäuscht, mir deine Liebe bloß vorgegaukelt, Theater gespielt! Und ich bin der Hofnarr, Hanswurst, Pantalone, oder was sonst auch immer, nicht wahr?"

„Nein, nicht immer, Howard. Es gab eine Zeit, wo ich tatsächlich etwas für dich empfand."

„Nicht viel, und das ist längst vorbei, nicht wahr?"

Sie nickte.

„Was mache ich dann noch hier? Wozu braucht ihr mich noch, du und deine feine Familie? Laß mich gehen und wir sehen es beide als eine Episode an, du hast dein Vergnügen gehabt und ich bin um einen Sack voll Erfahrungen reicher."

Sie fuhr herum, ihre Augen blitzten ihn an. „Ich rate dir, solche Gedanken zu streichen. Du bist mein Mann, und du bleibst es, wenn du nicht für den Rest deines Lebens ruiniert sein willst! Du hast dich auch in Zukunft wie ein Ehemann zu verhalten, der seine Frau liebt und respektiert! Was du machst, wenn du allein bist, ist deine Sache. Aber nach außen hin, zu mir, Vater, meinem Bruder, und ganz besonders zu allen anderen Menschen wirst du dich so verhalten, wie es deiner Position angemessen ist, hast du mich verstanden? Und wenn nicht, dann verspreche ich dir, daß der Rest deines Lebens ein freudloses Jammertal in Armut und Elend sein wird! Ist das klar, Mr. Lofting?" Sie kam auf Howard zu, immer lauter werdend, Röte stieg ihr bis in die Haarwurzeln, die letzte Frage schrie sie ihm ins Gesicht.

„Das ist mir klar, Madam, Mylady, Hoheit. Ergebenster Diener." Howard knirschte vor verhaltener Wut mit den Zähnen. „Ich ersuche höflichst, mich zurückziehen zu dürfen, mir ekelt vor soviel Noblesse! Erstatten Sie Ihrem Herrn Vater Bericht, sein Sklave wird den Mund halten, und wenn irgendwo ein Hintern gesucht wird, um darauf zu treten, nur zu! Howard Lofting ist ja da, der willige Idiot, der alles hinnehmen muß! Wohlan, Prinzessin, laßt diese ekelhafte Posse nur ihren Lauf nehmen! Ihr werdet keinen Grund finden, euch über den Hofnarren des Hauses Swinbrook zu beschweren! Ich bin wahrscheinlich total verrückt gewesen!"

„Du brauchst dich nur vollkommen normal zu verhalten, dann ist alles in Ordnung! Und senke deine Lautstärke, mit mir brauchst du nicht zu schreien!"

„Vollkommen normal? Das sagst gerade du mir?" Howard keuchte, atemlos durch seinen Ausbruch, erstaunt über das in ihm aufkeimende Amüsement.

„Ich gehe auf deine Frechheiten nicht ein. Du weißt, wie du dich zu verhalten hast. Wir haben hier und heute darüber gesprochen und Klarheit geschaffen. Ein weiteres Mal brauchen wir das Thema nicht zu erörtern."

„Friß, Vogel, oder stirb!" Der kalte Blick der demaskierten Joan ließ nicht zu, daß er so aggressiv wurde, wie er eigentlich wollte.

„Genau, mein Lieber."

19

Das Kreischen der Papageien, gemischt mit dem Gezeter einiger Frauen in einer unbekannten Sprache, verjagte den dunklen Nebel um Howard. Er lag ausgestreckt auf Bambusrohren, ohne Hemd und Schuhe, ein regelmäßig wiederkehrender Lufthauch streifte seinen Oberkörper. Er schlug die Augen auf.

Über ihm schwang ein Bananenblatt wie ein Fächer auf und ab, bewegt von dem italienischen Bergsteiger, dessen in kummervolle Falten gelegtes Gesicht sich aufhellte, als er Howards offene Augen erblickte.

„Können Sie mich verstehen?"

Howard nickte, wollte antworten, brachte jedoch nur ein trockenes Krächzen über die Lippen. Er räusperte sich, dann gelang ihm die Antwort.

„Ja."

„Wer bin ich?"

„Sie sind Berosso, der Bergsteiger."

„Gut. Wo sind wir?"

Howard grinste. „Im Film stellt immer der Aufwachende die Fragen." Er richtete sich auf, gestützt auf einen Ellbogen. „Halten wir's doch auch jetzt so. Also: wo sind wir?"

Die Antwort gab sich von selbst. Howard lag auf einer niedrigen Plattform am Rande einiger sich aus dem Dunkel des Urwaldes hervorschiebender Hütten, welche auf Pfosten standen, roh zusammengebunden und nachlässig mit frischen, großen Blättern gedeckt waren, kaum Wände aufwiesen. Ein schmaler Rauchfaden kräuselte von einer Feuerstelle empor, einige nackte Kinder spielten unter den Plattformen der Hütten.

Neben Berosso standen drei Indianer, auf Speere und meterlange Pfeile gestützt. Das rundum gleich lang geschnittene Haar hatten die Wilden mit einer roten Substanz eingerieben, welche fest geworden war und wie Lack glänzte. Howard erinnerte die Haartracht an die tellerförmigen Helme britischer Soldaten. Dunkle Pupillen betrachteten ihn ausdruckslos aus schrägen, mandelförmigen Augen mit starker Mongolenfalte. Die Gesichter zeigten keine Regung, waren jedoch wie der ganze übrige Körper mit unterschiedlich breiten Streifen verschiedener Lehmfarben bemalt. Jeder der drei Indianer wies ein anderes Streifenmuster auf. Die Männer waren nackt, nur um die Hüften trugen sie Schnüre mit aufgefädelten, verschiedenfarbigen, getrockneten Samenkapseln oder Früchten. Einer der Indianer trug an diese Schnur gebunden etwas Faustgroßes, Haariges. Wie ein elektrischer Schlag zuckte durch Howard die Erkenntnis, daß es sich um einen Schrumpfkopf handelte. Im Hintergrund saßen mehrere nackte Indianerfrauen mit lautem Geschrei um einige auf dem Boden liegende Körper.

Berosso sprach ihn plötzlich auf Italienisch an, langsam und deutlich. „Können Sie mich auch in Italienisch verstehen?"

„Ja, wenn Sie langsam sprechen, wird es gehen." Howard bemühte sich, in der gleichen Sprache zu antworten.

„Ich bin mir sicher, daß zumindest einer von ihnen Portugiesisch versteht, vielleicht auch Englisch. Sie tun so, als ob sie uns überhaupt nicht verstehen, aber ich traue ihnen nicht."

„Wozu denn das Theater?"

„Alles der Reihe nach. Die Indianer überfielen uns, es ging alles viel zu rasch, als daß wir etwas dagegen hätten unternehmen können. Sie und einige andere wurden getroffen. Als wir bewegungslos stehen blieben, schossen sie nicht weiter, nahmen uns die Waffen ab und brachten uns hierher in ihr Dorf. Shelby verhandelt mit ihnen, bisher ohne irgendein Ergebnis."

Howard setzte sich auf, ihm war schwindlig. Er sah nun abseits vom Dorf den Rest der Mannschaft, eng zusammengekauert, von schweigenden, aber gefährlich wirkenden Kriegern bewacht. Daneben diskutierte Shelby mit einigen älteren Männern in einer unverständlichen Indianersprache. Noch weiter abseits lagen die Körper toter Expeditionsmitglieder. Wie Howard feststellte, gab es mehr Tote als Überlebende. McFarlane lebte noch, das Ferkel war scheinbar nicht umzubringen. Auch Francis war noch am Leben, die beiden Studenten lagen bei den Toten. Howard erhob sich, ging mit noch unsicheren Schritten auf Shelby zu, begleitet von den drei Wilden.

„Lofting, Sie sind ein Weltwunder", knurrte Shelby. „Sie sind der erste Mensch, der einen Giftpfeil abbekommt und trotzdem noch lebt."

Howard griff an sein Ohr, er spürte einen kleinen, verkrusteten Kratzer. „Hat mich nur gestreift. Warum wurden wir überfallen?"

Der Führer zuckte mit den Schultern. „Ich habe keine Ahnung. Wahrscheinlich, weil wir einfach hier sind, vielleicht weil wir ohne Einwilligung das Stammesgebiet betreten haben. Sie wollten uns alle abschlachten, ich habe sie aber davon überzeugt, daß dann nach uns gesucht werden würde und sie große Probleme bekämen."

„Und was geschieht jetzt?"

„Ich habe mit den Häuptlingen vereinbart, daß wir Frieden halten, wir sind an den Indianern nicht interessiert, wollen nur Pflanzen und Tiere kennenlernen. Bis jetzt glauben sie es mir. Ich werde eine Menge Zeugs verteilen, dann geschieht uns nichts, hoffentlich kann ich die armen Teufel loskaufen." Shelby wies mit einer Kopfbewegung auf die Toten. „Wenn nicht, gibt's ein paar Schrumpfköpfe mehr."

„Haben wir Verletzte?"

„Zwei oder drei, nichts Wesentliches, nur Kratzer, wie Sie einen haben."

„Das heißt, wir können bald weiter?"

„Das gibt's nicht." Shelby schüttelte den Kopf. „Gerade auferstanden von den Toten, will er schon wieder losziehen. Nein, Lofting, hier ist Endstation. Wir haben sechzig Prozent der Mannschaft verloren, keine Ahnung, was auf unserem Weg noch alles vor uns liegt, und wir kennen diesen Weg nicht einmal. Noch ein Indianerüberfall oder ein Unfall, und wir sind alle verloren. Es geht nicht weiter."

Howard blieb ungläubig einen Moment sprachlos. „Shelby, Mann Gottes, wir wußten von Anfang an, daß es Schwierigkeiten geben würde, aber deswegen können wir doch nicht umkehren! Wir müssen an unser Ziel gelangen, ganz egal, was da kommt. Ja, wenn ich nicht mehr am Leben wäre, dann vielleicht, aber ich bin noch da, ich habe diese Expedition ausgerüstet und ich werde mein Ziel erreichen, da kann mich nichts daran hindern. Ich werde Sie und alle anderen wie vereinbart entlohnen, aber nur, wenn wir die Ruinen finden! Etwas anderes kommt doch gar nicht in Frage!"

Shelby wollte zu einer zornigen Antwort ansetzen, aber da fiel ihm zu Howards Überraschung der Italiener ins Wort. „Shelby, Sie haben sicher die größte Erfahrung von uns allen, aber bedenken Sie, daß man Ziele oft nur mit großen Opfern erreicht. Mr. Lofting hat recht, wir können eine bedeutende Unternehmung mit einem Ziel wie diesem nicht einfach fallen lassen!"

Die Indianer lauschten geduldig dem Disput, dann begannen sie untereinander zu sprechen. Shelby brummte, setzte mehrmals zum Sprechen an. „Na gut, aber bei der nächsten Schwierigkeit, die den Erfolg der Expedition gefährdet, kehren wir um, unwiderruflich! Es ist jetzt schon nicht mehr zu machen!"

Howard sprach beschwörend auf Shelby ein. „Hören Sie, wir sind jetzt achtzehn Tage unterwegs, Alcaveiros brauchte zweiundzwanzig Tage bis zu den Ruinen. Wir sind ihnen wahrscheinlich schon viel näher als wir glauben, unser Marsch kann nicht mehr lange dauern. Vielleicht wissen die Indianer etwas über die Ruinen, sie streifen doch sicher im Urwald umher, kennen alles ganz genau. Können Sie sie nicht fragen?"

„Na ja", meinte Shelby zögernd, „zeitlich könnte es hinkommen, wenn wir richtig unterwegs sind. Ich weiß nicht, ob sie mich verstehen, ich verstehe nur ein wenig eines Kayapo-Dialektes, und der ist bei diesen Kerlen hier auch nicht sehr gängig." Shelby wandte sich wieder an die älteren Männer, erntete jedoch nur bedauerndes Kopfschütteln. „Ich versuche etwas anderes, ich frage sie, wer in der Nachbarschaft hier noch haust."

Auf Shelbys Frage wies einer der Indianer mit ausgestrecktem Arm in verschiedene Himmelsrichtungen, sagte dabei einige Namen.

„Im Norden und Osten leben verschiedene Kayapo-Stämme, im Süden einige Völker, von denen ich noch nie gehört habe."

„Und im Westen? Wir wollen nach Westen, Shelby!"

Abermals sprach Shelby, erntete Kopfschütteln, begleitet von einigen Worten und einer seltsamen, wie rasches Schneiden wirkenden Handbewegung. Der Führer hob den Kopf, starrte Howard einige Sekunden lang an.

„Lofting, vielleicht haben Sie recht. Er sagt, im Westen ist der Wald zu Ende. Er sagt aber auch, daß dort keine Menschen leben." Der Indianer stieß noch einige Worte hervor. „Er meint, die Erde ist auch zu Ende."

Der Italiener sog scharf die Luft ein. „Das muß die Felswand sein! Fragen Sie ihn, was dahinter ist!“

„Nebel“, antwortete Shelby nach einer neuerlichen kurzen Debatte, „und der Wald ist weit weg und zu Ende. Sie könnten recht haben, Berosso!“

„Wie weit ist es bis zum Ende des Waldes?“ stieß Howard fiebrig erregt hervor.

„Er sagt zwei oder drei Tagesmärsche. Lofting, Sie könnten recht haben. Möglicherweise sind wir knapp vor dem Ziel, versuchen wir es noch einige Tage. Dann aber muß Schluß sein.“

„Einverstanden.“ Howard war zwar ganz und gar nicht zufrieden. Shelby hatte sich plötzlich von einem Befürworter der Expedition zu deren Verhinderer gewandelt. Sollte er hier, so knapp vor seinem Ziel, abermals scheitern, sollte das Schicksal ihn wieder narren? Wenn Shelby ihn wirklich an der Entdeckung der Sieben Goldenen Städte hindern wollte, dann würde er sich schon wehren. Dann würde niemand gegen ihn opponieren. Auf den Italiener konnte er sich schließlich verlassen, auch auf die Wissenschafter. Bei den Trägern war Howard sich nicht sicher, aber auch diese erhielten ihr Geld von ihm und würden schon zu ihm halten, und dann konnte Shelby sehen, wo er bliebe.

Dieser bestand auf einer Pause von zwei Tagen, welche Howard ihm widerwillig zubilligte, weil Berosso auch dafür war, daß man die Leute rasten, die Verletzten sich erholen lassen und die Toten begraben konnte. Shelby diskutierte noch den restlichen Tag hindurch mit den Häuptlingen, dann brachten diese allen Expeditionsmitgliedern bunte Ketten, welche Shelby gegen Macheten, Messer, Spiegel und sonstigen Kram eintauschte. Danach betrachteten die Indianer die ganze Angelegenheit als erledigt.

Howard strich mit wachsender Ungeduld durch das Dorf, von den Einwohnern überhaupt nicht beachtet. Es hielt ihn hier nicht, er wollte fort, zum Ende des Waldes. Er fühlte, nein, war sich gewiß, daß dort die von ihm gesuchte Ruinenstätte lag. So knapp vor dem Ziel, nur wenige Kilometer, da mußten sie hier unnötig Zeit verlieren. Howard fragte sich, ob Berosso ihn auch an seinem Erfolg hindern wollte, weil er für diese Verzögerung eingetreten war, bei Shelby war er sich dessen gewiß. Aber den Ruhm würde er sich nicht nehmen lassen. Um sich durchzusetzen, würde er zukünftig auch vor Gewalt nicht zurückschrecken. Besonders McFarlane mußte er im Auge behalten. Jetzt sollte ihn kein hinter seinem Rücken geschmiedeter Plan mehr zu Fall bringen können. Er war auf der Hut.

Drei Krieger waren unter den Schüssen der Söldner gefallen, ehe diese durch die Giftpfeile starben. Die Dorfbewohner trafen Vorbereitungen zu einer Totenfeier, was Howard eine gewisse Ablenkung versprach. Einige Frauen fertigten drei etwa einen Meter hohe, breite, irdene Vasen an, die in einer in den Boden gegrabenen Kammer gebrannt wurden. Am zweiten Tag holten die Frauen die Gefäße aus der Erde und versahen sie mit verschiedenfarbigen Ornamenten. Die Farbstoffe stammten von Pflanzen, aus welchen überraschenderweise fast alle Farben gewonnen werden konnten. In die Ornamente wurden einfach stilisierte Bilder von Affen, Schweinen und Vögeln gesetzt, die Urnen sodann mit einem lackähnlichen, ebenfalls aus Pflanzen gewonnenen zähen Firnis überzogen, der schnell hart wurde. Howard verfolgte fasziniert die Anfertigung der Gefäße, war er doch hier Zeuge eines längst verschwunden geglaubten Totenkultes. Er wußte aus der Literatur, daß solche Urnen entlang des Amazonas bis zu seiner Mündung ab und zu gefunden wurden und als archäologische Sensation galten.

Die Leichen der Indianer wurden mit Lianen in embryonaler Stellung zusammengebunden und in die Urnen gezwängt, die Öffnungen der Gefäße mit Tierhäuten verschlossen. Anschließend ließ man die Urnen in die zuvor als Brennkammer dienende Grube hinab. Das Grab wurde mit der lehmigen Erde aufgefüllt, festgestampft und darauf ein großes Feuer entfacht.

Der größte Teil der Dorfbevölkerung vollführte während dieser Tätigkeiten archaische Tänze zu monotonen, in immerwährendem Singsang auf- und abschwellenden Gesängen, begleitet von einigen rhythmischen Instrumenten.

Einige Männer brachten aus dem Urwald zwei Bambusrohrpaare, zwischen diese waren grüne, kugelförmige Gegenstände gebunden. Diese merkwürdigen Gegenstände wurden über die Flammen gehalten, bis sie brutzelten und zischten. Howard trat näher heran, wandte sich aber rasch voll Abscheu ab, als er erkannte, daß die Indios Schildkröten in deren eigenen Panzern brieten, die sie zwischen den Bambusstäben eingespannt hatten.

Er nahm dann unruhig und der Fortsetzung des Marsches entgegenfiebernd an der Trauerfeier für die Toten der Expedition teil. Die verbliebenen Leute hatten einen flachen Graben ausgehoben und ihre toten Kameraden hineingelegt. Einige roh zusammengefügte Kreuze aus Holz und Bambus mit eingeschnittenen Namenszügen ragten über die flachen Hügel. Die Campesinos standen mit hängenden Köpfen daneben, sich fortwährend bekreuzigend. Berosso las aus einer winzigen lateinischen Bibel vor, er feierte scheinbar so etwas ähnliches wie eine Messe, jedenfalls wurde es von den Brasileiros so aufgefaßt.

Am nächsten Tag war Howard früh auf den Beinen, scheuchte die Leute hoch, wollte sie antreiben. Sie warfen ihm mißgünstige, böse Blicke zu, Shelby schnauzte ihn an, er solle sich gefälligst zurückhalten, sie würden noch früh genug alle sterben. Nach einem kurzen Frühstück und einem von Berosso aus seiner Bibel vorgelesenen Gebet, zu dem bis auf die verbliebenen Europäer alle knieten, brach die Mannschaft auf, wieder in den Dschungel hinein. Einige Indios begleiteten noch für eine kurze Strecke die achtzehn Mann, hinter denen sich wieder die grüne Hölle schloß.

Der Weitermarsch unterschied sich nicht von den vorhergegangenen Marschtagen, die beklemmende heiße Feuchtigkeit blieb weiter ihr Begleiter, alle Männer rissen sich neue kleine Wunden an Dornen und Stacheln. Am Abend des Tages, an welchem sie das Dorf verlassen hatten, wurde der Boden fester und härter, gewann ganz langsam an Höhe. An diesem Tag verloren sie durch einen Schlangenbiß einen weiteren Mann. Howard fühlte die bösartigen Blicke der Männer in seinem Rücken. Er fragte Shelby danach, der höhnisch lachte.

„Natürlich hassen diese Leute Sie. Wir hätten nach dem Indiodorf umkehren sollen. Diese Burschen wissen, daß jetzt niemand von ihnen den Marsch überleben wird, und wir werden auch dran glauben. Wir kommen in ein Gebiet, das sogar die Wilden meiden, weil hier angeblich die Welt zu Ende geht. Die Campesinos trauen uns nicht mehr, aber sie haben keine Wahl. Solange wir hier sind, hängen sie sich an uns. Sollten wir trotz allem wieder in die Zivilisation zurückkehren, dann werden die Kerle Ihnen mit Vergnügen den Bauch aufschlitzen.“

„Wieso sollten wir hier zugrunde gehen? Alcaveiros hat es vor fünfhundert Jahren geschafft, wir werden es auch schaffen.“

„So? Ich werde Ihnen sagen, was ich glaube. Dieser Alcaveiros hat eine herrliche Geschichte erfunden, um eine Rechtfertigung dafür zu haben, daß er ein ganzes Jahr auf Kosten des Vizekönigs auf der faulen Haut lag! Ist doch alles nur Spinnerei, Ruinenstädte im Dschungel. Mann, Sie haben zu viele Bücher gelesen und davon Hirnschwund bekommen. Hätte ich mich doch auf die Sache niemals eingelassen!"

„Warum marschieren Sie dann überhaupt noch mit?" Howard schrie Shelby in höchster Erregung an. „Hauen Sie doch ab, ich brauche Sie nicht! Verschwinden Sie samt ihren Brasileiros, ich gehe allein weiter, ich brauche keinen von euch hier! Haut ab, verschwindet!"

McFarlane, der in den letzten Tagen stark an Gewicht und Leibesfülle verloren hatte, schrie mit zornig funkelnden Augen herüber: „Ich marschiere mit, damit ich Ihre Blamage vor der ganzen Welt bezeugen kann, und ich werde es ausposaunen, darauf können Sie sich verlassen! Der berühmte Howard Lofting schickt vierzig Mann auf der Jagd nach seinen Hirngespinsten in den Tod! Heil dir, o Leuchte der Wissenschaft!"

Rasend vor Wut wollte Howard sich auf McFarlane stürzen, wurde von Berosso und Shepherd jedoch abgefangen, mit einem Faustschlag von Shelby niedergestreckt.

„Warum ich noch in diese Richtung marschiere, du mieser Scheißer? Das kann ich dir sagen!" Er riß Howard hoch, schlug wieder zu, dann ging Berosso dazwischen.

„Hört auf, das hat doch keinen Sinn! Wir können uns doch nicht gegenseitig erschlagen, kommt zur Besinnung! Wir sind alle mit den Nerven am Ende, beruhigen wir uns! Mit Mord und Totschlag lösen wir keine Probleme. Seid vernünftig!"

Shelby nickte keuchend, drohend über Howard stehend, die Fäuste geballt. „Hast recht, Klettermax, hast recht.“ Er beugte sich zu Howard hinab, half ihm auf die Beine. „Ich hab’s nicht so gemeint, ich glaube, mir sind die Nerven durchgegangen. Ich sehe keinen Sinn mehr in der weiteren Suche nach diesen sagenhaften Ruinen. Wir müssen zusehen, unser Leben zu retten. Kommt her, kommt alle her.“

Die Männer versammelten sich um Shelby, der eine faltige, durchweichte Landkarte vorsichtig ausbreitete. Auch Howard trat hinzu. Shelbys großer, schmutziger Fingernagel wies auf den Xingu, bewegte sich dann nach Westen.

„Wir sind etwa hier an Land gegangen, dann immer weiter nach Westen marschiert, so daß wir meiner Schätzung nach ungefähr hier sind.“ Obwohl Shelby auf einen imaginären Punkt der eintönig grünen Karte wies, starrten alle gebannt darauf. „Jetzt sind wir einundzwanzig Tage unterwegs. Wenn wir umkehren, brauchen wir nochmals etwa zwanzig Tage, um bis zum Xingu zu kommen. Die Indios werden uns nichts mehr tun, da bin ich sicher. Aber es geht kürzer. Wenn wir geradeaus weiter nach Westen ziehen, kommen wir hier irgendwo an den Iriri, und zwar meiner Schätzung nach in spätestens zehn bis zwölf Tagen. Wir brauchen dann nur den Fluß abwärts zu fahren, bis wir zu einer Ortschaft mit Funkgerät kommen. Möglicherweise müssen wir bis Entre Rios, das wären drei Tage auf dem Fluß, aber im Iriri gibt es keine Piranhas und auch keine Jacares, er ist harmlos. Deshalb bin ich dafür, weiter nach Westen zu gehen. Seid ihr auch dafür?“

Lebhafte Bejahung war die Folge, die Aussicht auf einen derart verkürzten Weitermarsch mobiliserte neuen Optimismus in der Mannschaft, die gefährliche Stimmung war mit einem Mal verflogen.

Nur Howard verfiel, brütete in der Folge und auch an den nächsten Tagen schweigsam vor sich hin. Es war ihm nicht gelungen, wieder schlug ihm das Schicksal die offene Tür direkt vor der Nase zu. Es war ihm nicht vergönnt, sich durchzusetzen. Alle konnten triumphieren, nur er war am Ende. Gebrochen, aller Hoffnungen und aller Zukunft beraubt. McFarlane würde ihn fertigmachen, wenn sie alle wieder in England waren, zu Hause war er nur der dirigierte Hofnarr, das Leben hatte keinen Sinn mehr, es war alles endgültig aus. Er sonderte sich von den anderen ab, immer einige Schritte hinter ihnen, der letzte in der Kolonne. Die Mannschaft nahm keine Notiz mehr von ihm, auch Francis nicht. Er war bereits stigmatisiert, lächerlich gemacht, ein Dilettant, der Dutzende Menschen in den Tod getrieben oder deren Leben gefährdet hatte. Ihm als Initiator und Leiter der Expedition würde das Scheitern angelastet werden, die anderen waren bereits jetzt gegen ihn und würden, zurück in der Zivilisation, mit voller Wut gegen ihn wettern. Durch seine Sturheit, den Weitermarsch nach dem Indianerdorf fortzusetzen, hatte sich alles gegen ihn gewandt. Beeinflußt von den anderen wurde er zusehends unsicher, ob nicht Shelby Recht hatte und Alcaveiros nur eine geschickt aufgemachte Geschichte zum besten gegeben hatte.

Howards düsteres Brüten nahm immer dramatischere Formen an. Er sprach kein Wort mehr, starrte blicklos an Personen und Gegenständen vorbei, automatisch dem sich auf und ab bewegenden Rücken des Vordermannes wie in Trance folgend. Er bemerkte es nicht mehr, wenn ihm eine Mahlzeit angeboten wurde. Kurzzeitig schreckte er auf, wenn ihn jemand rüttelte, schlang einige Bissen hinunter und verfiel wieder in das schweigende Brüten, den abwesend starren Blick.

Während des Marsches begann er Stimmen zu hören,

Alcaveiros wisperte ihm von Stufentürmen zu, mit Goldplatten bedeckt, von Edelsteinen funkelnd. Er hörte das hämische Lachen Lord Swinbrooks, der sich über seinen idiotischen Schwiegersohn amüsierte. Nebelhaft auf und ab wallende, in schwarze Roben und weiße Perücken gekleidete Mitglieder der Akademie der Wissenschaften verurteilten ihn mit Donnerstimmen zum Tod, zum Tod, zum Tod . . .

Das geschulterte Gewehr des Vordermannes wurde zu einer Hellebarde, der fleckige und zerrissene Stoff des Hemdes zu einem rostigen, verschrammten Harnisch, Waffengeklirr und rauhe Kommandotöne erklangen, jemand schlug ihm ins Gesicht, immer wieder, er konnte sich nicht wehren. Er wollte schreien und blickte plötzlich in Shelbys Gesicht. Verwirrt starrte er ihn an, merkte, daß er von zwei anderen gehalten wurde.

„Kennst du mich endlich?“ schrie Shelby. „Wie heiße ich?“

„Shelby!“ flüsterte Howard, begriff, daß er nahe daran war, den Verstand zu verlieren und sackte in sich zusammen. Berosso zwängte ihm Tabletten zwischen die Zähne, goß Wasser nach, Howard hustete und spuckte, schluckte alles hinunter. Sie ließen ihn auf den Boden gleiten. Er schlug die Hände vors Gesicht, begann hemmungslos zu schluchzen.

„Ist vorbei“, hört er Shelby knurren, „so etwas kann passieren. Sie haben Fieber, irgendeine Infektion. Wir können das mit den Medikamenten so lange zurückhalten, bis wir einen Arzt auftreiben. Es kann nicht mehr weit zum Iriri sein.“

„Wie lange sind wir vom Indiodorf schon weg?“

„Drei Tage, und mit jedem Tag wird es leichter. Der Dschungel ist nicht mehr ganz so dicht, ab und zu gibt's hier von Pflanzen überwachsene Felsbrocken, Sie sehen es ja selbst. Berosso meint, daß wir hier etwa hundert Meter höher marschieren als das Indianerdorf liegt. Wenn sich der Boden wieder senkt, kommen wir sehr bald zum Iriri, dann können wir Ihnen helfen.".

Howard griff an seine Stirn, fühlte glühende Hitze, gleichzeitig war ihm kalt. „Mein Gott, ich bin krank!"

„Sage ich ja dauernd", knurrte Shelby. „Gestern ist ein Mann verschwunden. Hat wahrscheinlich das gleiche wie Sie gehabt, ist einfach im Urwald untergetaucht, war nicht mehr zu finden."

Howard blickte sich fröstelnd um, die Gruppe lagerte auf einer kleinen Lichtung, Nebelschwaden zogen duch die Wipfel. Die Männer waren erschöpft, abgemagert, die Augen lagen tief in den Höhlen. McFarlanes durch den Gewichtsverlust faltig gewordenes Gesicht erinnerte Howard an einen Bernhardiner. Er mußte kichern, lachte, bis ihm die Tränen kamen, danach fühlte er sich müde, aber besser. Er fiel in einen unruhigen Schlummer, aus dem ihn immer wieder die Schreie der Nachttiere rissen. Schließlich wachte er auf, weil ihn jemand schüttelte.

„Lofting, wachen Sie auf!" Der Italiener war es, heftig gestikulierend. „Kommen Sie, sehen Sie doch!" Er half Howard auf die Beine, zog ihn mit sich durch den Busch, dreißig oder vierzig Schritte weit. Die Pflanzen teilten sich, und Howard sah erstmals nach Wochen etwas anderes als das ewige Grün des Regenwaldes. Ein heftiger, von wütenden Donnerschlägen begleiteter Regen prasselte auf die neben ihm stehende Reihe der Männer, die in wabernd aufsteigende Nebelbänke blickten.

Howard stand am Rand eines Felsabbruches, der wenige Meter vor ihm in eine von wallenden Dunstschwaden verhüllte Tiefe fiel. Die ungewohnte Lichtfülle der milchigweißen, stellenweise graublauen Wolken, aus welchen das Wasser herniederprasselte, veranlaßte ihn, die

Augen zuzukneifen. Dann gewahrte er zwischen den aufsteigenden Dunst- und Nebelfetzen Bäume, Wald, tief unter ihm liegend. Shelby packte ihn an der Schulter, schrie ihm etwas ins Ohr, halb erstickt vom Trommeln des Regens.

„Dort! Sehen Sie es nicht?"

„Sind wir schon am Fluß?"

„Am Fluß? Um Himmels willen, machen Sie doch die Augen auf!"

Weit unten verschleierten die Nebel die Landschaft, ab und zu Waldgebiet dem Blick freigebend. Und dann hoben sie sich von einer ungewöhnlichen, steil emporragenden Masse, enthüllten das regelmäßige, stellenweise überwucherte Mauerwerk eines pyramidenförmigen Stufenturms. Wuchtig und massiv ragte er, immer deutlicher aus dem Nebel heraustretend, über die grünen Wogen der Baumwipfel. Eine steile, aus der Distanz kaum erkennbare Treppe führte nach oben, zu einem an der Spitze des Bauwerks stehenden, riesigen Ornament, unerkennbar aus der Entfernung.

Der Regen hörte beinahe schlagartig auf, die aus dem Wald unter ihnen aufsteigenden Dunstfahnen enthüllten einen zweiten, einen dritten dieser wie steile Pyramiden wirkenden Türme.

Howard war am Ziel. Er hatte die Sieben Goldenen Städte gefunden.

20

Gebannt starrte Howard auf die unter ihm liegende Landschaft, die Kehle wie zugeschnürt, unfähig, ein Wort herauszubringen. Aus den sich zusehends auflösenden Nebelfetzen schälte sich ein wahrhaft atemberaubender Anblick. Aus dem grünen Teppich des Regenwaldes ragten Stufentürme, teilweise überwuchert und von Vegetation bedeckt, angeordnet in der Form eines riesigen, regelmäßigen Sechsecks. Im geometrischen Mittelpunkt dieser sechs Türme erhob sich ein siebenter, der die anderen überragte, massiger und wuchtiger wirkte, das Zentrum dieser uralten Anlage darstellend. Mehrere Meter hohe Stufen, sich immer nach oben hin verjüngend, waren übereinandergesetzt, auf der Plattform der obersten Stufe standen kleine Gebäude mit drei Eingängen, davor steinerne Altartische. Hinter den Gebäuden ragten Wände mit unerkennbaren, von Pflanzen dicht besetzten Ornamenten mehrere Meter in die Höhe. Von den Ornamenten der in der Mitte der Anlage stehenden großen Stufenpyramide gleißte und glänzte etwas durch den Vegetationsvorhang bis zu den auf dem Felsabbruch stehenden Männern, die atemlos und ergriffen das sich darbietende Bild aufnahmen.

Bei den Campesinos löste sich die Erstarrung zuerst, aufgeregt schnatterten alle durcheinander, Shelby und Berosso fielen einander in die Arme, klopften sich wild auf Rücken und Schultern, johlten und schrien. Francis tauchte neben Howard auf, umarmte ihn.

„Alter Knabe, wir haben deine Stadt gefunden! Du hast recht gehabt, du hast es gewußt, und wir haben sie gefunden, jetzt, als niemand mehr daran glaubte! Howard, du bist ein Genie!"

„Ich kann es gar nicht glauben. Wir sind tatsächlich da!" stammelte Howard, sich langsam von dem Anblick vor ihm lösend. „Francis, alle Mühe, die ganze Qual, all das hat sich gelohnt, wir sind am Ziel!"

„Ja, ja, alter Knabe, wir sind bei deiner Stadt! Was für ein Wunder!"

McFarlane kam zu den beiden, streckte Howard die Hand hin. „Gratuliere, Dr. Lofting." Howard ergriff unwillkürlich die Hand. „Ich habe es nie geglaubt, aber jetzt sehe ich es mit eigenen Augen. Es ist Ihre Entdeckung."

Shelby rief alle zusammen, die Stimmung war gelöst, heiter, hoffnungsvoll. „Leute, hört mal alle her! Ich schlage vor, wir machen hier einen Tag Rast, sehen uns nach der besten Möglichkeit zum Abstieg um. Wir gehen dann alle hinunter zu den Ruinen, die Wissenschafter kümmern sich um die Stadt, die anderen bauen Hütten und errichten ein Lager. Wir können ein oder zwei Monate bleiben und ziehen dann weiter zum Iriri. Wir haben nichts mehr zu befürchten. Ihr wißt, der Häuptling sagte, daß hier keine Menschen wohnen. Seid ihr einverstanden?"

Lebhafte Zustimmung klang von allen Seiten auf, die Männer begannen sich für einen Ruhetag einzurichten.

Langsam löste sich in Howard das Gefühl, sich in einem Traum zu befinden. Die Stadt, nach der er so lange suchte, war tatsächlich vor ihnen aufgetaucht, als er selbst schon an ihrer Existenz gezweifelt hatte, als keine Hoffnung mehr bestand, sie zu finden, da stießen sie wie durch puren Zufall darauf. Er hatte Recht behalten, Alcaveiros mußte hier gewesen sein, und nach fünf Jahrhunderten war er, Howard Lofting, diesen Weg als Erster nochmals gegangen, um diese versunkene Kultur der Vergessenheit zu entreißen.

Es war gelungen. Er hatte sich gegen alle Schwierigkeiten durchgesetzt. Die wissenschaftliche Ernte konnte er allein einfahren, ihm war bereits jetzt eine Ehrentafel in der Royal Academy sicher. Alles, was er erstrebte, würde in Erfüllung gehen. Fachliteratur, Vorträge, weltweite Anerkennung waren die Folge dieser Entdeckung. Ihm würden Professuren aus aller Welt angeboten werden, seine Zukunft würde sich so gestalten, wie er es immer ersehnte und ihm nach seiner eigenen Meinung auch nicht anders zustand. Er hatte über alle triumphiert, über die Akademie der Wissenschaften, die Universität, die miesen, kleinlichen Bürokraten und auch über McFarlane, der ihm sogar schon gratuliert hatte. Und natürlich konnte er sich jetzt auch von dem widerlichen Swinbrook-Clan lösen. Das Schicksal ließ ihn schließlich doch sein Ziel erreichen.

Howard wanderte mit Berosso die Kante des Felsabbruches entlang, der sich in einem gigantischen Bogen ohne Ende durch die Landschaft zog, links und rechts sich im flirrenden Dunst und wallenden Nebel verlierend.

„Was ist das für eine Felswand, Berosso? Wie kann eine derart senkrechte Wand über eine solche Strecke entstehen?"

„Da gibt es nicht viele Möglichkeiten, Dr. Lofting. Eine tektonische Bewegung scheidet aus, hier befinden wir uns in Schwemmland. Erdplattenverschiebungen werden binnen weniger Jahrzehnte wieder zugedeckt. Ein Fluß könnte sich durch die Landschaft arbeiten, aber hier gibt es keinen entlang der Wand. Also nehme ich an, daß vor zigtausend Jahren hier eine riesige Höhle war, die durch die Einwirkung der Bodenerosion oder durch den immer größer werdenden Druck der darüberliegenden, angeschwemmten Erdmassen einbrach. Wind und Wetter dürften die Wände begradigt haben, so daß ein riesiger Talkessel entstand.“

Howard nickte. „Und geografisch eng abgeschlossene Gebiete bringen oft Kulturen hervor, die dem Umland meist weit voraus sind, ich denke da an Malta, Kreta, das Niltal . . .“

„Sie mögen recht haben. Sehen Sie dort vorne die Wolken aus dem Boden kommen?“

Tatsächlich stiegen etwa zwei Kilometer vor ihnen entlang der Felswand und des auf ihrer Ebene befindlichen Dschungels feine Nebelfahnen empor, die sich immerfort um eine fest abgegrenzte, kleine Region bewegten. Fernes Rauschen drang aus dieser Richtung zu ihnen.

„Sind das heiße Quellen oder vulkanische Erscheinungen?“

„Nein, das ist hier unmöglich. Ich glaube, daß dort ein Wasserfall ist, sich ein Fluß ein Bett durch die Wand geschnitten hat. Vielleicht finden wir dort eine gute Abstiegsmöglichkeit.“

Sie fanden tatsächlich einen Fluß, der etwa in Höhe der Baumkronen des Talkessels aus einem riesigen Felsentor dröhnend und rauschend hervorbrach, sich in den Talkessel ergoß und dessen weiterer Verlauf durch den Dschungel unten nur kurz sichtbar war. Berosso blickte in den Urwald, vom Talkessel weg.

„Begleiten Sie mich? Ich möchte feststellen, ob der Fluß hier irgendwo in der Nähe in die Erde tritt. Vielleicht können wir durch den Flußlauf absteigen. An der Wand habe ich bisher keine gute Stelle für uns gefunden.“

„Heißt das, wir können nicht hinunter?“

„Nein, natürlich können wir!“ lachte Berosso. „Ich wäre in höchstens einer Stunde unten, aber für alle anderen gäbe es Probleme. Ich müßte jeden einzeln abseilen, da würde ich möglicherweise zwei bis drei Tage dazu benötigen, weil ich die Haken immer wieder kontrollieren müßte. Ich suche nur nach einem leichteren Weg. Vom Wasserfalltor zum Talkessel hinab wären es vielleicht zwanzig Meter, das ist nicht viel. Aber die Wand ist etwa achtzig bis manchmal hundert Meter hoch, da hätte ich viel zu tun."

„Haben Sie so eine Landschaft überhaupt schon einmal gesehen?"

„Oh ja, nicht in diesen Ausmaßen natürlich, aber in Jugoslawien gibt es auch solche Täler, rundum abgeschlossen, wo Flüsse aus den Felsen kommen und wieder darin verschwinden. Was mir Kummer macht, ist die Möglichkeit, daß wir entweder den Fluß nicht finden oder er überhaupt unterirdisch entspringt."

Die beiden marschierten durch den Regenwald, bis Berosso lauschend verharrte, dann nach rechts wies.

„Ich glaube, ich höre etwas rauschen."

Nach wenigen Minuten stießen sie auf den Fluß, der über einige kleine Stufen in einem riesigen, ausgezackten Loch im Erdboden verschwand.

„Sehen Sie, das hier ist auch eine Höhle, die der Fluß angeschnitten hat. Wahrscheinlich ist sie Teil eines Systems von Hohlräumen, das sich bis zum Talkessel erstreckt. Bitte warten Sie, ich sehe kurz hinein."

Berosso ließ sich in die Öffnung hinab und kletterte flink, mit sicheren Griffen und Schritten in die gähnende Öffnung. Unheimliches Rauschen und Dröhnen drang aus dem Erdinnern, Wolken feinster in der Luft schwebender Wassertröpfchen legten auf alles in der näheren Umgebung der Höhlenöffnung einen Feuchtigkeitsfilm. Die Steine waren naß und glitschig, Berosso war davon jedoch unbeeindruckt in der Unterwelt verschwunden. Nach einer Viertelstunde sah Howard den Bergsteiger wieder aus dem Schlund heraufklettern, half ihm über die Gesteinskante. Der Italiener atmete schwer.

„Wie ich mir dachte", keuchte er, „der Fluß hat verschieden hohe Niveaus in den Felsen geschnitten, so daß schmale Stege entlang des Wassers entstanden. Wir können an diesen entlang leicht nach unten gelangen. Es gibt zwei Biegungen, nach der ersten sieht man kaum mehr etwas, nach der zweiten ist der Ausgang des Flusses zu sehen, er fließt hier wie durch ein Tunnel."

Zurückgekehrt zum Lagerplatz, erstattete Berosso Bericht, erkärte, wie die Leute durch den Flußlauf kämen. Die ganze Mannschaft brach auf und verlagerte den Rastplatz zum Einstieg in die von dem Fluß durchströmte Höhle. Gespannt betrachteten alle den Bergsteiger, der sich ein Geschirr umschnallte, an einem breiten Gürtel dolchähnlich wirkende, mit großen Ösen versehene Metallteile befestigte. Mehrere dieser Metalldorne schlug Berosso knapp nebeneinander mit seinem Hammer in das Gestein der Bodenöffnung, führte ein Seil durch, verknotete es und prüfte durch mehrmaliges, ruckartiges Ziehen den Sitz der Haken. Er schien befriedigt.

Ein zweites, kurzes Seil verband er mit den Haken und zwei starken, nahe der Einstiegstelle befindlichen Bäumen.

„Ich schätze den Weg durch die Höhle auf etwa tausend Meter. Die Stege entlang des Wassers sind gut, überall breit genug, um einen Fuß darauf setzen zu können. Sie sind glatt und durch die Feuchtigkeit schlüpfrig. Um für alle Halt zu bieten, befestige ich an der Wand ein Seil, ich schlage alle zwei bis drei Meter Haken, an welchen das Seil befestigt ist. Ich will es genau machen, wir müssen hier vielleicht wieder heraus, wenn wir keinen anderen Weg aus dem Talkessel finden, es kann daher etwas dauern."

Der Italiener fuhr mit dem Kopf und einem Arm durch

ein Seilbündel und begab sich wieder in den vom Rauschen des Flusses erfüllten Höhleneingang. Die Campesinos verfolgten gespannt seinen Weg, wie er sorgfältig die Stellen für die Haken auswählte und mit einigen wenigen Schlägen die Metalldorne im Gestein verankerte. Erst nach Prüfung des Halts kam das Seil hindurch. Immer tiefer arbeitete er sich in die Höhle hinein, schließlich verschwand er, ein rotes Seil als Spur hinter sich lassend, das sich ab und zu bewegte. Das Dröhnen des Flusses überlagerte bald das helle Klingen des Hammers, der die Haken in den Fels trieb.

Nach einigen Stunden tauchte der Italiener klatschnaß und ohne Seil wieder auf.

„Es geht sehr gut, wir werden keine Schwierigkeiten haben. Das erste Seil sitzt, ich nehme jetzt noch zwei mit."

Shelby staunte, als Berosso sich aus seinem Gepäck eine kurze Hose holte und nur mit dieser und seinen Schuhen bekleidet wieder in der Höhle verschwinden wollte. „Bist du in den Fluß gefallen?"

„Nein", grinste der Bergsteiger, „aber es ist da drin noch feuchter als hier draußen. Man steht ständig im Regen." Abends tauchte Berosso wieder auf, müde und abgekämpft.

„Die Halteleine habe ich bis zum Ausgang gelegt. Von dort ist es nicht schwierig, ihr müßt nur um die Ecke steigen. Das wird besonders für die Campesinos nicht leicht, weil sie nicht sehen, wohin sie steigen können. Man muß sich richtig um die Ecke schieben. Dort befindet sich dann ein kleiner Felsabsatz, von dem geht es etwa zwanzig Meter senkrecht hinab bis auf den Erdboden. Ich werde dort die Strickleiter anbringen, zusätzlich ein Halteseil mit einer Schlaufe. In diese kann jeder schlüpfen und ich sichere mit dem Seil. Morgen früh sind wir alle unten."

Am nächsten Tag verfolgten alle aufmerksam den Italiener, der mit Seil und Strickleiter in der Höhle verschwand. Nach einer knappen Stunde war er wieder da, freudig erregt.

„Es funktioniert alles, ich war schon unten im Talkessel!" Jubel brandete auf, alle klopften Berosso auf die Schultern, küßten ihn. Lachend wehrte er den Beifall ab. „Einer nach dem anderen, ich gehe voran, beim Abstieg sichere ich alle. Hinter mir kommen Shelby, Lofting und die anderen. Haltet etwa zehn Meter Abstand, nehmt euch Zeit, niemand hetzt euch. Wenn jemand eine Pause einlegen möchte, dann soll er kurz verschnaufen. Schaut nicht in den Fluß, immer nur voraus."

Berosso ging am Seil entlang nach unten, kurz darauf folgte Shelby, Howard ergriff ebenfalls das Seil und stieg kurz hinter Shelby hinab, es ging ganz leicht. Berosso hatte das Seil sehr gut angebracht, es verlieh Sicherheit. Er wartete, bis Shelby einen kleinen Vorsprung gewann, und schob sich dann auf den Steg, Brust und Bauch an der Wand, sich Schritt für Schritt an der schmalen Felsleiste nach vor tastend. Shelby stellte sich nicht geschickter an als er selbst, daher genierte er sich auch nicht für sein langsames Tempo. Der Fluß neben ihm schäumte und dröhnte, hastete an den Felsen vorbei. Der Lärm wurde immer lauter, geradezu ohrenbetäubend, als Howard sich weiter in den Felskanal hineinbewegte. Er wandte den Kopf, sah hinter sich Francis mit angespanntem Gesicht nachkommen.

Nach einigen Minuten rauschte der Fluß um eine Linkskurve, dahinter schien jegliches Licht verschwunden zu sein. Nur die an den Haken befestigte rote Leine wies darauf hin, daß der Weg trotz der Finsternis weiterging. Howard schob sich immer weiter auf die Kurve zu, vor sich samtschwarze, brüllende Dunkelheit. Panik befiel ihn, er konnte nichts sehen, er wußte nicht, wo der Fluß war, was auf ihn im Finsteren lauerte. Er krampfte sich am Seil fest, sein Atem flog, er spürte den Herzschlag in den Ohren rasen. Er schalt sich einen Narren, legte die Stirn auf den nassen, kalten Felsen. Berosso war hier schon mehrere Male durchgegangen, es mußte ihm auch gelingen. Das Seil in seiner Hand war fest, gab ihm Halt. Er holte tief Atem und setzte langsam seinen Weg fort, obwohl er absolut nichts sehen konnte. Hinter ihm war die gleiche, vom Donnern des Flusses erfüllte, vollkommene Schwärze. Francis war nicht zu sehen oder zu hören, auch das Seil in seiner eigenen Hand konnte er nicht mehr sehen. Es half nichts, er mußte hindurch. Langsam und zäh schob er sich, immer nach Halt für die Füße tastend, nach vorne. Schließlich, es erschien ihm wie eine Ewigkeit, nahm der Fluß abermals eine Windung, und als er dieser folgte, sah er vor sich ein winziges Loch, die Helligkeit des Tageslichtes verheißend. Immer mehr konnte er nun auch die Konturen der Felsen ringsum wahrnehmen, bewegte sich rascher voran, dem Ende der Leine zu. Die Öffnung wurde immer größer, er arbeitete sich an sie heran, kam schließlich an die Kante, über die das Wasser nach unten stürzte. Die Leine zog sich nach rechts um die Ecke, aus dem Sichtbereich hinaus. Er schob sich bis an die Ecke, verharrte dort einen Moment.

Der Fluß fiel in ein kleines Becken, strebte von diesem in mehreren Windungen in den Dschungel, von der Vegetation nach kurzer Wegstrecke den Blicken entzogen. Berosso stand neben dem Fluß bereits auf dem Boden des Talkessels, neben ihm Shelby. Ein scharfer, ziehender Schmerz fuhr plötzlich durch Howards Wade, der Muskelkrampf ließ ihn aufstöhnen, er klammerte sich an das Seil. Berosso winkte ihm, weiterzugehen. Howard schüttelte den Kopf, deutete auf seine Beine, ballte die Faust, versuchte Berosso klarzumachen, daß er sich nicht bewegen konnte. Der Schmerz war teuflisch, nahm immer mehr zu. Der Italiener unten begriff, gestikulierte zu Howard hinauf, zeigte ihm, wie er den Fuß bewegen sollte, damit der Krampf sich löst. Howard verstand ihn, hob das schmerzende Bein stöhnend an, wollte die Zehen nach unten strecken, da glitt er mit seinem Standbein auf der feuchten Unterlage ab. Schmerzhaft schrammte das Schienbein über die Felsleiste. Howard schrie auf, fiel kurz nach unten. Das Seil spannte sich, sein Gewicht riß an seinen Händen, die Leine schnitt in seine Finger. Vom erst jüngst überstandenen Fieber, dem Krampf im Bein und der Anstrengung, sich bis hierher durchzukämpfen, geschwächt, fühlte er, wie die Finger unter seiner und des Rucksackes Last nachgaben. Seine Füße befanden sich im Wasser, der Fluß zerrte und zog daran, soviel er auch strampelte, er fand keinen Halt, immer wieder riß das rasch dahinströmende Wasser seine Füße weg. Er schrie, brüllte, sah Francis mit ausgestreckter Hand immer näher kommen.

Berosso und Shelby schrien unwillkürlich auf, als Howard von der Felsleiste abglitt. Der Italiener sah, daß sich Howard noch am Seil halten konnte, ließ die Leine fallen und hastete die Strickleiter hinauf. Shelby beobachtete hilflos Howards Kampf, hoffte, daß Shepherd und Berosso schnell zu Hilfe kommen konnten. Als Berosso gerade am Felsabsatz ankam, verließen Howard die Kräfte. Der Bergsteiger wollte ihn noch fassen, griff aber schon ins Leere, sah Howard mit schreckgeweiteten Augen und aufgerissenem Mund im nach unten stürzenden Wasserfall verschwinden, sah ihn aufklatschen, unten in der Walze des sich drehenden Wassers herumwirbeln. So rasch er konnte, kletterte er wieder hinunter, Shelby ins Wasser nachfolgend. Es war vergebens. Das von oben herabfallende Wasser wirbelte Howards Körper immer wieder unter Wasser, riß ihn nach wenigen Sekunden heraus, um ihn sofort wieder im Wasser verschwinden zu lassen. Shelby geriet bei dem Versuch, Howard zu packen, selbst in die sich rasend schnell drehende Wasserwalze, schrie um Hilfe, Berosso konnte ihn packen, herausziehen und mit ihm zurück ans Ufer kommen.

Der Wasserfall spuckte Howards Körper aus, der regungslos auf der Wasseroberfläche trieb. Nochmals versuchte Berosso, den Engländer herauszuholen, es war vergeblich. Ehe der Bergsteiger noch ins Wasser gelangen konnte, hatte der durch den Wasserfall sehr schnell gewordene Fluß den Körper davongetragen, hinter die zahlreichen Windungen gezogen, in der grünen Hölle verschwinden lassen. Eine rasch dahintreibende Blutspur verschwand hinter Howard. Shelby sprang in den Fluß, schwamm hinterdrein.

Berosso kehrte zur Strickleiter zurück. Shelby würde den Archäologen entweder finden und ihn zurückbringen oder ohne diesen zurückkehren. Shepherd kam ohne Probleme um die Felskante, ebenso der Rest der Männer. Ratlos, bleich und erschüttert standen sie umher. Berosso übernahm das Kommando, um kein Palaver aufkommen zu lassen. Er wies die Leute an, sich kurz auszuruhen, dann sollte die Kolonne entlang des Flusses in Richtung der Stufenpyramiden vordringen.

Während des Marsches spähten alle immer wieder auf den Fluß, ob sie irgendwo Lofting oder Shelby sehen konnten, die Suche blieb jedoch erfolglos.

Der den Weg freischlagende Campesino rief Berosso zu sich.

Vor ihm lagen riesige, mehrere Meter im Quadrat messende Steinplatten, einstmals wie gigantische Pflastersteine aneinandergefügt, nun vielfach geborsten, von

Wurzeln durchbohrt und gesprengt, die Teile uneben und verschoben. Die Anordnung der Steinplatten hintereinander ließ Berosso an eine Straße oder einen Prozessionsweg denken. Zwar wuchsen aus den Spalten und Bruchstellen überall Pflanzen hervor, aber man konnte den Verlauf der antiken Straße über eine kurze Strecke hinweg gut verfolgen. Sie setzten ihren Weg auf den Steinplatten fort. Anfangs lief die Straße geradeaus, wandte sich dann nach rechts und mündete in einen großen, ebenfalls mit riesigen Steinplatten ausgelegten Platz. Im Hintergrund erhob sich das dunkle, verwitterte Gestein einer Stufenpyramide.

„Was sollen wir jetzt machen?“ fragte McFarlane.

Der Bergsteiger zuckte die Schultern. „Ich weiß es auch nicht. Wenn sie bis morgen nicht zurückgekehrt sind, werde ich Shelby und Lofting suchen gehen müssen. Ich habe zwar keine Ahnung, wo sie sein könnten, aber ich muß es zumindest versuchen. Ich nehme drei Campesinos mit. Sie beide können ja inzwischen ihre Arbeit aufnehmen und die Ruinen untersuchen. Ich hätte nur gerne, daß Sie diesen Platz nicht verlassen, hierher finde ich auf jeden Fall zurück.“

Gedrückte Stimmung lag über dem Lager. Der Anführer und auch der wissenschaftliche Leiter der Expedition waren verschwunden. Berosso war sich sicher, die beiden am nächsten Tag zu finden, vielleicht fand Shelby sogar selbst hierher.

Am nächsten Tag brach der Italiener sehr früh mit drei Leuten auf, schlug sich immer am Fluß entlang durch das Tal, ohne auf Spuren der beiden Engländer zu stoßen. Der rasch dahinströmende Fluß fächerte sich bald in mehrere Läufe auf, breitete sich aus und bildete ein Gewirr von Inseln, welche die Geschwindigkeit des Wassers erheblich verminderten. Berosso hielt in dem dicht verwucherten, unübersichtlichen Gewirr sorgfältig Nachschau, fand aber auch hier keine Spuren der beiden Vermißten. Der Fluß stieß an eine Mauer, welche durch eine breite Treppe, vom Fluß emporsteigend, unterbrochen wurde.

Die vier stiegen die Treppe hinauf, standen oben auf einem weitläufigen, mit den bereits bekannten riesigen Steintafeln ausgelegten Platz, in dessen Mitte sich die große, zentrale Stufenpyramide befand. Der Platz war nur spärlich bewachsen, so daß er guten Blick auf das Bauwerk gewährte. An allen vier Seiten strebten breite, jedoch steile Treppen mit hohen, schmalen Stufen empor. Die Campesinos blickten gebannt auf die Spitze des Stufenturms. Von dort blitzte etwas Glänzendes durch den Pflanzenbewuchs. Die drei tuschelten miteinander, dann strebten sie der Treppe zu, ohne auf Berossos Rufe zu hören, so daß er ihnen schließlich folgen mußte.

Die Stufen waren fast kniehoch und sehr schmal, boten nur dem schräggestellten Fuß ausreichend Platz, der Aufstieg war anstrengend. Den Campesinos blieb bald die Luft weg, auf halbem Weg blieben sie keuchend stehen, auf die Hände gestützt.

„So kommt doch wieder herunter, hier können wir noch oft herauf, wir müssen die Kameraden suchen!"

„No, Senhor!" schnaufte einer der drei und wies nach oben. Dort stand, undeutlich hinter den Pflanzen zu sehen, eine riesenhafte Gestalt, eine Statue. Das Blitzen und Glänzen war erklärt. Die Figur bestand aus Gold.

Berosso riß es förmlich die restlichen Stufen empor, hinter ihm auf allen Vieren die Campesinos. Mit der Machete legte er das Standbild frei. Ein Idol trat zutage, mehr als zwei Meter hoch. Ein überlebensgroßer Totenkopf bleckte mit den Fangzähnen eines Jaguars auf ihn herab. Gliedmaßen und Körper der Figur waren ein nachempfundenes Skelett, schwer und gedrungen, die Gebeine nur angedeutet. In einer skelettierten Faust hielt die schreckliche Gottheit einen herzförmigen, nicht identifizierbaren Gegenstand, in der anderen einen Dolch. Dieser Dolch zog die drei Campesinos wie magisch an, denn an seinem Knauf blitzten grüne und rote Steine.

Die drei bekreuzigten sich heftig, holten ihre Messer hervor und schickten sich an, die Juwelen aus dem Gold zu brechen. Berosso wußte, daß es gefährlich werden konnte, die Männer an der Plünderung zu hindern. Er schlug die Plattform von der Vegetation frei und stellte dabei fest, daß an den restlichen drei Seiten ebenfalls große Idole aus Gold standen, allerdings nicht so furchterregend wie das erste. Wenn man vor einer Figur stand, verhinderten Mauervorsprünge die Sicht auf die anderen Figuren. Links neben dem schaurigen goldenen Skelett stand eine überlebensgroße, in zierlichen Proportionen gehaltene Statue einer jungen Frau, mit einem kurzen, gemusterten Rock bekleidet, der durch einen breiten Gürtel gehalten wurde. Im Arm hielt die Frau einen Säugling, die Statue strahlte Harmonie und Glück aus.

Die dritte Statue konnte Berosso nicht deuten. Ein merkwürdiges Wesen starrte ihn hier an, rätselhaft, jedoch keinen bedrohlichen Eindruck vermittelnd. Die Figur sah aus wie ein Baum, dem verschiedene Pflanzen und Tiere entwuchsen, gekrönt von einem Gesicht mit einer Unzahl Augen. Rechts und links entsprangen dem Stamm Hände, deren eine ein Gefäß hielt, dem Wasser entströmte; die andere trug eine Schale mit Früchten.

Die vierte Statue stellte einen mit Federn und Fellen geschmückten, Ehrfurcht gebietenden Mann mit strengem Blick dar. Berosso hatte die Plattform umrundet, die Campesinos brachen soeben die letzten Juwelen aus dem

Dolch des Todesgottes, legten sie vorsichtig auf den vor der Figur befindlichen Steinaltar. Sie blickten lauernd auf den sich nähernden Europäer. Der schüttelte den Kopf.

„Die Dinger gehören euch, ich will sie nicht." Die drei nickten, teilten die Steine untereinander unter großem Gelächter auf. Als die Edelsteine in den Taschen der Campesinos verschwunden waren, drängte Berosso wieder zum Aufbruch. Sie suchten die Umgebung der großen Pyramide ab, konnten aber wie bisher keine Spur von Lofting oder Shelby entdecken.

Zur Nacht ließen sie sich zu Füßen der großen Stufenpyramide nieder, die Campesinos zogen Würfel aus ihren Taschen und begannen zu spielen. Berosso ahnte Unheil, wollte ihnen die Würfel abnehmen, stieß jedoch auf geschlossenen Widerstand und harte Blicke. Eine Hand näherte sich einem Messer, da ließ er es bleiben, zuckte mit den Schultern.

Die Machete mit sich nehmend, stieg er einige Stufen empor, setzte sich dort zur Wache nieder. Wie er es erwartet hatte, entspann sich kurz darauf Streit zwischen den dreien, sie schlugen aufeinander ein, ein Messer blitzte auf, ein zweites. Ein gellender Schrei ertönte, einer der Männer krümmte sich am Boden, verfluchte laut schreiend die beiden anderen, wimmerte, rief alle Heiligen an. Die beiden erhoben abermals ihre Messer, ließen sie auf den dritten niedersausen, traten und schlugen ihn. Berosso machte sich von den beiden unbemerkt davon, legte sich am Rande des Platzes flach hinter einige Büsche. Er beobachtete die beiden, wie sie auf der Suche nach ihm auf und ab liefen, sich schließlich zum Feuer setzten. Erst als er sicher war, daß die beiden schliefen, ließ seine Aufmerksamkeit nach, auch er schlief ein.

Es riß ihn hoch, als er Sonnenschein auf seinem Gesicht verspürte. Wenn die beiden ihn gefunden hätten, wäre das sein Ende gewesen. Vorsichtig lugte er hinter dem Busch hervor und sah die beiden noch dort liegen, wo sie sich am Abend vorher niedergelassen hatten. Sie regten sich nicht.

Über eine Stunde wartete der Italiener, daß sie aufwachten. Die Sonne stieg immer höher, die Träger rührten sich nicht. Berosso hielt es in seinem Versteck nicht länger aus. Er hatte ja noch die Machete, mit der er sich verteidigen konnte. Vielleicht gelang es ihm, die beiden zu entwaffnen, ehe sie aufwachten, dann hatte er leichteres Spiel. Geduckt schlich er zu den beiden Campesinos, die sich nicht rührten. Die Leiche des dritten lag etwas abseits.

Berosso erreichte eine Seite der Pyramide, ging dahinter in Deckung, schob sich an den Rand und sah sich vorsichtig um. Die beiden Campesinos lagen nur wenige Meter vor ihm, völlig unbeweglich. Sie würden sich auch nie wieder bewegen, denn aus klaffenden Wunden am Hals war ihr Blut verströmt.

Sprachlos starrte er die beiden an. Sie konnten sich doch nicht gegenseitig die Kehle durchgeschnitten haben. Berosso fuhr herum, blickte auf den Rand des Dschungels. Er war nicht mehr allein, das war sicher. Hatten andere Campesinos sie verfolgt und die beiden ausgeraubt? Das schien unwahrscheinlich. Nachts würden sich die Träger nicht durch den Urwald wagen. Aber was war geschehen? Wer trieb hier sein Unwesen? Hatte sich der Häuptling getäuscht, als er meinte, daß nach dem Felsabbruch keine Menschen mehr lebten? Warum wurden die beiden Campesinos getötet und er nicht?

Unter diesen Umständen hatte es keinen Sinn, weiter nach den beiden vermißten Engländern zu suchen. Möglicherweise waren auch diese nicht mehr am Leben. Er entschloß sich, umzukehren und mit dem verbliebenen Rest der Mannschaft zu versuchen, sich zum Iriri durchzuschlagen. Hier konnten sie nicht bleiben.

Auf dem Rückweg sah er sich immer wieder um, verhielt im Schritt, machte unmotivierte, überraschende Bewegungen zur Seite, schlug einmal einen Kreis, um eventuelle Verfolger zu täuschen. Er kam unangefochten zum Lagerplatz der Archäologen, dort erwarteten ihn verstörte Campesinos. Alle auf einmal wollten berichten, schließlich verstand Berosso, was vorgefallen war.

Shepherd und McFarlane hatten die Pyramide am Boden untersucht, sich aber die steilen, überwucherten Treppen noch nicht emporgewagt. Sie beauftragten vorerst einen der Träger, eine Treppe vom Bewuchs freizulegen, alle anderen halfen, die unterste, etwa sechs Meter hohe Stufe des Turms vom Pflanzenwuchs zu befreien. Dabei entdeckten sie ein Tor, das von einer Steinplatte verschlossen war. Ein Baum wurde gefällt, als Hebel benutzt und damit die Platte zur Seite gedrückt. Dahinter wurde ein Gang sichtbar, der in das Innere des Gebäudes führte. Die beiden Archäologen betraten sodann den Gang, sie führten Lampen mit sich. Die Campesinos fürchteten sich, und das zu Recht, wie sie behaupteten.

Kurz nachdem die Engländer in der Pyramide verschwunden waren, ertönte schreckliches, furchtbares Geschrei aus dem Bauwerk, dann hörte man nichts mehr. Ein Mann wagte sich mit einer der beiden verbliebenen Lampen hinterher, der Mut verließ ihn jedoch, als er auf eine Ansammlung von Spinnen stieß. Er kehrte um, ohne die beiden Archäologen gesehen zu haben.

Das war nicht die einzige Katastrophe. Hinter einigen Büschen lag Shelbys Leiche. Ein Träger fand ihn am Flußufer liegend, zwei Pfeile im Rücken. Berosso nickte.

Er berichtete von den drei Toten bei der großen Pyramide. Er hatte keine Hoffnung mehr, Lofting zu finden, der mußte genauso tot wie Shelby sein. Hier in diesem Talkessel lebte ein heimtückischer, hinterhältiger Indiostamm, wahrscheinlich hatten sie noch nie einen Weißen gesehen, bis auf den portugiesischen Kapitän vor fünfhundert Jahren vielleicht. Berosso spürte, wie seine Hände zu zittern begannen. Sie mußten hier weg, so rasch als möglich. Von der Jagd waren zwei Männer nicht mehr zurückgekehrt, auch diese schrieb Berosso in Gedanken bereits ab. Weiter im Talkessel zu bleiben, war höchst lebensgefährlich. Er gab den Befehl zum sofortigen Aufbruch, die sechs verbliebenen Campesinos begannen sofort, alles zusammenzusammeln.

Einen Versuch, den Verbleib der beiden Archäologen festzustellen, wollte er noch machen. Er nahm eine der Lampen und betrat den in die Pyramide führenden Gang. Muffige, nach Schimmel und Verwesung stinkende Luft schlug ihm entgegen. Die Steinplatte, welche McFarlane aufhebeln ließ, um den Gang betreten zu können, ruhte auf zwei einander gegenläufigen Steinkegeln, welche erlaubten, daß auch ohne große Gewaltanstrengung die Platte wie eine Tür geschlossen und geöffnet werden konnte.

Der Gang führte einige Schritte geradeaus, dann in einem rechten Winkel nach links, nach zwei Schritten wieder im rechten Winkel nach rechts. Tageslicht drang hier keines mehr ein. Im Schein der Lampe glänzten die von Feuchtigkeit überzogenen Mauern, die breiten Steinplatten des Bodens, das mit merkwürdig vorragenden Blöcken sich nach oben verjüngende Gewölbe. Der Gang wurde staubtrocken und eng, so daß er gerade noch hindurch konnte. Zerrissene Spinnweben und aufgeregt umherkrabbelnde Spinnen zeigten ihm den Ort an, wo der Träger umkehrte und die beiden Forscher durchgekommen sein mußten. Er verstand, daß der Campesino nicht weiter wollte, man mußte an den Wänden links und rechts entlangstreifen. Berosso konnte sich gut vorstellen, daß der Träger das Gefühl, zwischen den Mauern erdrückt zu werden, nicht länger verkraften konnte. Er selbst hatte sich schon durch schmalere Schlote in Höhlen gezwängt, aber auch ihm war nicht geheuer.

Rechts und links öffneten sich in unregelmäßigen Abständen unvermutet Nischen, die scheinbar Platz für Wachtposten boten. Nach einigen weiteren scharfen Wendungen verbreiterte sich der Gang plötzlich, wurde zu einem Vorraum einer daran anschließenden Halle. Im Hintergrund der Halle waren undeutlich Götzenbilder, Altäre und unbekannte Einrichtungen für Zeremonien und Riten zu sehen, die vor Jahrhunderten hier abgehalten worden waren. Vor dem größten Götzenbild standen große, flache Steinschüsseln, aus welchen das Licht der Lampe hundertfach funkelnd reflektiert wurde. Blau, grün, rot, in allen Farben schimmerte und funkelte es.

Berosso traute seinen Augen nicht. In den Schüsseln lagen Berge von Juwelen, Rubine, Smaragde, Diamanten, Topase, gehäuft zu Füßen archaischer Götter. Er wollte weiter in den Vorraum hineingehen, verhielt jedoch sofort, als er im Staub die Fußspuren der beiden Archäologen vor sich sah. Sie führten auf der großen Bodenplatte in Richtung der Halle, endeten dort in Schleifspuren und großen, vom Staub befreiten Flächen. Die Fußspuren endeten dort, setzten sich nicht weiter fort. Sie führten aber auch nicht mehr zurück, als ob die beiden Wissenschafter sich einfach in Luft aufgelöst hatten.

Er hatte von Fallen in den Pyramiden der Ägypter

gehört, wußte von ähnlichen Einrichtungen bei den Bauten der Mayas. Nun leuchtete er sorgfältig die Maueröffnung ab, konnte jedoch keine Hinweise auf Gitter, herabstürzende Steine oder sonstige Gefahren entdecken. Vorsichtig schritt er weiter aus. Kurz vor Erreichen der Halle spürte er, wie der Boden nachgab und machte einen weiten, in den Götzenraum hinein gerichteten Satz, hörte hinter sich das Klappen zweier aufeinander prallender Steine.

Berosso fuhr herum, konnte jedoch keine Veränderung feststellen. Er ging dorthin, wo die Spuren der beiden Engländer endeten und tippte mit dem Fuß auf die Stelle. Die Steinplatte gab nach, hob sich auf der anderen Seite. Eine Wippfalle! schoß es ihm durch den Kopf. Wenn man sich von der Seite des Ganges her näherte, wurde das Gleichgewicht der Platte gestört, sie kippte und ließ die Nichtsahnenden in einen unbekannten, darunterliegenden Raum stürzen. Berosso legte sich auf den Bauch, drückte mit den Armen die Steinplatte nach unten. Die Lampe half ihm nur wenig, er sah, daß das Mauerwerk einige Meter tief reichte. Er richtete sich wieder auf, sah sich in der Halle um, dabei entdeckte er eine Art Speer neben einem Idol an der Wand.

Mit Hilfe des Speeres gelang es ihm, die Platte weit aufzudrücken, mit der Lampe bis auf den Boden des Raumes unter der Wippfalle zu leuchten. Dabei entdeckte er die beiden Archäologen. Sie lagen auf dem Grund der Grube, aufgespießt von mehreren Metallspitzen, die dicht über die ganze Grube verteilt in die Höhe ragten.

Berosso ließ den Steindeckel wieder hochklappen. Erschüttert saß er auf dem Boden, er konnte kaum mehr einen Gedanken fassen. Rings um ihn war nur noch Tod – Lofting, die Campesinos, Shelby, die beiden Archäologen. Nur noch er und sechs Träger waren von fast fünfzig

Mann übriggeblieben. Er mußte hier heraus. Er nahm einen Anlauf, übersprang die gefährliche Wippzone und hastete aus dem Gebäude hinaus.

Vor der Pyramide lagen leblos die Campesinos, mit Pfeilen gespickt, Blut verströmend. Niemand kommt hier mehr heraus, dachte er, dann fuhr ihm der erste Pfeil zwischen die Rippen.

21

Ganz in der Nähe erklang der kreischende Schrei eines Papageis, von einigen weiter entfernten Vögeln wütend beantwortet. Insekten summten in der feuchtheißen, stehenden Luft. Eine Fliege oder etwas ähnliches krabbelte an seinem Mund. Er empfand es als lästig, aber nicht so wichtig, um etwas dagegen zu unternehmen. Schließlich war nichts mehr wichtig, alles was er noch hörte und spürte, nahm er wie durch eine trennende, dämpfende Schicht wahr. Er fühlte, daß an seinem Brustkorb etwas nicht stimmte, daß er Druck verspürte, aber auch das war nicht wichtig genug für ihn. Auch dieses taube Gefühl in seinem unendlich fernen rechten Bein stellte nur einen Sinneseindruck dar, der unwesentlich geworden war.

So fühlte man also, wenn man starb. Der Verstand löst sich allmählich von den Mitteilungen der Sinne, nimmt diese zwar noch bewußt auf, aber nicht mehr als zentralen Punkt der Existenz, lediglich am Rande des Wahrnehmungsvermögens, keine Schlußfolgerungen und dadurch bedingte Reaktionen verursachend.

Ein wenig Heiterkeit über das menschliche Streben befiel ihn, als er merkte, daß sich in seinem Verstand eine wohlige Sphäre der Zufriedenheit ausgebreitet hatte. Er empfand Erleichterung darüber, daß die seelische Enge des Alltags im besonderen und des menschlichen Geistes im allgemeinen für ihn zu Ende war, ihn alles nichts mehr anging. Für ihn war nur noch wichtig, sich auf den weiteren Weg seines Bewußtseins entlang dieser Reise, von der niemand zurückkehrte, einzustimmen.

Die Fliege kletterte von seinem Mund zu den Augen. Das war unangenehm. Er überlegte, ob er sie verscheuchen sollte, entschloß sich jedoch dagegen. In kürzester Zeit würden alle Sinneseindrücke mehr und mehr entschwinden, auch diese Hintergrundgeräusche des Dschungels, daher war jede Reaktion auf die Umwelt bereits vergebens. Er versuchte, völlige Ausgeglichenheit und Harmonie in seinem Inneren herzustellen und war mit dem Resultat durchaus zufrieden.

Nur diese Fliege störte ihn. Er wollte seinen elysischen Zustand störungsfrei genießen, daher entschloß er sich nun doch, die Fliege zu verjagen. Er hob die rechte Hand, die Bewegung schien ihm sehr langsam und in weiter Ferne abzulaufen. Sie reichte jedoch aus, um die Fliege aufzuscheuchen. Beleidigt brummte sie hoch, kreiste geschäftig weiter um ihn, plötzlich verstummte ihr Summen. Sie hatte sich scheinbar an einem anderen Platz niedergelassen, was ihm nicht logisch erschien.

Die Fliege hatte sich gemäß ihrer Bestimmung an einem Sterbenden zu schaffen zu machen. Das Fehlen des Summens und Krabbelns war unfair, enthob ihn jedes Kontaktes zur Umwelt, aber vielleicht war es ohnehin besser, diesen Kontakt nicht weiter zu halten. Auf eine Fliege mochten mehrere folgen, die Vorstellung war nicht sehr angenehm. Es galt, sich wieder auf einen ausgeglichenen Seelenzustand zu konzentrieren.

Es gelang ihm nicht. Ein neues Geräusch erklang, ein seltsames, trockenes Rascheln, danach einige schwache, schleifend klingende Laute, dann nichts mehr. Er fühlte, daß ein Wesen in seiner Nähe war. Eine Schlange? Das spielte keine Rolle. Er war zu groß, um gefressen zu werden. Wieder summte ein Insekt, nur kurz, dann war nur das Hintergrundgeräusch des Dschungels zu vernehmen. Entgegen seiner Erwartung nahm die Intensität der Geräusche zu, er konnte sie zunehmend deutlicher hören und die einzelnen Laute unterscheiden, die verschiedenen Stimmen der Affen und Vögel zuordnen. Nun gesellte sich auch Geruch hinzu. In der von Feuchtigkeit geschwängerten Luft, erfüllt mit Duftstoffen unzähliger Blüten und Pflanzen, lag ein feiner Brandgeruch wie von einem bereits erloschenen Feuer. Gebratenes Fleisch konnte er riechen, ebenso den intensiven Zitronengeruch der kleinen Früchte, deren eingeriebener Saft vor Moskitostichen schützte.

Ein Mensch mußte in seiner Nähe sein. Die Sinneseindrücke wurden immer stärker, er fühlte an seinem Brustkorb und im rechten Bein pochenden Pulsschlag. Durch einen tiefen Atemzug wollte er den Druck auf seine Rippen lösen, was ihm jedoch nur stechenden Schmerz verursachte.

Er war nun sicher, nicht zu sterben, sondern aus einer Ohnmacht zu erwachen. Dieses Jammertal fand also seine Fortsetzung. Er hob wieder die Hand, tastete nach der schmerzenden Stelle auf seinem Brustkorb und stieß auf einen festsitzenden Verband aus Blättern, Stoffstreifen und schmalen, flachen Lianen. Sein Hemd und die Jacke waren verschwunden, ebenso die Hose. Vom Bauch abwärts war er von einem merkwürdigen, glatten Geflecht aus Blattstreifen bedeckt. Daß er nackt war, störte ihn nicht so sehr wie die beiden breiten Holzstücke, die an seinem Ober- und Unterschenkel festgebunden waren.

Die Erinnerung brach schlagartig in sein Bewußtsein. Er sah des Italieners breite, schwielige Hand vor sich, darüber das schweißnasse Gesicht, Mund und Augen weit aufgerissenen. Francis Schreie drangen zu ihm, der Fluß zerrte und riß wild an seinen Beinen, höllischer Schmerz biß in seinen rechten Unterschenkel. Himmel, nur kein gebrochenes Bein! Die Hände gaben nach, der tosende Fluß riß ihn in die Tiefe, seine Hilfeschreie ersäufend im hart auf ihn einschlagenden Wasser. Er prallte auf einen

Stein, Mund, Nase, Ohren voll Wasser, schluckend, um sich schlagend, auf eine Wasserfläche klatschend, von nachfolgenden Wassermassen sofort nach unten gedrückt, wieder emporgewirbelt. Luft! Ein tiefer, kurzer Atemzug, sofort hatte er wieder Wasser in der Lunge, er hustete, spuckte, wollte einatmen und sog nur Wasser ein. Die Welt drehte sich mit brüllendem Getöse rasend schnell um und um, er bekam keine Luft, drohte zu ersticken, etwas traf ihn am Kopf, seine Welt versank in Dunkelheit.

Unwillkürlich hatte Howard während der in seiner Vorstellung ablaufenden Szene mit Händen und Füßen Schwimmbewegungen versucht, was stechende Schmerzen in seinem rechten Bein nach sich zog. Er stöhnte auf, eine harte Hand hielt plötzlich die seine fest, beruhigendes „Schsch!" ertönte. Als er sich entspannte, entfernte sich der feste Griff wieder. Howard schlug die Augen auf, die ungewohnte Lichtfülle zwang ihn, sie sofort wieder zu schließen und nur vorsichtig einen Spalt weit zu öffnen. Etwa eineinhalb Meter von seinem Gesicht entfernt hing ein smaragdgrüner, bewegungsloser, großer Gecko kopfunter von einem einfach zusammengebundenen Dachrost, der mit Bündeln von braun gewordenen Blättern gedeckt war. Dieser Bursche hatte also die Fliege auf dem Gewissen.

Howard wandte den Kopf, sein Blick fiel auf eine Indiofrau, die ihn aufmerksam beobachtete. Sie kniete neben ihm, regungslos. Er versuchte, sich zu räuspern, es mißlang. Die Frau trug im Gegensatz zu den anderen Indios, die er bisher sah, einen regelrechten Haarschnitt. Vorne bedeckten die Haare die Stirn, gerade abgeschnitten. An den Seiten trug sie das Haar schulterlang, ebenfalls gerade geschnitten. Schräggestellte, mandelförmige, dunkle Augen blickten ihn an, unter der etwas breiten, flachen Nase saß ein kleiner Mund mit leicht aufgeworfenen Lippen. Ein schlanker Hals ruhte auf schmalen, sehnigen Schultern. Die Hände stützte die Frau auf die Oberschenkel, welche zur Hälfte von einem kurzen Rock aus Bastgeflecht bedeckt waren.

Was Howard jedoch am meisten erstaunte, war das Schmuckstück, das sie um ihren Hals trug. An einer starken Goldkette hing ein ebenfalls aus Gold gefertigter Baum, aus dessen Krone zwei Augen starrten, die aus kleinen Rubinen bestanden. Auf dem Baum befanden sich winzige Tiere und Pflanzen, aus dem Stamm wuchsen zwei Hände, die an einer Seite mit Wasser und an der anderen mit Früchten gefüllt waren. Wie Wurzelwerk des Baumes wirkten tropfenförmige, grüne Edelsteine, die bis zwischen die festen Brüste der Frau herabhingen. Die Indianerin war auf keinen Fall älter als fünfundzwanzig und unterschied sich erheblich von den anderen Indiofrauen, die Howard in Südamerika bisher gesehen hattte.

Nachdem er abgestürzt und ohne Bewußtsein war, mußten Shelby und Berosso ihn aus dem Fluß geholt haben. Sie hatten ihn sicher untersucht und festgestellt, daß er ein Bein gebrochen und einige Rippen angeknackst hatte. Scheinbar versorgten sie ihn, so gut es eben ging, wie die Bandagen und die Fixierung des gebrochenen Knochens bewiesen. Offenbar lebte hier im Talkessel doch ein Indiostamm, in dessen Obhut er sich nun befand.

Alle anderen waren sicher schon bei den Stufentürmen an der Arbeit, nur er mußte flach liegen bleiben. Nun, er war mit dem Leben davongekommen, da konnte er ruhig einige Wochen warten, bis das Bein wieder in Ordnung war. Die Ruinen liefen ihm nicht davon.

Er sprach die Indianerin auf Englisch, Spanisch und Portugiesisch an, dann mit den wenigen Worten, die er im letzten Indianerdorf anläßlich der Begräbnisfeiern aufgeschnappt hatte. Sie schüttelte jedesmal verneinend den Kopf. Also mußte er es ganz von vorne versuchen. Er zeigte auf sich und stellte sich vor.

„Ich bin Howard Lofting." Die Reaktion war wieder Kopfschütteln. Nochmals zeigte er auf sich, nannte seinen Vornamen. Er wiederholte mehrmals diesen Vorgang, blickte gespannt auf die Indianerin. Diese zeigte plötzlich mit ausgestrecktem Finger auf ihn.

„Hauad." Sie hatte ihn verstanden, er nickte, lächelte und wies nochmals auf sich.

„Ja, Mädchen, Howard! Howard!"

„Hauad." Sie nickte befriedigt, nannte noch mehrmals seinen Namen. Nun zeigte er auf sie. Sie lächelte, legte ihre Hand zwischen ihre Brüste. „Samito."

„Samito – Howard." Abwechselnd zeigte er auf sie und sich selbst, sie nickte, wiederholte ebenfalls die Namen. Er wollte nun wissen, wo sich die anderen herumtrieben. Neben ihm lagen einige große grüne Blätter und ein Holzsplitter. Mit dem Splitter zeichnete er ein Strichmännchen auf das Blatt, deutete darauf und sagte dazu seinen Namen. Dann zeichnete er noch einige Strichmännchen dazu, nannte jeweils einen Namen. „Shelby, Berosso, Shepherd, McFarlane."

Sie schüttelte den Kopf. Er zeigte wieder mit Nennung seines Namens auf eines der Strichmännchen, deutete auf die Stelle, an der er lag. Sodann wies er auf die anderen Männchen und ließ die Hand weiträumig kreisen. Sie schüttelte abermals den Kopf, nahm ihm den Splitter aus der Hand und strich alle anderen Männchen durch, bis nur seines übrig blieb.

War er von den anderen im Talkessel zurückgelassen worden? Er machte mit zwei Fingern die Geste des Gehens und wies wieder auf die Strichmännchen.

Abermals verneinte sie, hob beide Hände über ihren Kopf, legte die Handflächen aneinander, streckte die Arme weiter in die Höhe. An seinem Blick merkte sie, daß er nicht verstanden hatte. Sie zeichnete Pfeil und Bogen und durch jedes der Strichmännchen einen weiteren Pfeil.

Sollten alle tot sein? Er deutete abermals auf die Strichmännchen und markierte einen Bewegungslosen. Sie nickte.

Schweiß brach ihm aus. Das konnte doch nicht sein, daß alle tot waren. Wenn er die Gesten und Zeichnungen der Indianerin richtig interpretierte, war nur er noch am Leben, alle anderen durch die Pfeile der Indios getötet. Er hatte sie sicher nicht richtig verstanden.

Er versuchte es auf eine andere Weise. Er zeichnete ungeschickt Big Ben und Houses of Parliament in Umrissen auf das Blatt, daneben eine Stufenpyramide. Die Indianerin schaute aufmerksam zu. Er deutete auf Big Ben. „London.“ Dann zeigte er auf sich.

„Howard – London.“ Er wies auf Big Ben, machte dann wieder die Geste des Gehens mit zwei Fingern, deutete auf den Stufenturm und sah die Indianerin fragend an. Sie nickte, zeigte auf den Stufenturm. „Samito – Aumala.“

Braves Mädchen, dachte Howard, vielleicht weißt du noch mehr? Ungeschickt zeichnete er einen Soldaten aus dem 16. Jahrhundert, mit Lanze, Harnisch und Sturmhaube. Ihre Augen wurden groß und rund. Sie packte das Blatt, sprang auf und lief aus der Hütte, draußen hörte er sie etwas rufen. Kurz darauf kam sie in Begleitung einiger alter Männer zurück.

Auch diese trugen kurze Röcke aus einem Bastgeflecht, in welches geometrische Muster und verschiedenfarbige Federn eingewoben waren. Sie sprach auf die drei Männer ein, zeigte abwechselnd auf Howard und das Blatt in ihrer Hand, Howard schien es fast, als ob ein wenig Triumph in ihrer Stimme mitschwingen würde.

Die Männer nickten, sie kniete wieder neben Howard nieder. Sie zeigte auf das erste Männchen.

„Hauad?" Er nickte. Sie wies auf ihn. „Hauad?" Wieder nickte er. Sie wies auf das Männchen im Harnisch. „Hauad?" Er schüttelte den Kopf.

Einer der Männer zeigte nun ebenfalls auf den Geharnischten. „Al ka wei." Nun war es an Howard, vor Erstaunen runde Augen zu machen, er antwortete.

„Alcaveiros." Die Männer drehten sich abrupt zu der Frau, sprachen erregt auf sie ein, mehrmals auch auf Howard deutend. Sie antwortete, nun ganz deutlich Triumph in ihrer Stimme mitschwingen lassend. Harte Blicke auf Howard werfend, verschwanden die Männer wieder.

Sie stellte zwei Keramikschalen vor Howard auf den Boden, gefüllt mit Wasser und kleinen, schmackhaften Früchten, dazu ein Stück gebratenen Fleisches. Sie zeigte auf Gegenstände, nannte deren Bezeichnungen, vollführte Tätigkeiten und sprach dazu. Sie ließ ihn die Worte immer wiederholen, bis ihn die Kräfte verließen.

Nach mehreren Tagen war er tatsächlich in der Lage, mit Samito kurze Gespräche zu führen. Je länger und öfter er mit ihr sprach, um so besser wurden seine Kenntnisse dieser interessanten, mit guter Grammatik versehenen Sprache. Immer wenn er genaue Auskünfte von ihr verlangte, wies sie ihn jedoch ab, er müsse noch mehr von ihrer Sprache lernen.

Sie wechselte die Bandagen um seine Rippen, massierte sanft die Haut des gebrochenen Beines mit übelriechenden Substanzen ein und veranlaßte ihn, stundenlange Muskelübungen, besonders im geschienten Bein, zu absolvieren. Auch für die sanitären Verhältnisse sorgte sie, entfernte die Blätter und Flechten, die er zur Verrichtung seiner Notdurft benutzte, und wusch ihn alle paar Tage. Er wollte das selbst besorgen, sie ließ das aber nicht zu. Er gab nach und genoß das Gefühl, wenn sie mit ihren festen Händen das Wasser auf seinem nackten Körper verteilte, anschließend die nach Zitronen riechenden Früchte in einer Schale zerdrückte und ihn damit am ganzen Körper einrieb. Daß er dabei mitunter eine Erektion bekam, quittierte sie mit fröhlichem Lachen.

Er forderte zwei Astgabeln von ihr, zeichnete die gewünschte Form auf und fertigte sich brauchbare Krücken daraus an. Die ersten Gehversuche verliefen kläglich, seine Arme konnten das eigene Körpergewicht nicht halten. Er übte fleißig, und bald konnte er die Hütte verlassen.

Vor Samitos Hütte befand sich ein runder, ebener Platz, in dessen Mitte eine etwa drei Meter hohe Skulptur stand, dieselbe Figur darstellend, wie sie Samito an der Kette um den Hals trug. Vor der Skulptur befand sich ein flacher Stein, auf dem einige Früchte und bunte Blumen lagen. Scheinbar handelte es sich hier um eine Gottheit, der geopfert wurde. Dieser Baumgott war mit nichts vergleichbar, was Howard aus der einschlägigen Literatur kannte. Die Statue mußte uralt sein, sie wies starke Verwitterungsspuren auf. Die Rückseite enthielt Symbole und Ornamente, die Howard an die Hieroglyphen der Mayas und Azteken erinnerten, jedoch eine eigene, ihm völlig neue Charakteristik aufwiesen. Je weiter nach oben die Reihe der Ornamente reichte, desto weniger waren sie von der Erosion mitgenommen.

Howard humpelte auf dem Platz voll Begeisterung umher, kostete seine Bewegungsfreiheit aus. Nun mußte Samito ihn nicht mehr wie eine Krankenschwester umsorgen.

Am achten Tag seiner Ausflüge auf dem Platz tauchten einige Leute von Samitos Volk auf, strebten der Steinplatte vor dem Baumgott zu, knieten davor nieder und legten Blumen und einige Früchte auf die Platte. Sie verharrten schweigsam, die Blicke auf das Idol gerichtet. Während dieser Zeit bewegte sich Howard nicht, er wollte die Andacht nicht stören. Samito trat aus ihrer Hütte, Howard staunte. Sie trug eine reichhaltige, kompliziert gearbeitete Federkrone; ein von den Schultern bis zu den Knien reichendes, talarähnliches Gewand, auf das dünne, hellgrüne Steinplatten genäht waren. Vielleicht handelte es sich um Jade, Howard war sich nicht sicher. Um Hals und Schultern lag ein breites Band aus vielfarbigen Federn, das farblich zur Federkrone paßte. Sie schritt über den Platz, ohne Howard zu beachten, stellte sich neben das Idol und begann einen Singsang anzustimmen, die Lobpreisung des Schöpfungsgottes enthaltend, in welchen die Knieenden rhythmisch mit refrainartigen Wiederholungen einfielen. Beinahe wie eine katholische Litanei, dachte Howard. Immer mehr Leute erschienen, bis etwa vierhundert Menschen aller Altersstufen auf dem Platz knieten oder saßen.

Der Gesang brach ab, ein Mann erhob sich, legte einige Gaben auf die Steinplatte und erbat von der Gottheit Jagdglück. Samito empfahl ihm, zwei Tage lang nicht zu jagen und dann im Süden sein Glück zu versuchen. Andere Leute brachten ebenfalls Anliegen vor, Samito gab Ratschläge und Empfehlungen, erteilte immer freundlich Auskünfte. Ob es Fragen nach Schutz vor Schlangenbissen, dem Ort für die Errichtung einer Hütte, Behandlung von Krankheitsfällen oder anderes war, immer konnte Samito die Fragen beantworten. Schließlich verfielen wieder alle in rhythmische Lieder, die von den Heldentaten der Schöpfungsgottheit handelten, dann löste sich die

Versammlung langsam auf. Die Leute gingen fröhlich plaudernd in allen Richtungen auseinander. Samito kniete nun vor dem Idol nieder, schlug die Augen zu Boden, kreuzte die Arme vor der Brust. Sie blieb so einige Minuten, ging dann wieder in die Hütte zurück. Howard folgte ihr.

Sie hatte Federkrone, Kollier und das Festtagsgewand ebenso wie die vorher zur Schau gestellte feierliche Miene abgelegt, dirigierte ihn besorgt auf sein Lager und untersuchte sein gebrochenes Bein. Sie verlangte, daß er nacheinander die von ihr bezeichneten Muskeln anspannen sollte, tastete an seinem Schienbein entlang. Die Bruchstelle war zu spüren, allerdings hatte Howard keinerlei Schmerzen mehr. Schließlich kniff sie ihn rasch und heftig in die Bruchstelle. Der Knochen schmerzte nicht, blieb unbeweglich. Er rühte sich auch dann nicht, als sie versuchte, seinen Unterschenkel zu biegen. Howard empfand keinen Schmerz, nur ein unangenehmes Ziehen.

„Gut geheilt", meinte sie und brachte die Beinschienen wieder an. „Noch sechs Tage, dann ist dein Fuß wieder gut."

„Sechs Tage? Ich bin doch erst zwanzig Tage bei dir. So schnell heilt ein gebrochenes Bein nicht!"

„Ja, du bist zwanzig Tage wach. Vorher hast du geschlafen."

„Wie lange?"

„Einen Mond lang."

Er starrte sie verblüfft an. Das war nicht möglich, er konnte doch nicht einen ganzen Monat bewußtlos gewesen sein. „So lange kann man doch nicht schlafen, auch nach einem Sturz nicht!"

„Nein", schüttelte sie den Kopf, „das kann man nicht. Aber ich habe dir etwas zu trinken gegeben, was schöne Träume macht."

Ich war also high, dachte er. Sie hat mir irgendein Narkotikum eingeflößt, und ich bin völlig weg gewesen. Darum auch dieses herrliche Glücksgefühl, das ich beim Aufwachen verspürte.

„Samito, was ist geschehen, während ich schlief?"

Sie blickte ihn traurig an. „Ich darf nichts sagen. Aber morgen kommt Meluleh, mit ihm kannst du sprechen."

Daraus wurde auch nichts, denn der alte Mann, den Samito Meluleh nannte, vertröstete Howard auf einen späteren Zeitpunkt.

Die Beinschienen wurden endgültig entfernt, und Howard konnte wieder normal gehen. Die ständigen Übungen hatten seine Muskulatur erhalten und trainiert, er hatte keine Schwierigkeiten mit dem Gehen, nur ab und zu verspürte er im Knöchel noch leichtes Stechen.

Tags darauf erschien der alte Mann und forderte Howard auf, ihn zu begleiten. Howard fühlte sich unbehaglich in dem kurzen Rock, den Samito ihm gegeben hatte. Seine eigenen Kleider waren verschwunden, scheinbar zerrissen und zu Bandagen verarbeitet.

Meluleh ging voraus, drang in den Dschungel ein, Howard hinter ihm her. Anfangs gingen sie quer durch den Wald, bis sie auf einen Weg stießen, der aus aneinandergereihten, riesigen Steintafeln bestand, die sich, von Bäumen und Wurzeln gesprengt, in unzähligen Bruchstücken durch den Dschungel zogen. Auf diesem Weg entlang wanderten sie durch den Urwald, nach Howards Schätzung etwa eine Stunde, bis sie an eine vom üppigen Grün des Regenwaldes völlig überwucherte Mauer kamen. Durch den Pflanzenbewuchs unkenntlich gemachte Statuen flankierten links und rechts den Weg, bildeten ein Tor in der Mauer. Dahinter strebten geborstene Stufen in die Höhe, führten zwischen Mauern auf eine Fläche, die nur spärlichen Bewuchs aufwies, da sie vollständig mit den Steintafeln ausgelegt war. In der Mitte des Platzes erhob sich eine riesige Stufenpyramide. Steile Treppen führten an ihren Seiten nach oben, von wo es metallisch blinkte. Howard war sicher, daß dies die zentrale Pyramide war, nicht ahnend, daß Berosso diesen Punkt bereits erreicht hatte.

Meluleh führte Howard an der Pyramide vorbei zu einer Plattform, die über einige Stufen erreichbar war. Auf der Plattform standen im Abstand von etwas mehr als einem Meter zwei Steinsäulen, welche mehrfache Durchbohrungen aufwiesen. Der Alte ließ sich auf der Plattform nieder, forderte Howard auf, sich ebenfalls zu setzen.

Der Blick auf die Pyramide, den weiten Platz und die verschiedenen kleinen Plattformen ringsum, die genauso gestaltet waren wie jene, auf welcher sie soeben saßen, erregte Howard aufs äußerste. Dafür war er hierher gekommen, hatte alle Gefahren auf sich genommen, war beinahe im Fluß ertrunken. Er hatte diese alte, völlig unbekannte Kultur entdeckt. Jetzt galt es, mit Samitos Volk auszukommen, seine Gefühle nicht zu verletzen und trotzdem den Platz genau zu erforschen. Er wußte nicht, was aus der Expedition geworden war, da Samito auf alle seine Fragen immer geschwiegen hatte. Lediglich anfangs schien sie ihm mitgeteilt zu haben, daß alle Expeditionsmitglieder ums Leben gekommen waren. Das konnte nicht stimmen, Shelby war ein zu alter Fuchs, um sich übertölpeln zu lassen, und der Bergsteiger kam sicher durch alle Widrigkeiten des Lebens.

Hier standen die Zeugnisse eines völlig unbekannten Volkes vor ihm, und ihm blieb es vorbehalten, deren Entdecker zu sein. Alle Ziele in Howards Leben schienen erfüllt, nun mußte nur genaue Bestandsaufnahme gemacht werden. Wenn er wieder zurück war, würde es eine Sensation geben. Vielleicht gab es diese bereits, wenn

McFarlane und Francis schon in England waren. Sie ließen sicher nichts unversucht, nochmals mit einer gut ausgerüsteten Expedition, möglicherweise auf dem Luftweg, hierher zu gelangen. Bis dahin konnte er die meiste Arbeit schon erledigt haben. Er mußte nur an einen Ersatzstoff für Papier kommen.

Hier lag seine Zukunft vor ihm. Die Skulpturen mußten von Vegetation befreit, gezeichnet werden. Vielleicht konnte er auch hinter das Geheimnis der Hieroglyphen kommen. Er konnte diese Arbeit besser als alle anderen durchführen, und er würde sie machen. Die Welt wird mir zu Füßen liegen, dachte Howard.

„Als ich noch jung war", begann Meluleh zu sprechen, „stieg ich oft auf das Götterhaus hinauf. Ich war immer allein, zu den Göttern wagte sich kein anderer Jäger. Ich saß oft dort zu den Füßen der Götter und sah die ganze Welt. Von dem Platz der Götter sieht man in jede Richtung bis dorthin, wo die Mauern der Welt stehen. Sie stehen rings um die Welt, von dort, wo sie den Fluß des Lebens hergeben, bis dorthin, wo sie ihn wieder schlukken. Ich kenne jeden Fußbreit der Welt, ich habe sie oft durchwandert, immer sieben Tage von Mauer zu Mauer. Ich kenne alle Menschen der Welt. Nur dich kenne ich nicht. Du bist groß, deine Haut und dein Haar haben andere Farben als die Menschen, du sprichst ganz unverständlich und mußtest erst lernen, wie ein Mensch zu sprechen. Du bist anders als wir, du bist nicht von hier. Wenn du nicht von der Welt bist, woher bist du gekommen?"

Howard ahnte, daß er sich mit jeder Antwort auf unsicheres Gebiet begab. Einerseits schien der abgeschlossene Talkessel Samitos Volk den Eindruck zu vermitteln, daß dieses Tal die ganze Welt war. Andererseits hatte er bereits den Eindruck einer gewissen Religiosität erhalten, so daß seine Antwort unberechenbare Reaktionen hervorrufen konnte. Ihm blieb nichts anderes übrig, als auf den gesunden Menschenverstand des Alten zu bauen.

„Wenn du dort oben auf dem Gotteshaus warst und über die ganze Welt gesehen hast, so hast du auch die Mauern gesehen, wo die Welt zu Ende ist?"

„Ja, das habe ich." Der Alte nickte.

„Dann hast du auch hoch oben auf den Mauern, wo die Welt zu Ende ist, Bäume gesehen, dieselben, wie sie hier wachsen."

„Ja, ich habe sie gesehen. Man sieht sie auch von dem Platz aus, wo die Mauern den Fluß hergeben."

„Ja, ich weiß, daß du ein großer Jäger bist und viel mehr weißt als die anderen deines Volkes. Daher kann ich dir sagen, daß die Welt an den Mauern nicht zu Ende ist. Sie geht dort oben weiter. Ich komme von dort."

Der Alte zog die Knie an, umfaßte sie, schaukelte auf und ab, nickte kummervoll. „Das habe ich mir gedacht. Wir wissen nichts von der Welt dort oben. Erzähle mir davon."

Howard pflückte eine in der Nähe wachsende, runde, grüne Frucht, deren Schale wie eine Orangenschale wirkte. Mit einem Holzsplitter zeichnete er grob die Umrisse der Kontinente ein.

„Das, Meluleh, ist die Welt, sehr viel kleiner als sie es wirklich ist. Aber so sieht sie aus, eine große Kugel mit viel Wasser hier und ein wenig Land hier und hier und hier. Und auf diesem Teil des Landes befinden wir uns."

Der Alte nahm Howard die Frucht aus der Hand, drehte sie hin und her, dann stand er auf und bedeutete Howard, ihm zu folgen. Er strebte einem flachen Gebäude am Rande des Platzes zu, trat mit Howard ein.

Durch die drei großen Toröffnungen fiel genug Licht, um Howard eine große, aufgestellte Steinplatte an der

Rückwand des Raumes erkennen zu lassen. Auf der Steinplatte befanden sich konzentrische Kreise, mit Hieroglyphen versehen.

„Du hast Kenntnis von einem großen Geheimnis, Hauad. Nun sage mir, was mir mein Großvater vor vielen Monden hier sagte. Mit ihm konnten die Steine reden, und er lehrte mich das Geheimnis, auf ihre Stimmen zu hören, wie ich meinen Nachfolger lehren werde. Was sagen dir die Steine?"

Howard trat näher an die aufrecht stehende Platte, verfolgte mit dem Finger die Linien der eingravierten Kreise. Der vierte Kreis war zusätzlich mit einer Wellenlinie versehen, insgesamt waren es sieben Kreise in immer größer werdenden Abständen. Howard tastete über die eingemeißelten Hieroglyphen, unfähig, deren Bedeutung zu erfassen. Die Kreise jedoch ließen eine erste Erkenntnis in ihm aufdämmern.

„Ich kann den Sinn dieser Zeichen nicht verstehen, Meluleh. Daher sprechen die Steine nicht zu mir, obwohl ich es gerne hören würde. Aber dies hier kenne ich. Dieser innerste Kreis hier ist die Sonne, das große Feuer des Tages, das allen Leben gibt. Alle anderen Kreise zeigen Welten wie unsere, kugelförmige Körper, die um die Sonne laufen. Diese dritte Linie ist der Ort, wo der hellste Stern am Himmel läuft, der abends und morgens zu sehen ist, wenn alle anderen Lichter des Himmels noch nicht oder nicht mehr erscheinen.

Die vierte Linie ist der Lauf unserer Welt um die Sonne, begleitet vom Mond. Die fünfte Linie ist der Lauf einer kleinen Welt, die wie ein kleines, rotes Auge in der Nacht zu sehen ist.

Hier sind nicht alle der Welten, die um die Sonne laufen, aufgezeichnet. Es gibt neun Welten auf solchen Linien."

Der Alte wandte den Kopf, zog Howard mit sich aus dem Gebäude, ließ sich im Schatten einiger Bäume wieder nieder.

„Du bist klug und weißt viel." Er betrachtete wieder die von Howard verzierte Frucht. „An welchem Ort der Welt leben wir?"

Howard zeigte mit dem Finger auf Südamerika.

„Wie lange geht man um die Welt herum?"

„Sieh her." Howard zeichnete in die Erde vor Ihnen eine grobe Weltkarte, in Südamerika zeichnete er den Verlauf des Amazonas und des Xingu, dicht daneben den Iriri. „Dies ist ein Fluß in unserer Welt, der den Namen Xingu führt. Dies ist ein anderer Fluß mit Namen Iriri. Dieser Punkt zwischen den beiden Flüssen ist deine Welt. Wenn du deine Welt in sieben Tagen durchwandern kannst, dann benötigst du zwanzig Tage von deiner Welt bis zum Fluß Xingu."

Der Alte betrachtete lange die Skizze, dann nickte er traurig. „Ich habe diese Gedanken lange mit mir getragen, niemand von Ooms Volk weiß davon. Nur ich weiß seit langer Zeit, daß über den Mauern eine andere Welt ist. Wenn jedoch dort oben Menschen wohnen, warum sind sie dann nicht schon lange hierher zu uns gekommen?"

„Im Wald leben nicht viele Menschen, und diese glauben, daß an den Mauern die Welt zu Ende ist. Sie gehen nicht hinab. Ich habe gewußt, daß die Gotteshäuser hier zu finden sein werden, deshalb bin ich gekommen."

„Wer hat dir von den Gotteshäusern erzählt?"

„Es war schon einmal jemand aus der Welt über den Mauern hier. Das ist sehr lange her, viele Menschenalter lang. Dieser Mann hat erzählt, was er hier fand. Aber seine Erzählung ist verlorengegangen, bis ich Blätter fand, die zu mir sprachen wie die Steine zu dir sprechen können. So habe ich gesucht und fand Aumala, eure Welt."

„So ist es, Hauad. Weißt du sonst noch etwas über unser Volk?"

Howard schüttelte den Kopf.

„So höre, ich will dir sagen, was geschah. Und ich will von dir wissen, was weiter geschehen soll.

Oom ist der Baum, dem alles Leben entspringt. Oom ist der Baum, in den das Leben zurückkehrt. Oom ist der Baum, der die Welt geschaffen hat. Oom ist der Baum, der den Menschen schuf."

Howard kannte diese Litanei bereits von der Andacht vor Samitos Hütte her, es handelte sich scheinbar um eine religiöse Formel der Anrufung des Gottes.

„Als Oom den Menschen schuf, gab er ihm diese Welt, um darin zu leben. Und wie du sagst, gab er ihm die ganze Welt, deine und meine. Die Menschen lebten von den Gaben Ooms, lernten Feuer zu machen und die Steine zu schneiden. Sie lernten die Erde zu brennen und daraus Gefäße zu machen. Sie lernten die Gesetze des Lebens kennen, wie Oom sie sprach. Die Menschen wurden immer mehr und lernten Hütten aus Stein zu bauen.

Alle Menschen lebten von den Gaben des Waldes, von den Tieren und den Früchten. Später gab es Menschen, die verrichteten andere Tätigkeiten, sie bauten Häuser aus Stein, sie dachten über das Leben und die Götter nach. So mußten diese von den anderen Menschen mitternährt werden. Diese Menschen wurden immer klüger, bis sie entdeckten, daß es gut war, nicht selbst zu jagen und Früchte zu sammeln. Andere taten das für sie. Als aber alle Gotteshäuser gebaut waren, was viele Menschenalter lang dauerte, verkündeten diese Menschen, daß es noch andere Götter gab und auch diesen Gotteshäuser gebaut werden müßten.

Das wollten die Menschen nicht mehr, da Oom der einzige Gott ist. Da entdeckten die Männer in den Gotteshäusern, daß in manchen Steinen etwas enthalten ist, das bei starkem Feuer wie Wasser rinnt und wenn es kalt ist, hart und stark wird, härter als Stein. Aus diesem machten die Männer der Gotteshäuser Waffen, mit welchen die Menschen gezwungen wurden, weiter Nahrung und Kleidung abzuliefern. Wer von dem Leben, für andere zu arbeiten, genug hatte, ging zu den Gotteshäusern und fand dort Aufnahme und lernte, von seinem Volk Nahrung und Kleidung zu verlangen.

Viele Menschenalter später waren zwei Völker entstanden, das Volk der Gotteshäuser und das Volk Ooms. Das Volk der Gotteshäuser beherrschte viele Künste, sie heilten Kranke und Verletzte, sie schnitten alle Ereignisse der Welt in Steine und konnten sie somit für immer aufbewahren. Sie wußten, was in der Zukunft geschehen würde, sie waren stark und zwangen das Volk Ooms, alle Arbeiten für sie zu verrichten. Die Frauen nahmen sie, wie es ihnen gefiel. Wenn das Volk Ooms nicht mehr für das Volk der Gotteshäuser arbeiten wollte, wurden viele Menschen getötet. Um weiterleben zu können, wurden die Arbeiten weiter gemacht; geschah, was das Volk der Gotteshäuser wollte.

Dann entdeckten die Männer der Gotteshäuser neue, bis dahin unbekannte Götter, darunter einen Gott des Todes. Die Priester Ooms waren dagegen, aber sie waren die ersten, die als Opfergaben für den neuen Gott sterben mußten. Ab dieser Zeit war es nicht mehr notwendig, viele Menschen zu töten, denn es mußten in jedem Mond einige als Opfer für die neuen Götter gebracht werden.

Dort, zwischen den Stämmen aus Stein, wurden sie angebunden und geopfert. Wenn sie nicht freiwillig gingen, so wurden sie geholt. Trauer und Leid herrschte über das Volk Ooms.

Aber einer Priesterin Ooms war es gelungen, den Herrschern zu entkommen, sie versteckte sich im Wald. Sie hatte vom Volk der Gotteshäuser viel gelernt und konnte daher auch sagen, was in der Zukunft geschehen würde.

Sie sagte, daß der Todesgott über das Volk der Gotteshäuser kommen und alle fressen würde, auch von Ooms Volk würden viele gefressen, aber einige werden überleben. Aber die neuen Götter würden dann ohne Volk bleiben, niemand wird sie mehr anbeten und sie werden keine Opfer mehr erhalten, denn Menschen zu töten verstößt gegen Ooms Gesetz.

Und wie die Priesterin sagte, so geschah es auch. Der Todesgott erschien in Menschengestalt, so daß er anfangs nicht erkannt wurde. Er trug Kleider, die von keiner Waffe durchbohrt werden konnten, und seine ihn begleitenden Todesgötter nannten ihn Al ka wei."

Alcaveiros! Nun hatte Howard den Beweis, daß der alte Kapitän tatsächlich hier gewesen war. Ein Indianer, der dem sozialen Druck dieser Zweiklassengesellschaft entflohen war, gelangte auf abenteuerlichen Wegen durch den Urwald und war den Portugiesen in die Hände gefallen, hatte ihnen unter der Folter den Weg gewiesen.

„Der Todesgott in Menschengestalt sollte ihm selbst geopfert werden, so hatten es die Priester in den Gotteshäusern beschlossen. Aber er war stärker, er kämpfte wie ein Jaguar, vergoß das Blut des Volkes der Gotteshäuser in Strömen. Er kümmerte sich nur um das Volk der Gotteshäuer, Ooms Volk lebte im Wald, an ihm war er nicht interessiert. Der Todesgott holte die harten, bunten Steine, welche die Priester aufbewahrten, und nahm sie mit sich. Nach wenigen Tagen wurde das Volk der Gotteshäuser krank, sie bekamen Flecken im Gesicht und am ganzen Körper, sie starben unter vielen Schmerzen nach wenigen Tagen alle dahin. Wie es Ooms Priesterin vorhergesagt hatte, wurden auch viele aus Ooms Volk krank und starben, aber einige überlebten, jedoch niemand aus den Gotteshäusern.

Mehrere Monde danach kam der Todesgott wieder und nahm nochmals bunte Steine mit sich, so viel er und seine Begleiter nur tragen konnten. Er verschwand und kam nie wieder.

Ooms Priesterin führte die letzten unseres Volkes durch die Zeit der Angst vor der Wiederkehr des Todesgottes, aber er kam nicht mehr. Die Priesterin nahm sich einen Mann und gab ihr Wissen an ihre Tochter weiter, so geschah es viele Menschenalter hindurch. Andere Kenntnisse wurden in anderen Familien weitergegeben. Heute sind nur noch Samito, Ooms Priesterin, und ich übrig, die das Wissen haben. Und ich kann es niemand mehr weitergeben.

Ooms Volk betrat die Gotteshäuser nicht mehr, der Wald holte sich alles zurück, wie du siehst. Seit vielen Menschenaltern ist kein Streit mehr, denn Oom sandte seinen Diener, den Todesgott, um die Welt von denen zu säubern, die nicht seinem Gebot entsprachen.

Nun sprach Samito vor vielen Monden, daß fremde, uns nicht bekannte Menschen erscheinen würden und keiner von diesen das Tal verlassen darf. Als du dann vom Fluß angetrieben vor Samitos Hütte liegen bliebst, machten wir uns auf die Suche nach den anderen und fanden sie hier bei den Gotteshäusern.

Sie mußten alle sterben, keiner blieb am Leben. Zwei verschwanden in den Geheimnissen der Gotteshäuser, aus denen niemand zurückkehrt. Allein du bist am Leben, weil der Fluß dich zu Ooms Priesterin trug und du uns sagen mußt, wie unser Leben weitergehen soll. Samito sagte, daß in zwei oder drei Menschenaltern unser Leben ganz anders werden würde und daß du uns davor bewahren wirst, daß wieder ein Volk der Gotteshäuser über uns herrschen wird."

Wie gelähmt saß Howard neben dem alten Mann, fasziniert von der Erkenntnis, daß jenes Kulturvolk, das diese Bauten geschaffen hatte, noch existierte. Meluleh hier war noch in der Lage, die Hieroglyphen zu lesen. Irgendwo ließ sich sicher die exakte Geschichte dieses Volkes nachvollziehen. Ihm, Howard Lofting, war ein Glücksfall ganz besonderer Art gelungen. Nicht nur, daß er eine verschollene Kultur fand, er lieferte auch noch das lebende Volk dazu, das noch alles im ursprünglichen Geiste interpretieren konnte! Er mußte nur aus diesem Talkessel heraus, dann – ja, was dann?

Der Alte, der ihn nun wieder auf den Rückweg zu der kleinen Siedlung mitnahm, hatte unmißverständlich gesagt, daß er im Tal bleiben müsse. Wenn ihm jedoch die Flucht gelang, wie konnte er allein und unbewaffnet durch den Dschungel gelangen, egal in welche Richtung, ob zum Xingu zurück oder zum Iriri? Er war unerfahren, mußte sich bei einem solchen Marsch auf jemanden wie Shelby verlassen können, der eine Himmelsrichtung aus sich heraus bestimmen konnte. Aber der Alte hatte unmißverständlich erklärt, daß Shelby und auch alle anderen tot waren. Allein konnte er unmöglich durch den Dschungel, und von den Einheimischen war keine Hilfe zu erwarten. War er nicht ebenso tot wie alle anderen seiner Expedition? Das Schicksal bewies wieder seinen grausamen Humor. Es ließ ihn an sein Ziel kommen, versagte ihm aber jeden Erfolg. Was hatte er verbrochen, daß sein Leben so völlig verpfuscht wurde?

22

Der Regen schoß mit elementarer Wucht herab, prasselte auf Bäume, Büsche, die Dächer der Hütten, den Fluß, als ob jeder einzelne Tropfen mit hartem Schlag die Stabilität des getroffenen Materials überprüfen wollte. Laubkronen und Blätter schüttelten sich unter dem lauten Trommeln der Wassermassen, schwankend hielten sie dem Anprall stand. Das ohrenbetäubende, monotone Rauschen erstickte alle anderen Geräusche des Waldes, dessen Geschöpfe sich angstvoll an Baumstämme und unter Blätter drängten, regungslos auf das Ende des Überfalls wartend.

Samitos Hütte, gedeckt mit Bündeln breiter Bananenblätter, bot Schutz vor dem Regen, allerdings nur kurz. Sie hatte Howard gelehrt, verschiedene Samenkapseln nach brauchbaren und ungenießbaren Stücken zu unterscheiden und ließ ihn eine große Schüssel sortieren. Das Klatschen großer Tropfen in der Schüssel störte ihn, er warf einen Blick auf das Dach. Das Wasser drang durch die Lagen der Blätter, lief an der Unterseite entlang und tropfte an allen möglichen Stellen herab. Samito saß an einem primitiven Webstuhl, verarbeitete Pflanzenfasern zu schmalen Gewebsstreifen, aus welchen die kurzen Röcke angefertigt wurden, die alle, auch Howard, trugen.

„Ist das Dach immer so voll Löcher?“

Sie warf einen Blick auf das Dach, dann auf Howard. „Es ist doch gut, besser als die meisten!“

Er schüttelte den Kopf, ließ seine Beschäftigung liegen und kletterte an einem Pfosten zum Dach empor. „Das Wasser läuft überall hindurch, das ist doch nicht dicht!“

Sie lachte. „Nur Steine sind dicht, das müßtest du doch wissen!"

„Nein, das muß auch auf andere Weise zu machen sein." Er kletterte wieder herab, lächelte. „Du hast so viel für mich getan, nun kann ich etwas für dich tun!"

Nach dem Regen suchte er den alten Meluleh auf und fragte ihn nach den Eigenschaften der verschiedenen Bäume und deren Holz. Der alte Indio nahm Howard auf lange Streifzüge in den Wald mit, erklärte ihm die Pflanzen, deren Verwendung, warnte ihn vor giftigen Dornen und bitteren Früchten, zeigte ihm Heilkräuter und die vielfältigen Insekten, welche die Pflanzen bewohnten.

„In den Tagen der Männer der Gotteshäuser war dies hier eine beliebte Folter", meinte Meluleh und schlug mit einem Stock kräftig einige Male auf einen etwa schenkelstarken Baum. Nach wenigen Momenten erschien es Howard, als ob sich die Rinde des Baumes bewege. Er trat näher heran, sah aus unzähligen winzigen Löchern in der glatten, grauen Rinde Legionen von Ameisen hervorwimmeln, die aufgeregt nach dem Störenfried suchten. „Man band Ungehorsame an solche Bäume, und sehr oft starben sie durch den Zorn der Ameisen."

Der alte Indio zeigte Howard auch Nester anderer Ameisen, die aus papierartiger Masse gefertigt in Astgabeln hingen. Er demonstrierte die Harmlosigkeit der Termiten, indem er seine Hände flach auf einen Bau legte und die gelblichweißen Insekten auf seinen Arm krabbeln ließ, um sie dann abzustreifen und genußvoll in den Mund zu stecken. „Termiten beißen nicht, nur, wenn sie einen Feind erkennen."

Howard suchte Bäume, die aus leicht spaltbarem Holz bestanden. Meluleh zeigte ihm die gesuchte Baumart.

„Wie könnt ihr diesen Baum fällen?" fragte Howard, neugierig auf die Technik der Indios.

„Das ist sehr schwierig. Unsere Vorfahren hatten Geräte aus Metall, welche sie verwendeten. Heute gibt es nur mehr ganz wenige davon, und meist brechen sie auseinander. Wir nehmen Steine von den Mauern der Welt, welche scharfe Kanten haben. Aber solch starke Bäume brauchen wir heute nicht mehr."

„Meluleh, du sagtest, daß alle meine Begleiter ums Leben kamen?"

Der alte Indio nickte.

„Wo sind die Dinge, die sie mit sich führten?"

„Du darfst nicht daran denken."

„Ich möchte euch zeigen, wie manches davon zum Nutzen des ganzen Volkes zu verwenden ist."

„Du darfst diese Dinge nicht besitzen."

„Ich weiß, daß ihr mich nicht mehr von eurer Welt fortlassen werdet. Ich bin nun hier, und ihr müßt mit mir leben. Laß mich dir zeigen, was ich meine, und du wirst dann entscheiden, was für dein Volk richtig ist."

Der Indio blickte Howard lange an, dann nickte er, wandte sich um. „Folge mir!"

Nach einer kurzen Wanderung erreichten sie einen kleinen, völlig überwucherten Steinbau der Vorfahren. Die Türöffnung war groß genug, um auch Howard ein aufrechtes Eintreten zu ermöglichen. Feuchter Modergeruch empfing sie, von üppig wuchernden Algen hervorgerufen, welche die Mauern an den Innenseiten überzogen, einen dichten, grünen Teppich bildend, der sich schleimig und unangenehm anfühlte. An den Innenseiten der Mauern zog sich eine aus behauenen Steinen gebildete Sitzbank entlang, in der Mitte des mit Steinplatten sorgfältig ausgelegten Bodens gähnte eine finstere Öffnung. Ein kreisrunder, völlig schwarzer Schacht führte hier in unbekannte Tiefen.

Howard ließ einen Stein in den wie eine Brunnenöffnung wirkenden Schacht fallen, zählte die Sekunden bis zum Aufprall. Danach mußte der Grund des Schachtes etwa zehn bis zwölf Meter tiefer liegen. An der Rückseite des Raumes stand ein tischförmiges Gebilde, darauf lagen unordentlich aufgehäuft Rucksäcke, Ausrüstungsgegenstände, Kleidungsstücke und Schuhe. Howard trat darauf zu, streckte seine Hand aus, fuhr über Berossos Steigeisen, über Shelbys Machete.

„Große Trauer erfaßt mich, Meluleh. Diese Männer haben nicht verdient, getötet zu werden. Es waren meine Freunde und sie haben niemandem etwas getan. Sie wollten nur wie ich die Gotteshäuser finden."

„Es ist geschehen, weil es so bestimmt war."

„Warum habt ihr alles hierher gebracht?"

„In diesem Haus ist nichts von langer Dauer. Alles zerfällt und löst sich auf. Nach einiger Zeit bleibt nichts von den Dingen deines Volkes. Wir wollen diese Dinge nicht, da wir nicht wissen, ob nicht der Todesgott herausspringt."

„Wie du mir gezeigt hast, Meluleh, wohnt der Todesgott auch in Blumen und Pflanzen. Er kann euch nichts anhaben, weil ihr wißt, wo er wohnt. Genauso ist es mit diesen Dingen. Ich möchte dir zeigen, was man damit machen kann. Sei ohne Furcht."

Howard nahm ein Beil aus einem Rucksack und trat damit vor den uralten Bau, suchte sich einen etwa zwanzig Zentimeter starken Baum in der Nähe und holte aus. Der Klang des in das Holz dringenden Beiles hatte aufgeregtes, vielfaches Geschrei und Geschnatter der Vögel und Affen zur Folge. Howard ließ sich nicht beirren. Helle Holzstücke flogen umher, nach wenigen Minuten neigte sich der Baum, krachend sprang das Holz entzwei, rauschend fuhr die Baumkrone herab, eine Schneise ins Unterholz schlagend.

Schnaufend und schwitzend reichte Howard das Beil an Meluleh, der mit den Fingern über die Schneide fuhr. Da gewahrte Howard zwei Männer des Stammes, die in der Nähe standen, auf ihre Bögen gestützt, wohl vom ungewohnten Klang des Beiles angelockt.

Howard holte noch mehr Werkzeug hervor und machte sich daran, den gefällten Baum zu entasten und zu glätten. Die drei Indios ließen sich in der Nähe nieder und beobachteten ihn bei seiner weiteren Tätigkeit. Mit Säge und Beil zerlegte er den Baum in rechteckige Blöcke. Als er diese in regelmäßige Platten zu schneiden begann, verschwanden die Bewaffneten, nur Meluleh leistete ihm Gesellschaft.

Nach zwei Tagen hatte er den Baum zur Gänze in kleine, rechteckige Platten zersägt, in welche er an einer Schmalseite jeweils zwei Löcher bohrte. Abermals zwei Tage benötigte er, um die Platten zu Samitos Haus zu bringen. Dort riß er das Bananenblätterdach herab, ungeachtet der lauten Proteste Samitos. Die Platten waren rasch an den von ihm verstärkten Lattenrost gebunden, mit Bananenblättern als Zwischenlage gepolstert. Als Dachfirst klebte Howard halbierte Bambusrohre mit Harz auf die hölzernen Dachschindeln, von mehreren staunenden Stammesmitgliedern bei seiner für sie völlig ungewohnten Tätigkeit beobachtet.

Er erklärte sein Werk schließlich für beendet, stolz auf seine Leistung und die Blasen an seinen Händen. Samito war zufrieden, wieder ein Dach über dem Kopf zu haben. Sie betrachtete in Gesellschaft einiger Stammesmitglieder von außen und innen das neue Dach. Howard lud alle Zuschauer ein, den nächsten Regenguß in Samitos Hütte abzuwarten. Da es beinahe jeden Nachmittag regnete, mußten sie nicht lange warten. Das Publikum war außer sich vor Staunen, daß es tatsächlich nicht durch das Dach regnete, und rannte schnatternd in Richtung des Dorfes davon.

Bald kamen die Männer, um sich von Howard erklären zu lassen, wie man ein Dach deckt. Er führte auch die Aufsicht über den Anfang der Arbeiten, die zu völlig neuen Dächern des ganzen Dorfes führten. Samito war ungeheuer stolz auf ihn und wies das Volk bei den regelmäßig stattfindenden Andachten immer wieder darauf hin, daß sich ihre Prophezeiung in bezug auf Howard bewahrheitet hatte.

Als nächstes fertigte Howard Möbel aus Bambusrohr an, welche sofort von den Männern nachgebaut wurden. Er wiederum lernte von den jungen Männern den Gebrauch von Pfeil und Bogen, von Blasrohr und Fischspeeren. Er war auf seine Leistungen in diesen sportlichen Disziplinen stolz, blieb aber immer weit hinter den jungen Jägern zurück. Trotzdem empfand Howard ein ganz unbändiges Glücksgefühl, als er Samito seinen ersten selbstgespeerten Fisch brachte.

Zufrieden lehnte er an einem der Pfosten von Samitos Hütte und blickte auf den Fluß. Hier ließ es sich gut leben. Nahrung war in Wald und Fluß genug vorhanden, mit seinem Wissen konnte er noch mehrere Verbesserungen und Erleichterungen dem Stamm vermitteln. Immer wieder wurde er um Rat gefragt, durfte auch an den abendlichen Plauderstunden der Männer teilnehmen. Er lernte dieses Volk lieben, das keine Lüge kannte, das kein Wort für Verbrechen in seiner Sprache hatte. Howard empfand es als außergewöhnlichen Glücksfall, daß er mit diesen einfachen und für ihre Welt doch sehr klugen Leuten leben konnte und achtete sorgsam darauf, ihre religiösen Gefühle nicht zu verletzen. Es erschien ihm richtig, beim Sammeln verschiedener Früchte nicht nur den eigenen Bedarf zu besorgen, sondern auch an die anderen Stammesmitglieder zu denken. Beim Üben mit dem Speer holte er eine Anzahl Fische aus dem Fluß und lieferte diese im Dorf ab, genauso, wie es die anderen Jäger hielten.

Er blickte auf seine hart gewordenen Hände, auf die kleinen Schwielen, die sich in den letzten Tagen gebildet hatten, und war stolz darauf. Hier hatte er etwas geleistet, was nicht nur für ihn selbst Nutzen brachte, sondern auch allen anderen. In den Augen dieser Leute war er für die Gemeinschaft nützlich und wertvoll geworden, er wurde wie die anderen Stammesmitglieder respektiert, hatte seinen Platz in dem kleinen Völkchen gefunden. Alle Menschen, die er traf, waren Freunde, schwatzten gerne mit ihm, ließen ihn an ihrem Alltag teilhaben.

Seine Tage waren ausgefüllt mit Bauaufsicht, Jagen, Geschichtenerzählen. Er unterwies die Leute im Gebrauch von Werkzeug, streifte oft stundenlang durch den Wald, der nunmehr keine unbekannten Gefahren mehr für ihn barg, ihm im Gegenteil das Gefühl vermittelte, die Natur nicht zu beherrschen, sondern mit ihr in Einklang zu leben.

Der alte Indio mahnte ihn immer wieder zur Geduld, alles würde offenbar werden.

Die Tage waren für Howard ein erfülltes, glückliches Ereignis, voll mit körperlicher und auch geistiger Arbeit, welche ihn abends mit wohliger Mattigkeit sich auf seinem Schlafplatz strecken und räkeln ließen. Die Sonne verschwand in kräftigen gelben und orangeroten Farben, die Tiere des Urwalds stimmten ihr Nachtkonzert an, Dunkelheit zog über das Tal, vom schwach schimmernden Spiegel des Flusses kaum erhellt. Da spürte er Samitos Körper, die sich an ihn schmiegte, gurrend und kichernd an seinem Hals knabberte, ihre Lippen fanden die seinen.

Der alte Meluleh vollführte die Zeremonie bei dem

Götzenbild vor Samitos Hütte, der ganze Stamm war anwesend. Samito als Ooms Priesterin hatte ihre Festtagstracht angelegt, welche mit funkelnden Juwelen und bunten Federn besetzt war, flache Plättchen aus Jade waren in geometrischen Mustern aufgenäht. Sie trug die Federkrone, unverhohlener Stolz sprach aus ihren Zügen, daß dieser großgewachsene Fremde, der so viel Neues ins Tal gebracht hatte, nun ihr Mann wurde.

Howard hatte von einem harmlosen Bienenvölkchen eine kleine Honigwabe entwendet, daraus einen kleinen Brocken roten Wachses geformt. Samito brachte ein weißes Wachsstück. Unter Anrufungen Ooms, dem Paar Gesundheit, viele Kinder und ein langes Leben zu schenken, schmolz Meluleh die beiden Wachsstücke in einem kleinen Gefäß. Die Farben lösten sich, flossen ineinander, wurden durch kreisende Bewegungen vermischt, bis sie eine homogene, orangegelbe Masse bildeten. Meluleh brach das Wachs in zwei Stücke, reichte Samito und ihm jeweils eines.

Samito legte ihr Stück zwischen beide Hände, trat vor die versammelten Leute und versprach ihnen, keinen anderen Mann zu nehmen, solange Howard lebte, für ihn zu sorgen und mit ihm zu leben. Howard tat es ihr nach, auch er legte vor dem Stamm sein Versprechen ab. Sofort darauf jubelte Samito, sprang ihn an, schlang Arme und Beine um ihn, jauchzte auf. Howard suchte unter dem Gelächter des Stammes das Gleichgewicht zu halten.

Meluleh, diesmal ebenfalls in bunter Tracht ähnlich jener, die Samito trug, hob die Arme, gebot Schweigen.

„Ihr alle wißt, daß Ooms Priesterin vor vielen Monden verkündete, daß fremde Menschen zu uns kommen würden und einer von ihnen uns sagen würde, wie wir in fernen Tagen leben müssen. Wie Oom durch seine Priesterin zu uns sprach, so geschah es. Hauad ist bei uns, er hat uns viel gelehrt, brachte Kenntnisse, die uns helfen werden.

In Ooms Absicht lag es auch, daß ich bis heute leben durfte als Hüter des alten Wissens. Hauad hat gelernt, auf die Sprache der Steine zu hören, er weiß, was sie erzählen und wird bald alle ihre Stimmen kennen. Auch Steine, die zu mir nicht mehr sprachen, beginnt er zu hören. In Ooms Plan muß es auch gelegen sein, daß bis heute zu keinem von euch die Steine sprachen. Oom wußte, daß Hauad kommen würde.

Ich bin alt geworden, und ich vollziehe Ooms Willen. Wenn ich den Weg zurück in Ooms Baum gehe, dann wird Hauad der Hüter des alten Wissens, auf ihn sollt ihr hören, er soll Rat erteilen, wenn ihr ihn wollt.

Oom ist der Baum, dem das Leben entspringt. Oom ist der Baum, der den Menschen schuf."

Gerührt lauschte Howard den Worten des alten Mannes. Er, ein Fremder in diesem Volk, wurde von dem alten Indio derart geehrt. Er, Howard Lofting, sollte zum Hüter des Wissens dieser alten Kultur werden, das Volk anleiten. Ihm schenkte sich diese liebenswerte, unkomplizierte Frau, ihm brachten diese einfachen Leute Vertrauen und Offenheit entgegen, wie sie Howard noch nie erlebt hatte.

Während des anschließenden Festes gingen Bilder der Hochzeit mit Joan durch Howards Kopf. Welch ein Unterschied herrschte da vor, weniger durch die fehlende Technik als die Lebensart der Menschen. Seine Hochzeit war ein abgekartetes, seelenloses Spiel gewesen, ein der Publicity dienendes Spektakel mit einem ahnungslosen Statisten. Hier bei Ooms Volk gab es keine Falschheit, keine Hintergedanken, alle waren fröhlich und freuten sich mit den beiden Jungvermählten. Hier galt jeder gleich viel, es gab keine Etikette, niemand hatte Grund, auf andere herabzusehen, niemand neidete anderen irgend etwas. Wo, so fragte sich Howard, findet Zivilisation eigentlich statt?

Einige Tage später forderte Samito ihn auf, sie gemeinsam mit etwa zwanzig Stammesangehörigen zu begleiten. Der Weg führte zu den Mauern der Welt, an den Rand des Talkessels in eine längliche Höhle, an deren rückwärtiger Wand eine Skulptur Ooms als Relief in den Felsen gemeißelt war. Der Boden zwischen dem Eingang und dem Bildnis war sorgfältig geglättet, rechts und links erhoben sich stufenförmig aus dem Fels herausgeschlagene Sitzreihen. Im Boden befand sich eine schüsselförmige Vertiefung, in welcher Samito Feuer entfachte.

Sie streute verschiedene Kräuter ins Feuer, aromatischer Rauch kräuselte empor, danach warf sie würfelig geschnittene Pilzstücke ins Feuer und bat ihn, wie die anderen auf einer der Sitzreihen Platz zu nehmen. Die Pilze zischten, blauer Rauch wallte hoch. Ein merkwürdig süßlicher Duft zog durch die Höhle. Samito beugte ihren Kopf vor, in die Rauchsäule, holte tief Atem. Sie hustete, holte nochmals Atem. Nach einigen Atemzügen setzte sie sich zurück, stimmte einen monotonen Singsang mit immer wiederkehrenden Bitten an Oom, zu ihr zu sprechen, an. Ihre Stimme wurde immer leiser, verstummte. Immer wieder atmete sie den Rauch der Pilze ein. Ihr Blick wurde stumpf, die Augen schlossen sich, sie fiel in Trance.

Howard beobachtete sie fasziniert. Er war sicher der erste Außenstehende, der diese Zeremonie zu sehen bekam. Im alten Griechenland gab es das Orakel von Delphi, wo Priesterinnen in Trance Ratschläge erteilten, und er kannte Überlieferungen aus den Andenländern, wonach halluzinogen wirkende Pilze für religiöse Zeremonien und Feste gebraucht wurden. Nun wurde er Zeuge eines dieser selten Ereignisse. Ohne sich zu regen wartete er, er wußte, daß eine Reaktion kommen mußte, daß man jedoch Schaden anrichten konnte, wenn man den in Trance sich befindenden störte.

Seine Geduld wurde belohnt. Samito begann zu murmeln, ab und zu brach ein Wort vernehmbar aus ihr heraus. Ihre Stimme versetzte ihn in Erstaunen. Sie sprach zunehmend klarer mit kräftiger, sonorer Männerstimme.

„Ich bin der Baum, dem das Leben entspringt, ich bin der Baum, der es nimmt."

Howard fühlte Muskeln in seinem Nacken sich zusammenziehen, Gänsehaut bildete sich auf seinen Unterarmen. Er versuchte, mit seinem rationalen Verstand den unwillkürlichen Reaktionen seines Körpers Herr zu werden. Er hatte von spiritistischen Seancen gehört, während derer sich in Trance befindende Medien mit fremden Stimmen sprachen, Tische tanzten und Klopfzeichen aus dem Jenseits ertönten. Er machte sich klar, daß er Zeuge solch parapsychischer Vorgänge wurde.

„Ich bin der Baum, der den Menschen schuf. Ich bin Oom."

Der absolute Autoritätsanspruch dieser kraftvollen Stimme, die durch die Höhle rollte, einen hallenden Nachklang, fast ein schnelles Echo erzeugte, jagte Howard Schauer über den Rücken.

„Land liegt jenseits des Wassers, über das Menschen gekommen sind, die meinem Volk nichts Gutes wollen. Hütet euch vor ihnen, denn sie sind Leute des Todesgottes. Nur wenige werden es sein, die unter euch erscheinen. Keiner von ihnen darf über die Mauern der Welt zurück. Schickt sie alle in meinen Baum."

Howard versuchte, das Zittern in seinen Gliedmaßen zu unterdrücken. Hier sprach nicht seine fröhliche, kluge Samito, jemand anderer manifestierte sich in ihr. Knistern lag in der Luft. Howard nahm den Geruch von Ozon wahr, als ob die Höhle von elektrischer Spannung erfüllt wäre. Legten die betäubenden, Halluzinationen erzeugenden Substanzen der Pilze eine in der Gedankenwelt Samitos befindliche Persönlichkeit frei? Waren ihre augenscheinlichen parapsychologischen Fähigkeiten der Grund dafür, daß sie die Priesterin dieses Gottes war?

„Hört auf den Hüter des alten Wissens. Er wird euch sagen, daß alles neu wurde. Er wird euch auch sagen, was ihr tun müßt. Lernt die fremden und neuen Künste, damit jene, die den Todesgott anbeten, euch nicht beherrschen. Benutzt die Macht der Steine aus den alten Tagen der Gotteshäuer. Holt euch die Bogen und Pfeile, die euch stark machen."

Howard spürte die Gegenwart dieser von Samitos Gedankenwelt geschaffenen Persönlichkeit körperlich. Er hatte den Eindruck, daß dieses kraftvolle, mächtige Wesen sich mit ihm in der Höhle befand, ihn berührte. Wie stark mußten es die unkomplizierten, unbelasteten Menschen aus Samitos Volk empfinden!

„Nehmt nichts an euch, was der Hüter des alten Wissens ablehnt. Betet keine falschen Götter an. Das alte Wissen muß mit dem neuen verbunden werden. Oom schützt sein Volk in allen Tagen. Ich bin der Baum, dem alles Leben entspringt. Ich bin Oom."

Die hallende Stimme verklang, Howard fühlte sich geschützt und geborgen, sicher in der Hand eines Wesens, das alle Gefahren von seinem Volk abzuwenden in der Lage war. Ihm und Ooms Volk, zu dem er nun auch gehörte, konnte nichts geschehen.

Langsam fand Howard zu seinen kritisch beobachtenden Gedanken zurück. In den Pilzen mußten Wirkstoffe enthalten sein, die Halluzinationen hervorrufen konnten. Die Wirkstoffe wurden durch den Rauch freigesetzt. Samito hatte eine volle Ladung davon abbekommen, dadurch war es ihr möglich, die Gottheit, an die sie glaubte, durch ihre Einbildungskraft zu manifestieren. Der aufsteigende Rauch verteilte die rauschgiftartigen Stoffe des Pilzes in der ganzen Höhle und versetzte die Zuschauer in eine für diese Manifestation aufnahmebereite Stimmung. Samito mußte wie alle Priesterinnen Ooms vor ihr über beträchtliche suggestive Fähigkeiten verfügen, so daß es ihr möglich war, die nur in ihr entstandene Manifestation dem Publikum glaubhaft mitzuteilen. Darüber hinaus mußte sie auch ein wenig in die Zukunft blicken können, denn sie hatte die Ankunft Fremder angekündigt, genauso wie sie das vor dem Erscheinen von Howards Expedition im Talkessel getan hatte.

Über diese eindrucksvolle Demonstration mußte Howard noch oft nachdenken. Ihm war klar, daß durch jahrhundertelangen Gebrauch dieser suggestiven Praktiken der Glaube an Oom im Volk fest verwurzelt sein mußte. Die Priesterinnen mußten moralisch einwandfreie Personen sein, da sonst die Gefahr bestand, das Volk zu verhetzen und fehlzuleiten. Seine Achtung vor Samito wuchs noch mehr.

Das Höhlenorakel kam Howard schlagartig zu Bewußtsein, als eines Tages ein ferner Schuß ertönte, während er mit Meluleh Inschriften in der Ruinenstadt studierte. Der alte Indio blickte Howard an.

„Die Leute des Todesgottes sind da."

Howard nickte, gleich darauf erschienen zwei junge Männer, keuchend berichteten sie von vier Fremden, die am Fluß erschienen waren und dort ein Lager aufgeschlagen hatten. Ein Tapir wurde von einem Blitz getroffen, der mit lautem Knall aus einem Stock der Leute des Todesgottes sprang.

„Wir sehen uns die Fremden an", entschied der Alte. Sie warteten noch auf weitere Jäger, dann machte sich das kleine Häuflein Indios auf den lautlosen Weg durch den Urwald. Howard konnte mit ihnen ohne weiteres mithalten, er hatte gelernt, sich im Wald zu bewegen. Bald darauf konnten sie Feuer riechen, sie hatten die Ankömmlinge erreicht.

Die Fremden lagerten am Flußufer und waren aufgeregt, einer von ihnen war von einer Schlange gebissen worden, ein zweiter versuchte, das Gift aus der Wunde zu saugen. Die beiden anderen saßen daneben. Es waren Europäer, zerlumpt, zerfetzt, so mußte auch Howard bei seiner Ankunft im Tal ausgesehen haben. Wilde Bärte bedeckten die Gesichter. Sie sprachen europäisches Portugiesisch, das sich erheblich von dem in Brasilien üblichen Idiom unterschied.

„Kannst du verstehen, was sie sagen, Hauad?"

Er nickte.

„Sind es deine Freunde?"

„Nein, ich habe sie nie zuvor gesehen."

Die vier Portugiesen schienen sich zu streiten. Der von der Schlange Gebissene verteidigte sich gegen Vorwürfe.

„Wir sind hier, das Tal gibt es, das könnt ihr nicht mehr abstreiten! Und Lofting muß auch hier sein, ihr habt das Seil entlang des Flusses gesehen. Nun müssen wir ihn nur noch finden!"

„Das kann geschehen oder auch nicht. Wir haben die Hälfte unserer Leute verloren, und der Engländer hat vielleicht Monate Vorsprung, wie willst du ihn finden?"

„Er hat dieses Tal gefunden, und er geht hier nicht mehr weg, bis er alles erforscht und dokumentiert hat, und das nimmt Monate in Anspruch."

„Diese Männer suchen mich!" flüsterte Howard erstaunt.

„Manoel", klang es wieder vom Fluß her. „Wir alle sind am Ende, sieh das doch ein. Was gehen uns die alten

Geschichten an. Laß uns ein paar Steine mitnehmen, damit wir sagen können, die Unternehmung hat sich gelohnt."

„Ja, das machen wir auf jeden Fall. Aber vorher müssen wir Lofting finden. Von dieser verdammten Expedition darf niemand überleben, versteht ihr das nicht?"

„Immer das gleiche, was du sagst. Wir sind doch nicht taub."

„Mein Bein schmerzt. Habt ihr wirklich alles Gift herausbekommen?"

„Wir haben getan, was wir konnten." Einer der Männer kramte in einer Tasche, förderte eine Packung Tabletten zutage. „Ich kann dir ein paar Millionen Einheiten Penicillin geben, mehr ist nicht."

„Was soll mir das helfen?"

„Schaden kann es auf keinen Fall. Willst du es?"

„Gib her."

Völlig überrascht nahm Howard zur Kenntnis, daß diese Leute hinter ihm her waren, um ihn zu töten. Er kannte sie überhaupt nicht, und trotzdem wollten sie ihn umbringen. Diese Männer wußten auch um Alcaveiros Geheimnis der Juwelen in diesem Tal. Wer waren diese Leute?

„Was sprechen sie?" fragte flüsternd der alte Meluleh.

„Laß uns von hier weggehen, dann kann ich es dir erklären."

Gemeinsam mit dem alten Indio und einigen jungen Männern zog sich Howard zurück.

„Meluleh, du erzähltest von den harten, bunten Steinen, welche die Herren der Gotteshäuser aufbewahrten, weißt du noch?"

„Ich weiß es."

„In meiner Welt wollen die Menschen diese Steine. Sie können damit andere Menschen beherrschen. Deshalb tun die Menschen meiner Welt alles, um solche Steine zu bekommen."

„Ich verstehe nichts von deiner Welt, Hauad. Du sagst es, deshalb ist es so, auch wenn ich es nicht verstehe. Was wollen die Fremden tun?"

„Sie suchen mich, um mich zu töten. Dann wollen sie die bunten Steine nehmen und wieder verschwinden."

„Es sind die Männer des Todesgottes. Oom sagte es. Wir tun, was Oom befiehlt."

Der geplante Mord an diesen Leuten war Howard zuwider, andererseits wußte er, daß er die Indios nicht daran hindern konnte. Daher versuchte er, Zeit zu gewinnen. „Noch nicht, Meluleh. Ich möchte mit diesen Leuten sprechen."

„Du wirst mit ihnen sprechen. Komm mit, Hauad."

Meluleh und Howard drangen wieder an den Waldrand vor, von den anderen verborgenen Indios bereits erwartet. Der Alte wandte sich flüsternd an Howard.

„Der eine wird durch die Schlange sterben. Heute wird er noch leben, aber morgen schon nicht mehr." Dann machte er eine Handbewegung zu den jungen Jägern. Sie schossen ihre Pfeile ab, drei der Portugiesen schrien auf, die nächsten Pfeile trafen sie. Einer lief zum Fluß, stürzte und blieb mit dem Oberkörper im Wasser liegen. Die Pfeile ragten hoch aus seinem Körper. Die beiden anderen Getroffenen lagen reglos am Boden.

Der mit Manoel Angesprochene hatte einen Revolver in der Hand, stützte sich auf einen Ellbogen.

„Zeigt euch, ihr roten Teufel!" schrie er, während seine Augen in Panik an der grünen Wand des Waldes entlangliefen. Howard beschloß, mit ihm Kontakt aufzunehmen.

„Lassen Sie die Waffe fallen, dann geschieht Ihnen nichts!"

„Wo bist du, du Hund? Zeige dich! Verbirg dich nicht feige im Wald, du Mörder!"

„Lassen Sie die Waffe fallen, es hat doch keinen Zweck. Ihre Kameraden sind tot, und die Indianer bringen Sie auch um, wenn Sie nicht vernünftig sind!"

„Das ist auch schon egal." Plötzlich resignierend warf der am Boden Liegende die Waffe weg. Howard trat aus dem Wald auf ihn zu, hinter ihm der alte Meluleh und die Jäger.

„Nein", ächzte der Portugiese bei seinem Anblick, „das darf nicht wahr sein!"

„Was darf nicht wahr sein?" fragte Howard und ließ sich bei dem Verletzten nieder. Einige der Jäger brachten die Leichen weg. Meluleh und einige andere blieben bei ihm.

„Sie sehen aus wie dieser verdammte Engländer. Sind Sie Howard Lofting?"

„Ja. Und wer sind Sie?"

Der Portugiese ließ sich fallen, schloß die Augen. „Ich habe versagt." Er öffnete wieder die Augen, funkelte Howard haßerfüllt an. „Ich bin Manoel do Narvalhaes."

„Warum wollen Sie mich umbringen? Ich habe Ihr Gespräch vorhin belauscht."

„Das wissen Sie nicht?" Die Augen des Portugiesen wurden groß und rund, er begann hysterisch zu lachen, beruhigte sich schließlich. Fiebriger Glanz erschien in seinen Augen, ein Krampf schüttelte ihn. „Oh, verflucht, das Gift beginnt zu wirken. Können mir die Indios helfen?"

„Meluleh", wandte er sich an den Alten, „dieser Mann weiß, daß das Gift der Schlange in seinem Körper ist. Könnt ihr ihn heilen?"

„Auch Samito könnte das nicht. Es ist zu spät. Heute wird er leben, morgen nicht mehr."

„Der Indio sagt, daß er nichts machen kann. Sie haben zu viel Gift abbekommen."

„Ich werde also sterben."

„Ja."

„Wissen Sie, Mr. Lofting, ich habe meine Aufgabe beinahe erfüllt. Ich habe Sie gefunden. Wo sind ihre Leute?"

„Hier, Sie sehen sie doch."

„Das sind Indios. Ich meine die Expedition. Ihre Expedition."

„Die gibt es nicht mehr, es blieb keiner am Leben. Piranhas, Indianer, Unglück. Nur ich bin übriggeblieben, hier bei den Indios in diesem Tal."

„Und was werden Sie nun machen, nachdem Sie die Stadt gefunden haben?"

„Ich bleibe hier, Senhor Narvalhaes. Ich habe in der Welt dort draußen nichts mehr zu suchen, ich will nicht mehr zurück."

Der Portugiese lächelte. „Sie bleiben in dem Tal hier? Für immer?"

„Ja."

„Dann habe ich meine Aufgabe doch noch gelöst. Welche Ironie. Ich sterbe, und Sie leben." Krampfartige Wellen durchströmten Narvalhaes, Schweiß brach ihm aus, er keuchte.

„Welche Aufgabe, Senhor Narvalhaes?"

Meluleh meldete sich. „Ich kann diesem Mann des Todesgottes etwas zu trinken geben, dann spürt er die Schmerzen nicht und wird einschlafen, wenn Oom ihn ruft. Frage ihn, ob er das will."

Howard übersetzte, der Portugiese willigte ein. Meluleh schickte einen der Jäger auf Kräutersuche.

„Welche Aufgabe hatten Sie?"

„Ich wollte Sie finden und töten, Lofting."

„Warum? Sie kennen mich doch überhaupt nicht.“

„Muß ich das? Ich kenne Ihre Taten, mein Freund, und die waren Anlaß genug, um Sie zu töten. Wenn Sie allerdings für immer hier in diesem Tal bleiben, ist das genauso gut als ob ich Sie erschossen hätte. Ich habe doch nicht versagt.“

„Was habe ich getan, daß Sie mich so hassen?“

„Sie können mit meinem Namen wirklich nichts anfangen?“

„Nein, Senhor Narvalhaes, beim besten Willen nicht.“

„Dann will ich Ihnen etwas erzählen, eine Geschichte aus alter Zeit und eine Geschichte von heute. Die Fortsetzung in die Zukunft kennen wir beide nicht, mein Freund.“

Der junge Jäger kehrte zurück, machte Feuer und stellte eine Schale Wasser darauf. In das Wasser ließ er in kleine Stücke zerrissene Blätter fallen.

„Es war einmal vor Hunderten von Jahren ein Kapitän aus Portugal, ein armer Teufel, ohne nennenswertes Hab und Gut, jedoch rechtschaffen und König und Kirche treu ergeben. Er versuchte sein Glück in der Neuen Welt, die kurz zuvor entdeckt wurde, scheiterte jedoch bei allen seinen Unternehmungen. Da wollte es die Vorsehung, daß ein Indianer eines unbekannten Stammes in die Hände der Kirche fiel und Geschichten von den sagenhaften Sieben Goldenen Städten verbreitete. Die Jesuiten holten mit Foltermethoden die Wegbeschreibung aus dem Indio heraus, dann verbrannten sie ihn auf dem Scheiterhaufen. Gold verursacht Gier, Lofting. Und die Kirche war gierig auf das Gold.“

Der Jäger brachte die Schale mit dem Kräuterabsud zu Narvalhaes, der trank in kleinen Schlucken.

„Der Vizekönig wurde überredet, eine Expedition loszuschicken um das Gold zu holen. Die Spanier fanden so viel davon in den Anden, warum sollte es den Portugiesen hier nicht auch gelingen? Der treu ergebene Kapitän Alcaveiros wurde mit dem Kommando der Expedition betraut."

Die Indios raunten bei der Nennung des Namens. Narvalhaes blickte auf. „Was ist los?"

„Die Indios wissen mit diesem Namen allerhand anzufangen. Sie halten diesen Kapitän für eine Inkarnation des Todesgottes."

Narvalhaes blickte erstaunt die Indios an, begann dann wieder zu lachen. Krampfartig, keuchend. „Das ist gut, das ist sehr gut! Ja, so kann man es auch sehen!"

Mehrmals hatte Meluleh Howard auf den Arm getippt, er wollte wissen, was der Fremde gesagt hatte, insbesondere da der Name des Todesgottes gefallen war.

„Dieser Mann hat Kenntnis von jenem, der bei den Herren der Gotteshäuser erschien und sich Al ka wei nannte. Er will die Geschichte von damals bis heute erzählen."

„Oom hat gesprochen. Oom hat gewußt. Dieser Mann soll erzählen."

„Der alte Meluleh bittet Sie, fortzufahren."

„Aber gerne, ich habe nichts mehr zu verlieren, auch mein Leben ist schon dahin. Da Sie die Hälfte ohnehin wissen, können Sie ruhig den Rest auch erfahren.

Alcaveiros fand die Sieben Goldenen Städte. Er fand auch das Volk, das darin lebte und über märchenhaften Reichtum verfügte. Allerdings herrschte hier der Brauch der Menschenopfer vor, und er wollte keinen seiner Leute opfern lassen. Es kam zum Kampf mit den Einheimischen, angeblich sollen Hunderte niedergemetzelt worden sein. Daher verstehe ich, wenn die Indios ihn als Todesgott bezeichnen. Er war es später auch noch.

Der Kapitän holte Berge von Edelsteinen aus den Pyramiden und kehrte damit zurück. Der bis dahin gottesfürchtige und dem König treu ergebene Mann wurde zur Bestie. Knapp vor Erreichen seines Ausgangspunktes brachte er unter Mithilfe zweier Kumpane seine Freunde und Kameraden um, später auch diese beiden Helfer. Dem König und der Kirche täuschte er eine ergebnislose Expedition vor und brachte die Juwelen getarnt in die Heimat.

Vorsichtig verkaufte er mehrere Steine, immer im Ausland, nie in Portugal selbst. Er häufte ein Vermögen auf, und trotzdem wurden die Juwelen kaum weniger. Alcaveiros war vorausblickend, er wollte alle seine Nachkommen finanziell sichern. Daher unternahm er eine zweite Reise hierher, traf tatsächlich nochmals hier ein und brachte eine weitere Ladung verschiedenster Edelsteine zurück nach Portugal. Auch diesmal mußten alle Mitwisser sterben. Er war für die Indios wirklich der leibhaftige Todesgott. In seinen letzten Tagen verfaßte er einen Bericht für seine Nachkommen, in dem er alles aufzeichnete, was er jemals verbrochen hatte.

Vorsorglich hatte er aus seinem Bericht an Kirche und Krone jeden Hinweis auf den Weg entfernt, alle Exemplare wiesen die gleiche Lücke auf. Er hoffte darauf, daß alle Papiere in den Archiven verschwinden und nie wieder ausgegraben werden würden. Die Nachkommen des Kapitäns schufen über die Jahrhunderte hinweg ein Wirtschaftsimperium, in aller Stille, ohne den Pomp und Aufwand der Fugger und Welser, ohne den Mäzenatenwahn der Medici. Dieses Wirtschaftsimperium existiert heute noch, und jetzt sind wir bei dem Teil der Geschichte, den Sie noch nicht kennen.

Sie stellten bei Ihren Nachforschungen in Portugal fest, daß der Name Alcaveiros irgendwann erlosch und blieben im Gestrüpp der sich verzweigenden Nachkommenschaft hängen, da Ihnen der Name Narvalhaes unbekannt war. Der kleine Archivar, der Sie ein wenig erpreßte, konnte dagegen mit meinem Namen sehr wohl etwas anfangen. Er wußte, welch dicken Fisch er an der Angel hatte.

Meine Familie stammt in direkter Linie von Alcaveiros ab. Wir verwalten und beherrschen Wirtschaftseinheiten, von denen Sie sich keine Vorstellung machen können. In der Hochfinanz dieser Welt gilt unser Name etwas. Wir benötigen niemals Geld und finanzieren alle unsere Unternehmungen selbst, ohne jegliches Fremdkapital. Fast die Hälfte des Schatzes, den Alcaveiros nach Europa brachte, existiert noch im Kellergewölbe unseres Schlosses. Wir sind Portugiesen und auf unseren Werdegang stolz. Wir konnten es uns nicht leisten, einen Skandal zu riskieren, indem man den Gründer unserer Dynastie als Massenmörder entlarvte. Es mußten daher alle Spuren, welche auf uns hinwiesen, beseitigt werden.

Der Archivar wollte von uns genauso wie von Ihnen Geld. Er hat seinen Erpressungsversuch nicht überlebt. Alle Exemplare des Alcaveiros-Dokumentes sind vernichtet, bis auf jenes in unserem Tresor. Dann machten wir einen Fehler. Wir haben Sie unterschätzt. Durch Zufall kam ich darauf, daß Sie in Braganca eine Spur fanden. Ich habe alle Hinweise dort vernichtet."

Narvalhaes schien munterer und lebendiger, die Kräuter taten ihre Wirkung.

„Wie konnten Sie die Hinweise, die sich in Gewahrsam der Kirche befanden, vernichten?

Zynisch verzog der Portugiese seinen Mund. „Auch Kirchen können brennen, in Braganca tat sie das jedenfalls. Sie sehen also, ich bin auf demselben moralischen Niveau wie mein verehrter Vorfahr, auch ich habe einige Menschen auf dem Gewissen. Den Lohn dafür kassiere ich soeben." Bitteres Lachen entrang sich ihm. „Um das Geheimnis unseres Reichtums und die Ehre der Familie zu schützen, mußte nur noch dafür gesorgt werden, daß von Ihrer Expedition niemand zurückkehrte. Ich verfolgte Sie, kam aber vom Weg ab und kehrte wieder um. Als sie zum vereinbarten Zeitpunkt nicht bei den wartenden Booten erschienen, war der ganzen Welt klar, daß Sie entweder die Städte gefunden haben oder der grünen Hölle zum Opfer gefallen waren.

Es kam keine Meldung von Ihnen durch, also mußte angenommen werden, daß Sie nicht mehr am Leben waren. Ich ging nochmals in den Urwald und kehrte nach einigen Tagen zurück, verbreitete die Nachricht, daß Sie und alle anderen einem Indianerüberfall zum Opfer gefallen waren, daß alle tot seien. Es hat niemanden aufgeregt, nur eine Expedition mehr, die in der Hölle geblieben war. Ihre noble englische Familie hat am allerwenigsten reagiert.

Ich wollte mich allerdings von Ihrem Schicksal überzeugen. Nun habe ich Sie gefunden, und Sie sind genauso tot wie ich.

Es gibt keine Hinweise auf dieses Tal mehr, niemand wird es je finden. Ich habe meine Aufgabe gelöst. Für mich ist lediglich der Umstand, meinem Bruder keine Nachricht mehr geben zu können, unbefriedigend. Er hat keine Ahnung vom Ausgang der Unternehmung. Zweifel und Unsicherheit werden bleiben. Ich kann es nicht mehr ändern."

„Sie irren sich. Es gibt noch einen Hinweis, nämlich die verschollene Expedition des Colonel Fawcett. Aber möglicherweise verschwindet das Büchlein tatsächlich in den Tiefen der Archive und niemand kommt dahinter.

Sie sind eine reißende Bestie, Senhor Narvalhaes, und ich bedaure Ihren Tod keineswegs. Vielleicht gelingt es jedoch, Ihrem Bruder Nachricht zukommen zu lassen. Wenn Sie wollen, verfassen Sie einen Brief, ich werde ihn aufbewahren und eine Möglichkeit suchen, ihn zustellen zu lassen."

Howard wandte sich an den alten Meluleh.

„Oom hat gesprochen, Hüter des alten Wissens, und Oom wußte, wovon er sprach. Dieser Mann hier ist der letzte Verwandte von Al ka wei. Er hat viele Menschen getötet, um zu verhindern, daß noch jemand dieses Tal findet. Er wollte auch verhindern, daß ich in meine Welt zurückkehre. Er ist eines der Werkzeuge Ooms, ohne es zu wollen."

Meluleh lächelte. „Kein Mensch kann etwas wollen, ohne daß Oom es auch will."

„Wahrscheinlich hast du recht, Hüter des alten Wissens. Aber in der Welt dieses Mannes gibt es so viele Menschen, daß man sie nicht mehr zählen kann. Und ich fürchte, daß einige dieser Menschen doch hierher finden werden. Und das kann nicht gut sein. Wenn du die Menschen der anderen Welt kennen würdest, dann würdest du sagen, daß sie alle Leute des Todesgottes sind. Ich glaube langsam, daß Oom sehr gut daran getan hat, sein Volk bisher zu schützen."

„Was können wir gegen das tun, was nach deinen Worten kommt?"

„Ich weiß es noch nicht, Meluleh. Ich weiß nur, daß nichts so bleiben wird, wie es bisher war."

„So hat Oom gesprochen. Er hat dich zu uns gebracht. Oom weiß, und auch du wirst bald wissen."

23

Sacht strich Howards Hand über die eingemeißelten Schriftzeichen und Ideogramme der riesigen Steinplatte, die aufrecht stehend die Rückseite des Raumes bildete. Der Sinngehalt dieser ineinander verschlungenen, stilisierten Darstellungen öffnete sich ihm immer weiter, je länger er sich mit deren Interpretation beschäftigte. Der alte Meluleh erzählte, teilte den gesamten Schatz der Überlieferungen seines Volkes mit, sprach so lange der Tag währte, und oft gelang es Howard, Zeichen zu enträtseln, die dem Indio nichts mehr sagten. So war es auch an dieser Wand, hier verband sich das Wissen des alten Kulturvolkes mit den Erkenntnissen der modernen Wissenschaft.

Die beiden befanden sich in dem Gebäude, an dessen Rückwand sich die konzentrischen Kreise der in die Steintafel eingeschnittenen Planetenbahnen befanden. Die Wände ringsum, nun von Algen und Bewuchs befreit, waren bedeckt von Hunderten Zeichen der Bilderschrift, die Howard bisher nur teilweise deuten konnte. Er fand Beschreibungen der Planeten und Fixsterne, mit welchen Göttern und Ereignissen sie in Zusammenhang gebracht wurden, er entdeckte mathematische Formeln und Berechnungstabellen, stieß auf einen Zeitzyklus, der wie ein Kalender den Jahresablauf festhielt und erstaunlicherweise auf sehr lange Zeiträume bezogen genauer war als der übliche Gregorianische Kalender. Vergleiche mit den astronomischen Kenntnissen der Mayas drängten sich Howard auf, diese standen mit ihren wissenschaftlichen Erkenntnissen auf der gleichen Stufe wie das alte Volk des Talkessels. Er empfand Hochachtung und Respekt vor den Indios, die vor Jahrhunderten, oft Jahrtausenden durch einfache Beobachtungen und logisches Nachdenken zu ihrem Wissensstand gelangten. Was war dagegen die Archäologie! Immer nur ein Nachvollziehen, Auflisten jener Leistungen, die von Völkern früherer Zeiten wie auch in diesem Fall erbracht wurden. Die wahre Wissenschaft in diesem Tal hatten die Vorfahren Samitos und Melulehs vollbracht.

Der Hüter des alten Wissens teilte einige Früchte, lud Howard ein, sich bei ihm niederzulassen. Sie schlürften das Fruchtfleisch aus den harten Schalen, hingen ihren Gedanken nach.

Das einfache Leben in diesem Tal, das selbstverständliche, jede Person in ihrer Eigenart respektierende Zusammenleben von Samitos Volk, die Ergründung dieser uralten Kultur hatte in Howard eine tiefgreifende Wandlung seiner Persönlichkeit hervorgerufen, die ihm erst durch das Gespräch mit dem sterbenden Narvalhaes bewußt geworden war. Er hatte die Indios ganz selbstverständlich als seine Leute bezeichnet, ohne sich über die Bedeutung des Gesagten klar gewesen zu sein. Das Unterbewußtsein hatte einen Zustand bereits anerkannt, den Howard sich verstandesmäßig erst erarbeiten mußte. Weshalb akzeptierte er sein gegenwärtiges Leben so mühelos?

War es, weil niemand etwas von ihm erwartete und er auch niemandem beweisen mußte, daß er besser als andere war? Lag es an dem Fehlen jeglichen Konkurrenzdrucks? An dem Ausbleiben des unerbittlichen Müssens im Alltag der zivilisierten Welt?

Als Jugendlicher hatte er Abenteuerromane verschlungen, wilde Erlebnisse und entsetzliche Entbehrungen geisterten durch seine Vorstellungswelt, wenn er damals an Urwald und Dschungel dachte. Gewiß, der Regenwald barg mannigfaltige Gefahren, war tödlich für den Uneingeweihten. Für jene, die darin lebten, stellte er das Paradies dar. Früchte, Fleisch, Fisch, Baumaterial, alles stellte der Wald zur Verfügung. Wer wie die Leute von Samitos Volk die Gefahren kannte und sie vermied, der konnte ohne Probleme hier leben. Krankheiten gab es natürlich, doch das uralte Wissen der Indios machte sich die Heilkräfte der Pflanzen zunutze.

In diesem Tal stand niemand unter Druck, durch ständige und tägliche Arbeit überleben zu müssen. Man sorgte für Essen, Kleidung, ein Dach über dem Kopf, kümmerte sich um Alte und Kranke, zog Kinder auf. Das Recht des Dschungels, dachte Howard, bestand aus wenigen, klaren Spielregeln, wo ist in unserer Welt heute wirklich der Dschungel mit seinem täglichen Überlebenskampf?

Der ist doch dort draußen, jenseits der Mauern der Welt, wo Ausbeutung und Unterdrückung regieren, wo Intrigen um Macht und Geld vorherrschen.

Er selbst stellte ein gelungenes Beispiel dar. Das zu tun, was ihm wirklich etwas bedeutete, wurde unterbrochen und erschwert, weil der Vater kein Geld mehr in seinen Sohn investierten wollte. Dort draußen in der angeblich zivilisierten Welt mußte er daher für seinen Broterwerb sorgen. Hier im Urwald konnte er das selbst besorgen, und kein Mensch stieß sich daran, ob er es gut oder schlecht ausführte, welche und ob er überhaupt Kleidung dabei trug, er war nur sich selbst und vielleicht noch Samito verantwortlich. Im Dschungel dort draußen mußte er sich in Abhängigkeit begeben, ganz gleich, welche Arbeit er auch immer ausführte. Ob es die Fron des Schulbetriebes, das intrigante Protektionsdickicht der Universität oder die Knausrigkeit seines Verlages war, immer bestand ein Verhältnis der Unfreiheit, der Unterdrückung. Immer gab es jemand, der sich an seiner Leistung bereicherte, und sei es nur der Staat über das

Finanzamt. Wie in einer Pyramide angeordnet, lebten jene oben immer auf Kosten der darunter befindenden, einige wenige immer durch Ausbeutung vieler anderer. Wie im Kleinen, so funktionierte dieses System auch im Großen, zwischen Staaten und Kontinenten, den reichen und den armen Regionen dieser Erde. Schließlich fand sich alles im Netz der Abhängigkeiten, auch jene oben an der Spitze der Pyramide stellten letztlich Unfreie dar, Gefangene der eigenen Mechanik, da sie sonst nicht oben bleiben konnten.

Dieser Dschungel der angeblich zivilisierten Welt dort draußen, was bot er für Vorteile? Die Bequemlichkeit der Technik? Welchen Preis würde diese Menschheit noch für die Segnungen der Chemie, der Energieerzeugung und der raschen Mobilität durch Verkehrsmittel zahlen müssen? Die Errungenschaften der Medizin führten zu einem langen Leben, das Platz für neue, bisher unbekannte Krankheiten schuf. Die Erkenntnisse der Wissenschaft führten zu der Fähigkeit, den ganzen Planeten auf Knopfdruck zu vernichten, und daß dies einmal geschehen würde, war für Howard mehr als wahrscheinlich, denn welche Waffe in der Geschichte der Menschheit war je gebaut worden, ohne auch Verwendung zu finden? Es kann doch niemand annehmen, daß man ungestraft in den Ablauf der Natur eingreifen darf, denn was man ihr entnimmt, wird ihr auch fehlen, ein Mangel bleiben, den der Mensch zu irgendeinem späteren Zeitpunkt zu spüren bekommen wird.

Die Verstrickung in Abhängigkeiten führte dazu, daß der Mensch im Zivilisationsdschungel auch im immateriellen Bereich Unfreiheiten wob, daß die Partner voneinander mehr forderten als sie selbst zu geben bereit waren, und immer wurden die Machtpositionen des Geldes auch als Druckmittel für Liebe und Zuwendung gebraucht.

Schließlich habe ich das am eigenen Leib erlebt, dachte Howard.

Nein, dieser Dschungel dort draußen, jenseits der Mauern der Welt, war nicht länger der seine, er hatte sich innerlich bereits losgesagt, lange ehe er es begriffen hatte. Tot schien er für alle dort draußen, und wen außer seinen Eltern und Geschwistern kümmerte das wirklich? Seine depressive Frau und deren bösartige Verwandtschaft genauso wenig wie die wissenschaftliche Welt. Seine Frau war gesellschaftlich rehabilitiert, die Lücken im Institut waren sicherlich längst gefüllt. Die agierenden Figuren waren nach Belieben auswechselbar.

Hier in diesem Tal lebte er zwischen seinen Leuten, die einfach und unkompliziert miteinander verkehrten, nicht wußten, was Lüge und Verleumdung waren. Samito, die ihn als Mann angenommen hatte, war eine nicht nur hübsche, sondern auch kluge Vertreterin ihres Volkes, die ihm mit allen ihren Handlungen ihre Liebe entgegenbrachte, die sichtbar ihren Stolz darauf, daß sie mit dem großen Fremden zusammenlebte, zur Schau trug. Aus Meluleh sprach die unendliche Weisheit eines jahrtausendealten Kulturvolkes, einer merkwürdig eindrucksvollen und dabei einfach gebliebenen Religion um den symbolischen Baumgott Oom, deren Faszination Howard sich immer weniger entziehen konnte. Der Glaube an Oom ließ dieses Volk sich über die anderen Urwaldbewohner erheben, schützte das Tal bisher vor den Überfällen des Zivilisationsdschungels, sei es durch märchenhafte Schätze, die ein einzelner vor dem Rest der Welt verbergen wollte, oder durch das Beseitigen der Eindringlinge. Mit Howard hatte dieser Oom auch noch etwas vor, er konnte jedoch die dahintersteckende Absicht nicht erkennen. War er wieder in ein Netz der Abhängigkeit geraten?

Howard schob diesen Gedanken beiseite, stapelte die leeren Fruchtschalen ineinander, dabei fiel sein Blick auf das von unzähligen Runzeln überzogene Gesicht Melulehs, der amüsiert schmunzelte.

„Du bist voll von vielen Dingen, Hauad."

„Allerdings", lachte Howard, „viele Gedanken laufen in meinem Kopf im Kreis herum."

„Zu viele Dinge auf einmal sind nicht gut. Wenn du den Wald ansiehst, erkennst du ihn nicht. Du mußt jeden Baum einzeln sehen, dann weißt du, daß es Wald ist und woraus er besteht. Laß die vielen Dinge stehen und sieh jedes für sich an."

„Was du sagst, ist gut."

„Wenn du die Dinge nicht einzeln sehen kannst, so nur deshalb, weil du nicht glaubst, daß es viele verschiedene Dinge sind. Laß sie stehen, später wirst du sie erkennen."

„Das wird wohl das beste sein", seufzte Howard. „Laß uns über etwas anderes sprechen, vielleicht bekomme ich später Ordnung in die vielen Dinge."

„Komm mit, Hauad", sagte der Alte und erhob sich. „Folge mir zu diesem Gotteshaus."

Der Alte schritt voran, auf eine der in einem riesigen Sechseck angeordnet stehenden Stufenpyramiden zu. Die Basis und die Treppen waren von Pflanzen erst vor kurzer Zeit freigelegt worden, der Urwald hatte jedoch mit der Wiedereroberung des preisgegebenen Terrains bereits begonnen, überall sproß frisches Grün aus den Wänden. Von einer dickblättrigen Pflanze riß Meluleh einige Blätter ab und suchte im umliegenden Wald, bis er zwei dicke, fächerartige Pilze gefunden hatte. Einen reichte er Howard, dann kehrte er zur Pyramide zurück.

Daß es sich um das Bauwerk handelte, in dem sein Freund Francis und sein Widersacher McFarlane umkamen, in welchem der italienische Bergsteiger verzweifelt nach ihnen suchte und dann sein Leben lassen mußte, konnte Howard nicht wissen.

Der Indio drückte an einer Steinplatte an verschiedene Stellen, bis sie mit einem grollenden Geräusch langsam ohne Mithilfe nach innen schwang, dabei einen ins Dunkle führenden Gang freigab. Meluleh betrat den Gang, folgte einer Linkswendung, wo er sich niederkauerte, Howard tat es ihm gleich. Der Alte legte den Pilz vorsichtig auf den Boden, brach einige der mitgebrachten Blätter in mehrere Stücke und träufelte die daraus hervortretende ölige, weiße Flüssigkeit auf den Pilz. Howard vollführte dieselben Handlungen, nahm dann wie der Indio den Pilz auf und folgte dem alten Indianer. Ein Rechtsknick des Ganges verschluckte das restliche Tageslicht, trotzdem konnte Howard die von Feuchtigkeit überzogenen Wände des Ganges sehen. Die Pilze schimmerten wie riesenhafte Glühwürmchen, strahlten ein mattes, kaltes Licht aus, das scheinbar durch eine chemische Reaktion des Pflanzensaftes mit der Pilzsubstanz hervorgerufen wurde. Das weißliche Licht reichte aus, einige Schritte weit zu sehen.

„Du wirst nun die Geheimnisse der Gotteshäuser zu sehen bekommen, Hauad. Alle, die ich kenne. Bewahre sie in dir auf, denn kein anderer meines Volkes war jemals hier. Dieser Weg konnte von einem Mann verteidigt werden, der in diesen Nischen stand. Nur der Todesgott in Menschengestalt mit dem Namen Al ka wei trug Kleider, denen keine Waffe etwas anhaben konnte. Deshalb konnte er auch hierher gelangen."

Der Gang wurde plötzlich staubtrocken. Howard erkannte in der zentimeterdicken Staubschicht Spuren von beschuhten Füßen. Er brachte den leuchtenden Pilz näher an den Boden, konnte deutlich die Abdrücke von zwei Personen erkennen, die hineinführten, dazwischen auch den Abdruck eines nackten Fußes, halb überdeckt vom kräftigen Profil von Berossos Bergschuhen. Nur die nackten Füße und Berossos Spur wiesen auch zurück in die Richtung des Eingangs. Howard erinnerte sich, daß Meluleh davon berichtete, daß zwei Expeditionsmitglieder in den Geheimnissen der Pyramide verschwunden waren. Erst jetzt bemerkte er den Geruch von Fäulnis und Verwesung in der dumpfen, stickigen Luft.

Der Indio drang weiter vor, Howard folgte ihm. Der Gang wurde immer enger, schließlich schob sich Meluleh vor ihm durch den schmalen Durchlaß im Gemäuer, an beiden Seiten streifend. Howard befiel heftige Platzangst. Die Mauern zu beiden Seiten schienen immer näher zusammenzurücken, ihn langsam erdrücken zu wollen, die Luft blieb ihm weg, er sah leuchtende Punkte vor seinen Augen tanzen. Eine kurze, nur wenige Momente währende Pause mit geschlossenen Augen und bewußt gleichmäßigem Atmen beseitigte den Zustand wieder. Howard setzte den Weg fort zu Meluleh, der inzwischen eine Verbreiterung des Ganges erreicht hatte.

„Hier weiterzugehen, ist der sichere Tod. Der Boden kann sich hier drehen." Meluleh holte eine Stange eines stark korrodierten Metalls aus einem kaum sichtbaren horizontalen Spalt in einer Seitenwand, tippte damit auf die Bodenplatte, die lautlos nach unten nachgab, um dann mit kurzem, schnappendem Geräusch in ihre ursprüngliche Lage zurückzuklappen.

„Damit kann sich der Stein nicht mehr bewegen." Der Indio zog an einem kaum erkennbaren Metallring, ein unheimliches Schaben und Ächzen drang aus den Mauern ringsum. Der Alte setzte nun seinen Weg fort, über die unbeweglich gewordene Falle hinweg. Howard nahm an, daß durch eine einfache Mechanik eine Arretierung der Wippfalle erreicht werden konnte. Auf der anderen

Seite der Falle öffnete sich ein großer Raum, der von den schwach schimmernden Pilzen nicht voll ausgeleuchtet werden konnte.

Meluleh war geradeaus weitergegangen, zu einem Altar, hinter dem mehrere Howard bisher nicht bekannte Idole standen. Vor dem größten Idol befanden sich große, aus Stein sorgfältig herausgeschliffene Schalen, gefüllt mit Edelsteinen in unglaublichen Mengen.

Howard griff danach, hielt Hände voll Rubinen, Smaragden, Amethysten hoch, ließ sie wieder zurück in die Schalen rieseln. Hier also lag das Geheimnis des Alcaveiros vor ihm, wie er es vermutet hatte und durch Narvalhaes bestätigt erhielt. In den Felsmauern rings um das Tal und den verschiedenen Höhlen darin mußte es Juwelen geben, welche von den Erbauern der Gotteshäuser hier gesammelt worden waren. Die Steine waren fast alle roh und ungeschliffen, trotzdem glänzte das kalte Licht auf den Kanten und Flächen der natürlichen Prismen der Kristalle.

Eine unglaubliche Fülle von Juwelen lag vor Howard, er schätzte die Menge auf etwa zwei Tonnen. Allein der Inhalt jener Schale, in welcher sich Rohdiamanten befanden, mußte einen halben Zentner wiegen. Diese Steine, gut geschliffen und richtig präsentiert, stellten einen nur mit astronomischen Zahlen ausdrückbaren Wert dar. Die Gier, die sich angesichts dieses Schatzes des Kapitäns Alcaveiros und seiner Gefährten bemächtigt hatte, mußte grenzenlos gewesen sein, ließ ihn zum Mörder werden, beseitigte alle Schranken der Pflicht und Religion. Mit Vorsatz und kaltem Kalkül wurden alle Mitwisser abgeschlachtet, die vermeintlichen Kumpane hinterrücks ermordet. Der Tod sorgte dafür, daß das Geheimnis bis heute gewahrt blieb. Jahrhunderte hindurch wachten die Nachkommen des Massenmörders über das Geheimnis, unbarmherzig alle tötend, auch wenn sie nur die dünnste Spur fanden.

„Diese bunten Steine hier, Meluleh, bringen die Menschen der Welt, von der ich komme, dazu, sich gegenseitig zu töten."

„Es sind nur bunte Steine, Hauad. Man kann sie nicht essen."

„Das stimmt. Und doch verwirren diese Steine die Sinne der Menschen. Sie würden alles tun, um sie immer mit sich tragen zu können."

„Ich verstehe es nicht, aber wenn du es sagst, kann es nicht anders sein. Die Menschen der Welt, aus der du kommst, sind nicht ganz richtig im Kopf, wenn sie an nichts anderes als an bunte Steine denken."

Wie recht der alte Meluleh doch hatte! War der Mensch im Zivilisationsdschungel von Howards ursprünglicher Welt aus der Sicht der Indios nicht paranoid? Strebte dieser kranke Mensch nicht nach Dingen, die für sein tatsächliches Leben völlig ohne Belang waren?

„Ich glaube, daß diese Menschen krank sind, Meluleh."

„Du bist nicht krank, daher hat Oom dich zu uns gebracht."

„So muß es wohl sein." Howard fuhr mit den Händen in eine Schüssel voll grün glitzernder Smaragde, rührte in Topasen und Saphiren herum. Beinahe eine Ironie des Schicksals, daß der immense Wert dieser Juwelen in diesem Talkessel nichts galt, daß es hier nur bunte Steine waren. Howard ahnte, daß die Diamanten alleine dieser Pyramide wahrscheinlich den Weltmarkt für Edelsteine zusammenbrechen lassen könnten. Welche wirtschaftliche Macht lag hier brach.

„In der Welt, aus der ich komme, gibt es nur wenige dieser bunten Steine. Ich habe so viele auf einmal noch nie gesehen."

Überrascht blickte der alte Indio auf. „Aus diesem Gotteshaus hat Al ka wei viele Steine weggetragen." Er wies auf einige leere Steinschalen. „Aber in jedem der anderen Gotteshäuser liegen ebenso viele. Aus den Höhlen in den Mauern der Welt könnte man sicher noch viel mehr Steine holen."

Die funkelnden Juwelen waren nicht das einzige, was dieses Tal an Schätzen barg, sinnierte Howard. Da waren die goldenen Statuen auf den Spitzen der Pyramiden, rings um ihn standen und lagen Idole, Bilder und Gerätschaften aus Gold, mit Edelsteinen und farbigen Mineralien besetzt, Steinmetzarbeiten, Kunstschätze in nicht abzusehender Fülle.

Darin lag nach Howards Meinung auch die Gefahr für das vergessene Tal verborgen. Der britische Oberst Fawcett schien vor fünfzig Jahren bereits drauf und dran gewesen zu sein, den Schleier zu heben, der über Ooms Volk lag. Nach seinen bisherigen Erfahrungen hielt Howard es für durchaus möglich, daß die Expedition damals durch Bestrebungen der Familie Narvalhaes scheiterte. Er selbst hatte in mühevoller Kleinarbeit den Weg hierher gefunden, und Manoel do Narvalhaes war es ebenfalls gelungen. In allen Archiven der Welt forschten Wissenschafter wie er, und wie er würde irgend jemand wieder auf die Spuren stoßen. Dann würde dieser Wissenschafter wie er versuchen wollen, das Geheimnis zu ergründen. Und schließlich würde der Weg in den Talkessel wieder gefunden werden.

Und dann war da noch die Familie Narvalhaes. Der sterbende Manoel hatte Howard einen Brief an seinen Bruder übergeben, der wahrscheinlich nie zugestellt werden konnte. Howard sah bisher keine Notwendigkeit, das Tal zu verlassen, und wahrscheinlich würden ihn auch die Indios daran gehindert haben. Aber die Familie Narvalhaes würde niemand daran hindern, nach dem verschollenen Bruder zu suchen, und zwangsläufig mußte jede Suche hierher führen. Daß sich die Indios gegen eine gut ausgerüstete, bis an die Zähne bewaffnete Truppe halten könnten, schloß Howard aus.

Die vielleicht größte Gefahr drohte Ooms Volk in der Abgeschiedenheit des Tales jedoch von der Zivilisation. In Brasilien wurden riesige Regionen Regenwald zu Akkerland und Weiden umgestaltet, immer tiefer drangen Abenteurer und Siedler in den Urwald vor, immer mehr Straßen und Flugplätze durchnitten die einstmals lückenlose grüne Hölle. Und eines Tages mußte man auf die Sieben Goldenen Städte des Tales stoßen. Das bedeutete dann auch das endgültige Ende von Ooms Volk, die Schätze und Kulturgüter würden den Weg in die Sammlungen habgieriger Großkapitalisten finden, die Juwelen zum Spielball geld- und machtgieriger Interessen werden. Transistorradios, Coca-Cola und Schnaps mußten etwaige Überlebende aus Ooms Volk rettungslos degenerieren lassen.

Sie konnten ja nicht wissen, wie diese Welt außerhalb ihrer Mauern war, sie konnten sich darin auf keinen Fall zurechtfinden. Von allen Talbewohnern war nur er, Howard Lofting, in der Lage, Fluch und Segen der menschlichen Errungenschaften beurteilen zu können, den Indios die Anleitung in dieses für sie lebensbedrohende neue Umfeld zu geben.

„Meluleh", wandte sich Howard an den alten Indio, „ich sehe viele fremde Menschen in das Tal kommen. Nicht heute, nicht morgen, aber bestimmt nach mehreren Monden. Sie bringen viele schlechte Dinge mit sich. Fremde, unbekannte Dinge, aus welchen Todesgötter springen können. Aus anderen Dingen strömt Gift, kriecht langsam in die Körper von Ooms Volk und vernichtet es, bis von Ooms Volk nichts mehr übrig bleibt."

„Ich weiß." Der Alte nickte. „Oom hat so gesprochen, ehe du bei uns warst. Oom sagte aber auch, daß du uns zeigen wirst, was richtig und was falsch ist. Du wirst uns sagen, was in den neuen Tagen zu tun sein wird."

„Wie kann ich das? Dort draußen lauern so viele Gefahren, wie es Sterne am Himmel gibt, und alle warten nur darauf, in deine Welt zu kommen. Ich kann euch nicht helfen."

Der Indianer nahm Howard am Arm, führte ihn wieder zurück, entsicherte die Falle. Der Raum mit den funkelnden Juwelen versank wieder in dem Dunkel, welches seit Jahrhunderten über den Schätzen lag.

„Oom hat gesprochen, und Oom wird dir den Weg zeigen."

Die sternklare, vom abnehmenden Mond hell erleuchtete Nacht fand Howard auf der Plattform vor Samitos Haus sitzend, nachdenklich in den Dschungel blickend, auf seine Stimmen lauschend. Samito kam zu ihm, ließ sich bei ihm nieder. Er spürte ihren Atem an seiner Schulter.

„Welche Gedanken sind in dir?"

„Ich sehe so viel Unheil in das Tal kommen, daß ich es dir gar nicht erklären kann. Es wird schlimmer als die Herrschaft der Leute der Gotteshäuser, schlimmer als Al ka wei."

„Können wir etwas dagegen tun?"

„Nein, denn ihr wißt nichts von den Dingen jener Welt, von der ich komme."

„Aber du, Hauad, du kommst aus dieser Welt und mußt sie kennen!"

„Ja, ich kenne sie, aber ich habe keine Macht in dieser anderen Welt. Wenn ich ein Mann wäre wie jener letzte Verwandte von Al ka wei, der vor wenigen Tagen starb, dann hätte ich Macht, dann könnte ich Ooms Volk helfen."

„Was hat diesem Mann die Macht genützt? Er starb wie alle anderen Menschen auch."

„Du kannst in der Welt, von der ich komme, gut leben, aber auch schlecht. Nur wenn du die Macht hast, kannst du gut leben."

„Wo findet man die Macht?"

„Das kann ich dir nicht erklären, du würdest es nicht verstehen."

„Erkläre es mir. Samito hat immer alles verstanden, was man ihr erklärte."

„Ich versuche es." Howard seufzte, wandte sich ihr zu, umarmte und küßte sie. „Als Al ka wei vor vielen, vielen Monden hierher kam, hatte er keine Macht in der Welt dort draußen. Als er wieder ging, hatte er viel Macht, denn er nahm die bunten Steine mit sich. Die Steine gaben ihm Macht, ihm und seinen Kindern und deren Kindern, bis auf den heutigen Tag."

„Aber wir haben doch auch die bunten Steine", unterbrach sie ihn. „Also müssen auch wir die Macht haben."

„Das stimmt, aber die bunten Steine geben dir nur Macht, wenn du in der anderen Welt bist. Hier haben sie keine Macht."

Lange schwieg Samito, dann drängte sie sich an ihn, umfaßte ihn. „Ich brauche Ooms Schutz."

Er strich über ihr Haar, ihre Wangen, zog mit dem Finger die Konturen ihres Mundes nach. „Und ich? Bin ich nicht für dich da?"

„Doch." Sie lächelte ihn an. „Für mich und nach fünf Monden auch für unser Kind."

Er stutzte einen Moment, zog sie dann voll Freude an sich, küßte sie, spürte ihre Brüste auf seiner Haut. „Wir bekommen ein Kind, das ist wundervoll."

„Oom hat es so gewollt."

Howard lachte. „Nein, Samito hat es so gewollt. Du hast deinen Trank nicht mehr genommen!" Sie stimmte in sein Lachen ein, küßte zärtlich Howards Mund und Hals. Sie hatte Howard einmal eine Pflanze gezeigt, aus deren Blättern die Indiofrauen einen Trank bereiteten, der sie für einige Monate unfruchtbar machte. Sie selbst hatte auch diesen Trank eingenommen, aber zu einem Howard nicht bekannten Zeitpunkt scheinbar beschlossen, daß sie ein Kind zur Welt bringen wollte. Ihm war es nicht unangenehm, er würde sich gerne der Aufgabe, ein Kind zu erziehen, stellen.

„Für unser Kind brauche ich Ooms Schutz. Ich will nicht, daß es in eine Welt geboren wird, in der Ooms Volk nicht mehr lebt."

„Ooms Volk hat bisher gelebt und wird weiterleben." Er mußte etwas unternehmen. Die Gefahren, welche dem Tal drohten, mußten abgewendet werden. Jetzt erst recht.

„Wenn die bunten Steine bei Ooms Volk sind, muß auch die Macht bei Ooms Volk sein!" Sie löste sich energisch von ihm, ihre Augen blitzten.

„Die Steine haben Macht, aber nicht hier, das habe ich dir doch schon gesagt."

Sie nickte heftig. „Dann muß man die Steine dorthin bringen, wo sie die Macht haben. Und die Macht muß man für Ooms Volk verwenden können."

„Ja, meine Liebe, wenn ich draußen wäre und einen solchen Schatz zur Verfügung hätte . . ." Er richtete sich auf. Es war möglich! Es mußte ihm gelingen! Mit einigen beherzten Jägern konnte er durch den Tunnel klettern, durch welchen er in das Tal gelangte. Das Seil, das Berosso damals angebracht hatte, mußte noch vorhanden sein. Es war also nicht viel mehr als ein Spaziergang, noch einmal würde er nicht abstürzen. Mit den Indios, die seit ihrer

Geburt im Urwald lebten, mußte es ihm möglich sein, bis zum Xingu zu gelangen. Dort regierte wieder das Geld, einiges davon fand sich sicherlich in den langsam dahinmodernden Resten der Expedition, auch Manoel do Narvalhaes hatte welches bei sich gehabt. In der Außenwelt mußte er mit dem Bruder, mit Miguel do Narvalhaes, Kontakt aufnehmen. Dieser mächtige Mann hatte alle Möglichkeiten, ihm zu helfen. Und helfen mußte er ihm.

„Samito", sprach er sie zögernd an, „wenn ich sage, daß ich einige der bunten Steine und einige Dinge von jenen, die mit mir kamen, brauche, was sagt Ooms Priesterin dazu?"

„Wenn du diese Dinge brauchst, dann weiß Oom, daß es so ist. Er stimmt zu."

„Und wenn ich einige Männer nehme und ihnen die Welt dort draußen zeige?"

„Es ist gut, zu wissen, was in dieser Welt ist, bevor sie zu uns kommt. Die Männer können uns berichten."

„Ich werde diesen Männern zeigen, welche Macht die bunten Steine dort draußen haben. Und ich werde diesen Männern auch zeigen, was in dieser Welt gut und was schlecht ist."

„Oom hat es gewußt, du kennst den Weg."

„Ja", sagte Howard gedehnt. „Oom hat bisher alles gewußt, und alles lief nach seinem Plan."

24

Vor beinahe zwei Jahren stand ich schon einmal hier, sinnierte Howard und blickte über das Tal. Die überwucherten, nebelumwaberten Stufenpyramiden ragten wie Zacken einer riesigen Krone über die dichten Baumwipfel, stumm seinen Weg und seine Handlungen beobachtend, ihn zu seiner Rückkehr willkommen heißend. Neben ihm standen sieben junge, kräftige Burschen aus Samitos Volk, freudig erregt schnatternd, einander auf verschiedene Punkte des Talkessels aufmerksam machend. Er konnte die Jäger verstehen, auch ihn zog es hinunter, zu Samito, die bald Mutter werden mußte oder es schon war; zu Meluleh, der seine Welt nicht verlassen wollte, zu seinem, zu Ooms Volk. Es galt noch den Tunnel zu finden, den der Fluß ins Gestein geschnitten hatte, dann lag die Expedition in die Welt des 20. Jahrhunderts hinter ihnen.

Den alten Meluleh hatte er gar nicht überzeugen müssen, daß eine Rückkehr in die Welt dort draußen, wenn auch nur für kurze Zeit, notwendig war. Der alte Indio reagierte wie Samito. Wenn Howard meinte, daß man nach draußen gehen müßte, dann stand sicher Oom dahinter und es war gut.

Einige Tage vergingen, dann waren Howards Begleiter ausgewählt. Er selbst hatte mittlerweile die Überreste seiner und Narvalhaes Expedition nach Brauchbarem durchsucht. Er förderte verschiedenes Werkzeug, einige Macheten und mehrere Schußwaffen zutage, welche zukünftig verwendet werden konnten. Auch fand sich ein ansehnlicher Geldbetrag in Cruzeiros und Dollars, den Howard als nützlich betrachtete, wenn sie die Zivilisation erreichten.

Die Vorbereitungen für seine Rückkehr waren kurz und formlos, eine Expedition aus dem Urwald heraus viel einfacher zu organisieren als eine, welche hinein führte. Howard schmunzelte oft, wenn er sich in Erinnerung rief, welcher Aufwand für die Ausrüstung seiner Expedition in den Dschungel notwendig gewesen war und mit welch wenigen Utensilien er nun auskam. Die jungen Männer waren mit ihrer üblichen Jagdausrüstung bewaffnet, ergänzt durch die Macheten. Er selbst hatte dazu noch eine Pistole und das Geld mitgenommen, einer der Jäger trug in einem kleinen Lederbeutel an seinem Gürtel eine Handvoll Rohdiamanten. Ein zweiter Lederbeutel enthielt verschiedene Gegenstände, über deren Bedeutung Howard sich nicht im klaren war, Meluleh bestand jedoch auf Mitnahme dieser Utensilien.

Das halbe Volk begleitete Howard und die Jäger zu der Stelle in der Felswand, an welcher der Fluß aus der Wand hervorschäumte. Neben dem Felsentor hing die Strickleiter herab, die Berosso angebracht hatte, als sie damals in das Tal hinabgestiegen waren. Sie bestand aus zwei Nylonseilen, die mit schmalen, kurzen Aluminiumrohren als Sprossen verbunden waren, wies keinerlei Verwitterungserscheinungen auf. Howard riß daran, prüfte den Halt der von Berosso eingeschlagenen Haken, sie saßen fest und unverrückbar. Er erklärte seinen Begleitern, wie sie sich im Innern des Tunnels zu verhalten hatten, dachte dabei wehmütig an den sympathischen Bergsteiger, kletterte als Demonstration einmal die Strickleiter hinauf und wieder herab.

Der Abschied von Samito war kurz und keineswegs melancholisch. Sie war stolz auf diesen Mann, der ihr von Oom gesandt worden war und ihr ganzes Volk in ein neues Leben führen würde. Meluleh versah die kleine Gruppe mit Ooms Segen, dann brachen sie auf, Howard voran.

Am Felsabsatz neben dem Felsentor war noch das Kunststoffseil verankert, das als Führung den ganzen Tunnel entlang gespannt war. Howard hielt sich daran fest und schob sich um die Ecke, am Sims entlang. Zu seiner Verwunderung hatte er mit den bloßen Füßen mehr Halt als seinerzeit mit den Schuhen. Er tastete sich weiter vor, warf einen Blick nach hinten. Die Indios hatte scheinbar der Entdeckerdrang gepackt, denn sie drängten dicht hintereinander folgend in den Tunnel.

„Haltet Abstand, nicht alle auf einmal!“ rief er ihnen zu, nicht sicher, ob sie ihn durch das Tosen des Wassers hindurch gehört hatten. Das waren keine abergläubischen, vor dem Unbekannten sich ängstigenden Indios. Sie waren seelisch auf Unbekanntes und Neues eingestellt, sie führten eine Mission ihres Gottes aus und würden vor nichts Angst zeigen. Howard konnte sich auf die jungen Männer verlassen.

Am anderen Ende des aufwärtsstrebenden Tunnels stieg er aus dem Einschnitt, kurz hinter ihm tauchten die Indios auf, er half ihnen heraus. Sie waren beeindruckt, aber nicht ängstlich. Aufmerksam betrachteten sie den Wald, die Pflanzen.

„Gibt es hier Tiere, die wir nicht kennen?“

„Nein, der Wald ist der gleiche wie in eurer Welt, die Pflanzen sind die gleichen, der Boden ist der gleiche. Es gibt im Wald aber andere Menschen, und diese sind gefährlich.“

„Meluleh gab uns etwas mit, was uns vor diesen Menschen schützen wird.“

„Was soll das sein?“

Einer der Indios öffnete den Lederbeutel, wies auf einen Brocken grell gelbfarbigen Farbstoffes.

„In den Tagen der Herrscher der Gotteshäuser, so berichtete Meluleh, gab es vor unzähligen Monden Wächter, die hierher gelangten und Menschen trafen. Sie waren wild und zahlreich, es wurden viele Menschen getötet. Dann hatten die Wächter ein Kennzeichen, und es geschah ihnen nichts mehr."

Diesen Teil der Geschichte des alten Kulturvolkes hatte Meluleh ihm bisher nicht erzählt, aber es erschien logisch, daß die machtvollen Herren dieses Tales wissen wollten, was außerhalb lag, daher mußte es manchmal zu Erkundungen gekommen sein.

„Waren die Wächter oft außerhalb der Mauern der Welt?"

„Das wissen wir nicht."

Howard nahm sich vor, nach seiner Rückkehr den alten Meluleh zu befragen.

Die Indios bildeten eine Reihe hintereinander und drangen vorsichtig in den Wald ein. Diese Kinder des Urwalds benötigten die Macheten nur selten. Howard gab die allgemeine Richtung an, folgte ihnen. Der Unterschied zu seinem ersten Marsch war unglaublich. Die höllischen Strapazen schienen unwirklich, er hatte gelernt, sich in der dichten Vegetation zu bewegen, auch wenn er außer dem kurzen, gemusterten Rock keine Kleidung besaß. Sie erschien ihm auch völlig unnötig, auch das Schuhwerk vermißte er nicht.

Am vierten Tag der Wanderung fühlte sich Howard beobachtet, den Indios erging es genauso.

„Menschen sind um uns, Hauad."

„Ja, es sind die Waldbewohner, sie beobachten uns."

„Kennst du sie?"

„Manche sind wild und töten alle, die ihnen nahe kommen, manche sind freundlich und tun niemand etwas. Sie sprechen in Zungen, die ich nicht verstehe."

Die Indios öffneten daraufhin den Lederbeutel und bereiteten aus dem Farbstoff eine grellgelbe Farbe, mit der sie von der Stirn abwärts bis zum Gürtel einen breiten Streifen auf ihren Körper malten, Howard blieb davon nicht verschont. Sie setzten ihren Weg durch den Dschungel fort, das Gefühl des Beobachtetwerdens blieb. Abwechselnd ging jeder einige Stunden an der Spitze des kleinen Zuges. In der Kolonne war Howard gerade zweiter, als der vor ihm gehende Indio ruckartig stehen blieb, nachdem er einige große Farnblätter beiseite geschoben hatte.

Vor ihnen stand ein Rudel Indios jenes Stammes, der Howards Expedition überfallen hatte. Howard erkannte sie an der eigenartigen Haartracht in knallroter Farbe wieder. Diesmal allerdings waren sie geschmückt, trugen bunte Federn, Ketten aus Samenkapseln, alle wiesen breite, senkrechte, braune Streifen als Körperbemalung auf.

„Die sind gefährlich!" zischte Howard seinen Begleitern zu.

Howard tastete nach der Pistole, entsicherte sie. Seine Indios standen beeindruckt da, ließen jedoch weder Angst noch sonst eine Gefühlsregung erkennen. Im Gegenteil, sie nahmen eine herablassende Pose ein. Schweigend betrachteten sie die fremden Indianer.

Auch diese standen ruhig, unbeweglich, verhielten sich einige Minuten völlig still. Je länger diese unheimliche Bewegungslosigkeit andauerte, desto nervöser wurde Howard. Um nicht aufzufallen, blieb er ebenso angewurzelt wie seine Gefährten stehen, bemüht, sich seine Nervosität, die ein flaues Gefühl in seinem Magen bewirkte, nicht anmerken zu lassen.

Nun bewegte sich einer der Rotköpfe, kam auf sie zu, streckte seine Hand aus, zeigte auf den gelben Streifen des vordersten, sagte etwas, das niemand verstand. Als er keine Reaktion erhielt, sprach er nur noch ein Wort fragend aus.

„Oom?“

Howard vergaß schlagartig seine begründete Angst vor diesen Indianern. Hier wurde etwas offenbar, das eine Sensation darstellte. Dieser wilde, kriegerische Stamm hatte Kenntnis vom Namen des Gottes, den Samitos Volk verehrte. Waren in der Vergangenheit, als die Herren der Gotteshäuser noch die Macht innehatten, Forschungsgruppen oder Eroberungszüge des zivilisierten Indianervolkes bis hierher, in das Wohngebiet der Kayapos, gekommen? Hatte sich eine mündliche Überlieferung davon bei diesen Wilden bis auf den heutigen Tag erhalten? War der gelbe Streifen ein Kennzeichen für die Indianer, das sie noch heute respektierten und achteten? Howard wußte nun, daß ein großes Arbeitsgebiet der historischen Forschung über Ooms Volk noch vor ihm lag.

Der Angesprochene nickte, blickte seine Begleiter an. „Ja, wir sind von Ooms Volk!“ sprach er dann langsam und deutlich. Der Indio vor ihm drehte sich zu seinen Leuten, rief etwas, worauf diese in Gesänge und Tänze ausbrachen.

Für Howard war dieses Schauspiel faszinierend. Vielleicht waren die Herren der Gotteshäuser nicht auf das abgeschlossene Tal beschränkt gewesen? Hatten sie eine Art Hegemonie über die umliegenden Länder ausgeübt? Wie weit waren sie gekommen? Wenn seine augenblickliche Aufgabe erfüllt war, dann wollte er diese unbekannte Geschichte Brasiliens erforschen.

Mittlerweile hatten einige der Rotköpfe verschiedene Früchte und Fische vor die Füße der Jäger gelegt, die Gesänge brachen ab. In Zeichensprache versuchten die beiden Gesprächspartner, sich zu verständigen. Howard konnte der stummen Unterhaltung genauso wie alle anderen folgen.

Der federngeschmückte Kayapo fragte nach dem weiteren Weg der Gelbgestreiften und war sichtlich zufrieden, als er erfuhr, daß die Jäger aus Ooms Volk den großen, breiten Fluß in der Richtung des Sonnenaufgangs suchten. Howard schien es so, als ob der Indio darüber befriedigt war.

„In weit zurückliegenden Tagen", berichtete einer seiner Indios, „waren diese Menschen auch die Diener der Herren der Gotteshäuser. Sie haben unsere Farben gesehen. Da dachten sie, die Herren der Gotteshäuser kämen zurück." Welche Herrschaft mußte das gewesen sein, wenn sie über Jahrhunderte in der mündlichen Überlieferung der Stämme verankert blieb und solchen Respekt verursachte. Die gleichen Wilden ließen sich von den technisch viel weiter entwickelten Weißen des 20. Jahrhunderts lange nicht so stark beeindrucken. Südamerika hielt scheinbar noch viele Geheimnisse bereit.

Howard setzte mit seinen Leuten den Weg fort, sie ließen die Indios singend hinter sich zurück. Zu weiteren Begegnungen kam es nicht.

An einem breiten Flußlauf hinderte Howard seine Leute daran, einfach hindurchzuschwimmen. Es gelang ihm, einen Piranha zu ködern und an Land zu ziehen, den Indianern dessen scharfes Gebiß zu demonstrieren. Er erzählte ihnen auch von den Riesenschlangen und zeigte ihnen einige faul dösende Alligatoren.

Auf einem Floß setzten sie unangefochten über, zogen tagelang durch den Dschungel, bis sie an einen sehr großen Fluß stießen, der nach Howards Meinung recht gut der Xingu sein konnte. Er beschloß, flußabwärts zu wandern.

Während einer Rast am Flußufer sah er eines der Gefährte der Einheimischen herankommen, er rief die Bootsinsassen auf Portugiesisch an.

„Wie heißt dieser Fluß?" Es war eine kleine Familie, die

einen jämmerlichen Eindruck machte, einige Kinder, zerlumpt und schmutzig, eine Frau und ein Mann, die erschreckt auf die bemalten Indios und deren Waffen starrten.

„Wir tun euch nichts, sagt mir nur, wie dieser Fluß heißt!"

„Xingu!" tönte es zaghaft herüber.

„Wie weit ist es bis Altamira?"

„Mit dem Boot zwölf Tage!"

Howard wandte sich an seine Indios. „Wir sind an dem großen Fluß, von dem ich euch erzählte. Wir müssen die Farbe abwaschen, hier hilft sie uns bald nicht mehr. Dann bauen wir ein Boot und fahren damit zu einer großen Siedlung."

Die Indios suchten einige Zeit, bis sie einen merkwürdig spindelförmig wachsenden Baum fanden und fällten ihn mit den Macheten, teilten und höhlten ihn aus, bis ein primitiver Einbaum entstand, den sie zu Wasser ließen und damit die Fahrt flußab begannen.

Es war an der Zeit, ihnen von der technischen Zivilisation zu erzählen, auf die sie bald stoßen mußten, fand Howard. Die sieben Mann hörten ihm aufmerksam zu, stellten interessierte Fragen. Immer wieder kam Howard ins Stocken, wenn er technische Vorgänge beschreiben wollte.

„Ihr werdet viele große Dinge sehen, die sich bewegen, obwohl niemand schiebt oder zieht. Es gibt große Boote, die ohne Anstrengung den Fluß hinauffahren können, es gibt kleine Häuser auf Rädern, die schwere Lasten oder viele Menschen sehr schnell bewegen können, und es gibt große Stämme aus Metall, die Flügel wie Vögel haben und durch die Luft fliegen können. Alle diese Dinge haben große Kraft durch ein Ding, das man Maschine nennt. In dieser Maschine brennt in einem sehr kleinen Raum

Feuer, das die Kraft erzeugt, deshalb stinken diese Maschinen und machen viel Lärm."

Bald darauf konnten die Indios ein Motorboot leibhaftig bewundern, sie waren über die Kleider der Menschen erstaunt, Howard mußte ununterbrochen erklären. Ein Tag verging nach dem anderen, bis die Stadt Altamira auftauchte. In Sichtweite der Stadt, die ihm riesengroß und laut erschien, ließ Howard anlegen und marschierte mit seinen Indios landeinwärts bis er eine Straße fand.

Auf dieser wanderten sie weiter in Richtung der Stadt, von den Einwohnern bestaunt. Howards Begleitern, die bisher tapfer durch diese neue Welt gegangen waren, wurde es nun doch unheimlich. Die Unmenge der auf sie einströmenden fremden Eindrücke ließ die bisher so furchtlosen Jäger sich zusammendrängen, erschrecken, wenn eine Hupe ertönte, verwirrt die Herkunft der Stimmen suchen, die aus Lautsprechern drangen. Die Jäger wurden zunehmend nervös. Howard beschloß, wieder an den Rand der Ansiedlung zurückzukehren. Dort besprachen sie sich, einer von ihnen sollte mit Howard in die Stadt gehen, die anderen wollten sich an dieses lärmende Leben erst langsam außerhalb der Stadt gewöhnen und alles genau betrachten.

Mit seinem Begleiter wanderte er nun wieder in die Stadt, kaufte bei einem Textilgeschäft T-Shirts, Unterhosen und zwei Jeans, fand Sandalen in einem anderen Geschäft. Der Indio war über die Wirkung der Geldscheine sehr erstaunt, wollte die Papiere nun, da er erkannt hatte, daß sie sich hervorragend zum Tauschen eigneten, ganz genau betrachten. Die ungewohnte Kleidung ließ ihn allerhand unmotivierte Bewegungen ausführen, er gewöhnte sich jedoch rasch daran oder unterdrückte einfach das Jucken, um nicht ständig Howards Grinsen auf sich zu fühlen. Anfangs stolperte er häufig über die ungewohnten Sandalen, lernte jedoch das Gehen mit ihnen ziemlich rasch.

Howard trieb ein Taxi auf und ließ sich mit seinem Begleiter zum Postamt fahren. Die Autofahrt ging ohne Probleme vor sich, da der Indio völlig steif und verkrampft dasaß, die Augen weit aufgerissen, benommen von der atemberaubenden Geschwindigkeit von knapp zwanzig Stundenkilometern. Erst als das Taxi hielt, wollte der Indio die Polsterung, die Fensterscheiben, das gesamte Fahrzeug untersuchen.

Im Postamt suchte Howard vergeblich nach einer Telefonverbindung nach Europa. Der Indio betrachtete derweilen fasziniert die Leute, die Einrichtung, war am meisten vom sich müde an der Decke drehenden Ventilator begeistert.

„Bedaure, Senhor, Telefongespräche außerhalb der Stadt sind sehr schwer zu erhalten, wir haben nur eine Leitung, und die ist für die Behörden reserviert."

„Ich muß dringend mit Europa telefonieren!"

„Das ist leider ausgeschlossen, aber sie können ja ein Telegramm aufgeben, das ist in sechs Stunden am Ziel."

„Dann gebe ich ein Telegramm auf. Ist das auch nach Portugal möglich?"

Der Postbedienstete bejahte und reichte Howard ein Formular. Er mußte unbedingt Miguel do Narvalhaes erreichen. Die Adresse schrieb er von dem Brief des verstorbenen Manoel ab. Howard dachte über den Text nach, er mußte so gehalten sein, daß ihn niemand außer dem Empfänger verstehen konnte.

„Habe Brief von Manoel an Sie bei mir. Er ist bei Alcaveiros. Erwarte Sie binnen drei Tagen im Hotel Touristas, Altamira.

Howard Lofting."

Dieser und der nächste Tag vergingen für Howard recht

anstrengend, da seine Indios plötzlich voll Tatendrang und Entdeckungswünschen waren. Ihnen klarzumachen, daß sie sich in Kleidung bewegen mußten, war schwierig genug. Aber dann stellten sie unzählige Fragen, wollten alles erklärt bekommen, manches Mal mußte er allerdings kapitulieren, etwa bei der Frage, warum die Frauen so seltsame Schuhe trugen oder welchen Zweck das Gefängnis hatte. Wenn er eine Pause benötigte, führte er seinen kleinen Trupp in ein Straßencafé und ließ für alle Gefrorenes servieren, von dem sie begeistert waren und es in scheinbar unbegrenzten Mengen verschlingen konnten.

Jeden Abend erkundigte er sich an der Rezeption des Hotels, ob Narvalhaes schon eingetroffen war. Seine Begleitung rief ängstliche Blicke der Hotelgäste hervor, man sah reinrassige Indios nicht gern in der Stadt, schon gar nicht im Hotel, konnte jedoch gegen Howards diszipliniert auftretende Gesellschaft nichts einwenden.

Am dritten Abend war Narvalhaes tatsächlich da. Der Portier meldete Howard an, dann standen sich die beiden in der Hotelhalle gegenüber. Howard blickte auf den kleinen, gedrungenen Portugiesen mit dem kapriziösen Bärtchen um Mund und Kinn, stellte fest, daß der Mann abgespannt aussah, aber sicher kein leichter Verhandlungspartner war.

„Senhor Narvalhaes?"

„Ja."

„Ich bin Howard Lofting. Ich habe Ihnen dies hier zu übergeben." Er überreichte den Brief, den vor Monaten der sterbende Manoel schrieb, ungewiß, ob der Adressat ihn je in Händen halten würde.

Miguel do Narvalhaes wies auf eine Sitzgruppe in der Hotelhalle, nahm dort Platz, gefolgt von Howard und seinen Gefährten. Narvalhaes öffnete den Brief, las ihn, schloß dann die Augen für einige Momente. Dann wandte er sich an Howard. Der war über den harten Ausdruck dieser Augen entsetzt.

„Sie haben das Tal also gefunden."

„Ja, und nicht nur das, sondern auch das Volk, das darin lebt."

„Wie ist Manoel gestorben?"

„Eine Schlange hat ihn gebissen, seine Begleiter konnten das Gift nicht rasch genug aus der Wunde ziehen. Die Indios haben ihm ein Gebräu zu trinken gegeben, das ihn die Schmerzen und Krämpfe nicht spüren ließ. Er schlief ein, um nicht mehr aufzuwachen."

„Manoel schreibt, daß Sie genauso tot sind wie er. Aber Sie leben und sitzen hier vor mir!"

„Ihr Bruder hatte nur mehr wenig Zeit, als er den Brief schrieb, und war wahrscheinlich auch nicht mehr völlig klar im Kopf. Er meinte damit, daß ich für die Menschheit tot bin."

„Damit hatte Manoel recht. Sie sind tot. Wir haben überall verbreiten lassen, daß Ihre gesamte Expedition von wilden Indios umgebracht wurde."

„Diese Darstellung stimmt, mit Ausnahme meiner Person."

„Ich werde dafür sorgen, daß diese kleine Korrektur noch erfolgt."

„Warum verfolgen Sie mich, Senhor Narvalhaes?"

„Das wissen Sie ganz genau. Sie sind dahintergekommen, wie der Reichtum und die Macht unserer Familie begründet wurden. Wir gelten seit Jahrhunderten als untadelige, höchst angesehene Familie, auf deren Weste kein Fleck zu finden ist. Es gab bisher nie die leiseste Andeutung eines Skandals, und so muß es bleiben."

„Das verstehe ich nicht. Sie verfügen doch über Geld genug, um sich über alle Ansichten hinwegsetzen zu können."

„Allerdings, aber damit allein ist es nicht getan. Unser Ruf und unsere absolute Seriosität und Diskretion sind die Grundlagen des Geschäftes, wie es sich für uns heute darstellt. Ich kann keine Presse brauchen, die die Verfehlungen unserer Vorfahren aufrollt und über uns herfällt."

„Und warum muß ich sterben?"

„Sie sind über alles informiert, ich bin daher mehr oder weniger erpreßbar." Erst jetzt fielen Howard die vier diskreten Herren auf, die verteilt in der Halle vorgaben, Zeitung zu lesen. Unter den Jacketts dieser Herren zeichneten sich unheilverkündende Wölbungen ab.

„Sie haben Ihre Killer gleich mitgebracht."

Narvalhaes nickte grimmig.

„Sehen Sie, Senhor Narvalhaes, mein Leben war bisher alles andere als erfreulich."

„Ich kenne Ihren Werdegang in- und auswendig, Mr. Lofting, ersparen Sie mir langweilige Schilderungen."

„Gern. Ich bin in das Tal der Sieben Goldenen Städte gekommen, in die Gegend, aus welcher Alcaveiros die Juwelen raubte." Howard reichte den Beutel mit Rohdiamanten seinem Gesprächspartner, der warf einen Blick hinein, schnürte den Beutel wieder zu und gab ihn zurück.

„Alcaveiros und seine Soldaten brachten unendliches Leid über eine blühende Kulturnation. Sie metzelten die Indios nieder, Berge von Leichen hinterließ Ihr Herr Vorfahr. Unter diesen befand sich beinahe die ganze geistige Elite dieses Volkes, so daß es nach dem Abzug des Kapitäns zum Untergang verurteilt war. Darüber hinaus befielen Krankheiten die Indios, die sie bis dahin nicht kannten und wahrscheinlich von Bakterien herrührten, welche Alcaveiros' Trupp in das Tal mitbrachte. Das Volk wurde fast ausgerottet. Aber es hat trotzdem überlebt. Hier sitzen einige junge Männer dieses Volkes."

„Wir haben die Möglichkeit überlebender Indios nie

ausgeschlossen, aber fünfhundert Jahre sind eine zu lange Zeit, um Erinnerungen aufrecht zu halten."

„Sie irren. Der Name des Kapitäns ist für die heute im Tal lebenden Nachkommen des Kulturvolkes gleichzeitig der Name für eine Erscheinungsform des Todesgottes."

„Das ist alles unerheblich, Mister Lofting. Ich bin hierhergekommen, um das Problem meiner Familie ein für allemal zu lösen. Was aber wollen Sie?"

„Meine Expedition ist völlig ausgelöscht, keiner meiner Kameraden hat überlebt. Ich allein bin übrig, und ich habe mich entschlossen, in dem Tal zu bleiben, bei diesem Volk zu leben. Ich habe eine Indianerin zur Frau, sie ist schwanger, und ich habe keinerlei Absicht, nochmals in die sogenannte Zivilisation zurückzukehren."

„Was tun Sie dann hier?"

„Die Indios des Tales haben ihr Kulturerbe auf wunderbare Weise erhalten, nicht zuletzt wegen der abgeschlossenen, vor allen fremden Einflüssen geschützten Lage. Ich möchte dieses Volk davor bewahren, das Schicksal anderer Indianerstämme zu teilen.

Sie kennen das. Irgendwann wird ein eifriger Forscher wie ich das Tal neu entdecken oder wilde Siedler in das Tal einfallen, die Stätte wird geplündert und zerstört, das Volk endgültig vernichtet. Mir geht es darum, dieses wunderbare Volk zu erhalten."

„Sie haben dazu nicht mehr viel Zeit."

„Doch, Senhor Narvalhaes, denn der Gott dieses Volkes ist davon fest überzeugt, und ich auch. Mir liegt an der unappetitlichen Episode Ihres Vorfahren überhaupt nichts, aber ich sehe nicht ein, wehalb Sie nicht eine Wiedergutmachung starten könnten. Anstatt harmlose Familien in alten Kirchen niederzubrennen, zu morden und schlaflose Nächte durchzuwachen, könnten Sie mit gleichem Aufwand etwas wirklich Nützliches tun. Sie könnten diesem Volk nämlich helfen, ein solches zu bleiben."

Narvalhaes blickte ihn einige Sekunden lang an. „Sprechen Sie weiter."

„Jeder Mord hat neuen nach sich gezogen, und eines Tages werden Ihre Aktivitäten nicht mehr zu vertuschen sein. Eine Spirale der Gewalt dreht sich unablässig, wie Sie wissen. Im 20. Jahrhundert begann sie mit einem kleinen Archivar, dann einer harmlosen Familie in Brasilien, einem Jesuitenpater, vielleicht mit einem Gemetzel hier im Hotel endend? Wohin soll Sie das führen?"

„Ihre Alternative, Senhor?"

„Ich bin keine Gefahr für Sie. Ich kann Sie nicht erpressen. Es gibt keine Aufzeichnungen, die ich irgendwo deponiert hätte. Ich habe an Ihnen kein Interesse. Ich bitte Sie nur, zu überlegen, was Sie tun können. In Ihrer Macht liegt es, diesem Volk zu helfen. Ich bleibe bei diesem Volk, und so gesehen bin ich für den Rest der Welt tatsächlich gestorben. Ich muß diese Menschen auf die Zivilisation, die sie unweigerlich einmal erreichen wird, mit allen ihren schlechten und guten Auswirkungen vorbereiten. Ich will dafür sorgen, daß dieses Kulturvolk trotz sich wandelnder Zeiten erhalten bleibt. Die Mittel dafür haben wir in Form der Edelsteine, aber ich benötige jemand, auf den ich mich verlassen kann und der eine schützende, mächtige Hand über Ooms Volk halten kann, der auch mit Regierungen fertig wird. Das sind Sie.

Sie sind in der Lage, der Republik Brasilien ein Stück Land im Dschungel abzukaufen, dort ein wissenschaftliches Projekt zumindest nach außen hin zu installieren, damit niemand auf die Idee kommt, nachzusehen. Sie sind auch in der Lage, jeden Vertragspartner zu zwingen, Bestimmungen einzuhalten.

Kaufen Sie das Land, in dem sich das Tal befindet,

verbieten Sie das Betreten des Landes und unterstützen Sie die zuständigen Provinzregierungen, Kasernen und was weiß ich noch alles mit Geldbeträgen, damit dem Verbot auch tatsächlich Rechnung getragen wird. Einem Narvalhaes wird man nicht widersprechen, mit einem Lofting kann man nach Belieben umspringen. Wir, das Volk des Tales, können das alles aus Eigenem finanzieren, wir benötigen nur einen Mentor, und das können nur Sie sein. Sie haben die Möglichkeit, zum Retter jenes Volkes zu werden, dem Sie Macht und Reichtum Ihrer Familie verdanken!

Sehen Sie es als Chance des Schicksals an, die Ihnen geboten wird. Sie sind ein Mensch, dem diese augenblickliche Verwicklung und der damit verbundene Mordgeruch sehr zuwider ist. Beenden Sie das Trauerspiel!"

Narvalhaes betrachtete ihn lange, schlug die Augen nieder, barg schließlich sein Gesicht in beiden Händen. Einige Minuten blieb er so sitzen, dann sah er auf.

„Welche Garantie können Sie mir geben, daß der Wahnsinn ein Ende hat?"

„Sie müssen mir vertrauen. Ich habe keine Absichten, die gegen irgend jemand auf dieser Welt gerichtet sind. Nehmen Sie mich, mein Wort, meine Taten als Garantie."

„Sie haben sehr engagiert gesprochen, Mr. Lofting."

„Ich bin es, weil ich erstmals Sinn in meinem Leben erkennen kann, und weil ich diese vor mir liegende Aufgabe lösen will."

„Wir kaufen Ihr Land, Mr. Lofting. Sie müssen mir sagen, was Sie sonst noch wollen. Machen Sie sich keine Gedanken wegen des Geldes."

25

Vor beinahe zwei Jahren stand ich schon einmal hier, sinnierte Howard und blickte über das Tal. Seine sieben Begleiter, die wie er mit Erreichen des Dschungels wieder ihre gemusterten Röcke angelegt hatten, lachten, schnatterten erregt durcheinander. Sie standen an der Kante des Felsabbruches, der die Mauern der Welt darstellte. Dort unten, weit ausgedehnt vor ihnen, lag ihre Heimat, ihr Volk. Dort war auch Samitos Hütte, in der möglicherweise ein ganz kleiner, neu geborener Mensch als Symbol einer gemeinsamen Zukunft der alten mit der neuen Welt in einer Wiege lag.

LEOPOLD HNIDEK

Inspektor Pinagls Abenteuer

Schon der Vater des Autors des vorliegenden Buches war ein großartiger Journalist und Schriftsteller. Leopold Hnidek sen. war eine bunt schillernde Figur auf dem Wiener Journalistenparkett. Sein messerscharfer Verstand entdeckte das Absurde und Komische jeder Situation. Seine literarischen Fähigkeiten nutzte er, um das Entdeckte pointiert und humorvoll niederzuschreiben. So ersann er unter anderem die Figur des k. u. k. Inspektors Pinagl, eines Wiener Originals, wie man es nicht mehr findet. 31 lustige Pinagl-Geschichten sind in diesem Band zusammengefaßt. Der Autor hat sie gnädig in die Kaiserzeit versetzt, aber dort, wo sein Witz besonders beißend ist, spürt man die Zeitlosigkeit seiner Kritik. Der Leser, vielleicht auch angeregt durch die Karikaturen Karl Stadlers, mag sich dabei ertappen, den Inspektor Pinagl vor sich zu sehen, wie er leibt und lebt. Und er ist versucht, alle 31 Geschichten auf einen Sitz zu lesen. Er möge es nicht tun. Die Pinagl-Geschichten sind dem Inhalt einer Bonbonniere vergleichbar. Man verschlingt sie nicht auf einmal, sondern genießt Stück für Stück.

264 Seiten, Hartband, Vierfarbumschlag, 31 Karikaturen von Karl Stadler,
S 198,–, ISBN 3-900809-038

RUDOLF GIGLER • FRANK GUGLER

Das große Rennen
Der Faulpelz

Der Held dieser beiden entzückenden Kinderbücher ist der Maulwurf Alfred. Im ersten Band hat er ein Autorennen zu bestehen. In seinem selbstgebauten Tannenturbozapfenrenner geht er an den Start und lernt, daß man nicht immer gewinnen kann und daß es manche Dinge im Leben gibt, die schöner sind, als Sieger zu sein. Im zweiten Band erfährt der Maulwurf Alfred, daß es gar nicht lustig ist, eine Krankheit vorzutäuschen, um der Schule zu entgehen. Dann nämlich bringt Mutter Bitterwurzeln und Misteltee ans Krankenbett, und die schmecken ganz grauslich.
Der Autor dieser Kindergeschichten ist nicht nur wirtschaftlicher Leiter der Bundessportschule Schielleiten, sondern auch engagierter Laienschauspieler. Zu den Texten haben ihn seine eigenen Kinder inspiriert. Das Leben schreibt eben die besten Geschichten.
Frank Gugler hat zu beiden Büchern die Bilder gemalt. Für den vielbeschäftigten Grazer Architekten ist dies eine Art Ausgleich zum stressigen Berufsalltag.

Hartband, Vierfarbumschlag, Vierfarbinnenteil, S 143,–,
ISBN 3-900809-04-6 bzw. ISBN 3-900809-07-0

RUNDBLICK-VERLAG BISAMBERG

CHRIS HELLER • RUDOLF WEISS

Du überråschst mi immer wieder

Der Literat Rudolf Weiß ist eine „Entdeckung“ des „Rundblick“-Verlages. Mittlerweile mit mehreren Preisen ausgezeichnet, hat er gemeinsam mit dem Musiker Chris Heller ein reich bebildertes Buch herausgebracht. Die beiden, in einer typischen niederösterreichischen Landschaft, dem Weinviertel, wohnend, drücken ihre Liebe zur Heimat durch Fotos, Texte und Lieder aus. Das Buch besteht aus vier Teilen: der Vorrede, dem Liedtext „Du überråschst mi immer wieder“, dem Gedichtteil von Rudolf Weiß, „nur ein paar fetzen poesie“, und dem Liedtext „Horch auf’n Wind“. Zu den Liedern liegt jedem Band ein Notenblatt bei, sie sind überdies auf der Cassette „Mugl Company live“ enthalten, die über das Büro der Band (0 22 45/36 8 72) bezogen werden kann.
Rudolf Weiß versteht es nicht nur, mit wenigen Worten viel zu sagen, er findet auf seinen Spaziergängen auch mit sicherem Blick das Typische und Einmalige der Weinviertler Landschaft. Die mehr als 100 Farbfotografien in diesem Band, der sich bestens als Geschenk eignet, beweisen das eindrucksvoll.

82 Seiten, Hartband im Format 23 × 23, Vierfarbumschlag, mehr als 100 Farbfotografien, S 264,–, ISBN 3-900809-06-2

RUNDBLICK-VERLAG BISAMBERG

FRED BORTH

Aus der Heimat vertrieben

Nach seinem Buch „Zu jung zum Sterben" (Amalthea-Verlag), in dem der Autor über die Kindersoldaten des Zweiten Weltkrieges berichtet, hat sich Fred Borth der Vertreibung der Sudetendeutschen gewidmet. Bei diesem wie bei jenem Thema kann Borth, Jahrgang 1928, aus eigener Erfahrung Wichtiges einbringen. Darüber hinaus hat er jahrelang ein eigenes Archiv aufgebaut, hat in anderen geforscht und mit vielen Zeitzeugen gesprochen. So ist ein rundes Bild über die Ereignisse entstanden, die zur Vertreibung der Sudetendeutschen aus ihrer Heimat führten. Ein umfangreiches Personenregister macht das Nachschlagen leicht. Dem Buch, das nicht nur für Heimatvertriebene interessant sein dürfte, haben der niederösterreichische Landeshauptmann Dipl.-Ing. Dr. Erwin Pröll und der Bundesobmann der Sudetendeutschen Landsmannschaft Österreichs, Karsten Eder, ein Vorwort gewidmet. Zahlreiche Abbildungen historischer Persönlichkeiten und Dokumente heben das Buch weit über den Rahmen einer geschichtlichen Darstellung hinaus.

Hartband, Vierfarbumschlag, reich bebildert, mit einem Vorwort von Landeshauptmann Dr. Erwin Pröll und dem Bundesobmann der SLÖ, Karsten Eder. ISBN 3-900809-09-7

RUNDBLICK-VERLAG BISAMBERG

LEOPOLD HNIDEK

Inspektor Pinagls Abenteuer

Schon der Vater des Autors des vorliegenden Buches war ein großartiger Journalist und Schriftsteller. Leopold Hnidek sen. war eine bunt schillernde Figur auf dem Wiener Journalistenparkett. Sein messerscharfer Verstand entdeckte das Absurde und Komische jeder Situation. Seine literarischen Fähigkeiten nutzte er, um das Entdeckte pointiert und humorvoll niederzuschreiben. So ersann er unter anderem die Figur des k. u. k. Inspektors Pinagl, eines Wiener Originals, wie man es nicht mehr findet. 31 lustige Pinagl-Geschichten sind in diesem Band zusammengefaßt. Der Autor hat sie gnädig in die Kaiserzeit versetzt, aber dort, wo sein Witz besonders beißend ist, spürt man die Zeitlosigkeit seiner Kritik. Der Leser, vielleicht auch angeregt durch die Karikaturen Karl Stadlers, mag sich dabei ertappen, den Inspektor Pinagl vor sich zu sehen, wie er leibt und lebt. Und er ist versucht, alle 31 Geschichten auf einen Sitz zu lesen. Er möge es nicht tun. Die Pinagl-Geschichten sind dem Inhalt einer Bonbonniere vergleichbar. Man verschlingt sie nicht auf einmal, sondern genießt Stück für Stück.

264 Seiten, Hartband, Vierfarbumschlag, 31 Karikaturen von Karl Stadler,
S 198,–, ISBN 3-900809-038

RUNDBLICK-VERLAG BISAMBERG

RUDOLF GIGLER • FRANK GUGLER

Das große Rennen
Der Faulpelz

Der Held dieser beiden entzückenden Kinderbücher ist der Maulwurf Alfred. Im ersten Band hat er ein Autorennen zu bestehen. In seinem selbstgebauten Tannenturbozapfenrenner geht er an den Start und lernt, daß man nicht immer gewinnen kann und daß es manche Dinge im Leben gibt, die schöner sind, als Sieger zu sein. Im zweiten Band erfährt der Maulwurf Alfred, daß es gar nicht lustig ist, eine Krankheit vorzutäuschen, um der Schule zu entgehen. Dann nämlich bringt Mutter Bitterwurzeln und Misteltee ans Krankenbett, und die schmecken ganz grauslich.
Der Autor dieser Kindergeschichten ist nicht nur wirtschaftlicher Leiter der Bundessportschule Schielleiten, sondern auch engagierter Laienschauspieler. Zu den Texten haben ihn seine eigenen Kinder inspiriert. Das Leben schreibt eben die besten Geschichten.
Frank Gugler hat zu beiden Büchern die Bilder gemalt. Für den vielbeschäftigten Grazer Architekten ist dies eine Art Ausgleich zum stressigen Berufsalltag.

Hartband, Vierfarbumschlag, Vierfarbinnenteil, S 143,–,
ISBN 3-900809-04-6 bzw. ISBN 3-900809-07-0

RUNDBLICK-VERLAG BISAMBERG

CHRIS HELLER • RUDOLF WEISS

Du überråschst mi immer wieder

Der Literat Rudolf Weiß ist eine „Entdeckung" des „Rundblick"-Verlages. Mittlerweile mit mehreren Preisen ausgezeichnet, hat er gemeinsam mit dem Musiker Chris Heller ein reich bebildertes Buch herausgebracht. Die beiden, in einer typischen niederösterreichischen Landschaft, dem Weinviertel, wohnend, drücken ihre Liebe zur Heimat durch Fotos, Texte und Lieder aus. Das Buch besteht aus vier Teilen: der Vorrede, dem Liedtext „Du überråschst mi immer wieder", dem Gedichtteil von Rudolf Weiß, „nur ein paar fetzen poesie", und dem Liedtext „Horch auf'n Wind". Zu den Liedern liegt jedem Band ein Notenblatt bei, sie sind überdies auf der Cassette „Mugl Company live" enthalten, die über das Büro der Band (0 22 45/36 8 72) bezogen werden kann.
Rudolf Weiß versteht es nicht nur, mit wenigen Worten viel zu sagen, er findet auf seinen Spaziergängen auch mit sicherem Blick das Typische und Einmalige der Weinviertler Landschaft. Die mehr als 100 Farbfotografien in diesem Band, der sich bestens als Geschenk eignet, beweisen das eindrucksvoll.

82 Seiten, Hartband im Format 23 × 23, Vierfarbumschlag, mehr als 100 Farbfotografien, S 264,–, ISBN 3-900809-06-2

RUNDBLICK-VERLAG BISAMBERG

FRED BORTH

Aus der Heimat vertrieben

Nach seinem Buch „Zu jung zum Sterben“ (Amalthea-Verlag), in dem der Autor über die Kindersoldaten des Zweiten Weltkrieges berichtet, hat sich Fred Borth der Vertreibung der Sudetendeutschen gewidmet. Bei diesem wie bei jenem Thema kann Borth, Jahrgang 1928, aus eigener Erfahrung Wichtiges einbringen. Darüber hinaus hat er jahrelang ein eigenes Archiv aufgebaut, hat in anderen geforscht und mit vielen Zeitzeugen gesprochen. So ist ein rundes Bild über die Ereignisse entstanden, die zur Vertreibung der Sudetendeutschen aus ihrer Heimat führten. Ein umfangreiches Personenregister macht das Nachschlagen leicht. Dem Buch, das nicht nur für Heimatvertriebene interessant sein dürfte, haben der niederösterreichische Landeshauptmann Dipl.-Ing. Dr. Erwin Pröll und der Bundesobmann der Sudetendeutschen Landsmannschaft Österreichs, Karsten Eder, ein Vorwort gewidmet. Zahlreiche Abbildungen historischer Persönlichkeiten und Dokumente heben das Buch weit über den Rahmen einer geschichtlichen Darstellung hinaus.

Hartband, Vierfarbumschlag, reich bebildert, mit einem Vorwort von Landeshauptmann Dr. Erwin Pröll und dem Bundesobmann der SLÖ, Karsten Eder. ISBN 3-900809-09-7

RUNDBLICK-VERLAG BISAMBERG